Les Clowns sacrés

Du même auteur
dans la collection Rivages/Thriller

Le Voleur de temps
Porteurs-de-peau
Dieu-qui-parle
Coyote attend
Les Clowns sacrés
Moon

dans la collection Rivages/noir

Là où dansent les morts (n° 6)
Le Vent sombre (n° 16)
La Voie du fantôme (n° 35)
Femme-qui-écoute (n° 61)
Porteurs-de-peau (n° 96)
La Voie de l'ennemi (n° 98)
Le Voleur de temps (n° 110)
La Mouche sur le mur (n° 113)
Dieu-qui-parle (n° 122)
Coyote attend (n° 134)
Le Grand Vol de la banque de Taos (n° 145)

hors collection

La Trilogie Joe Leaphorn
La Trilogie Jim Chee
Le Garçon qui inventa la libellule
Hillerman Country
Suite navajo 1

Tony Hillerman

Les Clowns sacrés

Traduit de l'américain
par Danièle et Pierre Bondil

Collection dirigée par
François Guérif

Rivages/noir

Titre original : *Sacred Clowns*

106, bd Saint-Germain - 75006 Paris

ISBN : 2-7436-0072-1
ISSN : 0764-7786

Ce livre est dédié à Fr. Doug McNeill, directeur de la Mission Indienne de Saint Bonaventure à Thoreau, Nouveau-Mexique 87323, et aux volontaires qui font don d'une partie de leur vie afin que classes, cuisine, cars de ramassage scolaire et camions de distribution d'eau fonctionnent. Ils viennent du pays tout entier, appartiennent à différentes générations et différentes confessions, ne sont unis que par leur désir de venir en aide à leurs semblables. Les volontaires qui travaillaient au moment où ce livre a été achevé étaient :

Theresa Arsenault, Christine Behnke, Lonnie Behnke, Frances Behr, Ireen Brayman, Jim Brayman, Ken Brewer, Mary Brewer, Barbara Burdick, Natalie Bussiere, Andrew Campbell, Ann Carter, Jan Charles, Maria Cravedi, Ernest Duran, George Erickson, Yoshiko Erickson, Jennifer Farrell, Al Feng, Christine Fitzpatrick, Bob Gallagher, Helen Gallagher, Stu Healy, Cynthia Higbee, Rick Juliani, Julie McKee, Kathy Murray, Bud et Grace Ouelette, Chris Pietraszewski, John Rauch, Carol Rintala, John Seckinger, Dan Skendzel, Bob Sparapani et Tim Thompson.

Tous, je vous salue.

Tony HILLERMAN

NOTE DE L'AUTEUR

Les personnages sont des créations de mon imagination : ils ne représentent personne en particulier. Pas plus que n'existe le pueblo de Tano. La description faite dans ces pages concernant les cérémonies de Tano est un mélange de ce à quoi j'ai pu assister dans d'autres pueblos.

J'exprime ici toute ma gratitude, tant pour son aide que pour ses conseils, au docteur Louis Heib de l'Université d'Arizona, auteur de nombreux travaux sur les koshares et les clowns rituels des Hopis. Toutefois, Tano n'est pas un village hopi et les descriptions présentes dans ce roman ne représentent pas des activités religieuses hopi.

NOTE DES TRADUCTEURS

Le lecteur américain est tout aussi ignorant que le lecteur français des mœurs et coutumes des Indiens Navajo. Nous avons donc décidé de respecter le choix de l'auteur, qui a disséminé ici et là dans son roman les informations nécessaires à en assurer la bonne compréhension, et de ne pas alourdir le texte d'une quantité de notes explicatives et de termes en italiques. Toutefois, il nous a semblé utile de faire figurer en fin d'ouvrage un glossaire qui devrait permettre au lecteur qui en éprouverait le besoin d'avoir une meilleure vue d'ensemble de cette civilisation et de ses voisines. Les mots suivis d'un astérisque dans la traduction pourront renvoyer à ce glossaire. Nous avons en outre établi une carte des territoires concernés.

Par ailleurs, certaines particularités orthographiques (accords, majuscules notamment) se retrouvent dans le texte de Tony Hillerman ; et des termes d'origine indienne peuvent présenter des différences d'un livre à l'autre : quelques lignes extraites du remarquable ouvrage de Harry Hoijer, *A Navajo Lexicon*, University of California Press 1974, permettront aisément de comprendre pourquoi (extrait consacré aux noms, les verbes étant environ dix fois plus nombreux en navajo).

N 102 táščìžìì 'swallow (the bird)'.

N 103 -tášȽòh 'hair of arms and legs'.

N 104 táčééh 'sweathouse'.

N 105 -táál : hàtáál 'chant ; ceremony'. See S 139.

N 106 tááláhòòyàn 'Awatobi ruin'. táálá- ? ; hòòyàn, N 303A.

N 107 -tààł- : hàtààł 'singer (in ceremonies)'. Lit. 'one who sings' ; see S 139.4, E 5.

N 108 tą̀žìì 'turkey'. See S 147.1.

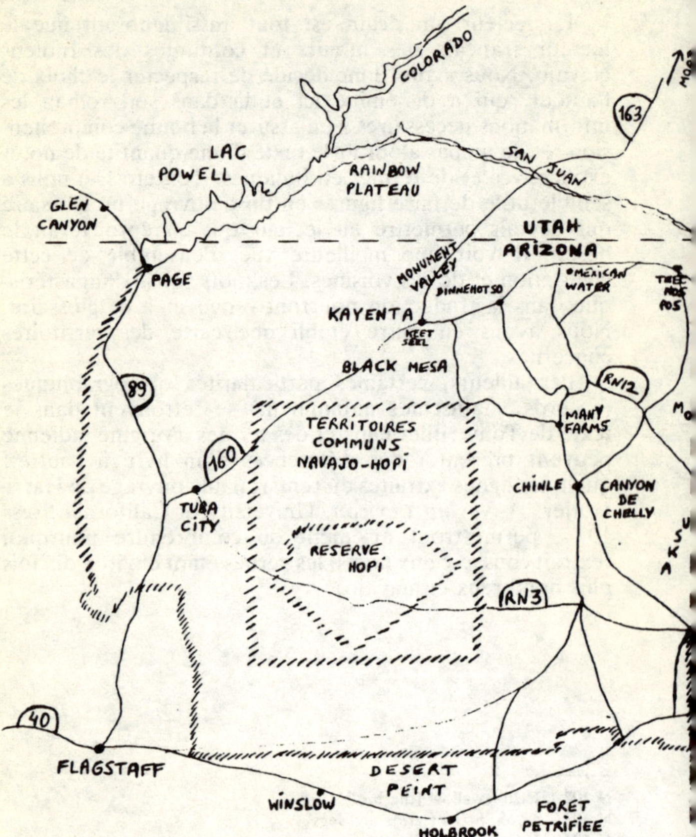

COLORADO
163
LAC POWELL
RAINBOW PLATEAU
SAN JUAN
GLEN CANYON
UTAH
ARIZONA
PAGE
MONUMENT VALLEY
MEXICAN WATER
TEEC NOS POS
DINNEHOTSO
KAYENTA
KEET SEEL
BLACK MESA
RN12
89
MANY FARMS
TERRITOIRES COMMUNS NAVAJO-HOPI
160
CHINLE
CANYON DE CHELLY
TUBA CITY
RESERVE HOPI
RN3
40
FLAGSTAFF
DESERT PEINT
WINSLOW
HOLBROOK
FORET PETRIFIEE

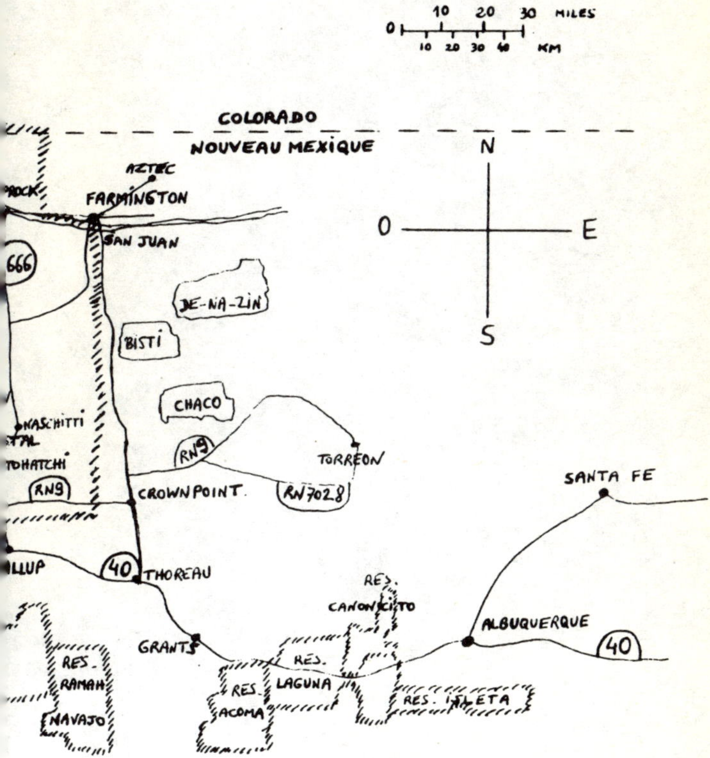
10 20 30 MILES
0
10 20 30 40 KM
COLORADO
NOUVEAU MEXIQUE
N
O
E
S
AZTEC
FARMINGTON
SAN JUAN
666
DE-NA-ZIN
BISTI
CHACO
NASCHITTI
RN9
RN9
TORREON
CROWNPOINT
RN7028
SANTA FE
40
THOREAU
RES. CANONCITO
GRANTS
ALBUQUERQUE
40
RES. LAGUNA
RES. ACOMA
RES. ISLETA
RES. RAMAH NAVAJO

1

Au début, Jim Chee s'était senti tout bête, assis sur le toit de quelqu'un qu'il ne connaissait absolument pas. Mais cette gêne s'était rapidement estompée. Maintenant, cette position stratégique, sur le toit, lui semblait être finalement l'une des rares bonnes idées de Cowboy Dashee. De cet endroit, il voyait pratiquement tout. Les joueurs de tambour, juste sous le bout de ses bottes fraîchement cirées, la file des danseurs masqués qui, sur sa gauche, entraient à l'instant sur la plaza *, la foule des spectateurs pressée contre les murs des habitations, les échoppes qui, plus loin, frangeaient les étroites ruelles, il dominait tout cela. Et là-bas, au-dessus des toits plats et pris d'assaut du pueblo * de Tano, son regard pouvait se poser sur la rangée irrégulière de trembles qui, le long de la rivière, se paraient des ors de l'automne, sur les montagnes bleues qui bloquaient l'horizon, ou sur la mosaïque verte, fauve et argent des champs cultivés qu'irriguaient les habitants de Tano.

C'était un excellent perchoir pour assister à la danse des kachinas * de Tano… pour le travail comme pour le plaisir. Surtout avec, tout contre lui, la cuisse chaude, vêtue de jean, de Janet Pete. Si Delmar Kanitewa était là, Chee aurait toutes les chances de le voir. Si le garçon ne se montrait pas, il n'y avait alors pas de meilleur endroit pour assister à la cérémonie. Ce genre de rite mythique l'avait toujours fasciné. Depuis son enfance, il voulait marcher sur les traces de Hosteen * Frank Sam Nakai. Au sein de la structure familiale navajo, Nakai était son « petit père », le frère aîné de sa mère. C'était un shaman * parmi les plus grands. Un hataalii *, ce que les Blancs appellent chanteur * ou medicine-man *. Un homme respecté pour sa connaissance de la religion * traditionnelle et des voies * curatives que le Peuple * Sacré avait enseignées afin que l'humanité demeure en harmonie * avec la réalité qui nous entoure tous. Nakai œuvrait le long de cette ligne ténue qui sépare la chair de l'esprit. Depuis son enfance, cela intéressait Chee.

— C'est sur le toit qu'ils préfèrent que les visiteurs s'assoient quand ils ont une danse des kachinas, avait expliqué Dashee. Ça permet de vous faire dégager le passage, à vous, les touristes. A moins que vous ne tombiez du toit, il y a beaucoup moins de chances que vous vous comportiez de manière stupide et que vous gâchiez la cérémonie. Et ça laisse de la place autour de l'aire de danse pour les gens de Tano. Ils faut qu'ils puissent échanger des cadeaux avec les kachinas. Ce genre de trucs.

Dashee était shérif-adjoint assermenté du comté d'Apache, en Arizona. C'était un Hopi * qui faisait partie du très ancien Clan * de l'Épi Secondaire et c'était l'ami le plus proche de Jim Chee. Mais il pouvait également être un sacré emmerdeur.

— Oui, mais si je repère mon môme ? avait demandé Chee. Est-ce qu'il va m'attendre, le temps que je descende ?

— Pourquoi pas ? Il ne saura pas que tu es à sa recherche.

Cowboy s'était alors penché vers Janet Pete et avait fait semblant de lui glisser à l'oreille :

— Le môme en question, il va penser que le grand détective Chee est forcément là-bas, à Thoreau, pour cette importante affaire de meurtre.

— Vous savez, était intervenu Asher Davis, je parierais que je le connais, ce type. Il y avait un professeur à cette école Saint Bonaventure, un de ces volontaires, qui m'a appelé une fois pour voir si je pouvais lui trouver un bon prix pour un truc qu'un vieux de la vieille voulait vendre. C'était un petit récipient à pollen * en argent, il avait tout l'air d'être du dix-neuvième siècle, et il y avait un crétin de Farmington qui en avait offert deux dollars au petit vieux. Je lui en ai obtenu deux cent cinquante. Je me demande si c'est ce prof-là qui s'est fait tuer.

— Il s'appelait Dorsey, avait dit Chee d'un ton qui paraissait légèrement morose.

Il ne connaissait pas Davis et n'était pas certain de l'apprécier. Mais c'était peut-être une question d'humeur.

— Dorsey, avait répété Davis. C'est ça.

— Vous voyez, avait insisté Cowboy, Jim Chee suit de près les crimes majeurs tels que celui-là. Et il a aussi le temps d'écrire des lettres à des rédacteurs en chef pour dire au conseil de Tano ce qu'il doit faire de ses vieilles mines d'uranium.

— Hé, avait fait Janet, une petite minute, Cowboy. Elle était drôlement bien, cette lettre. C'était un avis judicieux. C'est aussi ce qu'a pensé le journal. Ils l'ont fait passer en première page.

Elle avait expédié un coup de poing dans l'épaule de Cowboy :

— Est-ce que tu as envie qu'on nous considère comme la décharge bonne à accueillir les déchets toxiques du monde entier ?

Tout au long de la matinée, Chee avait fait comme s'il n'entendait pas les piques de Dashee. Au début, il avait pris pour cible la lettre publiée dans le numéro du jour du *Navajo Times*. Dans celle-ci, Chee avait taxé de " symbole du mépris affiché pour les terres tribales " la proposition qui consistait à se servir du puits à ciel ouvert abandonné de la mine Jacks Wild comme décharge de déchets toxiques. Puis ils avaient appris le meurtre par la radio de la voiture. Un professeur d'atelier de l'école de Thoreau avait été mortellement frappé à la tête. Certains objets étaient signalés manquants et aucun suspect n'avait été identifié. C'était un meurtre extrêmement important selon les critères de la réserve. Assurément plus digne d'intérêt que la mission actuelle qui lui était confiée. Ça s'était produit la veille, pendant son jour de congé. Ce qui n'empêchait pas que le lieutenant Leaphorn aurait pu lui demander d'y travailler. Ou au moins lui en toucher un mot. Mais il n'en avait rien fait et cela le vexait un peu.

Ce qui le vexait davantage encore, c'était l'attitude de Janet. Par ses sourires amusés et par ses petits rires parfois, elle encourageait les sarcasmes de Cowboy.

Mais maintenant, rasséréné par les louanges qu'elle venait d'exprimer à l'égard de sa lettre, il était prêt à pardonner tout cela, et même à considérer Cowboy de manière plus bienveillante. Il était obligé de reconnaître que c'était lui qui avait cherché la bagarre en taquinant son ami sur cette tendance qu'ont les Hopis à se développer dans le sens horizontal plutôt que dans le sens vertical. Et il lui fallait également reconnaître que ce que Cowboy avait dit à propos du toit était tout à fait vrai. Si Kanitewa était là en bas, dans la foule, à assister à la célébration de cette journée d'automne par les gens de son pueblo, le garçon se sentirait certainement en sécurité au milieu de sa famille * et de ses amis. Mais, d'un autre côté, les gosses qui s'enfuient du pensionnat n'ignorent pas que quelqu'un va se lancer à leur recherche.

Chee avait précisément eu la même expérience il y avait longtemps de cela. Ce sentiment de peur, cette impression de chasse à l'homme, jamais il ne pourrait les oublier. A aucun moment on ne peut se relâcher même quand, comme dans son propre cas, la chasse est de brève durée et que la peur n'a guère le temps de se développer. Le type du pensionnat avait garé sa voiture hors de vue derrière les enclos à moutons, et il attendait à cet endroit-là lorsque Chee s'était approché du hogan * de sa mère. Ça avait été presque un soulagement pour lui lorsqu'il l'avait aperçu. Ce souvenir avait constitué une autre bonne raison de ne pas aller sur le toit.

— Kanitewa, il va être sur ses gardes, avait dit Chee. Il ne sera pas facile à attraper.

— Tu sais quoi ? avait répondu Dashee. On va s'asseoir sur le toit. Si on le voit, tu le surveilles pendant que je descends. Après, tu me signales où il est et je lui mets la main dessus.

Chee avait réfléchi.

— Si ces gens étaient des Hopis, nous n'aurions pas de soucis à nous faire pour ça, avait poursuivi Dashee. Ils font asseoir les hommes sur les toits, et les femmes et les enfants sur les chaises en bas, autour de l'aire de danse. C'est comme ça que ça doit se passer.

— Pas dans tous les villages hopi, avait contesté Chee.

— Dans le mien en tout cas. On suit la tradition.

— Ce qui est sans rapport avec ce qui nous occupe. Sur le toit, il va me repérer, assis là à agiter les bras et à le montrer du doigt. Il va obligatoirement me repérer.

Et tous les autres aussi : un Navajo * qui se couvrirait de ridicule lors d'une cérémonie de Tano.

Pendant tout cet échange, Asher Davis avait contemplé le rebord du toit d'un œil inquiet. Son cou brûlé par le soleil s'échappait d'une chemise sport de quarante-cinq/quarante-six centimètres d'encolure, et son dos tendait à le craquer le tissu correspondant à une très grande taille.

— Vous croyez que ça résisterait à mon poids ? avait-il demandé d'une voix pleine de doute.

— Bien sûr, avait affirmé Dashee.

Du geste il avait indiqué le pourtour de la plaza :

— Regardez tous ces gens, là-haut. Ces toits sont construits pour porter des gens de taille normale. Comme nous. Ou alors (il se tut un instant en examinant Chee et Janet Pete), des maigrichons en nombre deux fois supérieur.

— Pas moi, ce n'est pas possible, avait repris Asher. Mais de toute façon j'ai des gens à voir. Il faut que j'aille vaquer à mes affaires. Que j'aille soutenir l'économie locale. Procéder à l'achat de marchandises.

Janet Pete avait tranché.

— Allons nous asseoir sur le toit. Venez, Asher. Ne faites pas le paresseux. Vous pourrez vaquer à vos affaires plus tard.

— Hé, avait dit Davis. Je vois une autre excuse. Voilà ce bon vieux Roger.

Il s'était tourné vers la jeune femme :

— Je parie que vous le connaissez. C'est un avocat, comme vous. Il travaille sur les terres indiennes, il a son siège à Santa Fe, et ça fait des années qu'il tient un rôle de tout premier plan dans la sauvegarde de la planète.

— Roger comment ? avait demandé Janet en parcourant la foule des yeux.

— Applebee. Le numéro un de Priorité à la Nature.

— Ah, ouais. Ça y est, je le vois. L'année dernière, il m'a parlé de la proposition qu'a faite la Continental sur l'ouverture d'une décharge de déchets toxiques.

Davis avait ri.

— Et il vous a probablement causé des ennuis. Ça fait des années qu'il me fait le coup. Rog et moi, on se connaît depuis l'école secondaire, à Santa Fe. Les Démons de Santa Fe. Il jouait quarterback, et moi j'étais arrière. Il m'a fait exclure quand nous étions en seconde année. C'est le genre d'ami que tout le monde aimerait avoir pour empêcher la vie de devenir monotone.

Jusque-là, Chee s'était contenté d'être présent et de regarder le haut de la maison en essayant de trouver un argument valable pour ne pas y grimper. Mais ces dernières paroles avaient suscité son intérêt.

— Comment ça s'est passé ? Votre exclusion ?

— Eh ben, on avait un test d'algèbre et l'oncle de Roger lui avait confié sa voiture. Je crois qu'il était censé faire effectuer un graissage vidange ou quelque chose d'approchant. On s'était baladés au lieu de réviser. Alors Rog m'a dit de ne pas m'en faire. On allait faire repousser le test. On appelle le principal, on lui dit qu'on est la compagnie du gaz et qu'il y a une fuite dans les tuyauteries qui desservent le bâtiment provisoire où ont lieu les cours de maths.

Ce souvenir avait fait naître un large sourire sur les traits de Davis :

— Ça a marché.

— Ça a marché, mais vous vous êtes fait exclure ?

— Ben, c'est comme ça que ça se passe avec les

projets Davis/Applebee. Roger les élabore et ils paraissent impeccables, mais on s'aperçoit ensuite qu'il y a quelque chose à quoi il n'a pas pensé. Cette fois-là, ça a marché seulement pendant un jour ou deux. C'est moi qui ai appelé parce que c'était moi qui avais une voix grave. Et lorsqu'il s'est avéré qu'il n'y avait pas de fuite de gaz, la secrétaire avait eu suffisamment affaire à moi pour se souvenir du son de ma voix.

– J'aimerais bien rencontrer Applebee, avait dit Chee. Je me demande si je pourrais l'aider à faire échouer ce projet de stockage de déchets.

Mais à ce moment-là Davis avait crié :

– Hé, Rog.

Et tout en agitant les bras, il s'était creusé un sillon à travers la foule.

Si bien que, réduits à un groupe de trois, ils avaient escaladé l'échelle située derrière la maison d'une femme grassouillette d'une quarantaine d'années que Cowboy Dashee semblait connaître. Ils s'étaient assis sur la terre tassée du toit, les pieds pendant dans le vide au-dessus du parapet, dominant directement la plaza centrale du pueblo... et Chee était de mauvaise humeur.

Tout à fait dans sa manière, il analysa pourquoi. C'était en partie parce que le lieutenant Leaphorn l'avait envoyé ici pour cette mission dépourvue d'importance. Il était exact qu'il n'était que depuis trois jours le deuxième homme de ce Bureau d'Investigations Spéciales qui n'en comportait que deux, mais il y avait déjà des signes pour indiquer que ça n'allait pas marcher. Le lieutenant ne le prenait pas au sérieux. Ce n'était pas seulement parce qu'il n'avait pas été affecté à cet assassinat, c'était l'attitude de Leaphorn. Ils auraient dû mener une enquête sur la société Continental Collectors, sur Jimmy

Chester, l'élu au Conseil* Tribal, sur ces gens du Bureau de l'Attribution des Terres et sur toute cette conspiration qui tendait à faire de la Réserve-aux-Mille-Parcelles* une poubelle nationale. C'est cela qu'il devrait faire, et non pourchasser un écolier en cavale qui n'était même pas Navajo. Ou tout juste Navajo. Et le traquer pour la seule raison que sa grand-mère était quelqu'un d'important au sein du Conseil Tribal Navajo.

Il était donc d'humeur plutôt maussade, en partie à cause de cette impression qu'il avait qu'on lui faisait perdre son temps. Mais, pour être honnête avec lui-même, c'était surtout à cause de la façon dont cela s'était déroulé.

Quand Leaphorn lui avait donné ses ordres, Chee avait décidé d'en tirer le meilleur parti possible. Le service d'aide légale de Janet Pete était fermé le samedi. Il l'avait appelée chez elle et l'avait invitée à venir assister à la cérémonie. Elle avait dit “ super ”. Elle devait le retrouver devant l'Auberge de la Nation Navajo. Et elle s'y trouvait quand il était arrivé avec sa voiture. Mais, hélas, elle était en discussion avec Cowboy et Asher Davis, et une grande partie de ce qui avait été une brillante idée avait perdu de son éclat.

– Est-ce que tu connais ce gars-là ? lui avait demandé Cowboy. Il s'appelle Asher Davis et il est ce que vous autres, gens éduqués ayant fréquenté les universités, vous nommeriez un oxymoron. C'est un Honnête Négociant en Objets de Fabrication Indienne.

Pendant qu'ils échangeaient une poignée de mains, Dashee avait observé Davis et il était revenu sur son compliment.

– Disons que c'est un Assez Honnête Négociant en Objets de Fabrication Indienne. Nous sommes allés sur les mesas* hopi et je suis obligé de reconnaître qu'Asher a bien essayé de truander certains de mes proches.

Davis était visiblement habitué à ce genre de comportement.

– Pour dire la vérité, avait-il confié à Chee avec une expression bien sombre, truander les proches de Cowboy est une chose que je n'ai pas réussi à faire. Son oncle, là-bas, à Mishongnovi, m'a vendu une Chouette Kachina du dix-neuvième siècle, et une fois que je l'ai eue ramenée chez moi et que j'ai regardé sous les plumes j'ai trouvé l'une de ces étiquettes qui disent « Fabriqué à Taiwan. »

Dashee arborait un large sourire.

– En réalité, avait-il précisé, ce qu'il y avait de marqué, c'était « Fabriqué à Taiwan par des Hopis en 1889. » Ça prouve au moins qu'elle est ancienne.

– Enchanté de vous connaître, monsieur Davis, avait dit Chee. Faut qu'on y aille.

Et Cowboy avait dit “ où vous allez ? ” et, hélas, Chee avait avoué qu'ils se rendaient à Tano pour assister à la cérémonie, et Cowboy avait dit que celle-là il ne l'avait pas vue et qu'il avait entendu dire qu'elle était intéressante, et Davis avait dit qu'assurément elle l'était, que Tano était un marché intéressant, qu'il y trouvait parfois de vieilles poteries et que les Jicarillas* y apportaient leurs paniers pour les vendre, et, une fois encore hélas, Janet avait dit “ on a plein de place. Pourquoi vous ne venez pas avec nous ? ”

Ainsi, ce que Chee avait envisagé comme un duo tranquille avec plein de temps pour discuter et approfondir leur relation s'était dégradé pour donner un quartet bruyant. Et il se retrouvait maintenant avec Janet qui souriait quand Cowboy lui décochait ses piques, et qui se rangeait du côté de ce dernier quant à l'opportunité qu'il y avait à s'asseoir sur le toit. Pire, maintenant qu'ils se retrouvaient en haut, sur ce toit, il était évident que c'était Cowboy qui avait raison. Oh, et puis merde.

Chee sortit la photo de Delmar Kanitewa de la poche de sa veste et se la remit en mémoire. Ce cliché à gros grain représentait le portrait du garçon agrandi à partir de l'almanach de l'école secondaire de Crownpoint de l'année précédente. On y voyait un large sourire, des dents blanches mais un peu de travers, des pommettes hautes, un menton légèrement fendu en son milieu et une vilaine coupe de cheveux. Il était visible que les gènes de sa mère tano l'avaient emporté sur ceux de son père navajo. Il allait ressembler à des douzaines d'autres adolescents de Tano, ressembler énormément à des centaines d'autres adolescents des différentes tribus pueblo, et beaucoup à un Hopi, d'ailleurs. Mais Chee le reconnaîtrait. Il était très physionomiste quand il s'en donnait la peine.

Quand Leaphorn lui avait confié cette mission, il s'était montré explicite dans ses instructions :

– La maison de sa mère se trouve à une rue au sud de la plaza, lui avait-il dit. Mais n'y allez pas. Nous avons le Bureau des Affaires Indiennes qui couvre Tano pour vérifier auprès de la maman de Kanitewa, et elle leur a dit qu'elle ne l'avait pas vu. Probablement qu'elle le cache ou quelque chose comme ça. Alors ne dévoilez pas vos batteries.

– C'est quand même drôle, avait objecté Chee. C'est quand même elle qui l'a envoyé à cette école, pas vrai ? On pourrait penser qu'elle veuille qu'il retourne en classe.

Le lieutenant Leaphorn n'avait pas jugé cette réflexion digne d'être commentée. Il n'avait pas même levé les yeux de son calepin.

— Quand vous l'aurez trouvé, voilà ce que vous ferez. Vous lui demanderez pourquoi il s'est enfui de l'école, et où il dort. Faites en sorte qu'il sache que vous n'en avez pas après lui, pour qu'il ne fiche pas le camp une nouvelle fois. Ensuite vous m'appelez et vous me dites où il est. Rien d'autre.

— Je ne lui mets pas le grappin dessus ? Je ne le ramène pas à son école ?

Le lieutenant avait levé les yeux en entendant la question de Chee, avec cette expression qui donnait toujours à son subordonné l'impression qu'il avait dit une énormité.

— Vous êtes en dehors de la réserve navajo. Ce garçon n'a transgressé aucune loi. Tout ce qui nous intéresse c'est de rendre un petit service à une femme qui est membre du Conseil Tribal. Sa mamie. Je soupçonne qu'il s'agit d'un épisode d'une histoire de famille concernant la garde de l'enfant.

Leaphorn avait patiemment exposé cela puis, patiemment, avait ajouté des explications supplémentaires.

La mère de Kanitewa, une Tano, avait divorcé du père navajo du garçon sans qu'apparemment subsiste une grande animosité. Le garçon avait habité avec sa mère et gardé son nom tano. Mais quand était venu le moment d'aller à l'école secondaire, alors qu'il était presque un homme, il avait décidé de vivre avec son père.

— Et malheureusement, son père est le fils de Bertha Roanhorse[1] qui fait partie de la commission du budget du Conseil Tribal, laquelle décide si nous allons manger bien ou mal. Et elle est inquiète. Le garçon n'a dit à aucun de ses amis qu'il allait fuguer. Au contraire. Il était membre d'un groupe de danse

1. Bertha Roanhorse ou Bertha Cheval-Rouan (N.d.T.)

intertribal qui prépare un spectacle pour un rodéo à Durango très bientôt. Ce qui fait un curieux moment pour disparaître de son école.

— Peut-être qu'il voulait assister aux cérémonies de Tano, objecta Chee. S'il est à l'école secondaire, c'est qu'il a probablement été initié * dans l'une des kivas * de Tano.

— Sa mamie dit que non. Il avait pris des dispositions. Il la faisait travailler à son costume pour qu'il soit prêt pour le spectacle de Durango. Elle dit qu'il attendait ça avec beaucoup d'impatience.

— On pourrait penser qu'elle irait le chercher elle-même.

— Non, certainement pas. Pas si vous la connaissiez. Elle nous le ferait faire à sa place.

Et cela avait mis un terme à la conversation.

C'était irritant. Ce qu'il faisait là était à peine plus glorieux que de jouer les fonctionnaires chargés de faire respecter les règlements régissant la scolarisation obligatoire. Se retrouver avec Leaphorn comme patron, ça allait être franchement pénible. Exactement comme on l'en avait averti.

Il sentit le coude de Janet Pete dans ses côtes.

— Pourquoi cette figure de dix pieds de long ? Tu veux descendre ?

— Excuse-moi, fit Chee. Non, Cowboy avait raison.

— Cowboy a souvent raison, déclara l'intéressé. Il faut simplement apprendre à s'en persuader.

La double colonne que formaient les kachinas avait maintenant achevé son cercle autour de la plaza et avançait presque juste sous leur toit. Chee regardait des silhouettes écrasées par la perspective. Il voyait le sommet des masques de cuir tubulaires qui transformaient cultivateurs, conducteurs de camions, bûcherons, policiers, comptables, ivrognes, pères, fils et grands-pères en ces esprits bienveillants qui opéraient le lien entre les gens de Tano et l'au-delà. Il distinguait une sueur tout ce qu'il y avait d'humaine qui brillait sur leurs épaules, un tatouage tout à fait ordinaire représentant l'ancre du Corps des Marines sur le bras du septième kachina, la poussière extrêmement naturelle soulevée par le pas traînant de leurs mocassins. Et cependant, même pour un Navajo incrédule assistant à la cérémonie en spectateur, ces silhouettes dansantes semblaient plus qu'humaines. Peut-être était-ce en raison du schéma sonore rythmé par les tambours, peut-être à cause de l'effet de la perspective. Il quitta les danseurs du regard. Tous les gens présents étaient silencieux, les enfants eux-mêmes presque immobiles.

A ce moment-là, de l'autre côté de la plaza, retentirent des éclats de rire.

— Les koshares qui arrivent, avertit Cowboy.

Quatre personnages étaient apparus sur un toit, en face d'eux. Ils portaient une sorte d'étoffe autour des reins ; leurs corps étaient zébrés de rayures noires et blanches, leurs visages peinturlurés de blanc avec un immense sourire noir peint autour de la bouche, leurs cheveux se terminant vers le haut par deux longues cornes coniques, chacune d'elles surmontée d'un toupet qui semblait composé de spathes de maïs. Les koshares. Les Clowns Sacrés des habitants des pueblos. La première fois que Chee avait vu des clowns similaires en action c'était à une cérémonie hopi à Moenkopi, quand il était enfant, et depuis il en avait revu à d'autres danses hopi. Ceux-ci semblaient exactement semblables.

Deux d'entre eux se tenaient maintenant au niveau du parapet du toit de l'habitation, montrant du doigt la colonne des kachinas, en contrebas, gesticulant en tous sens. Les deux autres, un adulte bien en chair et un adolescent au corps d'haltérophile, portaient une échelle. Ils la faisaient tourner dans les airs sans faire attention à ce qui les entourait, culbutant d'abord l'un, puis l'autre de leurs compères à la grande joie des spectateurs. Ils parvinrent à faire passer l'échelle par-dessus le bord, à l'envers. Il s'ensuivit une fausse bagarre, avec force chutes et maladresses largement partagées, pour déterminer qui allait descendre en premier. Le gros l'emporta. Il commença à descendre la tête en bas. L'un des autres, un individu maigrichon, monta sur lui, la tête en bas lui aussi. Leurs jambes s'emmêlèrent. Ils commencèrent à tomber, furent rattrapés par l'un de leurs deux collègues resté sur le toit. L'haltérophile avait trouvé moyen d'en partir en empruntant le dessous de l'échelle. Il descendait sous la mêlée générale, la tête en bas lui aussi.

La foule riait, les encourageait de la voix. Les tambours gardaient leur rythme soutenu. Les kachinas continuaient à danser, esprits sublimes aveugles à pareille imperfection humaine.

— Il y en a un qui va se tuer, dit Janet Pete. Ils vont se casser le cou.

Une chute entraînerait certainement des fractures. Ils tomberaient d'une hauteur d'un étage sur de la terre tassée, dure comme du béton.

— Cela fait mille ans qu'ils font ça, dit Cowboy. Personne ne se fait jamais mal.

Mais il fronçait les sourcils.

— Ces gars-là sont bons, sans plus, critiqua-t-il. Vous devriez les voir faire à Shongopovi, ou à Hotevilla, à Walpi, à…

— Ou dans n'importe quel autre village hopi, acheva Chee. C'est le slogan de Cowboy, ça. Les Hopis sont meilleurs que les autres.

Cowboy secouait la tête :

— Chee est incapable de le répéter sans se tromper. Ce qu'il faut dire, c'est : Les Hopis sont les meilleurs.

— Ils s'y prennent toujours comme ça ? demanda Janet Pete d'une voix à la fois incrédule et désapprobatrice. Ils perturbent la cérémonie.

— Ils ne la perturbent pas. Ça fait partie de la cérémonie. Tout cela est symbolique. Ils représentent la condition humaine. Ce sont des clowns. Ils font tout de travers alors que les esprits font tout comme il faut.

Janet ne paraissait pas convaincue. Les koshares parvinrent à descendre le long de l'échelle jusqu'au sol. Ils se relevèrent, montrant les kachinas à grand renfort de gestes, parlant à voix haute comme au théâtre dans une langue que Chee ne comprenait pas. Les habitants de Tano, pensait-il, parlaient le tewa *. A moins que ce ne soit le keres *. L'un des koshares courut vers la colonne de danseurs kachina, jeta ses bras autour de l'un des hommes masqués et l'arracha à la formation. Il criait quelque chose aux autres koshares. Janet tourna un regard interrogateur vers Cowboy.

— Il dit : “ Celui-là il est à moi. Celui-là il est à moi. ” Ou quelque chose comme ça.

— Tu comprends le tewa ?

— Non, répondit Cowboy. Mais la cérémonie est très proche de l'une de celles qu'on fait. L'idée consiste à se moquer du travers qu'ont les hommes à vouloir tout s'approprier.

La foule semblait s'amuser. Un personnage qui ne portait pas de masque, en tunique de cérémonie et en mocassins (Cowboy leur avait dit qu'il s'agissait du “ Père des kachinas ”) prit le koshare par le bras, libéra le kachina et provoqua un échange de paroles qui entraîna des éclats de rire. Trois garçons, des adolescents, apparurent entre deux maisons et se glissèrent derrière une rangée de femmes assises sur des chaises à la limite de l'aire de danse. Le plus grand était Delmar Kanitewa. En tout cas, il ressemblait à Kanitewa.

Chee toucha le genou de Janet.

– Regarde, dit-il. Tu vois ces trois garçons, presque juste en face de nous, de l'autre côté de la plaza ? Derrière les femmes. Regarde bien celui qui a la chemise rouge.

– Ouais, fit Janet. On dirait que c'est lui. Mais tu ne crois pas qu'il est trop grand ?

– La description qu'on m'a donnée dit qu'il fait un mètre soixante-douze. C'est assez grand pour un garçon de pueblo.

– Je vais le choper, fit Cowboy en s'aidant des mains pour se lever. Gardez-le à l'œil.

Ce n'était pas trop difficile. Chemise Rouge et ses deux amis avaient trouvé un mur contre lequel s'appuyer. Chee les regardait. Chemise Rouge parla à ses compagnons et indiqua quelque chose de l'autre côté de l'aire de danse. Il montrait un homme que la perspective, pour Chee, cachait à demi sous un immense chapeau de cow-boy : il sortait d'une ruelle pour s'engager sur l'aire de danse en trottant sur un cheval dont le corps était constitué par un manche en bois. Derrière lui venait un second homme, celui-là coiffé d'un Homberg noir. Homberg pédalait dans une voiture jouet si petite que ses genoux remontaient aussi haut que ses épaules arrondies. Des signes représentant des dollars étaient peints en blanc sur la voiture rouge qui traînait derrière elle un objet noir et plat lui aussi décoré de signes de dollars. Derrière la voiture arrivait un troisième homme en chapeau de paille et complet veston bleu. Il tirait une charrette d'enfant remplie d'objets variés. Des panonceaux étaient attachés sur ses flancs. Les trois hommes paradèrent devant les spectateurs. Il y eut des rires, puis le silence, puis un murmure de conversations.

– Qu'est-ce qui se passe maintenant ? voulut savoir Janet. Tu comprends, là ?

– Un peu, répondit Chee. D'habitude, dans les cérémonies, les équipes de koshares ont un certain nombre d'autres gars qui travaillent avec eux. Ils arrivent comme ça et ils font de petits sketches. Un peu pour attirer l'attention sur des choses qui ne vont pas dans le pueblo. Ils les tournent en dérision.

– Le cow-boy fait semblant de prendre des photos de tout le monde, commenta Janet. Regarde. Il fait comme s'il avait son appareil photo caché dans son chapeau.

Elle rit. Le sommet du chapeau était monté sur charnière. Le cow-boy pointa la calotte du couvre-chef sur un groupe de filles, la fit basculer et déclencha une ampoule de flash. Les filles pouffèrent de rire.

– Tu as vu ça ? dit-elle. C'est drôlement ingénieux.

– Non, je l'ai raté.

Chee suivait un autre aspect du numéro en cours. Le conducteur de la voiture avait mis pied à terre et ramassé l'objet qu'il remorquait. Il s'avéra qu'il s'agissait d'un portefeuille de dimension grotesque dont il sortit une liasse de reproductions de dollars de taille démesurée. Il les agitait en direction de celui qui tirait la charrette. Chee pouvait maintenant lire l'un des panneaux.

« Objets sacrés à vendre. »

Plus grand monde ne riait. Parmi les habitants de Tano, en tout cas. Il semblait s'agir de quelque chose de sérieux qui provoquait des murmures nerveux.

Le tireur de charrette vendit quelque chose qui ressemblait à une poupée de bois de taille exagérée, mal fabriquée, puis se livra à un marchandage outré sur un objet qui avait l'aspect d'un bâton noir, peut-être une canne de marche, finissant par accepter un plein sac en papier de pseudo-dollars. Il sortit ensuite de la plate-forme de la charrette un objet qui ressemblait à un bloc de pierre ovale. L'acheteur sauta en l'air plusieurs fois de suite pour simuler l'excitation. Les spectateurs étaient devenus si silencieux que Chee parvenait à entendre le dialogue des clowns. Les enfants eux-mêmes ainsi que les visiteurs écoutaient maintenant sans rien faire d'autre, ressentant la tension.

Un large sourire était peint sur les traits de Janet :

– J'espère que ce vieil Asher est en train de regarder ça, dit-elle. C'est à lui qu'ils pensent.

– De l'argent ! De l'argent ! Encore de l'argent ! criait Tireur de Charrette.

Acheteur avait ouvert son porte-monnaie et continuait à entasser du papier vert sur la terre tassée. Les deux clowns, à quatre pattes maintenant, se disputaient l'argent.

– Oups, fit Janet. Je me suis trompée.

– Ça, renchérit Chee, on peut le dire. Tu imagines Asher sortir son argent sans compter comme...

Il se tut. Cowboy se tenait juste en dessous d'eux, les yeux levés, lui adressant une question muette.

Chee reporta son regard de l'autre côté de la plaza, indiquant du doigt l'endroit où se tenaient les trois garçons. L'endroit où ils s'étaient tenus. Deux d'entre eux y étaient toujours, les yeux fixés sur les clowns. Chemise Rouge avait disparu.

– Aaaah, fit Chee.

– Qu'est-ce qu'il y a ? s'enquit Janet.

Il mit ses mains en porte-voix et cria à l'adresse de Cowboy :

– Je l'ai paumé.

Cowboy haussa les épaules et partit à la recherche du garçon en petites foulées le long de la rangée de spectateurs.

Janet Pete avait les yeux fixés sur son compagnon.

– J'ai fait le con, expliqua-t-il. Je l'ai quitté des yeux, ce petit salaud. Faut que j'aille aider Cowboy à le chercher.

– Je vais avec toi. Regarde là-bas. A l'entrée de la ruelle. Applebee. Le gars dont Davis nous parlait, qui défend les intérêts de Priorité à la Nature. Tu devrais le rencontrer.

– Plus tard peut-être, répondit Chee en descendant l'échelle à toute vitesse.

Ils inspectèrent la plaza, les échoppes des vendeurs, les véhicules alignés, surtout des pick-up trucks [1], qui encombraient tous les endroits où il était possible de stationner. A la maison de la famille Kanitewa, ils plongèrent le regard par la porte qui était ouverte et par les fenêtres. Le lieutenant avait dit de ne pas s'en approcher mais le lieutenant n'était pas là. La longue table de la cuisine-salle à manger était couverte de nourriture mais personne ne semblait être à la maison. De retour à l'aire de danse, ils virent Cowboy, les sourcils levés en signe d'interrogation.

– Rien, fit Chee.

– Dans quelle direction il allait ? La dernière fois que tu l'as vu ?

1. Pick-up truck : omniprésent dans les États de l'Ouest, il s'agit d'un camion léger, en général monté sur un châssis d'automobile, dont l'arrière ouvert autorise tous les transports (N.d.T.)

— Je l'ai quitté des yeux, avoua Chee. J'ai regardé le clown un instant et il a disparu, c'est tout.

— Ouais, fit Cowboy d'un air sceptique. Bon, il reviendra.

Derrière lui, il y eut une explosion de rires. Un personnage kachina qui portait un masque aux yeux démesurément grands et des toupets de plumes à la place des oreilles menaçait l'un des koshares avec un fouet de yucca *. Le koshare tendit un bol au kachina aux grands yeux. Les autres koshares arrivèrent en courant avec des gestes querelleurs.

— Qu'est-ce qui se passe, ce coup-là ? voulut savoir Janet.

— C'est ce que les Hopis appellent la Chouette Kachina, expliqua Cowboy. Ou parfois, " Celui-qui-Punit ". S'il s'agissait de la Mafia, on dirait celui qui est chargé de faire respecter les règles. Et si ce qui se passe là est la même chose que dans les villages hopi, il prévient les kachinas qu'il faut qu'ils se comportent correctement, et le chef des koshares essaie de le soudoyer pendant que les autres koshares le soupçonnent de les vendre.

Cowboy rit, expédia un petit coup de poing sur l'épaule de Janet :

— Nous autres, Pueblos, nous avons toujours eu une vision réaliste de la nature humaine.

— Le péché originel, commenta-t-elle. La déchéance de l'homme.

Chee, qui parcourait la foule du regard en espérant que la chemise rouge de Kanitewa allait reparaître, ne faisait pas attention aux clowns. Il se voyait dans le bureau de Leaphorn. Le lieutenant serait assis derrière sa table, le visage neutre. Chee lui expliquerait comment il avait laissé Kanitewa lui échapper. Il y aurait de longs moments de silence pendant que Leaphorn digérerait cette information, puis il lui demanderait ce qu'il pouvait bien ficher là-haut sur le toit, et cela l'amènerait à expliquer plus ou moins comment il avait transformé sa mission en sortie avec des amis.

– Écoute, fit Chee, laisse tomber la théologie pour l'instant. Trouvons ce môme.

Ils reprirent donc leurs recherches, se séparant, scrutant la foule, inspectant les échoppes, plongeant le regard à travers les vitres d'une quantité incalculable de pick-up trucks, allant jusqu'à vérifier dans les granges à foin et les enclos à moutons entre le village et les champs.

A quinze heures, comme prévu, Chee escalada à nouveau l'échelle pour remonter sur le toit. Cowboy et Janet y étaient et suçaient de la glace pilée en l'attendant. Ils n'eurent pas besoin de lui dire qu'ils n'avaient pas eu plus de succès que lui.

– J'ai trouvé les deux garçons qui étaient avec lui, déclara Janet. Ils ne savaient pas où il était. En tout cas, c'est ce qu'ils m'ont dit. Mais ils m'ont effectivement confirmé que leur ami était bien notre furtif et insaisissable Delmar.

– Ce que j'ai trouvé et rien, c'est du pareil au même, intervint Cowboy.

Les kachinas étaient maintenant partis et la plupart des gens avaient quitté la plaza pour les points de vente. Chee repéra l'un des garçons qui s'était trouvé avec Kanitewa, un gobelet en papier dans une main, un morceau de pain frit dans l'autre, appuyé contre un mur. Il vit Asher Davis penché au-dessus d'une table où un Navajo vendait des boucles de ceinture en argent, moulées dans le sable, et riait de quelque chose. Il vit un policier du Bureau des Affaires Indiennes qu'il avait un jour rencontré lors d'une séance de formation à Albuquerque et avec qui il avait fait équipe (un Cheyenne qui s'appelait

Blizzard machin-chose) inspectant un panier à un étal tenu par une femme apache. Il vit deux chemises rouges, mais c'était une jeune femme qui portait la première et un homme âgé la seconde.

Il descendit une nouvelle fois l'échelle. Il patrouilla dans les rues étroites, alla jeter un coup d'œil aux enclos à moutons, aux corrals à chevaux, et aux endroits où l'on stockait le foin, rôda à travers les rangées de véhicules garés en regardant par les vitres. Il ne vit pas Kanitewa mais tomba sur Cowboy qui achetait à nouveau de la glace. Janet vint les rejoindre.

— Les kachinas vont revenir dans une trentaine de minutes et il y aura d'autres danses, lui dit le policier hopi. Ton môme reviendra probablement pour le second acte. Ou alors, après les danses, il rentrera chez lui et nous pourrons l'attraper là-bas.

— Peut-être, dit Chee en essayant de ne pas laisser transparaître son scepticisme. Mais sa mère le cache sûrement. Elle a dit au B.I.A. [1] qu'il n'était pas rentré à la maison.

La journée ne se déroulait pas pour le mieux et Chee n'avait pas l'optimisme de penser que les choses puissent s'améliorer.

— Revoilà Applebee, annonça Janet. Le type qui a le hot dog à la main et qui achète quelque chose à cette boutique. Tu veux faire sa connaissance ?

Sur leur gauche, à l'entrée d'une ruelle d'où les kachinas étaient arrivés, il y eut une soudaine vague de bruit et d'agitation. Le clown qui avait chevauché le cheval-bâton apparut, courant à perdre haleine : il n'avait plus son chapeau mais portait encore les jambières de son déguisement. Il criait quelque

1. B.I.A. : Bureau of Indian Affairs (N.d.T.)

chose. Ça ressemblait à « appelez l'ambulance. » C'était « appelez l'ambulance. »

– Il doit y avoir un blessé, dit Cowboy.

Deux hommes et une femme débouchèrent de la ruelle, la femme en sanglots.

– On l'a tué, disait-elle. On l'a tué.

2

— Vous étiez assis sur le toit ?

Le lieutenant Leaphorn avait gardé un ton neutre pour énoncer sa question.

— Oui, lieutenant, répondit Jim Chee. De là-haut on distingue toute la plaza.

C'était l'avantage, bien sûr. L'inconvénient étant qu'on ne pouvait pas attraper le gosse une fois qu'on l'avait vu. Mais Leaphorn n'insista pas. Il était évident, à voir l'expression confuse de Chee, qu'il en était conscient. Le lieutenant préféra poser la première page du rapport de son subordonné face contre table et relut la seconde et ultime page. Elle était dactylographiée avec soin mais, selon les critères de Leaphorn, fâcheusement succincte.

— Quand vous avez entendu la femme crier, vous dites ici que vous avez présumé que la personne qui avait été tuée était le jeune Kanitewa ? Pourquoi avez-vous présumé cela ?

— Eh bien, je pensais à lui à ce moment-là. On le cherchait. On essayait de savoir où il était parti.

Leaphorn leva les yeux du rapport et regarda au-dessus de ses lunettes à monture d'écaille.

— Qui ça, « on » ?

Chee hésita.

— J'avais le shérif-adjoint Dashee avec moi, avoua-t-il. Du bureau du shérif du comté d'Apache.

Il hésita :

– Et Janet Pete. Vous la connaissez. L'avocate qui travaille pour le D.N.A.

– Je la connais, acquiesça Leaphorn.

Dans son rôle de défenseur du public au sein de ce bureau d'assistance légale financé par l'État fédéral, mademoiselle Pete avait parfois été une belle écharde enfoncée dans le pied de la Police Tribale Navajo. Ils appelaient cet organisme le D.N.A., abréviation du « Dine'Biina neel Nahiilna be Agadithe », qui se traduit à peu près en américain par " Les gens qui parlent vite pour régler les problèmes des gens ". Mais il semblait à Leaphorn que les gens qui bénéficiaient de cette aide étaient en général ceux que la Police Tribale poursuivait, et jamais la Police Tribale elle-même.

– Vous en avez fait un peu une sortie entre copains, on dirait, reprit Leaphorn. Un peu comme un pique-nique. Tous les trois ?

– Quatre, corrigea Chee. Asher Davis nous a accompagnés. Vous savez, le gros...

Leaphorn fit une entorse à ses propres habitudes et à la tradition navajo en lui coupant la parole. La journée ne s'annonçait pas bien.

– Le marchand ? Le grand costaud de Santa Fe ?

Chee fit oui de la tête. Sa semaine commençait de manière épouvantable. C'était la première dans ce nouveau poste, et ce serait peut-être aussi la dernière. Et même si c'était le cas ? Il reprendrait son poste précédent de simple policier. Il n'avait jamais été persuadé qu'il pourrait travailler avec ce type. Ce super-flic.

– On dirait que vous avez monté une vraie troupe ? Pour attraper ce gosse ?

Les traits de Leaphorn étaient d'une amabilité parfaite.

Chee essaya de l'imiter, mais il sentit que son visage rougissait. Des policiers qui avaient travaillé avec Leaphorn avant que le lieutenant n'ait été affecté à ce nouveau Bureau d'Investigations Spéciales avaient prévenu Chee que le vieux saligaud pouvait faire preuve d'une sacrée arrogance.

— Non, lieutenant, dit Chee. Ça s'est trouvé comme ça. Vous m'avez chargé de le trouver. J'avais décidé de commencer par voir s'il allait se montrer chez lui. Pour la cérémonie. Si c'était le cas, je lui mettais la main dessus et je lui parlais pour savoir où il se cachait et pour lui dire d'appeler sa mamie. Comme vous m'en aviez donné l'ordre. Mademoiselle Pete a voulu voir la danse des kachinas, et elle a demandé à Dashee s'il voulait venir avec nous, et ensuite...

Il laissa son explication en suspens.

— C'est contraire au règlement, déclara Leaphorn.

— Oui, lieutenant, convint Chee.

— Vous comprenez la raison de ce règlement ?

— Absolument.

Leaphorn s'extirpa de son fauteuil et alla jusqu'à la fenêtre. Il s'y arrêta, le dos tourné vers Chee, regardant dehors.

Il réfléchit à la façon dont il va me dire qu'il me met à pied, pensa Chee. *Il réfléchit à la façon dont il va tourner ça.*

— Le temps se gâte, dit Leaphorn. On dirait qu'ils vont peut-être avoir droit à de la pluie sur la réserve hopi.

Chee ne releva pas. Le silence se prolongea.

— Ou peut-être à de la neige. J'ai perdu l'habitude de travailler avec quelqu'un d'autre depuis qu'on m'a affecté à ce poste, reprit-il en s'adressant toujours à la fenêtre. Une tâche solitaire, jusqu'à maintenant. Maintenant, nous voilà deux. Je suppose qu'il va falloir que nous observions un certain nombre de règles.

Il se rassit à son bureau.

– Appelons-les plutôt des lignes de conduite, ajouta-t-il.

– En plus de celles du service habituel ?

– Seulement pour nous. Disons au-dessus des autres règles, et allant au-delà. Comme dans le cas présent. Vous avez effectué une mission. Je veux un rapport complet. Pour me le fournir, il faut que vous me disiez des choses que vous ne raconteriez pas en temps normal au capitaine qui est à la tête de votre district.

Il se tut un instant, étudiant Chee.

– Comme le fait que vous préféreriez assurément ne pas raconter à votre chef que vous avez transformé votre mission en sortie mondaine, poursuivit Leaphorn. Ce qui vous met peut-être dans la panade. Vous amène des ennuis. Plusieurs jours de mise à pied sans salaire. Assez facile, disons, d'oublier certains détails. De se souvenir, peut-être, de manière un peu différente. Comme par exemple que vous avez rencontré mademoiselle Pete, Dashee et Asher Davis là-bas, à la danse des kachinas. Cela aurait semblé tout à fait plausible. Je suis heureux que vous ayez décidé de ne pas vous y prendre de cette façon.

Il observa Chee :

– Vous avez dû y penser.

Il se tut, attendit une réponse.

Chee, qui n'y avait pas pensé, se contenta de hausser les épaules. Il essayait de deviner où le lieutenant voulait en venir. Il était persuadé de savoir ce qui allait venir.

– Ce que je veux dire c'est que quand nous

travaillons sur quelque chose, je veux que vous me disiez tout. Tout. Ne laissez pas de côté des éléments qui vous paraissent insignifiants, ou qui ne vous semblent pas être en rapport avec ce qui nous intéresse en l'occurrence. Je veux tout, intégralement.

Chee hocha la tête en se disant : *C'est ça. Chee a des yeux, des oreilles et un nez. Un enregistreur de données. Le lieutenant est le cerveau, c'est lui qui réfléchit. Bon, moi, j'ai un poste qui m'attend dans le service du maintien de l'ordre du B.I.A., au bureau du shérif du comté d'Apache et dans la police de l'État d'Arizona. De bons états de service. Un bon dossier. Enfin, assez bon.*

Leaphorn étudiait son visage.

— Bon, fit-il. Racontez-moi tout ce que Francis Sayesva a fait.

Il fallut un moment à Chee pour établir le lien entre ce nom et le personnage grassouillet qu'il avait regardé la veille faire le pitre sur le toit. L'homme dont le corps peint portait les rayures du clown koshare. L'homme que quelqu'un avait tué à coups de bâtons sur le crâne à quarante mètres à peine de l'endroit où lui-même était assis.

— Tout ? répéta Chee.

Et il commença à décrire tout ce dont il se souvenait.

Leaphorn assimila ces renseignements.

— Pareil pour le garçon, dit-il. Tout ce dont vous vous souvenez depuis l'endroit où il se trouvait quand vous l'avez aperçu la première fois jusqu'à la dernière image.

Cela ne prit pas longtemps.

— Quelque chose qui permette d'établir un lien entre le garçon et Sayesva ? Un échange de signal ? Quelque chose comme ça ?

Chee réfléchit.

– Rien, dit-il. Le garçon, il se comportait comme n'importe quel spectateur.

– Sayesva était son oncle *, précisa le lieutenant. Son oncle maternel.

– Oh, fit Chee. Je l'ignorais.

L'oncle maternel, cela signifiait un lien de parenté particulièrement proche. En tout cas chez les Navajos. En allait-il de même pour les habitants de Tano ?

– Je ne l'ai appris qu'il y a une minute, dit Leaphorn.

Au téléphone, par conséquent. L'appel qu'il a reçu au moment où je suis entré. Mais qui a bien pu l'appeler pour lui dire un truc pareil ? Qui, sinon quelqu'un que Leaphorn avait lui-même appelé pour qu'il lui obtienne ce renseignement ? Mais pourquoi aurait-il agi de la sorte ?

– Vous vous êtes dit qu'il existait peut-être des liens familiaux entre eux ? demanda Chee.

– Il faut chercher les rapports possibles. Deux homicides.

Leaphorn tendit la main derrière lui et toucha du doigt la grande carte qui couvrait le mur.

– Un à Thoreau sur la Réserve-aux-Mille-Parcelles et l'autre très loin de là, au pueblo de Tano. Rien de commun entre les deux, pas vrai ?

Chee ne trouva rien et le dit :

– Pour dire la vérité, pratiquement tout ce que je sais de cet homicide de Thoreau c'est ce que j'en ai entendu à la radio.

Leaphorn décela dans sa voix quelque chose qui pouvait être du ressentiment.

– Ouais, reconnut-il. J'en suis désolé. Je vais vous passer le dossier. On va être obligés de jouer les garçons de courses pour le compte du FBI, là-dessus.

Le dossier, jusque-là, ne comprenait que deux

feuilles : le rapport établi par le policier du bureau de la Police Tribale Navajo de Crownpoint qui s'était rendu sur les lieux. Cela n'apprit pas grand-chose à Chee qu'il ne connût déjà. Eric Dorsey, 37 ans, professeur de menuiserie et de ferronnerie, conducteur de car de ramassage scolaire et responsable de l'entretien à la Mission Indienne Saint Bonaventure. Trouvé mort sur le sol de son atelier par des élèves qui arrivaient pour assister à leur cours de l'après-midi. Cause apparente de la mort : un coup sur l'arrière du crâne. Mobile apparent : le vol. La porte d'une armoire servant de réserve, d'ordinaire fermée à clef, avait été trouvée ouverte. Une quantité inconnue de lingots d'argent semblait avoir disparu. Aucun témoin. Aucun suspect.

— Je ne vois rien qui puisse les relier entre eux, commenta Chee.

— Sayesva était un koshare ? On est bien d'accord ?

— Oui, confirma un Jim Chee complètement dérouté.

— Est-ce que vous voyez quelque chose, dans ce rapport sur le meurtre de Dorsey, qui ait un rapport avec un koshare ?

Chee reprit le dossier, le relut.

— Rien.

— Il n'y a aucune raison que ça figure là, dit Leaphorn. Il y avait des quantités de choses emmagasinées dans l'atelier où Dorsey faisait ses cours. Le genre d'objets que ses élèves fabriquaient. Des moulages en argent, des travaux en cuir, des projets en bois et deux ou trois poupées kachina à demi terminées. L'une d'elle était un koshare. D'à peu près trente centimètres de haut. Il y avait encore du travail à faire dessus. Il n'en est pas fait mention dans le rapport.

— Bon sang, fit Chee. Mais le meurtre de Tano n'avait pas encore eu lieu. Le policier chargé de l'enquête ne pouvait pas savoir et on ne peut pas établir la liste complète de...

Chee laissa sa phrase en suspens. Il voyait ce que Leaphorn voulait démontrer. Excessif, certes, mais pas faux. Il fallait rendre compte de tout même si ça semblait n'avoir aucun rapport.

— On pourrait trouver dix mille explications pour ce koshare, reprit le lieutenant. Des gosses dans une boutique d'artisanat qui essayent de fabriquer des trucs qu'ils puissent vendre. Le koshare est un personnage intéressant. Facile à peindre. Et cetera.

— Pas évident, comme lien, protesta Chee. Moi, je ne le vois pas.

Leaphorn se passa le dos de la main sur les yeux. Il paraissait d'humeur sombre.

— Moi non plus, mais je cherche toujours. C'est une vieille habitude. Ça fait perdre du temps, en général. Tout ce que nous avons là, ce sont deux hommes frappés à la tête. Même méthode. Le gamin s'enfuit peu après le meurtre de Thoreau. S'il avait fait partie des élèves de Dorsey, cela nous aurait beaucoup, beaucoup intéressés. Mais il allait à l'école à Crownpoint. A quarante-cinq kilomètres de là. Et il ne s'est rien passé là-bas.

— Rien, confirma Chee.

Mais vous êtes en train de penser que si je n'avais pas laissé le gamin filer il pourrait peut-être nous expliquer tout ça.

— Je n'aime pas les coïncidences, déclara Leaphorn. Même si là, ce n'en est pas vraiment une. Je crois que je vais me renseigner pour savoir qui est l'élève qui fabriquait ce koshare.

— J'ai une idée pour cette histoire de Sayesva. On m'a dit qu'il était expert comptable agréé. Qu'il travaillait pour cette société d'épargne-logement de Phénix qui a bu la tasse. Qu'il y aurait un jury de mise en accusation, par là-bas, qui s'y intéresserait de plus ou moins près. Peut-être que Sayesva savait des choses qui pouvaient se révéler préjudiciables.

Pour la première fois, le visage de Leaphorn adopta une expression voisine du sourire.

– Vous modifiez tout ça en disant qu'il était bien expert comptable, qu'il travaillait bien pour eux, que moi aussi on m'a dit la même chose et que peut-être bien qu'il savait ce genre de choses. Mais le problème c'est que Sayesva ne nous regarde absolument pas. Cette affaire échappe totalement à nos attributions. C'est strictement du domaine du FBI et du Bureau des Affaires Indiennes. Le regretté Eric Dorsey nous concerne, lui, parce qu'il a été assassiné sur la réserve.

Leaphorn fit pivoter son fauteuil, regarda sa carte. Elle était constellée d'amas d'aiguilles d'une grande variété de couleurs. Un jour, pensa Chee, il apprendrait ce qu'elles signifiaient. S'il restait assez longtemps dans les parages. Pour l'instant, il avait uniquement conscience du fait que le lieutenant n'était pas suffisamment intéressé par sa théorie sur Sayesva pour la mener plus loin. Il n'allait pas aimer cette affectation.

– Quoi par exemple ? demanda Leaphorn. Qu'est-ce qu'il aurait pu savoir, à votre avis ? Et sur quoi ?

– Je ne sais pas. Rien de spécifique. C'est seulement parce qu'un comptable, vous comprenez, ça sait forcément des choses. Par exemple que quelqu'un vole de l'argent. Ou que quelqu'un fraude le fisc. Des trucs comme ça. Donc ça serait intéressant de savoir pour qui il travaillait. Les sociétés sur lesquelles il faisait un audit.

Leaphorn observait Chee.

— Ça ne nous intéresse pas, nous, de le savoir, dit-il. Ça pourrait intéresser le FBI ou le bureau du shérif. Mais vous et moi ça ne nous concerne absolument pas.

— A moins que ça ne soit lié à quelque chose qui nous concerne.

Leaphorn se gratta l'oreille en scrutant Chee.

— Si, par exemple, il faisait un audit sur l'école de Thoreau, dit-il enfin. Si cela était vrai, nous l'apprendrions parce que les fédéraux nous le diraient. En attendant, je veux que vous me trouviez le jeune Kanitewa.

Le ton de sa voix indiquait que la conversation était terminée, mais Chee s'arrêta à la porte.

— Lieutenant. Vous êtes au courant de cette histoire de Continental Collectors qui veulent installer leur décharge toxique sur la Réserve-aux-Mille-Parcelles ? J'ai entendu un certain nombre de choses là-dessus.

Leaphorn fouillait dans les papiers de son meuble classeur. Il ne leva pas les yeux.

— Vous m'en avez déjà parlé. Et je vous ai répondu que notre tâche dans ce service est de nous occuper de crimes, pas de politique.

— Il arrive qu'ils soient liés.

Leaphorn ne leva pas davantage les yeux.

— Qu'est-ce qu'on vous a dit ? Il serait préférable que ça dépasse les habituels racontars sur quelqu'un de chez Continental qui aurait offert de l'argent à des membres du Conseil Tribal. Il y a toujours des racontars sur quelqu'un qui offre de l'argent à quelqu'un d'autre.

— Je crois que je n'en sais pas plus.

— Et vous savez de quels membres du Conseil il s'agit ? Vous pouvez trouver un témoin ? Ou dénicher le moindre élément de preuve ?

— Non, lieutenant.

— En ce cas, nous avons plein d'autres choses sur quoi travailler, reprit Leaphorn. Trouvez-moi ce gamin. C'est la chose la plus urgente pour nous en ce moment.

Il se leva et s'immobilisa, le regard tourné vers la fenêtre, les mains derrière le dos.

— Quand nous nous serons débarrassés de ça, dit-il en s'adressant à la vitre, j'aimerais voir ce que vous êtes capable de faire pour une affaire d'accident de la circulation ayant entraîné la mort de quelqu'un. Je vais vous donner le dossier correspondant et vous allez voir que cela ne laisse guère d'espoir d'aboutir.

— De quel accident s'agit-il ?

La loi tribale interdit la vente ou la détention d'alcool sur la réserve, mais les bars fleurissent dans les villes frontalières et les décès provoqués par des conducteurs en état d'ivresse sont monnaie courante pour les forces de police de la nation navajo.

— La victime est un vieil homme nommé Victor Todachene. Il habitait près de Crystal. Les détails sont dans le dossier.

— Bon, fit Chee.

— Ce qui ne se trouve pas dans le dossier, c'est que le chef s'y intéresse de près.

Leaphorn semblait toujours regarder quelque chose à travers la vitre :

— Il était là-bas, dans le bureau de Shiprock, quand l'accident a été signalé et il est allé voir sur place avec le policier chargé des premières constatations. Un cas particulièrement laid.

— Comment ça ?

Au cours de sa carrière relativement brève dans la Police Tribale Navajo, Chee avait connu une variété infinie d'accidents de la circulation mortels. Tous horribles. Tous laids. La laideur se mesurait au nombre de corps.

— Eh bien, dit Leaphorn, laid d'une certaine manière. La victime était un piéton. Le véhicule l'a en quelque sorte heurté en dérapant puis il a fait marche arrière, apparemment pour voir ce qui s'était passé, il est reparti et monsieur Todachene est resté environ deux heures à mourir en perdant son sang avant que le conducteur suivant n'arrive.

— Oh, fit Chee.

— Je ne pense pas que le chef ait beaucoup travaillé, là-bas, sur la route. Je crois que ça l'a pas mal choqué.

Chee aussi était choqué. Le délit de fuite transformait l'accident en homicide. Un homicide de la pire espèce. Un meurtre qui n'avait pour tout mobile que celui de se prémunir contre des ennuis.

— Le bureau de Shiprock s'est chargé de toute la procédure habituelle, poursuivit Leaphorn. Vérification des endroits où on peut faire réparer sa voiture, des points de vente pour peinture de voitures, ce genre de choses. Ça n'a rien donné. Mais le chef pense que nous devrions résoudre ça.

— Moi aussi, affirma Chee. Mais ce n'est probablement pas possible.

— Je suppose que vous n'ignorez pas que pour moi, le travail que vous faites ici mérite le grade de sergent. Je n'ai pas encore réussi à en convaincre le chef. Mais vu ce qu'il pense de ça, si vous résolvez cette affaire de délit de fuite, vous passez sergent aussi sûr que deux et deux font quatre.

Chee n'avait rien à répondre à ça. A une époque il avait été sergent. Par intérim. Mais il n'avait pas beaucoup aimé ça et ça n'avait pas duré. Le capitaine de Crownpoint et lui n'avaient pas été d'accord sur la façon de mener une enquête.

— Oui, lieutenant, dit-il.
— Mais d'abord, trouvez-moi le petit Kanitewa.
— Oui, lieutenant.
— Souvenez-vous que le meurtre de Sayesva ne nous concerne absolument pas.
Chee hocha la tête et se dirigea vers la porte qui, dans le bureau de Leaphorn, était toujours ouverte.
— Encore une chose, ajouta le lieutenant. Évitez de monter sur les toits.

3

— Le fait est, dit le sergent Harold Blizzard, que cette affaire Sayesva ne te concerne pas. Ce qui te concerne s'arrête aux limites de la Réserve Navajo.

Blizzard portait son uniforme de représentant de l'ordre du Bureau des Affaires Indiennes avec une casquette de base-ball des New York Yankees. Il parlait lentement en regardant droit devant lui par le pare-brise, au-dessus du volant. Jim Chee lisait un recueil de nouvelles de Margaret Atwood qu'il avait emprunté à Janet Pete en se disant que ça pourrait impressionner la jeune femme. Il décida que mademoiselle Atwood qualifierait l'expression de Blizzard soit de froide, soit d'impassible. Ou peut-être de « glaciale ». Cela correspondait au temps, par la même occasion. Il faisait froid pour un mois de novembre, mais Robin Marchment leur avait assuré, la veille au soir dans son bulletin météo sur KRQE, que la tempête de neige qui allait frapper l'Utah se cantonnerait un peu vers le nord.

— Je le sais bien que l'affaire Sayesva ne me concerne pas, affirma Chee. En fait, le lieutenant vient juste de me le dire. Il m'a ordonné de lui trouver le jeune Kanitewa. Rien d'autre. C'est le petit-fils d'un des membres de notre Conseil Tribal. Une femme. Le lieutenant m'a dit de lui enlever cette femme de sur le dos. Il m'a dit de ne pas mettre mon nez dans quoi que ce soit d'autre et de me contenter de trouver le gamin.

Pendant un moment, Blizzard consacra son attention à piloter sa voiture de patrouille dans la section de route gravillonnée qui avait le moins adopté les caractéristiques de la tôle ondulée. Et néanmoins, les cahots faisaient cliqueter sa planchette à pince, le micro de la radio et tout ce qui n'était pas solidement fixé.

— Le problème, reprit-il, c'est que les fédéraux aussi veulent lui parler, à ce garçon. Par conséquent, ton nez, il est en plein milieu de tout ça. Avec les deux narines.

Et Blizzard de glousser de rire.

Cela faisait bien quatre-vingts kilomètres que Chee avait perdu patience, peut-être était-ce même déjà fait avant qu'ils ne quittent le parking du bureau du B.I.A. d'Albuquerque dont dépendait Blizzard : son compagnon n'avait aucune raison de se comporter de la sorte. Il savait comment les agents fédéraux travaillaient. Le nom du garçon figurait sur les listes du FBI de même que tous ceux dont on savait qu'ils avaient parlé avec Sayesva dans les vingt-quatre heures environ ayant précédé son assassinat. Ce qui incluait pratiquement tout le monde au pueblo de Tano et quantité d'autres personnes. Blizzard n'avait aucune raison de se montrer aussi chiant à cet égard et Chee avait bien envie de le lui dire. Mais il n'en fit rien. Il se trouvait dans le périmètre de travail de Blizzard mais ce n'était pas cela qui le retenait. Blizzard était un Cheyenne. Et même avec une casquette des Yankees sur la tête, il avait une allure de Cheyenne. Il avait ce visage dur et osseux, ce profil taillé à coup de serpe. Pendant toute sa jeunesse, Chee avait vu les Cheyennes et les Sioux avec leurs coiffures de guerre et leurs lances combattre la cavalerie U.S. dans les films du drive-in de Shiprock. Même quand le film avait été tourné au sud de Gallup et qu'on savait que les Cheyennes étaient en réalité des Navajos qui se faisaient un peu d'argent pour s'acheter de la bière en jouant les figurants, ils se voyaient parés de la gloire du guerrier sous ces bonnets à plumes. Quand avec ses amis du pensionnat, il jouait aux cow-boys et aux Indiens, les Indiens étaient toujours des Cheyennes. Ce n'était pas un complexe dont il avait pu se débarrasser entièrement en grandissant. Aux yeux de Jim Chee adulte comme à ceux de Jim Chee enfant, le Cheyenne était l'archétype de l'Indien.

– Je n'ai pas l'intention d'embêter qui que ce soit, déclara-t-il. Ton cher FBI veut que tu lui trouves le gamin. Mon patron m'a ordonné de mettre la main sur Delmar Kanitewa. Je suis juste censé donner à sa mamie, qui est si importante, la possibilité de lui parler de sa fugue de l'école. Alors, comme je te l'ai déjà dit, si je le trouve je t'avertis d'abord et ensuite j'en parle à mon patron. Toi tu le dis au FBI à Albuquerque, et mon chef en réfère à la mamie qui est membre du Conseil Tribal. Après, je peux me remettre à faire quelque chose d'utile. Et tout le monde est content.

Harold Blizzard n'avait pas l'air content.

– Hum-hum, fit-il sur un ton rempli de scepticisme avant de s'engager sur la route qui menait au pueblo de Tano.

Il n'a pas entendu un mot de tout ce que je lui ai dit, pensa Chee. Quel connard. Mais il avait tort en ce qui concernait sa première assertion : Blizzard l'avait écouté.

– Le problème avec tout ça c'est que ce garçon arrive à peu près au soixantième rang de la liste que les fédéraux m'ont donnée, et cette saloperie de liste elle me fait l'impression qu'ils l'ont recopiée sur le recensement officiel du pueblo de Tano. J'ai l'impression qu'il y a à peu de choses près tous ceux qui ont approché Sayesva au cours du dernier mois, plus les membres de sa famille. Et je crois que par ici, ils font tous partie de sa famille. Et avoir un policier navajo dans les pattes, devoir t'escorter partout, ça m'arrange pas. C'est suant et en même temps c'est une perte de temps. Tu trouves le môme puis tu me le dis, et moi je le dis aux fédéraux : le temps qu'on y arrive ils auront oublié ce qu'ils voulaient lui demander. Alors n'essaye pas de me dire que je vais être content.

Madame Kanitewa n'avait pas l'air contente non plus. Elle se tenait sur le seuil d'une maison en bois et en plâtre assez récente, l'une des vingt ou trente habitations de ce genre bâties à la limite du pueblo pour répondre aux normes du Service Indien du Logement. Elle tenait à la main une boîte de haricots verts surgelés et un paquet enveloppé d'un papier de boucher dont Chee se dit qu'il devait contenir du bœuf haché qui allait être décongelé pour le dîner. Derrière elle, par l'ouverture de la porte, il aperçut un grand tas de maïs * séparés de leurs spathes qui remplissait un angle de la pièce. Madame Kanitewa leur réserva le sourire requis par les traditions de l'hospitalité. Il ne donnait pas l'impression de refléter sa pensée.

– Bon, ben entrez, dit-elle. Delmar n'est pas encore revenu, mais si vous voulez que je vous redise tout ça, alors entrez.

Le terme « entrez » ne se rapportait pas à la maison de bois et de stuc du Service Indien du Logement. Elle les précéda à travers la cour de terre compacte vers une construction d'adobe *, tassée sous un immense tremble qui paraissait presque aussi vieux qu'elle. Une frange d'ambrosias et de chardons russes qui poussaient sur son toit de terre lui conférait un aspect peu recommandable, négligé. Mais la peinture des fenêtres était d'un bleu turquoise flambant neuf et des géraniums étaient en fleurs dans des boîtes à côté de la porte. Madame Kanitewa les fit installer dans la pièce de façade qui servait de salle à manger, de petit et de grand salon. Ils s'assirent côte à côte sur un canapé dont la garniture plastique crissa et craqua sous leur poids.

— Je suppose que vous ne l'avez pas encore trouvé, vous non plus, dit-elle.

Elle paraissait inquiète maintenant, comme si peut-être ils l'avaient trouvé et lui apportaient de tristes nouvelles.

— Non, madame, répondit Chee.

Blizzard continuait à faire des yeux le tour de la pièce. Le sol de brique était inégal par endroit mais pour l'essentiel recouvert de petits tapis bon marché fabriqués au Mexique, associés à une fort jolie couverture de cheval navajo. Le plafond se composait de branches de saules entrecroisées soutenues par ces piliers de pin ponderosa que les Mexicains appellent « latilla ». Les angles n'étaient visiblement pas d'équerre, il s'en fallait de trois ou quatre degrés, et le plâtre blanc qui recouvrait les murs ondulait suivant la forme irrégulière des blocs d'adobe qu'il dissimulait. Blizzard s'éclaircit la gorge.

— Cette autre maison, dit-il. La neuve. Elle vous appartient ?

La question surprit Chee, et madame Kanitewa aussi.

— Ouais. C'est le gouvernement qui l'a construite. Nous nous en servons pour entasser des choses. Ils y ont mis un grand réfrigérateur.

Elle rit :

— Ils voulaient qu'on y habite.

Blizzard ouvrit la bouche, la referma, laissant sa question non formulée. Chee y répondit. Après tout, ce Cheyenne était un nouveau-venu au pays de l'adobe.

— Celle-ci est chaude en hiver et fraîche en été, lui expliqua-t-il.

— Celle-ci, c'est chez nous, ajouta madame Kanitewa.

Chee attendit un moment par déférence pour Blizzard, mais celui-ci semblait avoir adopté le rôle de spectateur. Après tout, il s'était déjà livré une fois à l'interrogatoire de madame Kanitewa.

— Quand le sergent Blizzard est venu... commença Chee. Avant la cérémonie. Delmar venait de rentrer, à ce moment-là ? C'est bien ça ?

Madame Kanitewa hésita.

— C'est ça, dit-elle d'un air embarrassé. Je lui ai pas dit la première fois qu'il me l'a demandé parce que je pensais qu'il s'agissait seulement de la fugue qu'il avait faite à l'école. Je voulais lui parler avant qu'ils le remmènent à son père.

Il était clair que madame Kanitewa éprouvait de la répugnance à mentir, même pour son fils.

— Ce jour-là, à la cérémonie, j'ai vu Delmar à la danse des kachinas, poursuivit Chee. Monsieur Blizzard m'a dit qu'il avait compris que Delmar était revenu au pueblo mais qu'il n'avait pas eu le temps de passer chez vous.

Madame Kanitewa semblait gênée. Elle jeta un coup d'oeil à Blizzard.

— Ça ne s'est pas passé exactement comme je lui ai dit.

Elle poussa un soupir qui exprimait tout le poids de la maternité.

— Il est rentré ici le jour d'avant. Et il m'a dit qu'il retournait à l'école juste après la cérémonie. Robert Sakani devait l'y reconduire. C'est son cousin.

Le sergent Blizzard essayait de ne pas montrer son impatience. Il n'y parvenait pas.

— Mais après ce qui est arrivé à monsieur Sayesva, vous ne l'avez plus du tout revu, après ça ? Il n'est pas revenu chez vous pour prendre des vêtements de rechange ni rien du tout ?

Madame Kanitewa avait relevé ses défenses. Son visage était sans expression :

— Non, dit-elle. Il n'est pas revenu.

Le regard de Chee était fixé sur la cuisine, derrière la femme, et il laissa passer un bon moment. Il entendit Blizzard qui, mal à l'aise, s'agitait sur le canapé. Blizzard, pensa-t-il, devait être un Cheyenne des villes. Avec une pendule en guise de cerveau. Qu'est-ce qu'il y avait de si pressé, bon sang ?

— Moi aussi ça m'est arrivé de m'enfuir du pensionnat, avoua Chee. Quand je suis arrivé chez moi, le type était là et il m'attendait pour me remmener. Mais ma mère était tenaillée par l'inquiétude.

— Absolument, dit madame Kanitewa. On est tenaillé par l'inquiétude.

— Je suppose que vous vous êtes dit qu'il était bien retourné à l'école avec son cousin. Mais cela aussi ça devait vous inquiéter. Parce que quelle raison il pouvait avoir de ne pas venir vous dire au revoir ? Je ne vois pas bien comment expliquer ça.

— C'est ce que je me suis dit. Où il était ? Il ne serait pas parti comme ça. Il serait resté pour l'enterrement.

— Vous auriez voulu enterrer monsieur Sayesva tout de suite, reprit Chee. C'est bien la coutume dans votre pueblo ? On s'arrange pour que l'enterrement ait lieu avant le coucher du soleil.

– C'est comme ça qu'on doit s'y prendre. Mais ils n'ont pas voulu nous laisser faire. Il y avait un shérif-adjoint ici quand ça s'est passé et monsieur Blizzard était là. Et la police a dit qu'il fallait qu'ils l'emmènent à Albuquerque pour faire procéder à une autopsie et trouver ce qui l'a tué.

Le visage de madame Kanitewa suggérait qu'elle trouvait cela difficile à comprendre :

– Il a été frappé à la tête et son crâne s'est brisé mais ils ont dit qu'il fallait que le docteur puisse le voir quand même, pour que tout soit inscrit noir sur blanc, et qu'ils allaient essayer de le ramener à temps.

– Mais ils ne l'ont pas fait, conclut Chee davantage sur le ton de l'affirmation que sur celui de l'interrogation.

Il était évident qu'il était impossible d'y arriver. Chee avait assisté à un enterrement au pueblo de Zuni *. Le corps devait être lavé et habillé, les cheveux entièrement peignés, tout devait être préparé pour le voyage de quatre jours vers la félicité éternelle que Sayesva allait faire à travers les ténèbres. Un fils de Dieu de Tano en route vers sa demeure. Et il était probablement catholique, aussi. Le prêtre de la paroisse n'allait pas le laisser entamer son voyage sans une autre bénédiction.

– Ça prend trop de temps pour récupérer le corps, dit-elle. Après, sa femme et plusieurs personnes de sa famille ont dû aller le chercher. Pour être sûrs qu'ils n'allaient pas l'embaumer. Ils font ça si on n'y prend pas garde. Les pompes funèbres gagnent beaucoup d'argent avec ça.

– Nous, les Navajos, nous avons aussi ce problème. Si on n'est pas là pour les en empêcher, ils vont prendre le corps, ils le mutilent et ils font payer beaucoup d'argent pour ça. Comme ils le font pour les Blancs.

— Ils font payer beaucoup d'argent, acquiesça madame Kanitewa. J'ai lu dans le journal que les gens des pompes funèbres ont même fait passer une loi pour qu'on ne puisse pas faire incinérer le corps. Même si on dit soi-même que c'est ce qu'on veut, il faut faire signer des papiers par tous ses proches.

Elle se frotta les doigts les uns contre les autres : la métaphore universelle de la société pour exprimer la rapacité de sa classe prédatrice.

— Ils veulent arracher tout cet argent à la veuve.

Blizzard changea de position sur le canapé en plastique, donnant naissance à un cycle de craquements et signalant son impatience à l'égard de ces considérations philosophiques.

— Bon, fit-il. Tu as eu à peu près ce que tu voulais ?

Chee ne lui prêta aucune attention.

— Je n'ai pas autorité pour poser des questions sur monsieur Sayesva parce que ce sont les gens d'Albuquerque qui s'occupent de ça, dit-il à madame Kanitewa. Tout ce qui m'intéresse c'est de parler avec Delmar. Est-ce que vous savez pourquoi il est revenu ici ?

— Oui. Il m'a dit qu'il devait parler à son oncle.

Ah, pensa Chee. Il jeta un regard vers Blizzard pour voir s'il avait remarqué. S'il savait que Sayesva était l'oncle du garçon. Il le savait. Trop tard maintenant.

— A votre frère ? insista Chee.

Elle hocha la tête.

— Oui. A mon frère.

— Il est venu dire quelque chose à votre frère ?

Elle fit oui de la tête.

Blizzard cessa d'être le Cheyenne stoïque assis immobile sur le canapé en attendant que Chee ait fini de lui faire perdre son temps. Il se racla la gorge et se pencha en avant.

– C'est de monsieur Sayesva dont nous parlons maintenant, dit-il. Qu'est-ce que votre garçon lui a dit ? Pourquoi est-ce qu'il voulait le voir ?

– C'était une histoire de religion, répondit-elle. Il ne me l'a pas dit.

Le sergent Blizzard paraissait sceptique :

– Alors comment vous savez que c'était une histoire de religion ? S'il ne vous l'a pas dit ?

La question surprit madame Kanitewa.

– Parce qu'il ne me l'a pas dit, expliqua-t-elle. Si ça n'avait pas été une histoire de religion, il me l'aurait dit.

De sceptique, le visage de Blizzard devint ébahi. Il dit :

– Je ne com...

Puis il se tut. Chee envisagea d'intervenir pour lui expliquer. Pour lui faire une petite conférence sur la façon dont les gens de Tano, et la plupart des autres Pueblos, se montrent peu communicatifs quant à leurs devoirs religieux. Ni le garçon, ni aucun citoyen du pueblo, n'irait discuter des affaires de sa société religieuse bien particulière avec quiconque n'a pas été initié dans la même kiva. Pas même avec sa mère. D'ailleurs elle ne le lui demanderait pas. Si la discussion entre Delmar et son oncle était religieuse, seul son oncle savait de quoi il s'agissait. Chee respectait cette attitude. Blizzard n'avait qu'à aller se faire voir. Il n'avait qu'à s'en tirer tout seul.

Cela prit un peu plus longtemps de cette façon, mais le sergent finit par résoudre son problème. Delmar était arrivé au pueblo dans l'après-midi qui avait précédé la cérémonie. Il avait déposé son sac à dos au passage et s'était rendu à la maison de Sayesva. Après, il était revenu chez lui, avait dîné, parlé de l'école à sa mère. Il lui avait dit qu'il allait y retourner une fois la cérémonie terminée. Puis, avant de se mettre au lit, il était retourné voir son oncle.

– Retourné le voir, demanda Blizzard. Pourquoi ?

Madame Kanitewa réfléchit.

– Je ne sais pas. Il ne me l'a pas dit. Mais maintenant je pense que c'était peut-être à cause de quelque chose qu'il avait entendu à la radio.

Les traits de Blizzard laissèrent apparaître que cette conversation réservait de nombreuses surprises.

– Comme quoi, par exemple ? Qu'est-ce qu'il a dit ?

– Ben, il a dit qu'il fallait qu'il aille revoir monsieur Sayesva. Et il est sorti de la maison en courant.

Blizzard était maintenant penché en avant.

– Je veux dire, qu'est-ce qu'il a dit qu'il avait entendu à la radio ? C'était des informations ou quoi ?

– Il m'a simplement dit qu'il fallait qu'il aille voir son oncle. Je n'ai pas entendu ce qu'il écoutait.

– Qu'est-ce qu'il vous a dit quand il est rentré ?

– Je dormais quand il est rentré. Il était tard. Ici, nous nous levons tôt alors nous nous couchons tôt.

Blizzard s'appuya contre le dossier, l'air pensif. Assimilant tout cela. Chee envisagea une question. Sur quelle station la radio était-elle réglée ? Quelle heure était-il quand Delmar avait entendu ce qu'il avait bien pu entendre ? Il bougea, prit une profonde inspiration.

– Est-ce que vous pourriez estimer l'heure qu'il était quand vous étiez dans la cuisine ? Quand Delmar…

Blizzard leva la main.

— Hé là, Chee, fit-il.

— L'heure du dîner, répondit madame Kanitewa. Il commençait juste à faire nuit.

Blizzard le fusillait du regard. Chee ravala la question suivante. La radio était posée à l'extrémité de la table à côté de son siège. Il regarda le cadran. Là, il était réglé sur KNDN. « Ka-Indien ». Les cinquante mille watts de la voix de la Grande Réserve avec son siège à Farmington. KNDN A.M. était à cent pour cent en navajo, mais la version F.M. était surtout en américain. La radio des Kanitewa était réglée sur la modulation de fréquence.

— Sayesva avait le téléphone, intervint Blizzard. Dans son bureau, à Albuquerque, et ici dans sa maison. Votre fils aurait pu l'appeler de l'école.

— Il avait quelque chose à lui apporter, dit madame Kanitewa.

Une nouvelle surprise.

— Quoi ?

Elle haussa les épaules.

— Il ne me l'a pas dit. Quelque chose pour monsieur Sayesva. Pas mes affaires.

— Quelque chose dont il ne voulait pas parler à sa mère ? insista Blizzard.

— Pas mes affaires.

— Vous ne lui avez pas demandé ? Vous n'étiez pas curieuse ?

— Pas mes affaires.

— Vous l'avez vu ?

— J'ai vu un paquet.

— Ça ressemblait à quoi ?

— A un paquet, répondit-elle avec une expression qui suggéra à Chee que le peu de patience qu'elle avait eue jusque-là pour la police commençait à atteindre ses limites.

Mais elle haussa les épaules et décrivit l'objet.

— Plutôt long.

Elle écarta ses mains d'un petit mètre.

— Pas très épais. J'ai pensé que c'était peut-être une affiche, une photo ou quelque chose comme ça. C'était rond comme l'un de ces tubes en carton que les gens se procurent pour envoyer de grandes photos par la poste.

— Vous ne lui avez pas demandé ce qu'il y avait à l'intérieur ?

Le ton de voix adopté par Blizzard signifiait clairement qu'il savait qu'elle l'avait fait.

— Non, répondit-elle.

Le visage de la femme signifiait clairement à l'adresse de Chee qu'elle était surprise que Blizzard eût ne serait-ce qu'envisagé une telle possibilité.

— Où se trouve ce paquet ?

— Il l'a pris avec lui. Je ne l'ai plus revu.

— Il l'a pris quand il est allé voir Sayesva ?

Elle hocha la tête.

— Et il ne l'a pas ramené ?

Nouveau hochement de tête.

Et ce fut à peu près tout. Il y eut quelques détails que Chee glana avec précautions afin que le lieutenant Leaphorn soit content. Par exemple, l'objet était enveloppé dans un journal, mais madame Kanitewa n'avait pas remarqué lequel. Par exemple, elle n'avait aucune idée de l'endroit où son fils pouvait dormir parce qu'il n'avait jamais fait cela auparavant. Par exemple, elle leur fit promettre de la tenir au courant dès qu'ils auraient retrouvé le garçon. Elle n'avait pas le téléphone mais ils pouvaient appeler les Sena qui habitaient juste trois maisons plus loin.

Blizzard retourna tout droit à la route d'accès et prit la direction de la grand-route.

— Tu crois qu'on devrait aller chez Sayesva ? suggéra Chee. Voir si on peut trouver ce que c'est que le gamin lui a apporté ?

Blizzard tournait le volant pour éviter les cahots les pires.

— Explique-moi en quoi ça peut t'aider à retrouver le garçon, dit-il en regardant droit devant lui. Ça ne peut pas, donc je m'occuperai de retrouver le paquet.

Chee réfléchit à cette réponse.

— Mais pas maintenant.

— Plus tard, acquiesça Blizzard.

— Quand je ne serai pas là ?

— Comme tu me l'as expliqué, Sayesva ne concerne pas la Police Navajo. Ce ne serait pas sympa de t'attirer des ennuis avec ton lieutenant.

Chee ne releva pas. Leaphorn allait lui demander ce qu'il y avait dans le paquet et il dirait au lieutenant pour quelle raison il n'en savait rien, il lui parlerait de Blizzard. Peut-être cela lui éviterait-il à l'avenir de travailler avec lui.

— Je me demande pourquoi cette femme n'a pas voulu nous dire ce que le gamin a ramené chez lui ? s'interrogea le Cheyenne.

Le ton employé était, pour lui, amical :

— Tu n'as pas trouvé ça drôle ?

— Non, répondit Chee. Elle ne nous l'a pas dit parce qu'elle ne le savait pas.

Blizzard lui jeta un regard de côté.

— Mais qu'est-ce que tu racontes, mon vieux ? Tu ne connais pas les femmes, si tu dis ça. Ou alors tu ne connais pas les mamans.

— Écoute... commença Chee.

Mais il s'arrêta. A quoi bon essayer de faire rentrer dans la tête de ce crétin des notions sur la culture des pueblos ? La voiture de police quitta la route empierrée dans un bruit de ferraille pour s'engager sur la chaussée goudronnée dans la direction d'Albuquerque. Chee laissa son imagination battre la campagne. Il se vit en éclaireur pour le compte du Septième de Cavalerie, tirant sur les Cheyennes. La satisfaction que lui procura cette rêverie dura quelques kilomètres. Il prépara le rapport qu'il allait faire à Leaphorn. Il pensa à Janet Pete. Il pensa à la façon dont l'extrémité de ses cheveux coupés court bouclait sur sa nuque. Il pensa à cette curieuse façon qu'elle avait de laisser un sourire pointer, lui permettant d'en avoir un aperçu, puis de le réprimer... comme si elle n'avait pas apprécié sa plaisanterie. Il pensa à ses jambes et à ses hanches serrées dans son jean sur l'échelle, au-dessus de lui, lors de la cérémonie de Tano. Il pensa qu'elle l'embrassait, avec enthousiasme d'abord, puis pensa à la façon dont elle arrêtait sa main quand...

— Pourquoi tu dis qu'elle ne le savait pas ? lui demanda Blizzard qui regardait le pare-brise avec les sourcils froncés. Tu connais ces gens mieux que moi. Je suis quelqu'un de la ville. Mon père était employé des postes à Chicago. Je n'y connais strictement rien, bordel, à ce genre d'Indiens.

— Il y a plein de choses que j'ignore, moi aussi, dit Chee. Je ne suis pas venu souvent à Tano.

— Allez, insista Blizzard en lui souriant. Ça ne fait que deux mois que je suis là. J'ai besoin d'aide.

Moi aussi, pensa Chee, et tu t'es comporté comme un drôle d'emmerdeur. Mais entre flics, entre Indiens...

— Eh bien, commença-t-il, dans la plupart des pueblos, Delmar serait assez âgé pour être initié. Il appartiendrait à l'une des fraternités religieuses et il aurait des devoirs religieux. A la façon dont je comprends ça, chacun préserve les secrets de sa fraternité, de sa kiva, parce que seuls ceux qui ont besoin de ces secrets pour s'acquitter de leurs devoirs sont censés les connaître. Si des non-initiés les connaissent, leur pouvoir s'en trouve dilué. Ça le délaye. Donc je pense que Delmar était probablement membre de la kiva de Sayesva. Et ce qu'il a ramené à son oncle touchait de près ou de loin à la religion. Sa mère ne lui aurait pas posé la question parce qu'on ne pose tout simplement pas de questions sur ces choses-là. Et il ne lui aurait pas dit si elle lui avait quand même demandé. Et s'il lui avait dit, tu peux être tranquille qu'elle ne nous l'aurait pas répété.

– Intéressant, commenta Blizzard. C'est comme ça chez vous aussi, les Navajos ?

– Non, répondit Chee. Notre religion est une affaire de famille. Traditionnellement, plus il y a de gens qui assistent à un rite * guérisseur et qui y prennent part, mieux ça vaut. A part pour certains des clans qui habitent près des tribus pueblo. Certains ont adopté les idées des Pueblos.

Mais tout en exposant cela, il savait que ce n'était pas totalement exact. C'était le *hataalii* qui gardait leurs secrets. Depuis ses quatorze-quinze ans il était élève de Frank Sam Nakai, mais il savait que Nakai (son oncle, son « petit père »), continuait à lui cacher quelque chose. Cela, aussi, était traditionnel. Le *hataalii* ne révélait pas le secret final de la cérémonie qu'il enseignait avant... Avant quoi ? Chee n'en avait jamais été très sûr. Probablement avant qu'il sache que son élève en était digne.

– Intéressant, dit à nouveau Blizzard.

Et il commença à parler à Chee d'un aspect de la religion des Cheyennes. Ça avait un rapport avec la façon dont, il y avait très longtemps, une délégation de Comanches étaient venus vers le nord et avaient apporté avec eux des chevaux pour les offrir aux Cheyennes. Mais les Comanches avaient dit aux Cheyennes que s'ils acceptaient les chevaux, il leur faudrait modifier leur religion parce que ces animaux allaient complètement changer leur vie. Blizzard parlait de suivre les bisons dans leur migration. Mais Chee avait cessé d'écouter. A ce moment précis l'idée s'était imposée à lui qu'il allait épouser Janet Pete. Ou essayer de l'épouser. Et c'était à ça qu'il pensait.

4

Leaphorn et David W. Streib prirent le chemin le plus court pour aller de Window Rock à Crownpoint, empruntant la vieille Route Navajo 9 qui passait par le comptoir d'échanges de Nazhoni, Coyote Wash * et Standing Rock, puis qui franchissait cette ligne invisible qui sépare la Grande Réserve de la Réserve-aux-Mille-Parcelles. L'agent spécial Streib travaillait depuis le siège de Farmington du Bureau Fédéral d'Investigations. Puisque le décès injuste d'Eric Dorsey était visiblement un crime perpétré sur une réserve fédérale qui, par voie de conséquence, tombait sous le coup de la loi fédérale, il était responsable de l'enquête. Ce qui ne la lui rendait pas plus intéressante pour autant. Streib pouvait être catalogué parmi les vieux de la vieille du FBI. Il aurait dû se trouver dans une affectation beaucoup plus importante que sa minuscule agence du nord-ouest du Nouveau-Mexique où l'essentiel des tâches concernait les réserves indiennes. Mais le sens de l'humour fantaisiste qui lui avait valu son surnom de Dilly [1] ne lui avait pas gagné la confiance de ceux que J. Edgar Hoover avait choisis pour diriger son FBI. Et même si Hoover avait maintenant disparu depuis long-

1. Dilly : surprenant, étonnant (N.d.T.)

temps, son règne avait duré plus longtemps que les ambitions de Streib. L'agent spécial Streib avait évolué pour donner quelqu'un de placide, de détaché, qui comptait de nombreux amis dans le Pays Indien.

L'un d'eux était Joe Leaphorn qui avait beaucoup de chance ce jour-là puisque le court trajet qui séparait Window Rock de Crownpoint comprenait quelque cent vingt-cinq kilomètres de route pratiquement déserte. Tout le temps voulu pour discuter. Ils parlèrent des plans qu'avait Streib de se construire une serre derrière chez lui quand il prendrait sa retraite du FBI. Ils revinrent sur les affaires qui les avaient vu travailler ensemble, évitèrent le sujet sensible concernant ce que Leaphorn avait l'intention de faire de ses arriérés de congés et traitèrent d'un assortiment de racontars qui couraient sur le petit monde des représentants de la loi dans le Pays Indien. Au moment où ils dépassaient l'embranchement qui menait au bâtiment * administratif de Nahodshosh, ils en arrivèrent à la question de savoir quelle raison quiconque pouvait avoir de tuer un professeur d'atelier de l'École de la Mission Saint Bonaventure. Le vol était indiscutablement le mobile numéro un, puisque des lingots d'argent et d'autres matériaux semblaient avoir disparu de l'atelier de Dorsey. Des histoires de petite amie constituaient le mobile numéro deux. Des problèmes avec l'un des élèves arrivait en numéro trois. Aucun numéro quatre ne s'imposa.

A la fin, Streib aborda le sujet sensible.

— Tu pars avec le professeur ?

Leaphorn était absolument certain de ne pas avoir envie de discuter de cela. Pas même avec Dilly.

— Où ça ? Qu'est-ce que tu veux dire ?

— En Chine, avec ce professeur de l'Université

d'Arizona Nord, parbleu, fit Streib. Bourebonnette de son nom. Il paraît que c'est ce qui est prévu. Pourquoi tu fais des cachotteries là-dessus, bon Dieu ?

Leaphorn n'avait jamais, au grand jamais, à sa connaissance, discuté de son projet de voyage en Chine avec Bourebonnette en présence de Dilly ou de qui que ce soit. Ce n'était pas le genre de chose dont il avait l'intention de parler. Mais il ne lui vint pas à l'esprit d'être surpris que Dilly soit au courant. Dans les régions semi-désertiques, tout le monde sait tout sur tout le monde. Les pensées intimes des gens semblent se transmettre sur l'air limpide et sec sans qu'il soit besoin de les exprimer en paroles.

– Ouais, fit-il. C'est ce qui est prévu.

– C'est ce qu'on m'a dit, reprit Streib.

Le lieutenant regarda sa montre, une Casio à affichage digital qui lui avait coûté treize dollars et quatre-vingt-dix-neuf cents. Il appuya sur les boutons voulus et ajusta les secondes.

– Je l'ai vérifiée quand ils ont donné l'heure à la radio, dit-il. Elle retarde un tout petit peu. A moins que ce ne soit la radio qui avance un tout petit peu. Elle était probablement exactement à la bonne heure. Il y a de quoi se demander pourquoi on irait mettre cent dollars dans une montre. Ou l'un de ces bidules à cinq mille dollars.

Streib fit comme s'il n'avait pas saisi l'allusion lui demandant de changer de sujet.

– Ça fait vachement long comme voyage, dit-il. Jusqu'en Chine. Si tu as quelque chose en train avec la dame en question, pourquoi ne pas rester ici tout simplement ? Personne n'y trouverait rien à redire. Tu es veuf. Je crois qu'elle est célibataire. A ce qu'on m'a dit.

— J'ai toujours voulu aller en Chine.

— Ouais, fit Streib. Tu parles. Je m'en suis toujours douté.

Son incrédulité aiguillonna Leaphorn.

— J'en parlais avec Emma, dit-il en se sentant furieux contre lui-même d'expliquer ça à Streib. Mais elle n'aimait pas voyager. Une fois, elle est venue avec moi à New York. Et une fois à Washington. Mais c'était uniquement pour me tenir compagnie. Elle était mal à l'aise quand elle était loin de la réserve. Même quand on n'allait qu'à Albuquerque, ou à Phénix, elle était pressée de rentrer.

— Il paraît que le professeur avait un projet de recherche en Chine. Une sacrée coïncidence.

Le ton de sa voix demeurait dubitatif :

— Une chance qu'elle ne fasse pas sa recherche dans l'Antarctique, sans quoi tu me parlerais de la fascination que les pingouins exercent sur toi depuis ta plus tendre enfance.

— Le moment où j'ai commencé à m'y intéresser, ça remonte à après ma licence à l'Université de l'État d'Arizona. On avait un prof d'anthropologie qui était passionné de linguistique. L'évolution des langues, ce genre de trucs. Il m'avait demandé comment mon grand-père disait certaines choses, d'autres gens de ma famille aussi. Et il me montrait les tableaux qu'il avait amassés sur les langues athabascanes * tout le long de la côte Pacifique, au Canada, en Alaska et de l'autre côté des détroits chez certaines peuplades de Sibérie. Ça m'a intéressé.

Leaphorn leva les yeux et eut un geste pour déprécier ses paroles :

— Tu vois, quelle est ma patrie d'origine ? D'où le Dineh * est venu ? Où sont mes racines ?

— Vous autres, Navajos, vous êtes sortis des mondes souterrains, protesta Streib. Vous êtes passés du quatrième monde dans le cinquième. En empruntant un roseau creux, c'est bien ça ?

– Chassés par les eaux, exactement comme vous, les *biligaana* *. Vous, vous vous êtes fabriqué une arche en bois de cyprès. Vous y avez fait monter les animaux pour les sauver. Nous on a dû grimper par un trou dans le plafond et les animaux ont été obligés de faire pareil.

– Je suppose que mes ancêtres, ceux qui étaient d'origine germanique, sont venus d'Alsace. Cette région qui repasse de l'Allemagne à la France en fonction de celui qui a gagné la dernière guerre. Mais je n'ai jamais eu très envie d'aller voir comment c'est.

Streib défit le bouchon de sa thermos, versa du café dans une tasse sur laquelle était inscrit AUSTIN SAM AU CONSEIL TRIBAL, CIRCONSCRIPTION DE NEW LANDS, et la tendit à Leaphorn. Il se versa à son tour du café dans le capuchon.

– Peut-être que si j'avais une jolie femme comme compagnon de voyage je trouverais l'Alsace plus intéressante.

Leaphorn laissa dire. Il but un peu de café.

Streib le regarda en grimaçant un sourire.

– Allez, avoue, dit-il. Laisse tomber toutes ces conneries sur la recherche de tes racines. J'ai rencontré le professeur à deux ou trois reprises. A des manifestations culturelles, à l'université. C'est une jolie femme.

Leaphorn finit lentement son café.

– Ne me dis pas que tu ne t'en étais pas rendu compte, insista Streib.

– Essaie de me verser un peu plus de café, fit Leaphorn en passant sa tasse. Sans parler.

– Moi, je ne laisse pas tomber. Je trouve que c'est une bonne idée. Pourquoi pas ? Ça fait maintenant beaucoup trop longtemps que tu es seul. Ça te rend désagréable. Cette bonne vieille testostérone doit encore fonctionner. Un jeune homme comme toi. Tu ferais mieux de te trouver une compagne régulière sans quoi tu vas te mettre à rôder autour des danses de squaws et t'attirer des ennuis.

Leaphorn pensa : un an huit mois et onze jours depuis que l'infirmière l'avait réveillé dans le fauteuil de la chambre d'Emma. Elle nous a quittés, avait dit l'infirmière. Emma était morte pendant que tous deux dormaient. Six cent vingt-deux jours. Beaucoup plus si l'on comptait les jours qui avaient précédé son opération, les jours où la tumeur avait comprimé son cerveau et lui avait coûté sa capacité à réfléchir de manière lucide. Elle lui avait dérobé mémoire, joie, bonne humeur, personnalité et même, certains jours particulièrement épouvantables, la connaissance qu'elle avait de lui et d'elle-même. Il se souvenait de ces nuits où elle se réveillait à ses côtés, égarée et prise de terreur. Où…

– Change de sujet, dit Leaphorn.

Aussitôt, Streib détecta la colère dans sa voix.

Cela les ramena au meurtre d'Eric Dorsey, si routinier qu'il puisse paraître. Un peu étrange, peut-être, sans aucun mobile immédiatement apparent, et sans suspect prometteur. Mais ce genre de chose prenait du temps à se mettre en place et l'affaire était encore récente.

– Il y a quand même un point insolite, dit Leaphorn.

Et il signala à Streib que la fuite de Delmar Kanitewa s'était produite le jour où Dorsey avait été assassiné et où son oncle avait été tué avec un gourdin, lui parla de l'effigie du koshare dans l'atelier de Dorsey.

– Et alors, fit Streib, où est le lien ?

— Ça paraît peu probable, reconnut Leaphorn. Mais peut-être y en a-t-il un.

— Ou peut-être pas. Peut-être que ça s'est trouvé comme ça que le gamin se soit enfui le même jour.

— Et le fait que son oncle ait été tué là-bas à Tano ? Qu'est-ce que tu en fais ?

— Je sais que tu ne crois pas aux coïncidences. Mais il s'en produit parfois. Par exemple le fait que toi et le professeur vous ayez tous les deux envie d'aller jeter un coup d'œil en Chine. Et là, on dirait bien que ça en fait une autre. A moins que tu ne sois capable de détecter un lien possible entre tout ça.

— Non, reconnut le lieutenant. Mais je préférerais que nous ayons un suspect en détention.

Or, il se trouvait que c'était précisément le cas.

5

— Il s'appelle Eugene Ahkeah, dit le lieutenant Toddy. Sa famille vit du côté de Coyote Canyon mais il a quelque chose à lui à Thoreau. Il travaille à la Mission Saint Bonaventure. Il fait un peu office d'homme à tout faire.

Le lieutenant avait disposé une série d'objets sur sa table de travail.

— Quand il est sobre, ajouta-t-il.

Il tendit un inventaire à Streib.

Celui-ci y jeta un coup d'oeil et le transmit à Leaphorn.

Boîte en carton ayant contenu des articles d'épicerie dans laquelle furent trouvés les objets suivants :

— Sachet à pain en plastique contenant deux lingots d'argent.

Sac en plastique contenant les objets suivants :

— Bracelet en argent moulé dans le sable.

— Ceinture concha * en argent moulée dans le sable.

— Épingle d'ornement en argent martelé.

— Sept boucles de ceinture en argent.

— Quatre lingots d'argent.

— Marteau à panne-boule, taches de sang sur la tête du marteau et sur le manche.

Leaphorn quitta la liste des yeux pour regarder les objets disposés sur la table, se livrant à une vérification superflue de l'inventaire. Improductive, mais pas inutile. Elle le détourna de ses pensées sinistres. Sur la rançon de l'avarice. Sur, très certainement, ce que l'alcool coûte en sang humain, chez ceux du Peuple *, dont les désirs s'orientent rarement vers l'argent, mais vers l'oubli que procure la bouteille.

– Est-ce que vous avez envoyé un prélèvement de sang au labo ? demandait Streib.

– Il est prêt à partir, répondit Toddy. Nous venons de trouver tout ça ce matin.

– C'était sous sa maison ? demanda Streib. C'est ça que vous m'avez dit ?

– Pour être exact, il s'agit d'un mobile-home.

– Vous vous êtes procuré un mandat de perquisition ?

Le lieutenant Toddy, gêné, posa sur Leaphorn un regard en coin.

– Nous lui avons dit que nous avions reçu un coup de téléphone. Un homme nous a appelé, il n'a pas voulu dire son nom, et il nous a indiqué que des choses qui avaient été volées dans l'atelier de Dorsey se trouvaient sous le logement d'Ahkeah. Nous lui avons dit que nous irions chercher un mandat de perquisition s'il l'exigeait, et il nous a répondu qu'il n'y avait rien là-dessous. Alors je lui ai dit qu'il fallait que nous nous en rendions compte par nous-mêmes, d'une manière ou d'une autre, et il a dit, “ Bon, ben y a qu'à aller voir. ” Alors il est sorti et il a enlevé le contreplaqué qu'il met là pour empêcher les animaux d'entrer, et la boîte était juste là. Même pas cachée. Juste poussée dessous.

Le lieutenant Toddy s'interrompit un instant,

plissa le front devant l'étrangeté des comportements humains, secoua la tête.

— C'est lui-même qui a sorti la boîte, ajouta-t-il.

— Comment s'est-il comporté à ce moment-là ? voulut savoir Leaphorn. Qu'a-t-il dit ? Il a fourni une explication ?

Toddy haussa les épaules.

— Il s'est comporté comme s'il avait bu. Il a dit : " Comment c'est arrivé là, ce truc ? "

— Il était soûl ?

— Aux deux tiers environ. Peut-être aux quatre cinquièmes.

— Absolument aucune idée de l'identité de la personne qui vous a téléphoné ? Est-ce qu'Ahkeah avait une idée, lui ?

— C'est la standardiste qui a pris l'appel. Un homme. Il a refusé de donner son nom. Elle a dit qu'il avait une voix d'Anglo. Et Ahkeah, il s'est comporté comme s'il n'en avait aucune idée.

— Je vais me charger de l'échantillon de sang, dit Streib. Je vais le faire parvenir au labo pour vous. Est-ce que vous avez enregistré une déclaration pour Ahkeah ?

— Il a dit qu'il ne savait pas du tout de quoi il s'agissait.

Toddy prit une planchette à pince dans le panier de son courrier en instance et la tendit à Streib.

— Il a dit que Dorsey était un ami. Qu'il ne l'a pas tué.

Les lèvres pincées, Streib lut. Il tendit le document à Leaphorn. C'était une courte déclaration et Toddy l'avait bien résumée. Il avait uniquement omis de signaler qu'Ahkeah refusait de dire quoi que ce soit de plus à quiconque en l'absence de son avocat. Tout le monde regardait la télévision, maintenant. Et reproduisait les comportements vus à la télé.

— Il a appelé un avocat ? demanda Leaphorn.

— Il a dit qu'il n'avait pas d'argent alors nous avons contacté le D.N.A. pour lui. Ils nous ont dit qu'ils allaient nous envoyer quelqu'un de Window Rock.

Leaphorn se sentit pris d'une désagréable prémonition. Le nombre de juristes disponibles au sein du service d'aide de Window Rock était limité. Les gens compétents pour assurer la défense de quelqu'un dans le cadre d'une affaire criminelle encore plus.

— Ils vous ont dit qui ils envoient ?

— Cette femme, là, Janet Pete.

— Oh, merde, lâcha Leaphorn.

Streib remarqua le ton de sa voix.

— Des ennuis en perspective ?

— C'est la petite amie de mon nouvel assistant. Tout au moins, je crois qu'il voudrait qu'elle le soit. A ce qu'il paraît.

— Ça pourrait amener des ennuis, commenta Streib.

— Ça, on peut le dire.

Dans la section réservée à la détention des prisonniers, sur l'arrière, ils trouvèrent Ahkeah qui sommeillait sur son lit de camp sous la fenêtre. Il était un peu enveloppé et un peu négligé. Leaphorn estima qu'il devait approcher de la cinquantaine. Le prisonnier s'assit dans le soleil avec des gestes maladroits, leur présentant d'abord les traits remplis de confusion de celui qui émerge des torpeurs de l'alcool, puis l'expression tendue et provocante de l'individu inquiet. Maintenant qu'il le voyait en plein soleil, Leaphorn revint sur l'opinion qu'il s'était faite de son âge. Peut-être un peu plus de trente ans, avec quinze de ses meilleures années supprimées par le whisky.

— Je ne veux pas vous parler, déclara Ahkeah.

— Vous n'y êtes pas obligé si vous ne le voulez pas, lui dit Streib. Nous nous demandions seulement comment cet argent, ces bijoux et tous ces autres trucs sont arrivés en dessous de chez vous. Si vous pouviez nous aider à répondre à ça, peut-être que nous pourrions vous faire sortir d'ici.

— J'ai un avocat qui va arriver, s'entêta Ahkeah. Je parlerai à mon avocat.

— Vous n'êtes pas obligé de nous parler si vous ne le voulez pas. C'est seulement pour que tout le monde puisse gagner du temps. Peut-être que ça vous permettrait de rentrer chez vous.

— Oui, mais ça n'a rien de sûr, objecta Ahkeah. Je vais quand même vous dire une chose.

Il essuya son visage avec sa main puis fixa Streib droit dans les yeux.

— Jamais j'aurais fait du mal à Eric. C'était un ami pour moi. Bon Dieu, jamais je lui aurais fait du mal.

Lorsqu'il répéta ces mots, sa voix trembla. Puis Eugene Ahkeah se laissa retomber sur la banquette, se tourna vers le mur et mit l'oreiller sur sa tête.

Les quarante-quatre kilomètres tout en virages qui permettent d'escalader puis de franchir Borrego Pass pour se rendre à Thoreau leur donnèrent le loisir de parler d'Ahkeah.

— Il faudrait qu'il soit drôlement idiot pour s'y prendre comme ça, dit Streib, ou qu'il ait été drôlement ivre.

— Tu sais, répondit Leaphorn, si j'avais juste un seul et unique souhait à faire, ce que je crois que ce serait, ce serait qu'on soit définitivement débarrassés de l'alcool. Plus de bière. Plus de vin. Plus de bourbon, de scotch, ou de toutes ces autres saletés qui font que les gens vont taper sur la tête de leurs amis avec un marteau.

— Tu crois que c'est lui qui l'a fait ?

Le regard de côté que Streib lui décocha exprimait la surprise :

— Ce renseignement anonyme donné au téléphone. Je parie que cela te paraît bizarre ?

— Ça me paraît un peu bizarre. Mais ce petit discours qu'il nous a tenu à la fin, là, ça ressemblait bien un peu à des aveux.

A nouveau, Streib eut l'air surpris.

— Tu veux dire, quand il nous a raconté qu'il n'aurait jamais fait de mal à Dorsey ?

Leaphorn soupira.

— J'ai eu l'impression d'entendre un ivrogne qui essayait de se convaincre lui-même que tout ça n'était qu'un mauvais rêve.

L'adjointe de direction par intérim à la Mission Indienne Saint Bonaventure s'appelait Montoya mais c'était visiblement une Indienne pueblo et elle fit à Leaphorn l'effet d'être Zuni. Elle leur dit qu'elle n'avait aucune certitude quant à la raison pour laquelle la disparition de tout cet argent n'avait pas été signalée en comparant avec l'inventaire de l'atelier, mais elle ajouta qu'elle avait sa petite idée là-dessus.

— Je parie que c'est parce qu'Eric n'a tout simplement fait figurer nulle part qu'il l'avait.

— Pourquoi ça ? interrogea Streib.

— Parce qu'il passait son temps à acheter des trucs avec son argent personnel. Des trucs qu'on ne peut pas se permettre. Des outils. De la turquoise. Des bois bien particuliers.

Elle haussa les épaules :

— Tout. Eric n'avait pas de sens pratique.

— Par conséquent il n'inscrivait pas tout ça au moment de la livraison. C'est bien ça ?

La conversation avait pris un tour trop précis au goût de l'adjointe de direction.

— Vous devriez demander ça au Père Haines. Il sera de retour mardi prochain.

— Nous lui demanderons. Nous voulions seulement accélérer un peu les choses. Et les bijoux ? La ceinture concha ? Le bracelet ?

— J'ai vu quelque chose qui concerne la ceinture, ici, sur la table, annonça-t-elle.

Elle préleva un morceau de papier rose saumon dans le panier du courrier en attente et le lut :

— « Tom Tso veut passer prendre la ceinture concha qu'il était en train de terminer pendant le cours d'Eric. Comment il fait ? Et il y a d'autres élèves qui veulent récupérer leurs projets. Faites-moi savoir ce qu'il faut leur répondre. » C'est de la main de monsieur Denny. Il aide Eric à conduire les cars de l'école.

Elle fit une drôle de grimace et Leaphorn supposa que c'était pour retenir ses larmes :

— Il l'aidait à le faire, bien sûr. Eric n'est plus là maintenant.

— Madame Montoya, reprit Streib. Je veux vous demander de nous fournir une liste de tout ce que les élèves avaient dans cet atelier et qui a disparu. Nous tenons particulièrement à savoir qui fabriquait l'une des poupées kachina qui s'y trouve. Le koshare. Et aussi, est-ce que vous pourriez éclairer notre lanterne sur une sorte de machin bizarre en bois et en tissu qu'on a trouvé sur l'étagère de Dorsey. A voir ça comme ça, il est possible que ça ait été une marionnette.

Streib en mima l'usage avec sa main :

— On aurait dit un canard.

Mais les pensées de madame Montoya étaient entièrement tournées vers le koshare.

— Oh, ce koshare, dit-elle. C'est mon fils qui fait cette kachina-là.

Cette idée même la fit sursauter :

— Pourquoi vous voulez savoir ça ?

Streib décocha un regard à Leaphorn.

— Tu vois, dit-il. C'est une réalisation d'élève.

— Monsieur Dorsey voulait toujours qu'ils fabriquent quelque chose qu'ils pensaient pouvoir vendre. Allen s'est dit qu'il pourrait vendre une de ces poupées. Pourquoi ?

— Nous pensions que ça pourrait nous apprendre quelque chose, dit Leaphorn. Mais ce n'est probablement pas le cas s'il s'agissait d'un projet d'élève. Est-ce que vous êtes au courant pour le canard marionnette ?

Il jeta un coup d'œil à Streib. Dilly ne lui avait pas parlé de ce canard.

Madame Montoya sembla soulagée. Elle rit.

— Monsieur Dorsey était le comique de l'école. Quand les gosses organisaient des spectacles, ils lui demandaient d'être le maître de cérémonies. Il était ventriloque. Il n'était pas très bon mais les enfants le trouvaient génial.

— Un amuseur, alors ? demanda Streib.

— C'était le clown de l'école, dit madame Montoya que cette pensée semblait rendre triste. Il arrivait toujours à faire rire les autres, mais je ne crois pas qu'il riait beaucoup lui-même.

Cette remarque suscita l'intérêt de Streib.

— Pourquoi ça ?

— Je ne sais pas. Le Père Haines le saurait peut-être. Peut-être qu'il se sentait seul.

Elle fit la grimace et changea de sujet :

— Je serai heureuse de vous obtenir cette information.

Puis, tout en écrivant dans son carnet pour s'en souvenir, elle ajouta :

— Eric Dorsey était quelqu'un de bien.

Elle leva les yeux, d'abord vers Streib puis vers Leaphorn, comme si elle les mettait au défi de la contredire.

— Un homme bon. Et gentil. Et plein de talent, aussi.

— Les élèves l'aimaient bien ? demanda Leaphorn.

Elle fit oui de la tête.

— Tout le monde l'aimait. Il n'était pas catholique, vous savez, mais je crois que c'était un saint. Tout le monde l'adorait.

— Pas vraiment tout le monde, affirma Streib. Est-ce que vous avez une idée sur qui a fait ça ?

— Pas la moindre. Et j'y ai réfléchi, à plusieurs reprises, mais je ne vois pas.

D'un doigt boudiné, elle toucha la liste que le lieutenant Toddy leur avait remis.

— Je croyais que vous pensiez que quelqu'un l'avait tué pour voler ça.

— Ça a peut-être été pour ça, mais nous nous sommes dit qu'il avait pu être tué pour une femme.

— Ah, fit-elle. Non, pas ça.

— Vous avez l'air bien sûre de vous, dit Leaphorn.

Madame Montoya paraissait embêtée.

— Est-ce que vous pourriez nous dire quelque chose, insista Streib, qui puisse se rapporter à la personne qui a tué Eric Dorsey ? Si oui, c'est votre devoir de le faire.

— Je parle trop, dit-elle. C'est des racontars. Je ne devrais pas raconter des choses sur les morts.

— Ma mère disait que les seuls à ne pas craindre les racontars ce sont les moutons et les morts, dit Leaphorn. Peut-être que ça nous aiderait à trouver qui l'a tué.

— Vous aviez l'air sacrément sûre qu'aucune femme n'était concernée, reprit Streib. Y a-t-il une raison à ça ?

— Eh bien... commença madame Montoya.

Elle fit passer une lettre du panier du courrier en partance dans celui du courrier en attente, puis l'inverse. Elle chercha des yeux, dans le minuscule bureau tout encombré, quelque chose qui pourrait la guider.

— Eh bien, répéta-t-elle, je crois que monsieur Dorsey était peut-être gay.

Dilly Streib qui, jusque-là, n'avait paru que modérément intéressé, le paraissait maintenant tout à fait.

— Homosexuel ?

Elle haussa les épaules.

— C'est ce que les gens pensaient.

— Est-ce qu'Eugene Ahkeah était son petit ami ?

Madame Montoya parut choquée.

— Bien sûr que non.

— Vous avez l'air sûre de vous, dit Streib.

— Ben, Gene est marié. (Elle rit.) Il l'a été en tout cas. Et il a eu peut-être deux ou trois petites amies. Je sais qu'Eugene n'est pas gay.

Leaphorn prit conscience de sa fatigue. Streib occupait le seul siège réservé aux visiteurs pendant que lui appuyait sa hanche contre le meuble classeur de madame Montoya. La journée avait été longue. Il était las. Il se racla la gorge.

— Est-ce que vous savez si monsieur Dorsey avait un petit ami ?

— Non. Je ne crois pas. Pas ici en tout cas. Peut-être là d'où il venait.

Là d'où il venait, si le rapport que Streib lui avait montré était exact, c'était Fort Worth, au Texas. Eric Dorsey : technicien chargé de la maintenance du matériel de laboratoire, Université Chrétienne du Texas, célibataire. Plus proches parents : monsieur et madame Delbert Dorsey, Springfield, dans l'Illinois. Cause du décès : coup porté à la base du crâne.

— Peut-être pourriez-vous m'aider sur un point qui m'intrigue, commença Leaphorn. Le rapport du policier chargé des premières constatations spécifiait qu'il avait dans sa chambre une enveloppe pleine de tickets de paiement de carte de crédit correspondant à des achats d'essence. Des centaines de litres. Tous pris à la station service locale, à Thoreau, donc il n'allait pas très loin. Avez-vous une idée de l'endroit où il allait ?

Madame Montoya parut surprise.

— Non, dit-elle. D'habitude il était par ici. Il a une vieille Chevrolet mais...

Une pensée soudaine interrompit sa phrase.

— Vous savez ce que je dirais ? Moi, je dirais qu'il payait lui-même l'essence du camion d'eau. Il le conduisait le week-end. C'est ces jours-là qu'il faisait les livraisons. Ça serait tout à fait de lui. Le Père Haines doit le savoir.

— Le camion d'eau ? demanda Streib.

— Il enseignait pendant la semaine, et il conduisait le car. Mais le week-end et certains soirs, il conduisait le camion d'eau. Il emmenait de l'eau et de la nourriture aux hogans. Difficile d'avoir de l'eau dans plein d'endroits par ici, alors les gens viennent la chercher. Mais ils vieillissent ou ils tombent malades, ou encore leur pick-up truck tombe en panne et ça devient impossible.

— On peut dire que ça faisait une sacrée semaine de travail, commenta Streib.

Madame Montoya crut détecter du doute dans sa voix. Son sourire s'évanouit :

– Oui, dit-elle. On ne quitte pas son emploi pour venir travailler ici et vivre dans un vieux mobile-home pour les malheureux trois cents dollars par mois que le Père paye, si on n'a pas l'intention de travailler.

– C'est ça que Dorsey gagnait ? s'enquit Leaphorn. Trois cents dollars par mois ?

– Et il avait amené son camion personnel. Et sur cette somme, chacun paye sa propre nourriture, bien sûr.

Elle fixa son regard sur Streib :

– Et il payait aussi l'essence, je pense. Avec son argent à lui.

– Il avait l'air riche, dites donc, fit Streib. Vous savez quelque chose sur sa famille ?

– Je ne crois pas qu'il l'était. Il m'a dit une fois que son père était pompier à la retraite.

– Encore deux questions, dit Streib. La première, c'est pourquoi vous pensez qu'il était homosexuel s'il n'avait pas de petit ami ?

– Je crois qu'il a dit au Père Haines qu'il l'était. Demandez-lui.

Streib fronça les sourcils.

– Je veux revenir là-dessus, mais ma deuxième question c'est pourquoi vous croyez qu'il n'avait pas de petit ami ?

Madame Montoya haussa ses épaules grassouillettes.

– Vous avez vu la taille de Thoreau ? Si quelqu'un a un petit ami le mardi, ou une petite amie ou autre chose, tout le monde est au courant le mercredi.

Streib hocha la tête.

– Si le Père Haines le savait, ça ne lui posait pas

de problème d'avoir un homosexuel qui enseignait à ces jeunes ?

L'expression de madame Montoya qui, quelques instants plus tôt, était passée d'amicale à froide, devint franchement glaciale.

— Je ne peux pas parler à la place du Père, dit-elle, mais je le connais assez bien. Je dirais qu'il aurait exactement le même problème avec un homosexuel qui s'intéresserait de trop près aux élèves qu'avec un hétérosexuel qui ferait la même chose. Il surveille attentivement ce genre de chose.

— Et ça n'arrivait pas ? insista Streib.

— Absolument pas.

Lorsqu'ils eurent rejoint leur voiture, Streib résuma leurs progrès de la journée.

— Rien, dit-il. Nada. Sauf que nous pouvons peut-être éliminer l'hypothèse du mari en colère. Il semble que nous ayons affaire en l'occurrence à un homme aimé de tous... la mort injustifiée d'un clown homosexuel chaste touché de sainteté.

Leaphorn ne fit pas de commentaire. Il pensait que Francis Sayesva, dans son rôle de koshare pour son peuple, était, lui aussi, un clown sacré.

6

Janet portait une jupe bleue, un chemisier blanc qui, à l'œil inexpérimenté de Chee, semblait être dans un genre de soie, et une veste légère qui allait avec la jupe. L'effet général était que mademoiselle Pete était chic, élégante et jolie. Tout cela faisait naître chez Chee des sentiments puissants mais ambigus : d'une part une envolée de joie devant la beauté de cette jeune femme et de l'autre un doute pesant face à la perspective qu'elle puisse un jour, lointain, même très lointain, se contenter de lui. Elle se glissa dans le box avec le soleil d'automne qui jouait dans ses cheveux d'un noir brillant.

– Désolée d'être en retard, lui dit-elle avec un sourire de regret éblouissant.

Elle regarda sa montre. Chee aussi. Une montre chère. Un cadeau, pensa-t-il, de l'homme de loi avec qui elle avait travaillé à Washington. Avec qui elle avait vécu et que, vraisemblablement, elle avait aimé. Dans son rôle de Peau-Rouge symbolique, selon ses propres termes, au sein du cabinet Dolman, MacArthur, White et Herzog basé à Washington D.C.

– Huit minutes de retard, constata-t-elle. A Washington, je pouvais dire que c'était à cause de la circulation. A Window Rock, on ne peut pas rejeter la responsabilité sur la circulation alors ça ne va pas marcher.

– Huit minutes, ça ne vaut pas la peine d'en parler, déclara Chee. Faut être beaucoup plus en retard que ça pour prétendre fonctionner sur l'heure * navajo.

Il remarqua que sa voix paraissait parfaitement naturelle.

– J'ai quand même une excuse. Le téléphone a sonné juste au moment où je partais. C'était Roger Applebee. Il est descendu à l'Auberge, ici. Tu te souviens que je t'ai parlé de lui.

– Bien sûr. Le gars de Priorité à la Nature. J'aimerais bien lui parler. On l'a tout juste aperçu à Tano. Qu'est-ce qu'il fait à Window Rock ?

– Ce que tout le monde y fait. Pression sur les hommes politiques.

Du geste elle montra toute la salle. Les tables de la cafétéria de l'Auberge de la Nation Navajo étaient envahies de Navajos portant leurs plus beaux bijoux * en argent et leurs meilleures bottes, et de Blancs en costumes trois-pièces de couleur sombre.

– Quand le Conseil Tribal siège, il attire les représentants des professions juridiques comme, comme…

Elle chercha une comparaison adéquate.

– Moi, dit Chee, je dirais comme un mouton mort attire les corneilles. Mais puisque tu représentes toi aussi la même profession, je crois que je ne vais pas le dire.

– Qu'est-ce que tu dirais de : comme le miel attire les ours. Ça sonne mieux. A propos, Roger m'a dit qu'il avait vu ta lettre dans le *Times*. Elle lui a plu. Il m'a dit qu'il pensait que c'était la meilleure façon de s'attaquer au problème.

Chee s'aperçut que sa réaction aux louanges de

Janet était ce qu'elle était trop souvent. De l'embarras.

— Tu as fait ça un peu, aussi, quand tu travaillais à Washington ? Pression sur les hommes politiques, je veux dire ?

— Pas beaucoup. Une des branches du cabinet était plus ou moins spécialisée dans la représentation des tribus, et les luttes pour les droits d'utilisation de l'eau. Ce genre de choses. Les différends de tous types relatifs aux affaires indiennes. (Elle rit.) Dois-je préciser que nous étions indifféremment du côté qui avait de l'argent à dépenser. Mais la plupart du temps j'étais chargée du travail de recherche et des écritures. Ils ne m'envoyaient faire pression pour quelque chose que quand ils avaient besoin de quelqu'un d'authentiquement indien pour faire bon effet auprès d'un membre libéral du Congrès.

— Tu aurais fait bon effet auprès de moi. J'aime beaucoup les vraies Indiennes.

Elle lui sourit.

— J'essaie de faire bon effet. Qu'est-ce que tu penses de mon nouveau chemisier ?

Chee la passa en revue en tâchant de ne pas donner l'impression de reluquer les courbes de ses seins de manière trop visible et de penser à ce qu'il convenait de dire exactement. Il repoussa deux idées qu'il jugea malvenues et opta pour “ merveilleuse ”. Mais avant qu'il ne puisse le dire, une grosse voix retentit juste derrière eux.

— Hé, Janet ! Je me demandais si j'allais te rencontrer. Quelqu'un m'a dit que tu étais revenue ici.

— Bonjour, Ed, répondit-elle d'une voix qu'elle avait pris soin de rendre neutre. Comment vas-tu ?

Ed se tenait maintenant à côté de leur table et il les dominait du regard.

— Très bien. Peut-être que je me fais un petit peu trop vieux pour tous ces voyages. Et toi, alors ? Tu as bonne mine.

— Jim, je te présente Ed Zeck. Ed Zeck, Jim Chee. Ed est l'un des associés de Dolman et compagnie. Il gère le secteur de Santa Fe. C'est, disons, un expert pour ce qui est des droits d'utilisation de l'eau par les Pueblos, des droits de propriété, ce genre de choses. Ce qui faisait de lui un de mes multiples patrons. Et monsieur Chee est membre de la Police Tribale Navajo.

— Restez assis, dit Zeck à Chee.

Il tendit sa main que Chee serra. C'était un homme de grande taille, un mètre quatre-vingt-cinq environ, estima le policier, large d'épaules, au visage arrondi et amical et au front dégarni. Ses yeux étaient bleus, et son teint foncé, hâlé par le soleil, les rendait encore plus clairs qu'ils n'étaient. Pour l'heure, ces yeux étudiaient Chee, songeurs. L'impression première qui s'imposa instantanément à Chee fut un sentiment de puissance, de confiance en soi, et cette attitude décontractée que puissance et confiance en soi semblent conférer à certains Blancs.

— J'espère que je n'arrive pas au mauvais moment, dit Zeck à Chee. Mais si vous étiez en train d'arrêter Janet, si vous lui rappeliez ses droits constitutionnels avant de la conduire au poste, peut-être que je peux la convaincre de me laisser assurer sa défense.

— On discute, c'est tout, répondit Chee en regrettant de ne pas avoir trouvé quelque chose de spirituel à dire et en espérant que Janet n'allait pas inviter Zeck à se joindre à eux.

Il n'avait rien contre Zeck. C'était juste qu'il ne voulait pas que l'attention de Janet se disperse.

— Jim Chee, répéta Zeck. Il semble que, pour

moi, ce nom soit associé à une lettre parue dans le *Navajo Times*. Ai-je raison ? Le même Jim Chee ?

– Le même Chee.

L'expression de Zeck était moins amicale.

– Je n'avais pas compris que son auteur était membre de la Police Tribale. N'était-ce pas là un acte bien politique pour un policier ?

– En signant dans la police nous ne renonçons pas aux droits que nous garantit le Premier Amendement de la Constitution.

Chee n'était pas trop sûr de la façon dont il devait se comporter, aussi rit-il avant d'ajouter :

– C'était juste une autre façon de défendre le Peuple contre les méchants.

Puis il resta assis là à se sentir idiot, conscient de l'accent pompeux de ses paroles.

– Les méchants, en l'occurrence, étant le client d'Ed, intervint Janet. Pas vrai, Ed ? Est-ce que, par les temps qui courent, le cabinet veillerait aux intérêts de Continental Collectors ?

– C'est bien nous, reconnut-il. Œuvrant comme toujours pour amener un peu de développement économique là où le besoin s'en fait sentir.

– Es-tu descendu à l'Auberge Navajo ? lui demanda une Janet visiblement désireuse de changer de sujet. J'aimerais bien t'appeler et me remettre au courant comme avant. Quelle est l'expression de la sagesse communément partagée sur Capitol Hill ? Qui fait des entourloupes à qui dans le régime de Bill Clinton ? Tous les bruits qui courent.

– Super, répondit Zeck. Même si tous ces bruits ne viennent pas jusqu'à Santa Fe.

Il sortit de sa poche la clef de sa chambre et la regarda.

– Deux cent dix-sept, dit-il. Je dîne avec deux membres du Conseil, ce soir, mais j'y serai après.

— C'est tout ce que tu essayes de faire accepter par la tribu ? reprit-elle. Est-ce que le cabinet représente toujours les intérêts des Charbonnages Peabody ?

— Nous les avons perdus. Cette fois je suis là uniquement en tant que représentant juridique de Continental Collectors Corporation. Ils préparent les papiers nécessaires pour utiliser une ancienne mine à ciel ouvert du Nouveau-Mexique comme site de stockage de déchets. Pour engager une centaine de gens du coin à environ dix-huit dollars l'heure pour faire tourner le matériel. Pour entraîner une grande réduction du taux de chômage. Pour amener dans les caisses des écoles une grosse rentrée d'argent issue de l'impôt foncier. Et, comme il faut à peu près un siècle pour le remplir, faire bonifier ce vieux trou dans la terre sous une épaisse couche de sol arable de telle sorte que l'herbe y poussera. Monsieur Chee, ici présent, peut t'expliquer tout ça en détail.

— Oui, fit Janet. Ça a l'air super si on a envie d'avoir une décharge souterraine derrière chez soi.

— Tu vois quelque chose qui pourrait soutenir notre action ? demanda Zeck.

Il lança un regard à Chee puis revint sur Janet :

— Je crois que nous pourrions avoir besoin d'une conseillère juridique sur place.

— Je travaille pour la Nation Navajo, dit Janet. Je ne suis pas…

Elle s'arrêta un instant, choisissant son mot.

— … à vendre, conclut-elle.

— Ce serait une excellente manière de représenter la tribu, insista-t-il. Je sais que ça se trouve surtout sur les terres de Tano et non sur la réserve, mais les voies de desserte traversent une partie de la Réserve-aux-Mille-Parcelles, alors ça vaudrait le coup d'avoir le Conseil Tribal pour nous.

— J'ai entendu dire qu'il s'agirait d'un dépôt de déchets toxiques, attaqua Chee. Des produits chimiques. Peut-être des déchets radioactifs. Pourquoi vous ne les stockez pas là-bas à Santa Fe ? Ou dans le Connecticut ? Ou le Maryland ? Un endroit qui serait derrière votre maison, à vous ?

Zeck le regarda en souriant.

— Je parie que vous connaissez la réponse à cette question. Ça coûterait trop cher. Ils n'ont pas un grand puits de mine désaffecté à ciel ouvert, là-bas, dans le Connecticut, avec les routes et les voies de chemin de fer déjà construites.

— Ni de travailleurs non-syndiqués, ajouta Janet.

Zeck reporta son sourire vers elle.

— Ça aussi, reconnut-il. La main d'œuvre est meilleur marché ici. Je parie que tu t'en étais rendu compte toute seule.

— J'ai accepté une réduction de salaire, dit-elle. Mais cela revient moins cher d'habiter ici. Moins cher qu'à Washington, je veux dire. Et ce n'est pas d'argent que je parle.

Le sourire de Zeck s'épanouit.

— Janet, dit-il, tu n'as rien perdu de ton mordant. Mais es-tu devenue une amoureuse des arbres ? Ou, comme nous disons à Santa Fe la dilettante, une câlineuse de fougères ?

Elle ne répondit pas parce qu'une autre voix derrière Chee disait :

— Ah, ah, mademoiselle Pete. Je vous y prends à frayer avec l'ennemi.

— Voilà l'homme de Priorité à la Nature, dit Zeck. Salut Roger. Comment ça va ?

— Bien. Et vous ?

— J'ai l'impression que Janet et moi perdons tous les deux la main. Nous argumentons l'un avec l'autre alors que nous sommes tous les deux des juristes, et les juristes n'argumentent pas quand ils ne sont pas payés pour le faire. Là-dessus, il faut que je vous quitte.

Il en allait de même pour l'homme de Priorité à la Nature.

– Je reviens tout de suite, dit-il à Janet. Il faut que je dise à la serveuse de ne pas me réserver de table.

Zeck le regarda partir puis reporta son attention sur Janet.

– Eh bien, dit-il, je vois que tu as déjà un dîner d'affaires. Ou s'agit-il d'une consultation ? (Il eut un petit rire.) A plus tard.

– Il ne va pas s'installer avec nous ? demanda Chee. Le deuxième, là ?

– C'est Applebee. Je suppose qu'il est venu ici pour travailler à la proposition inverse : essayer d'empêcher le dépôt des déchets. Tu m'as dit que tu aimerais lui parler. C'est l'occasion. Il m'a dit qu'il voulait me voir, alors je lui ai demandé de venir se joindre à nous.

– Oh.

Il avait essayé de rendre sa réaction neutre mais elle exprimait sa déception.

Janet leva les yeux vers lui.

– Je suppose que j'aurais pu me libérer de cet engagement. Je pourrais encore le voir plus tard. Mais il va vouloir parler de la décharge et cela t'intéresse. Enfin, c'est ce que je croyais.

– Ça ne fait rien. Bien sûr que ça m'intéresse.

– Est-ce que tu voulais me parler en privé ? Tu sais. Pas seulement pour discuter comme ça ?

Chee parvint à arborer un sourire.

– Toujours. Je veux ton attention sans partage. Rien que toi et moi. Complètement isolés du monde.

Elle lui rendit son sourire.

— Tu deviens romantique ? Tu dois être à court de petites amies. A moins que ce ne soit la saison. A cette époque de l'année ?

— Ça, c'est le printemps. Là, on est en automne. C'est l'époque où il faut se montrer sérieux.

Le petit sourire de la jeune femme se mua en un éclat de rire. Visiblement, elle ne pensait pas que Chee était sérieux.

— D'accord. Vas-y. Montre-toi sérieux. Et après cette entrée en matière, tu as intérêt à être convaincant.

Chee, qui avait bu les deux tiers de son café en l'attendant, finit ce qui lui restait. *Que voulait-il lui dire ? Viens vivre avec moi et sois la femme de ma vie, lui dirait-il. Je pense à toi quand j'essaie de m'endormir. Je pense à toi quand je suis éveillé. Je rêve de toi. Je...* Et ne trouvant pas les mots qu'il fallait, il se contenta de la regarder.

— Vas-y, dit-elle. Je sais ce que tu veux. Tu veux me soutirer des renseignements sur Eugene Ahkeah.

— Pas du tout.

— Mais si. Chaque fois que je représente quelqu'un dans une affaire qui te concerne directement, tu me pousses jusqu'à l'extrême limite de la violation de l'éthique professionnelle.

— Je me fiche éperdument d'Ahkeah, insista Chee. Je ne l'ai jamais vu. Je ne lui ai jamais parlé. Je n'ai rien à voir là-dedans. C'est l'affaire du lieutenant Leaphorn.

— Tu travailles pour lui.

— C'est bon, capitula-t-il. Si tu insistes, qu'est-ce que je devrais te demander sur Ahkeah ?

— Il n'est pas coupable.

— Tu m'en vois soulagé. Je vais dire au lieutenant de le remettre en liberté.

Janet parut surprise.

– C'est vrai ? Tu ne veux pas me poser de questions sur Ahkeah ?

– J'ai une meilleure idée. C'est toi qui vas aller dire à Leaphorn qu'Ahkeah est innocent. Mais je veux te demander d'aller à Gallup avec moi. De dîner ensemble. D'aller au cinéma. Et cetera. Qu'en dis-tu ?

Maintenant elle paraissait incrédule.

– Ça, tu aurais pu me le demander au téléphone.

– Qu'est-ce que tu aurais dit ?

Mais Janet regardait par-dessus son épaule.

– Le voilà, dit-elle.

Et Roger Applebee, souriant et hochant la tête, fut à leur table.

Il n'était pas tout à fait aussi jeune qu'il le paraissait à première vue, cinquante-cinq ans environ peut-être, petit, élancé, avec des cheveux blonds qu'il portait longs, vêtu de la tenue qui convenait à une matinée d'automne à Window Rock, Arizona, dans l'Ouest désertique. Ses bottes avaient été cirées quelques jours auparavant, son jean était passé, sa cordelière desserrée autour de son cou et décorée d'une patte d'ours en argent, les deux boutons de sa chemise bleu pâle ouverts conformément à la norme. Tout bien considéré, Roger Applebee était un bel homme. Il semblait jouir d'une parfaite santé. La vie saine en extérieur, pensa Chee. Mais derrière cette belle présentation perçait une intensité farouche qui réduisit le papotage ordinaire à sa plus simple expression. Applebee était le genre d'homme à aller directement à l'essentiel. Et l'essentiel, dans un premier temps, c'était Jim Chee.

– J'ai bien aimé votre lettre, lui dit-il. Celle qui est parue dans le journal de l'autre jour.

Et tout en prononçant ces mots, son regard dépassait Chee pour s'arrêter sur Janet Pete avec une expression perplexe, posant une question non formulée. Peut-on, en confiance, laisser cet homme écouter ce que nous disons ? Saura-t-il faire preuve de discrétion ?

– Monsieur Chee fait partie de la Police Tribale Navajo, dit-elle en faisant signe à Applebee de s'installer dans le box. Comme vous le savez, il n'apprécie pas plus que nous de voir notre partie du monde transformée en zone de décharge. Et il a l'habitude d'écouter et de garder ce qu'il entend pour lui-même.

– La Police Tribale, dit Applebee en observant Chee.

Il sourit :

– Est-ce que vous connaissez le sergent Eddie Nakai, à Many Farms ? Il m'a vendu un récipient à pollen en argent, un jour. Vieux, très vieux. Il m'arrive de collectionner ces vieux objets.

– Je l'ai rencontré, dit Chee.

Cela fit naître un sourire sur le visage d'Applebee.

– Est-ce que vous travaillez sur cette affaire ?

– Non, répondit Chee. Non. Je m'y intéresse seulement.

Le sourire Applebee disparut.

– Bon, fit-il.

Mais il hésita, coinça sa lèvre entre ses dents, la relâcha, souffla.

– Je vais d'abord vous mettre au courant. L'aspect négatif, puis l'aspect positif. D'après les renseignements qui nous arrivent de Washington, le feu vert a été donné au ministère de l'Intérieur. Continental a des copains bien placés et votre ami Zeck y est retourné la semaine dernière pour se joindre aux groupes de pression. On nous a rapporté que le Bureau de l'Attribution des Terres a accepté de tirer un trait sur la superficie qu'ils prélèvent sur l'élevage, moyennant un dédommagement aux détenteurs de baux, bien évidemment. C'est une mauvaise nouvelle, mais nous nous y attendions. Ce qui nous laisse la Nation Navajo et Tano.

Il se tut, réagit à la présence de la serveuse à ses côtés en commandant un hamburger.

– Café ?

– Quel genre de thé avez-vous ?

La serveuse était une adolescente navajo bien en chair originaire de Two Grey Hills qui servait souvent Chee depuis son transfert à Window Rock. Elle leva les sourcils, décontenancée.

– Glacé, répondit-elle. Du thé glacé.

– Non, non, je veux dire quel genre d'infusion ? Avez-vous du Lemon Zinger ? De l'Almond Sunset ? Ou n'importe lequel de ces arômes venus de Chine ? Une infusion chaude, hein ? Apportez-moi juste une tasse d'eau chaude et un sachet d'infusion.

Applebee reporta son attention sur Janet.

– Nous croyons aussi avoir quelque espoir à Tano. Penitewa, le gouverneur, est toujours partisan de cette idée, pour autant qu'on puisse en juger, mais ils ont leur élection qui arrive en janvier et beaucoup de gens de ce pueblo ne veulent pas de ces déchets sur les terres du pueblo. Le gouverneur peut être battu. Nous avons un moyen pour le battre.

Il s'arrêta. La serveuse était toujours là, apparemment indécise.

– Apportez-moi simplement une tasse, un pot d'eau chaude et n'importe quel sachet d'infusion que vous pourrez trouver dans la cuisine.

– Et ici ? demanda Chee. Est-ce que le Conseil Tribal acceptera que ces produits toxiques transitent par nos terres ?

— Ça ne se présente pas trop bien, ici, on dirait. Chester, qui est membre du Conseil Tribal, fait le maximum en faveur de la décharge. Nous sommes très inquiets à ce niveau.

Chee observait Janet. Elle ne disait rien, ce qui lui plaisait. C'était l'attitude polie que se devait d'adopter tout Navajo. Au même titre que Blizzard, elle était un produit de la vie urbaine. Élevée à la ville, éduquée à la ville, Navajo uniquement par le sang de son père. Il lui fallait apprendre ce que cela signifiait de faire partie du Dineh. Il participerait à cet apprentissage. Avec joie. Avec amour. Si elle voulait bien l'y autoriser.

Applebee décida qu'il ne recevait pas les témoignages de soutien et d'approbation auxquels il s'attendait.

— Bien, dit-il, parlons de monsieur Chester. (Il se tourna vers Chee.) Vous le connaissez ?

— Celui qui représente la division administrative de Horse Mesa ? Jimmy Chester ? Je le connais un peu.

— Qu'est-ce que vous pensez de lui ?

Chee haussa les épaules.

— Je suis policier, dit-il. Nous n'avons pas d'opinion sur les hommes politiques.

— Et ta tante ? demanda Janet. Celle qui est membre du Conseil Tribal.

— Anciennement membre du Conseil Tribal, maintenant, corrigea Chee. Il est acceptable d'avoir des opinions sur les membres de sa famille.

— Je ne voulais pas commettre d'impair si Chester était un ami à vous, ou autre chose, c'est tout, expliqua Applebee.

— Nan, fit Chee. Ce que je peux dire c'est que je sais qu'il est à la tête d'une grosse affaire d'élevage de bétail sur la Réserve-aux-Mille-Parcelles. Et que les gens que je connaissais quand je travaillais à Crownpoint pensaient que c'était un crétin.

Applebee sembla soulagé d'entendre ces paroles.

— Eh bien, dit-il en baissant la voix, il paraît…

Il s'arrêta, attendit patiemment que la serveuse dispose tasse, soucoupe, sachet d'infusion, grande thermos à café d'où montait de la vapeur d'eau et tranche de citron. Il lut l'étiquette du sachet, fronça les sourcils et se fit son infusion.

— Il paraît que monsieur Chester, représentant élu au Conseil Tribal, est expert-conseil auprès de Continental.

Il regarda Janet, puis Chee. Visiblement, c'était là la raison de la réunion, le message à faire passer. Il fit davantage l'effet d'un pétard que d'une bombe aux yeux de Chee. Mais Applebee scrutait leurs visages à la recherche d'une réaction.

— Il reçoit de l'argent, expliqua-t-il.

— C'est probablement tout à fait légal, dit Janet. Mais ça peut être mauvais d'un point de vue politique et il se représente aux élections du printemps prochain.

Applebee parut surpris.

— Vraiment ? Vous pensez que c'est légal ?

— Il faudrait que je vérifie la loi de la tribu. Elle interdit aux membres du Conseil Tribal de voter sur tout projet dans lequel ils possèdent un intérêt financier personnel. Je doute que ça aille plus loin que cela mais je vérifierai.

Applebee paraissait déçu.

— Alors ça voudrait seulement dire que Chester ne pourrait pas voter lors du débat sur la décharge. Et moi qui espérais qu'on pourrait fiche ce salopard en prison.

— Vous avez des preuves ? demanda Janet. Vous savez combien ils le payent ? Vous avez des détails ?

Il va essayer de convaincre la circonscription de Horse Mesa de voter une résolution pour soutenir le projet. Le Conseil Tribal entérine en général ce que les divisions administratives veulent pour leur propre circonscription. Et si les gens de Horse Mesa apprennent qu'il reçoit de l'argent pour leur faire accepter l'idée de la décharge... Eh bien, ça les rendra méfiants.

– Je n'ai rien par écrit, répondit Applebee en exprimant sa déception avec ses mains. Rien de ce que vous pourriez appeler des preuves concluantes.

– Rien qu'il ne puisse nier ? D'où tenez-vous vos renseignements ?

Applebee contempla sa tasse d'infusion et ne répondit à aucune de ces deux questions.

– Je crois que je peux obtenir quelque chose, dit-il.

Il but, songeur.

– Quelque chose ? reprit Janet.

Applebee sourit.

– Quelque chose d'utilisable. Je crois savoir comment obtenir quelque chose qu'il ne pourra pas nier.

7

Le serveur de l'Impératrice Douairière avait depuis longtemps abandonné tout espoir de libérer sa meilleure table pour une nouvelle tablée de clients. Il se tenait devant la porte de la cuisine, appuyé contre le mur, fumant une cigarette à la dérobée, profitant de la fraîcheur de l'air automnal à Flagstaff et de la lumière éblouissante des étoiles dans le ciel. A la table, à l'intérieur, Joe Leaphorn et le professeur Louisa Bourebonnette étaient assis côte à côte. Les plats de nourriture chinoise assortis dont ils s'étaient nourris avaient disparu, remplacés par un fouillis de cartes.

– Qu'est-ce que tu dirais de ça, proposait Bourebonnette. Nous prenons le vol American jusqu'à Hong Kong, changeons pour Air China pour nous rendre à Beijing. Je veux travailler à la bibliothèque de la ville. Environ deux jours, peut-être. Ou trois. Tu pourrais soit jouer les touristes, t'habituer un peu à la Chine, à la nourriture chinoise et à leurs façons de faire les choses, soit prendre un avion à Beijing pour aller au nord et voir ce que tu pourrais trouver comme contacts en Mongolie. Et je pourrais te rejoindre parce qu'il y a des choses là-bas dont je veux me procurer des photocopies. Bon, ces horaires de compagnies aériennes datent d'il y a trois ans, quand j'y suis allée, mais on dirait…

Leaphorn s'aperçut qu'il n'écoutait qu'à moitié la litanie qu'elle lui faisait de ces horaires de vols vers des destinations qui lui semblaient totalement irréelles. Il regardait le sommet de sa tête, penchée au-dessus des calendriers de vols. Il se disait que les cheveux de Louisa étaient gris mais paraissaient vivants. Propres et sains. (Ceux d'Emma, jusqu'à la fin, étaient restés d'un noir brillant.) Il se disait, *Louisa devrait faire changer les verres de ses lunettes à double foyer. Elle se penche trop près des cartes. Emma reculait toujours devant les examens ophtalmologiques.* Il se disait que la perspective de se retrouver seul en Chine intérieure ne suscitait en lui aucune terreur. Ce serait étrange. Le fait de ne pas parler un mot de chinois poserait un problème. Mais ce serait passionnant. Louisa avait dit que ça ne poserait aucune difficulté pour se procurer un interprète. Ce serait facile, mais cher. Et alors ? A quoi pouvait-il bien dépenser ses économies ?

Le professeur Bourebonnette leva les yeux vers lui et sourit.

— Ça te paraît bien ? On peut toujours changer.

— Ça me semble parfait, répondit-il en pensant *Dilly Streib avait raison. C'est une femme charmante.*

Pensant aussi à ce que Dilly avait insinué concernant des rapports sexuels avec elle. Pensant à toutes les choses qu'elle faisait pour lui... en l'emmenant avec elle comme un poids mort pour ce voyage. Qu'est-ce qu'il lui devait en échange de ça ? Qu'allait-elle attendre de lui ?

Le serveur se manifesta à côté de l'épaule de Leaphorn ; il sentait la fumée de cigarette.

— Que puis-je d'autre pour vous ? Vous redonner du café ?

— Pas pour moi, répondit Leaphorn. Louisa ?

Le professeur Bourebonnette regroupa ses cartes.

— Je crois que nous ferions mieux d'y aller. Si tu comptes rentrer ce soir. Tu es obligé ?

— J'ai beaucoup de travail à faire.

En réalité, il n'avait pas l'intention de rentrer chez lui. Il avait passé quatre heures au volant pendant l'après-midi. Ça suffisait. Il était fatigué. Il y avait un Motel Six à la sortie de la ville qui avait toujours des chambres de libre quand la ruée des touristes était passée.

— J'ai une chambre d'amis, dit Bourebonnette.

Elle rit :

— Enfin, ce que j'appelle une chambre d'amis. De toute façon, si ça te dit, elle est à ta disposition. Tu es fatigué. Il y a près de trois cent vingt kilomètres entre ici et Window Rock.

— Trois cent cinquante, précisa-t-il.

Elle étudiait l'expression de son visage. Le sien, à elle, était changeant.

— Je suppose... commença-t-elle avant de secouer la tête. Réfléchis à la façon dont je me sentirais si tu t'endormais sur l'autoroute et si tu te tuais en rentrant dans quelqu'un.

— Je pourrais prendre une chambre de motel. Je ne veux poser de problèmes à personne.

— Trente-cinq dollars. Ou peut-être quarante-cinq maintenant. Pense simplement à tout ce que cet argent pourrait acheter, là-bas, en Mongolie.

Et voilà comment le GMC de Joe Leaphorn suivit la petite Honda Civic du professeur Louisa Bourebonnette jusque chez elle.

Sa maison se dressait dans une voie étroite, à quatre rues seulement du campus de l'Université d'Arizona Nord : c'était un pavillon de brique d'un seul étage, petit et ancien. La chambre d'amis était petite elle aussi, très petite, et encombrée d'un petit canapé, d'une table de travail, d'une chaise, d'un ordinateur, d'une imprimante, de provisions, de livres, de choses et d'autres. Il y avait tout, sembla-t-il à Leaphorn, sauf un lit.

– Le canapé se déplie. Il n'y a qu'à attraper ces languettes en bas et tirer. Je crois qu'il est déjà fait.

Elle disparut pour retourner dans l'entrée en disant :

– Mais il va falloir que je te trouve un oreiller.

Leaphorn tira. Le canapé se convertit en un petit lit étroit. Il paraissait défoncé et inconfortable sous son drap blanc tout propre.

La voix du professeur Bourebonnette lui parvint par la porte ouverte.

– Qu'est-ce que tu dirais d'un verre de vin d'abord ? Ça te ferait dormir.

Il y eut un bruit d'objets déplacés.

– Désolée. J'oubliais. Pourquoi pas une infusion, alors ? J'ai une boîte, ici, qui s'appelle “ Somnolence ”.

– Parfait. Quoique je n'ai pas l'impression que je vais en avoir besoin.

Il s'assit dans un fauteuil-relax du salon et regarda sur le mur en face de lui une gravure encadrée qui représentait un paysage de Georgia O'Keefe : un paysage d'érosion noir et rouge. Probablement proche d'Abiquiu, pensa-t-il, mais cela pouvait être en un millier d'endroits de la Grande Réserve. Il ajusta le fauteuil, se décontractant, installé confortablement, heureux de ne pas être allé dans un motel. Ce qui devait advenir, adviendrait. Dans la cuisine, une bouilloire commença à siffler. Il y eut un cliquetis de tasses. Leaphorn sentit son esprit s'installer dans un vieux, vieux sillon. C'était à ce moment-là qu'il réfléchissait le mieux : juste avant de dormir. Il revenait sur l'énigme qui le tarabustait à ce moment-là, retournait les faits en tous sens, les consolait sous tous les angles, les confrontait les uns aux autres, puis il expliquait tout à Emma… autant pour organiser le tout dans son esprit que pour s'enquérir de son opinion. Mais son opinion était souvent judicieuse.

Louisa Bourebonnette apparut, portant un plateau. Deux tasses sur des soucoupes, une bouilloire fumante, un petit pot de crème. Elle posa le plateau sur la table à côté du fauteuil de Leaphorn, lui tendit sa tasse, y laissa tomber un sachet d'infusion, versa de l'eau chaude.

— Je t'aurais bien offert du café, mais je n'ai plus de décaféiné. Et c'est mauvais pour la santé de boire celui qui a un haut degré d'octane quand il est aussi tard.

— C'est parfait, dit-il. Meilleur pour ma santé.

— Exactement, dit-elle en se perchant sur le canapé en face de lui avec sa propre tasse. Surtout cette infusion.

— Est-ce que tu es forte pour résoudre des énigmes ? lui demanda-t-il tout en étant surpris de s'entendre lui poser cette question.

— Des énigmes ?

— Je travaille avec un policier qui s'appelle Jim Chee. Tu l'as rencontré l'été dernier.

— Je me souviens de Jim.

— C'est mon assistant maintenant. C'est tout nouveau. Il vient juste de commencer. Quand je suis entré dans mon bureau pour vérifier des choses avant de partir pour Flag, cet après-midi, il m'avait laissé une note. Une sorte de rapport.

Il se tut un instant, observant son visage.

— Sur un homicide sur lequel je travaille. Quelqu'un a tué un enseignant à l'école d'une mission sur la Réserve-aux-Mille-Parcelles.

Il se tut à nouveau.

— Continue, dit-elle. J'attends ton énigme.

— Ça n'en est peut-être pas une. Juste quelque chose d'un peu singulier, probablement. Mais comme je suis Navajo... (il lui sourit) il faut que je commence au commencement.

— Il n'y a pas de meilleur endroit par où commencer.

— Deux affaires. Deux incidents. Sans lien entre eux. Mais est-ce bien le cas ?

Il lui relata d'abord la mort d'Eric Dorsey, le coup de téléphone anonyme, les circonstances qui avaient conduit à l'arrestation d'Eugene Ahkeah et la façon dont il avait nié ce crime.

— Ça ne me paraît pas très mystérieux, déclara-t-elle.

— Exactement. Ça paraît typique du genre d'homicides que nous avons sur la réserve. Abus de whisky.

— Et c'est, je suppose, la raison pour laquelle tu ne bois pas de vin.

Il avala une gorgée d'infusion.

— Puis, quatre jours plus tard et loin de là au pueblo de Tano, nous avons un deuxième homicide.

— J'ai lu quelque chose sur celui-là. Le koshare tué à sa kiva en plein milieu d'une cérémonie des kachinas. Ça a fait un sacré bruit. Rien de tel ne s'était jamais produit auparavant.

— Celui-là ne dépend pas de nous et je ne sais pas tout dessus. Mais d'après ce que je sais, ils n'ont pas de suspect, ni de mobile, et pas grand-chose pour avancer. Juste que quelqu'un s'est pointé dans la petite habitation à l'extérieur de la plaza où les koshare s'habillent, se reposent, etc. Il a frappé ce type à la tête et personne n'a rien vu.

Il s'arrêta à nouveau, le regard fixé sur elle.

Elle but son infusion, le regarda par-dessus le rebord de sa tasse, la reposa.

— Continue, l'encouragea-t-elle. Si l'histoire se terminait là, tu ne me la raconterais pas.

— Il se trouve que Jim Chee était sur place quand le meurtre a eu lieu.

Il lui raconta leur tentative pour retrouver le jeune Kanitewa afin de faire plaisir à sa grand-mère navajo, puis ce qui s'était passé et la seconde visite que Chee avait faite là-bas en compagnie du sergent Blizzard, le policier du B.I.A. Enfin, il lui parla du lien que Chee avait établi entre le comportement du garçon et l'annonce du meurtre de Dorsey qu'il avait entendue à la radio.

Bourebonnette reprit sa tasse et but à nouveau.

— Qu'en penses-tu ? demanda Leaphorn.

— Laisse-moi le temps. Toi, tu as eu toute la journée pour y réfléchir.

— Prends ton temps.

— Comme ça, là, à brûle-pourpoint, je dirais que tu t'es choisi un assistant intelligent. Très intelligent, Chee. C'est bien réfléchi, le rapport qu'il a établi avec la radio.

Elle s'interrompit, médita :

— Ou est-ce parce qu'il a entendu la radio que ce garçon, c'est quoi son nom, que ce garçon est retourné voir son oncle à toute vitesse ?

— Kanitewa, dit Leaphorn. Demain, quand je me remettrai au boulot, on verra si on peut trouver la réponse à ça.

— Il te le dira ?

— Pourquoi pas ? A condition qu'on le trouve. Et à moins que ça ait quelque chose à voir avec sa religion.

— C'est ce que je me disais. Il est adolescent. Assez âgé pour être initié, je dirais. Je ne sais pas grand-chose sur Tano de manière spécifique. Mais à mon avis ils doivent être comme les autres Pueblos.

— C'est ce que je pense aussi. Mais comment crois-tu que les deux sont liés ensemble ? Kanitewa allait à l'école à Crownpoint. C'est peut-être à soixante ou soixante-cinq kilomètres de Thoreau.

— A ton avis, qu'est-ce qu'il pouvait y avoir à l'intérieur de ce paquet ? Celui dont Chee a parlé, enveloppé dans du journal ?

— Nous essaierons de le découvrir demain, affirma Leaphorn. Nous y parviendrons probablement.

— Si ce n'est pas quelque chose qui a trait à la religion.

— Ouais, fit-il.

Il se sentait pris d'une immense envie de bâiller, de s'étirer. Il se contenta de s'installer plus profondément dans son siège.

— Le problème, c'est que nous ne disposons pas d'assez de détails pour faire des suppositions.

— On peut quand même essayer, assura Bourebonnette. Peut-être que le garçon avait un moyen de connaître machin-chose. L'enseignant qui s'est fait tuer. Peut-être qu'il y avait un lien entre le père de Kanitewa et l'enseignant. C'est quoi, ta théorie ?

Le lieutenant Joe Leaphorn ne répondit pas, ayant sombré dans un sommeil profond dans son fauteuil-relax.

8

Quand il pénétra dans son bureau, Jim Chee remarqua un tas de papiers bien rangés dans son panier de courrier en attente. Il les laissa où ils étaient pendant un moment pour aller regarder par la fenêtre. C'était pour cette fenêtre qu'il avait préféré ce bureau à un autre, légèrement plus grand, quand il avait eu son changement d'affectation de Shiprock à Window Rock. En se tenant là il pouvait voir, vers l'est, l'extrémité sud irrégulière de la chaîne des monts Chuska, la longue muraille de grès le long de laquelle Window Rock avait été bâtie et qui, en raison du grand trou que l'érosion y avait creusé, avait donné son nom à la capitale de la Nation Navajo.

Aujourd'hui il contemplait un après-midi d'automne sans vent. Aucune circulation n'encombrait la Route Navajo 3 et un unique pick-up truck remontait sans se presser vers le nord la Route 12 devant le cimetière des anciens combattants navajo. Les arbres du parc Tse Bonito étaient jaunes, les accotements des routes striés du violet des derniers asters d'octobre qui survivaient encore et, au-dessus, le ciel était d'un bleu sombre uni. Chee laissa échapper un grand soupir. Est-ce qu'elle viendrait à Gallup avec lui ce soir ? Elle avait omis de répondre à cette question.

Ou, pire, elle avait évité de le faire. Ou, pire encore, oublié.

Il s'assit à son bureau et sortit les papiers du panier. Ils étaient agrafés ensemble sous une note de service qui portait les initiales J.L. et l'écriture bien lisible du lieutenant.

« Je pars en congés prolongés à la fin de la semaine. Ci-jointes vous trouverez les questions que j'aimerais que vous régliez d'ici-là. »

En premier venait le dossier concernant l'accident suivi de délit de fuite survenu à monsieur Todachene. Il était relativement vieux maintenant, suffisamment vieux pour être normalement versé au nombre des dossiers en attente. S'il était encore ouvert c'était à vingt-cinq pour cent à cause du manque de pitié inhumain qui le caractérisait et à soixante-quinze pour cent parce qu'il avait attiré l'attention du chef. Chee se souvenait de l'essentiel mais il tourna d'un air sombre les pièces jointes pour voir si les policiers chargés de la surveillance du réseau routier avaient découvert du nouveau. Rien n'avait été ajouté à ce que Leaphorn lui avait déjà dit.

Il mit le dossier de côté et prit le suivant. Les galons de sergent offerts en échange de la résolution de cette affaire avaient tout du genre de proposition que l'on peut lire dans les contes de fées. Vous pourrez épouser la princesse si vous réussissez quelque chose d'impossible, comme faire tenir une montagne dans une cosse de petit pois. Comment pouvait-on résoudre un accident avec délit de fuite sans indices, sans verre de phare brisé, sans trace de peinture, sans témoins, sans rien du tout ? Il pensa à établir un autre parallèle. Comment pouvait-on espérer gagner la main de la princesse, une jeune femme de la ville, juriste de formation, bien sous tous rapports, si l'on n'était pas capable de passer sergent ?

Il avait également entendu parler de la seconde affaire. Le vol d'une selle ancienne et d'autres objets faits à la main au comptoir d'échanges de Greasy Water. Celle de dessous, il n'en avait pas entendu parler : une série d'incidents associant clôtures coupées et vols de bétail du côté de Nakaibito. Il parcourut le reste en espérant trouver quelque chose d'original ou d'intéressant. Il n'eut pas cette chance.

Le dernier papier de la pile était une autre note de service portant les initiales J.L.

« N'oubliez pas de trouver le jeune Kanitewa. »

Chee émit un bruit grossier et laissa retomber la feuille sur le tas. Essayer de trouver Kanitewa, voilà qui était représentatif de toute cette liste. Comment s'y prend-on ? On commence par faire savoir à tous ceux dont le nom vous vient à l'idée qu'on veut qu'ils vous préviennent s'ils voient le gamin. S'il réapparaît à l'école, ils vous appellent. Bon, ça, c'était fait. Qu'est-ce qu'on peut faire d'autre ? Pareil pour l'accident de la circulation mortel. C'était un travail ennuyeux, rien d'autre. Appeler tous les endroits où on répare les voitures et leur dire de vous signaler si quelqu'un se présente pour un travail de carrosserie. Surveiller les magasins d'accessoires automobiles au cas où quelqu'un achèterait le bon type de phare avant droit. Quant aux vols de vaches, on se tape environ cent cinquante kilomètres de routes de terre autour de Nakaibito pour découvrir qui a vu quoi, et quand, qui se nourrit de viande fraîche ou fait sécher des peaux de vache, et...

Le téléphone sonna.

— Jim Chee à l'appareil.

— C'est Blizzard. Il t'intéresse toujours, ce môme ?

— Kanitewa ? Tu parles.

Chee sentit un mélange de surprise et de plaisir. Blizzard n'était pas tout à fait le chieur qu'il avait cru.

— Quoi de neuf ?

— Il est rentré à son école.

Chee prit un instant pour laisser cette information désagréable faire son chemin. Le principal de l'école qui lui avait dit qu'il l'appellerait dès que le garçon reviendrait : il le revoyait encore qui lui serrait la main en lui disant « Absolument. Je n'y manquerai pas. J'ai votre numéro à portée de la main sur mon sous-main. » La secrétaire le lui avait promis elle aussi. Autant pour les promesses.

— Comment le sais-tu ? demanda-t-il en essayant de ne pas paraître trop amer.

— Je t'appelle de l'école. Je viens d'y ramener ce petit salopard. Je l'ai trouvé à côté de la gare routière de Grants et je lui ai proposé de l'emmener.

Chee ne lui demanda pas comment il avait fait pour savoir que Kanitewa serait à la gare routière de Grants. Le Cheyenne avait fait tous les arrêts de bus où le gamin avait des chances de se montrer. Chee n'avait pas pensé à le faire. Peut-être était-ce pour ça que les Cheyennes avaient vaincu Custer.

— Il retournait à l'école ?

— Il m'a dit que oui, répondit Blizzard d'un ton acerbe. C'est pratiquement tout ce qu'il m'a dit, d'ailleurs.

Chee consulta sa montre.

— Donc il retournait vivre avec la branche navajo de sa famille ? Avec son père ? C'est ça qu'il a dit ?

— Ouais.

— Eh bien, merci. Je te suis reconnaissant de

m'avoir appelé. A charge de revanche. Si je peux t'être utile, tu n'hésites pas.

Il prit la note du lieutenant, la roula en boule et l'expédia en direction de la poubelle. Elle heurta le rebord et tomba par terre.

– Ouais, fit Blizzard. Pourquoi pas là, tout de suite ?

– C'est-à-dire ?

– Je suis un Inn-deun des villes, reprit Blizzard en adoptant la prononciation des Navajos. Je ne comprends pas encore ces Inn-deunz éleveurs de moutons. Aussi poli que je sois de réputation, je crois qu'il y a des fois où je dois dire ce qu'il ne faut pas. Où je ne passe pas exactement comme il faudrait.

Blizzard se tut, attendant un commentaire, mais comme aucun ne vint il poursuivit.

– Quand on était à la maison des Kanitewa, au pueblo, tu as réussi à faire parler sa mère. Tu crois que tu pourrais faire parler le gamin ?

– Je ne sais pas. Pas si ça a quelque chose à voir avec sa religion.

– Je m'en fiche de sa foutue religion. Ce que je veux savoir, ça concerne ce que sa mère nous a dit. La raison pour laquelle il était tellement pressé de voir son oncle, pourquoi il a fallu qu'il retourne le voir la deuxième fois, et ce qu'il avait dans ce paquet qu'il a amené pour lui.

– C'était forcément quelque chose de long et d'étroit. Peut-être quelque chose qui était enroulé dans un tube. Vous n'avez donc rien trouvé de semblable chez Sayesva, vous autres ?

– Rien, confirma Blizzard qui se tut un instant. Merde, enfin, il y avait plein de trucs longs et étroits dans sa maison, tu sais. Ça aurait pu être n'importe quoi.

— Et le garçon a refusé de te le dire ?

— Il s'est refermé comme une huître.

— Tu lui as posé la question directement ? Sur ce qu'il avait apporté dans du papier journal pour son oncle ?

— Il m'a dit que c'était lié à sa kiva. Son organisation religieuse. Il m'a dit qu'il ne pouvait pas en parler.

— Dans ce cas il ne me le dira pas à moi non plus. Je ne crois pas que vous ayez ce genre de philosophie, chez les Cheyennes. Nous non plus. Notre religion c'est la famille et plus il y a de gens qui prennent part à une cérémonie, plus elle est efficace. Mais pour les gens des pueblos, cela atténue la force d'un rite si des gens qui n'ont aucun rôle à jouer dedans sont mis au courant des choses. Ou voient ce qu'ils ne devraient pas voir. Prennent des photos. Il ne va pas me le dire.

Il y eut un long silence.

— Hum-hum, fit alors Blizzard sur un ton qui voulait dire bien plus que cela. Bon, ben, merci beaucoup, moi je laisse tomber.

— Attends une minute. De toute façon il va falloir que j'y aille.

Il eut un rire moqueur qu'il s'adressait à lui-même :

— Je suis censé le convaincre de téléphoner à sa grand-mère. Par conséquent, quand j'arriverai là-bas, je verrai si je peux tirer quelque chose de lui. Si oui, je t'appellerai.

— Ouais, fit Blizzard. D'accord.

Un long silence suivit.

— Il y a quelque chose que je peux te donner ? demanda le Cheyenne.

— Je ne vois pas quoi, répondit Chee d'une voix perplexe.

— Tu as mon numéro de téléphone ?

— Oh, fit Chee. Non.

— C'est bien ce qui me semblait, fit Blizzard avant de le lui donner.

Chee le nota, le relut.

— Je t'appellerai, assura-t-il.

— Quand ça, par exemple ? Peut-être aujourd'hui ?

— Où est l'urgence ?

— L'urgence, c'est mon supérieur hiérarchique chargé de l'affaire. Je lui ai parlé de ces deux visites, et du paquet. Du coup il était tout excité. Il n'a strictement rien d'autre sur quoi travailler, dans cette foutue affaire. Alors après, quand j'ai retrouvé le gamin et que je l'ai laissé à son école, j'ai appelé ce salopard. Et je lui ai répété ce que le gamin m'avait dit. Que c'était juste des bidules religieux. Le paquet et tout. Et il veut savoir ce qu'il y avait exactement dans le paquet.

— Oh, fit Chee.

— Ou alors il faut que je lui ramène le gosse à Albuquerque pour qu'il l'interroge.

— Comme si ça allait y changer quelque chose.

Chee pensait à la grand-mère membre du Conseil Tribal qui allait se foutre dans une rogne noire qu'elle transmettrait à Leaphorn lequel... Lequel ferait quoi ? Cela ne faisait que quelques jours qu'il travaillait pour lui. Comment réagirait-il ?

— Mais je suppose que nous n'avons pas vraiment le choix, conclut-il.

— Ben, un peu quand même. Pendant que je discutais avec les fédéraux à Albuquerque, le gosse a à nouveau fichu le camp.

— Oh, fit Chee. Pas une deuxième fois.

Il demeura un instant silencieux, digérant sa déception. Retour à la case départ. Ça ne le surprenait pas beaucoup. Mais c'était intéressant. Blizzard aussi était intéressant. Chee s'aperçut qu'il pensait à lui non pas comme à un Cheyenne, mais comme à un policier qui était nouveau sur ce territoire, qui ne connaissait pas les gens, qui était perdu. Pour Chee, c'était un rôle bien connu.

— Tu sais quoi, commença-t-il, tu vas te trouver quelque chose à manger dans ce petit restaurant qui est à côté de la station-service, et après tu te rends au poste de police de Crownpoint. Je t'y rejoindrai. Le lieutenant qui dirige l'enquête est un gars qui s'appelle Toddy. Essaye de te montrer agréable avec lui. Ça va me prendre peut-être deux heures et si jamais il y a quelque chose qui me retarde, je t'appellerai là-bas.

— Ça marche, fit Blizzard avant de raccrocher.

Chee mit sa casquette, boucla son ceinturon avec son étui de pistolet, enfila sa veste. Il appela la standardiste et lui dit qu'il allait se rendre à la sous-agence de Crownpoint. Il resta assis un moment à réfléchir, puis prit l'annuaire des téléphones et y piocha le numéro de la station de radio KNDN.

La femme qui prit son appel se montra coopérative. Elle le mit en attente pendant quelques instants puis lui lut la transcription des nouvelles diffusées à dix-huit heures trois jours plus tôt. Elles se composaient de cinq sujets : le changement de programme d'un rodéo de Tuba City, un projet pour améliorer la piste d'atterrissage de Kayenta, la mort à l'hôpital de Gallup de l'ancienne présidente de la circonscription de Coyote Pass, le remplacement du principal de l'école de Toadlena qui prenait sa retraite et le meurtre d'Eric Dorsey à la Mission Navajo Saint Bonaventure.

Chee fit deux pas vers la porte. Puis il fit demi-tour et s'assit, avec casquette, veste et ceinturon, pour taper un rapport à l'attention du lieutenant Leaphorn. Cela faisait, maintenant, suffisamment de temps qu'il travaillait pour lui pour ne pas lésiner sur la longueur.

9

— Il devrait arriver d'un instant à l'autre, déclara Virginia Toledo en observant Chee par-dessus ses lunettes. Il est allé à Flagstaff hier et il a appelé il y a un petit moment pour dire qu'il serait en retard.

— Il a appelé d'ici ? Ou il a appelé de Flag ? Ou il a appelé de quelque part par radio ?

Il tenait une chemise en carton dans sa main droite et sa casquette d'uniforme dans la gauche.

Virginia Toledo n'avait pas encore décidé de l'attitude qu'elle allait réserver au simple policier qu'était Jim Chee et elle n'aimait pas le ton brusque de ce questionnaire. Depuis vingt-trois ans, le titre correspondant à son emploi était assistante administrative au Département Navajo de la Sécurité Publique, et elle représentait, en fait, au quotidien, le centre stratégique de tout le système basé à Window Rock. Qu'est-ce qui se passe ? Demande à Virgie. Pourquoi Desbah n'est-il pas dans son bureau ? Virgie le sait sûrement. Qu'est-ce qui s'est dit à la réunion d'hier soir ? Fais-toi mettre au courant par Virgie. Elle savait exactement comment il fallait s'y prendre avec tous ceux qui travaillaient dans le bâtiment, y compris Joe Leaphorn, le patron de Chee. Mais maintenant, ce jeune Jim Chee occupait le petit bureau à l'étage. Elle ne le connaissait pas.

Elle avait entendu dire qu'il lui arrivait parfois de faire des gaffes. Elle l'étudia au-dessus de ses lunettes. Le ton qu'il avait employé l'avait frappée comme étant excessivement autoritaire. C'était un universitaire. Peut-être avait-il fréquenté les hommes blancs pendant si longtemps qu'il avait oublié les bonnes manières. Peut-être avait-il adopté l'attitude des *biligaana* vis-à-vis des femmes. Elle vérifia sur son visage si elle décelait des marques d'irritation ou d'arrogance. Elle n'y vit que de l'excitation. C'était compréhensible. Il était jeune. Si on doit faire, un jour, preuve d'excitation, il avait l'âge voulu pour ça.

— Il a appelé de chez lui, dit-elle. Il y a seulement dix minutes environ.

— S'il rappelle, dit-il en se dirigeant vers l'escalier, est-ce que vous voulez bien lui dire que je vais attendre dans mon bureau ? Et qu'il faut que je le voie.

Il s'arrêta, se retourna et sourit à l'assistante administrative Virginia Toledo.

— S'il vous plaît, ajouta-t-il. Et merci.

La porte du bureau de Leaphorn était à environ quatre mètres cinquante de celle de Chee. Il y frappa en la dépassant, ne reçut pas de réponse, tapa à nouveau et tourna le bouton. Bien sûr, elle n'était pas fermée. On lui avait dit qu'elle ne le serait pas : l'une des idiosyncrasies du lieutenant était son refus de fermer son bureau à clef. “ Si on doit fermer sa porte dans un poste de police, ” avait-il l'habitude de dire, “ c'est qu'il est grand temps d'engager d'autres policiers. ” Mais cette attitude semblait communément partagée dans le métier. Personne d'autre ne fermait les portes à clef à l'agence de Tuba City. Pas davantage, maintenant qu'il y pensait, à Crownpoint quand c'était l'agence à laquelle il était rattaché.

A voix haute, il dit :

— Lieutenant ?

Puis il regarda. Propre, bien rangé, le dessus du bureau dégagé. Aucune trace de poussière. La poussière n'oserait pas.

Dans son propre bureau, il relut son rapport.

Blizzard l'avait attendu sur le parking, derrière la station-service, étalé sur le siège avant de sa voiture de patrouille : ses longues jambes pendant par la portière ouverte, sa tête reposant sur sa veste, pliée contre la portière du passager, il lisait un livre. Le livre, avait remarqué Chee, avait une jaquette genre science-fiction et portait le nom de Roger Zelazny.

Il l'avait posé sur le tableau de bord, s'était redressé, avait regardé Chee puis sa montre.

— Je vois que tu fonctionnes suivant l'heure navajo, lui avait-il dit.

Chee n'avait pas relevé et avait laissé Blizzard lui raconter ce qui s'était passé. Ça n'avait pas pris longtemps. Blizzard avait dit au garçon d'attendre à sa voiture pendant qu'il passait son coup de téléphone à Albuquerque. Quand il avait eu terminé de parler à son supérieur hiérarchique et qu'il était revenu à la voiture, le garçon avait disparu.

— Les cars de ramassage scolaire se remplissaient et partaient quand je suis entré pour me servir du téléphone. Je me suis donc renseigné sur celui qu'il devait prendre pour rentrer chez lui et je l'ai rattrapé mais il n'était pas dedans. Après j'ai trouvé où il habitait et je suis allé chez son père. Sa belle-mère y était mais elle m'a dit qu'elle ne l'avait pas vu depuis sa première fugue.

— Donc il n'est pas rentré chez lui, dit Chee. C'est bizarre.

— Peut-être pas. Quand je l'ai récupéré, là-bas à Grants, il allait vers l'autoroute. Je ne lui ai pas demandé où il allait. Je l'ai simplement laissé monter dans la voiture et il y était avant de réaliser que je suis policier, et ensuite je lui ai dit que j'allais le ramener à son école.

— Alors peut-être qu'en fait il allait ailleurs.

— J'aurais dû m'en assurer, avait dit Blizzard d'une voix repentante. Il m'a dit qu'il était entré dans la gare routière pour acheter un billet mais qu'il n'avait pas assez d'argent. J'ai pensé que le billet n'était que pour aller à Thoreau.

— Ce qui était probablement le cas.

— Peut-être, avait repris Blizzard. Il avait l'air inquiet. Je crois que je te l'ai dit, ça.

— Sa belle-mère. Est-ce qu'elle t'a donné des idées de l'endroit où il pourrait être ? Chez des gens de sa famille ? Des amis ?

— Elle m'a dit qu'elle n'avait aucune idée. Aucune indication. Elle n'a pas été très bavarde.

Cela n'avait pas surpris Chee. Il avait cessé de penser à Blizzard comme à un Cheyenne pour le considérer comme un citadin. Il y avait des années qu'il avait conclu qu'il n'y avait pas beaucoup de citadins qui étaient capables de parler à des gens de la campagne. La belle-mère navajo de Kanitewa devait sans aucun doute être quelqu'un de la campagne. Blizzard avait probablement dit quelque chose qui l'avait offensée.

— Allons trouver le conducteur du car de ramassage scolaire, avait proposé Chee.

Cela s'était révélé facile. Il s'appelait Platero, habitait à moins de quinze cents mètres de l'école et, oui bien sûr, il pouvait leur dire qui était le meilleur ami de Delmar. C'était un garçon appelé Felix Bluehorse.

— Des fois, Felix descend chez lui et des fois c'est le contraire. Bluehorse venait à l'école ici avant de changer et d'aller à Thoreau et de temps en temps on continue à l'emmener. C'est des bons copains.

Mieux, la mère de Felix Bluehorse travaillait pour la Compagnie Navajo des Communications et habitait à Crownpoint. Mieux encore, Felix était chez lui lorsqu'ils y étaient arrivés et il était impatient de parler à quelqu'un. Mais d'abord il voulait qu'ils lui montrent les preuves qu'ils faisaient bien partie de la police. Felix était petit, il avait seize ans et il avait suffisamment de sang blanc mélangé à ses gènes navajo pour être sujet à l'acné. Il était debout sur le seuil du mobile-home de sa mère d'où il les dominait. Visiblement, il appréciait la situation.

– Il faut que je fasse attention à qui je parle. Il y a quelqu'un qui veut la peau de Delmar.

Il avait regardé Blizzard, puis Chee, savourant leur réaction.

Chee avait attendu. Ils étaient en pays navajo, mais c'était l'enquête de Blizzard.

– Qui ? avait demandé celui-ci. Pourquoi ?

– L'homme qui a tué monsieur Dorsey.

Tout à coup, ce n'était plus l'enquête de Blizzard. C'était devenu celle de Chee.

– Tu sais quoi ? avait dit le policier navajo. Je crois que tu as des choses très intéressantes à nous apprendre. Est-ce que nous pouvons entrer nous asseoir et parler de tout ça ?

Dans la pièce principale encombrée des Bluehorse il s'était avéré que Felix avait effectivement connaissance d'informations non négligeables, si l'on était seulement capable d'en déchiffrer la teneur.

C'était à cela que Chee réfléchissait maintenant, c'était cela qu'il reprenait dans sa tête en lisant le rapport qu'il avait tapé pour le lieutenant Leaphorn tout en se demandant s'il avait omis de lui signaler quelque chose. Si c'était le cas, il était trop tard pour y remédier. Il y eut un coup frappé à la porte qui s'ouvrit, et le lieutenant passa la tête pour le regarder. Il avait l'air vieux et fatigué.

— Virginia m'a dit que vous me cherchiez.

— Oui, lieutenant.

Chee se leva et tendit à Leaphorn la chemise de classement contenant son rapport.

— Vous l'avez trouvé ?

— Non, lieutenant. Enfin, pas exactement. Blizzard l'a trouvé qui faisait du stop…

L'expression du visage de Leaphorn arrêta Chee. C'était un sourire large et satisfait.

Chee se hâta de poursuivre.

— … près de Grants, il l'a pris et l'a emmené à Crownpoint.

Il avala sa salive :

— Mais il s'est enfui à nouveau.

Le sourire de Leaphorn disparut. Il tapota le dossier.

— Tout est là-dedans ?

— Oui, lieutenant.

— Je vais le lire.

Son ton laissait entendre à Chee que cette lecture n'aurait pas la priorité absolue.

— Ça établit un lien entre le jeune Kanitewa et le meurtre de Thoreau, ajouta Chee.

Leaphorn retira sa main du bouton de la porte, ouvrit le rapport d'un geste vif, le survola du regard et leva les yeux vers Chee.

— Allons parler dans mon bureau, dit-il.

Mais avant qu'ils ne parlent, Leaphorn se glissa dans son fauteuil derrière sa table de travail, chaussa ses lunettes, relut lentement le rapport, le reposa sur le dessus du bureau, replaça ses lunettes dans leur étui, rangea l'étui dans sa poche de chemise et contempla Chee un long moment.

— Qu'avez-vous pensé de ce jeune Bluehorse ?

— Il m'a fait l'impression d'un gosse bien. Il était prêt à coopérer. Tout excité et tout heureux de l'expérience, avec l'attention qu'on lui prêtait. Ça lui plaisait, de se sentir important.

— Il vous a dit qu'il n'avait aucune idée de l'endroit où Kanitewa se cachait. Vous croyez que c'est vrai ?

— Peut-être. J'en doute. Je serais prêt à parier qu'il pourrait nous suggérer deux ou trois possibilités s'il le voulait.

Leaphorn hocha la tête.

— D'après lui, Kanitewa pensait que l'homme qui a tué Dorsey voulait sa peau ?

— C'est cela.

— Et cet homme est un Navajo ?

— Oh, fit Chee que la question embarrassait. Je crois que ce qu'il nous a dit exactement c'est que Kanitewa lui a dit à lui que c'était quelqu'un qu'il avait vu du côté de la Mission Saint Bonaventure. Vous savez, tout ça, ce sont des informations transmises par un tiers, ça tient du ouï-dire. Selon lui, Kanitewa a dit que cet homme était de taille moyenne et assez âgé. Je crois que nous avons considéré automatiquement que nous parlions d'un Navajo parce qu'il n'a pas dit qu'il était « Blanc », « Chinois » ou « Hispanique ».

Leaphorn émit un grognement affirmatif. Il sortit ses lunettes, relut une partie du rapport.

— Vous dites ici que Bluehorse a déclaré ne pas savoir si Kanitewa avait vraiment été témoin du meurtre.

— Nous avons insisté là-dessus. Il nous a dit qu'il n'en était pas sûr. Peut-être que Kanitewa y a vraiment assisté. Mais il ne lui a pas dit que ça s'était passé comme ça. A mon avis, si Delmar avait été témoin, il l'aurait dit. Et il aurait poussé les hauts cris. Il aurait signalé le meurtre.

— Ouais, acquiesça Leaphorn.

— Je suppose que quand il a entendu la radio parler de l'assassinat de Dorsey, il s'est souvenu qu'il avait vu ce type au moment où il sortait de l'atelier et il a fait le rapport.

Leaphorn hocha la tête.

— Est-ce que ça pourrait être Eugene Ahkeah ? demanda Chee.

Leaphorn dit :

— Fort. Assez vieux. Ça pourrait être pratiquement tout le monde et n'importe qui. Ça pourrait être Ahkeah. Il n'est pas beaucoup plus âgé que vous. Mais pour un adolescent, assez âgé, ça correspond à n'importe qui de plus de vingt ans.

— Et Ahkeah était là-bas ce jour-là, reprit Chee. D'autres personnes l'ont vu ?

— Ouais.

Leaphorn soupira, se leva pour marcher jusqu'à la fenêtre et resta là, les mains dans les poches, le regard fixé sur l'extérieur.

— Nous avons notre gaillard derrière les barreaux. Nous l'avons sur les lieux du crime. Il a eu la possibilité de le faire, il n'y a aucun doute là-dessus. Nous avons de bons mobiles : vol plus état d'ébriété. Et nous avons des preuves matérielles qui l'accusent. Tous ces trucs volés. Maintenant il semble que nous ayons un autre témoin qui a certainement vu quelque chose de déterminant.

Il se retourna et regarda Chee.

— Le problème c'est que je me disais que nous tenions un faux coupable.

— Pourquoi ?

Leaphorn secoua la tête, rit.

— Je veux bien être pendu si je le sais. Moi qui

me considérais comme quelqu'un de logique. En règle générale, je le suis. C'est simplement que cet Ahkeah ne me semble pas correspondre à ça.

Il passa derrière son bureau, plongea la main dans le tiroir dont il ressortit une boîte d'épingles.

– Ça ne vous est jamais arrivé, à vous ? Votre cerveau vous souffle une chose. Votre instinct vous en souffle une autre.

– Si, confirma Chee. Je suppose que oui.

– Et lequel a raison ?

Sur la carte qui couvrait le mur derrière son bureau, il enfonça une épingle au pueblo de Tano, une autre entre Crownpoint et Thoreau, à peu près à l'endroit où Kanitewa avait habité avec son père. Chee remarqua qu'elles avaient des têtes roses, la même couleur que celles qui étaient déjà enfoncées dans la carte à Thoreau et à l'endroit de Coyote Canyon où vivait Ahkeah. Leaphorn laissa retomber son surplus d'épingles dans leur boîte.

– Vous êtes-vous jamais demandé pourquoi je fais joujou avec ces épingles ?

– Ouais, répondit Chee.

Il avait entendu parler de la carte de Leaphorn constellée d'épingles dès le premier jour où il avait travaillé dans la police navajo. Le capitaine Largo, son supérieur quand il travaillait sur la région de Tuba City, lui avait dit que Leaphorn s'en servait pour trouver des solutions mathématiques aux crimes qu'il n'arrivait pas à comprendre. Largo était incapable d'expliquer comment cela marchait. Il en allait de même pour Chee.

– Je ne le sais pas très bien moi-même, poursuivit Leaphorn. J'ai pris cette habitude il y a des années. On dirait que des fois ça m'aide à réfléchir. Ça donne une certaine perspective aux choses.

Il toucha l'épingle de Tano à plusieurs reprises avec son doigt :

– Par exemple, on dirait maintenant que nous avons un lien entre ces deux crimes. Mais est-ce bien vrai ? Environ cent dix kilomètres de distance sur la carte. Est-ce que le jeune Kanitewa établit un lien entre eux ? Pour l'instant, ça m'en a tout l'air.

– A moi aussi. Je serais prêt à parier un an de salaire là-dessus.

Leaphorn disposa ses mains en forme de tente puis, par-dessus, regarda son subordonné.

– Pourquoi ? demanda-t-il. Pourquoi en êtes-vous si certain ?

– Parce que... commença Chee.

Le téléphone, sur le bureau de Leaphorn, l'interrompit. Le lieutenant s'en empara et dit :

– Rappelez-moi dans dix minutes.

Puis il raccrocha. Il regarda Chee, lui fit signe de continuer.

– A cause du paquet, surtout. A cause de la chronologie des événements.

Leaphorn hocha la tête.

– Oui. C'est aussi ce que je pense. Mais qu'est-ce qu'il y avait dans ce paquet ?

Il posait la question pour eux deux. Il regarda Chee.

– Des idées ?

– Aucune. Si ce n'est que Kanitewa a dû penser que, d'une façon ou d'une autre, ça avait un rapport avec sa religion. C'est ce qu'il a dit à Blizzard. Et il a porté l'objet à son oncle. Au koshare. Cela, nous le savons. Et nous croyons savoir qu'il l'a pris dans l'atelier d'Eric Dorsey.

Leaphorn fit pivoter son fauteuil, regarda la carte un moment puis reporta son attention sur Chee.

– Si je m'en réfère à votre rapport, le père de

Kanitewa se rendait à Gallup. Le garçon a demandé à son père de le déposer à Thoreau parce que Bluehorse fabriquait un bracelet en argent dans la classe de Dorsey. Bluehorse voulait le donner à sa petite amie ce soir-là et il avait demandé à Kanitewa de passer le prendre pour lui. Nous ne savons pas quand son père l'a déposé. Probablement au milieu de la matinée et ça n'a probablement aucune importance. Le point suivant pour lequel nous disposons d'une heure approximative c'est quand Kanitewa a téléphoné à Bluehorse et lui a demandé de venir le chercher. C'était tard à l'heure de midi parce que Bluehorse se souvient qu'il venait de finir de déjeuner. C'est bien ça ?

— Jusque-là, oui, confirma Chee.

— Kanitewa a dit à Bluehorse qu'il l'appelait de la cabine publique située devant la mission. Il lui a dit qu'il avait son bracelet, qu'il ne pouvait pas attendre que son père rentre de Gallup et a demandé à son ami s'il pouvait venir le chercher. Le récupérer non pas à l'école ou à la mission mais à cette petite boutique en bordure de la route où ils louent des cassettes vidéo. Kanitewa était très agité. C'était très important. Ne me laisse pas tomber, mon vieux. Ce genre de chose. Alors Bluehorse a emprunté le pick-up truck de sa mère, il est venu à Thoreau et s'est rangé devant la boutique vidéo. Mais Kanitewa n'était pas assis là, à l'attendre tranquillement, alors Bluehorse est entré pour le chercher et quand il est ressorti, son ami était assis dans la cabine du camion.

Leaphorn se tut, étudiant Chee.

— Vous vous souvenez de ce que je vous ai dit l'autre jour quand j'ai parlé de mettre tous les détails. Votre rapport dit : “ Quand Bluehorse est ressorti, Kanitewa était assis dans son pick-up truck. ” Mais est-ce qu'il était replié sur lui-même, invisible de l'extérieur, ou est-ce qu'il était assis bien droit ? C'est un exemple. Si nous savions cela, cela nous dirait quelque chose de l'état de frayeur du garçon à ce point.

Chee se laissa aller à un tout petit hochement de tête. Il n'était pas d'humeur à assister à un cours sur l'art de rédiger un rapport.

— Kanitewa remet le bracelet à Bluehorse, poursuivit Leaphorn. Cela semble indiquer qu'il a forcément dû voir Dorsey. Il a dû donner à Dorsey le mot de Bluehorse, son reçu pour le bracelet. Sans cela Dorsey ne l'aurait pas laissé le prendre. Pas vrai ?

— C'est ce que je dirais. Pour autant qu'on le sache, Dorsey n'avait jamais rencontré Kanitewa.

— A ce point, il y a un certain nombre de choses que vous avez besoin de savoir. Ce bracelet était probablement dans une armoire qui se trouve dans une petite réserve entre l'atelier de Dorsey et son bureau. C'est là qu'il gardait ses réserves de lingots d'argent, de turquoise, et les projets les plus précieux sur lesquels travaillaient ses élèves. Pour aller le lui chercher, il fallait qu'il sorte de l'atelier ou de son bureau si Kanitewa l'avait trouvé dans son bureau.

Leaphorn se tut, vérifia l'expression de Chee pour déterminer s'il comprenait les implications de ce qu'il venait de dire. Chee comprenait. Cela voulait dire que Kanitewa avait dû avoir la possibilité de voler quelque chose. Peut-être de voler quelque chose pour l'emporter, enveloppé dans du papier journal, et le remettre à son oncle, le koshare.

— Est-ce que cette armoire était ouverte quand on a découvert le corps de Dorsey ? demanda Chee.

— Elle l'était, confirma Leaphorn qui avait l'air songeur. Et beaucoup de choses qui se trouvaient à l'intérieur avaient disparu. L'argent et les autres trucs qu'on a retrouvé sous le logement d'Ahkeah, tout ça venait de l'armoire.

— Tout ?

— C'est une bonne question. Je crois que Toddy a conclu en ce sens de manière un peu hâtive. Mais je n'en suis pas tout à fait sûr.

— Ça n'a sans doute pas d'importance.

— Non. Mais comment pouvons-nous savoir si ça en a ou pas ?

Ils réfléchirent un moment. Pour la première fois, Chee se sentait à l'aise en présence du lieutenant. Celui-ci avait à nouveau fait pivoter son fauteuil et étudiait sa carte. Il eut alors un geste de renoncement et fit à nouveau face à son subordonné.

— Bluehorse a dit à Kanitewa qu'il n'avait pas assez d'essence pour le conduire jusqu'à Tano, mais qu'il pouvait l'emmener jusqu'au Grand Relais des Routiers de l'Autoroute 40 et qu'il pourrait y faire du stop. C'est bien ça ? Et Bluehorse n'a pas vu le paquet jusqu'au moment où Kanitewa est descendu ?

— Oui.

— Mais il était déjà enveloppé dans du papier journal ? L'objet en question ?

Chee fit un signe de tête affirmatif :

— Bluehorse lui a demandé ce que c'était et Kanitewa lui a répondu qu'il ne pouvait pas le lui dire. Que c'était religieux.

— Un objet qu'il aurait pris dans le bureau de Dorsey ? insista Leaphorn.

— Probablement.

Tous deux réfléchirent.

Le téléphone sonna. Leaphorn souleva d'un doigt l'une des extrémités du combiné pour couper la communication.

— Vous voyez une autre possibilité ? Vous pensez

qu'il est possible qu'il l'ait apporté avec lui en venant de chez lui ?

– Rien ne s'y oppose. Mais il me semble que, d'une manière ou d'une autre, cet objet, quel qu'il soit, est bien la cause de toute cette agitation. Le coup de téléphone urgent à Bluehorse. Ce côté “ ça ne peut pas attendre que papa revienne ”. Tout ce cinéma qu'il se faisait.

Leaphorn médita. Le téléphone retentit à nouveau. Il prit l'appareil, coupa le contact avec son index puis posa le combiné sur son bureau.

– Oui, dit-il. Je crois que vous avez raison. Et voyons la chronologie maintenant. Est-ce que Dorsey était bel et bien vivant quand Kanitewa l'a quitté ?

– Moi, je dirais oui.

– Moi aussi, fit Leaphorn en hochant la tête. Mais en partant, Kanitewa a vu quelqu'un qui arrivait. Là, j'invente de toutes pièces, mais est-ce que j'ai raison ? Peut-être Ahkeah. Peut-être quelqu'un d'autre.

– Je pense que vous avez raison. Et ce quelqu'un l'a vu. Et il le savait.

Leaphorn réfléchit, hocha la tête.

– Si bien que quand le gamin a entendu la radio, quand il a entendu que Dorsey avait été assassiné, quelque chose s'est mis en place dans sa tête. Il s'est précipité pour aller avertir son oncle.

– Peut-être. En tout cas, je ne vois rien de mieux.

– Alors qu'a fait le koshare ? Pour autant qu'on puisse le savoir, il n'a pas tenu compte de cet avertissement. Il n'a rien fait.

Chee se remémorait la danse des kachinas, le numéro des koshares.

– Il a rempli son devoir, dit Chee. D'après le peu

que je sais sur Tano, et surtout d'après ce que Blizzard a réussi à savoir et m'a communiqué, je crois que c'était un homme comme ça. Blizzard m'a dit que tous ceux qu'il avait interrogés l'aimaient bien. Il m'a dit que ça dépassait le « on ne dit pas du mal des morts », que ça dépassait les commentaires gentils que l'on entend tout le monde faire d'habitude quand quelqu'un se fait tuer. Blizzard m'a dit qu'ils avaient vraiment du respect pour lui. De l'admiration. Ce devait être un homme bien.

— Ce qu'ils appellent un « homme de valeur ».

Leaphorn se leva, reposa le combiné du téléphone sur sa fourche, regarda à nouveau sa carte.

— Vous savez, dit-il. Nous avons peut-être un autre lien, là. Ce Dorsey aussi était un homme de valeur.

Il sourit à Chee :

— Qu'est-ce que vous diriez de l'idée d'un tueur en série qui déteste les hommes de valeur ?

— Bluehorse nous a dit que Dorsey était gay. Ou qu'on le soupçonnait de l'être. Il nous a dit que c'était lui qui conduisait le camion d'eau. Celui que la mission envoie pour remplir les barils d'eau des vieilles gens qui ne peuvent pas se déplacer. Il leur apportait des repas. Tout ça.

— C'est exact. Il vaut mieux que vous lisiez le dossier de l'affaire.

Leaphorn le sortit du panier qui était sur son bureau et le lui tendit :

— Voyez si ce que vous savez de l'affaire Sayesva se raccorde d'une façon ou d'une autre avec celle de Thoreau.

— D'accord.

— Et encore une chose. Je veux toujours que vous me retrouviez Delmar Kanitewa.

10

Le problème, c'était que Chee ne parvenait pas à trouver le jeune Kanitewa. Pas plus que Harold Blizzard. Les deux agences du Bureau Fédéral d'Investigations, celle d'Albuquerque et celle de Gallup, chacune avec sa propre affaire distincte d'homicide survenu sur une réserve fédérale, avaient décidé qu'il était important d'avoir une petite discussion avec Delmar. Gallup se demandait comment Chee avait bien pu s'y prendre, bon sang de bois, pour le laisser filer entre ses doigts et Albuquerque se posait la même question vis-à-vis de Blizzard.

Ce dernier en était ulcéré.

– Cette espèce de salopard, il m'a regardé bien en face et il m'a dit : “ Vous êtes rentré dans l'école pour aller téléphoner tranquillement et vous l'avez laissé assis dehors ? ”

Blizzard avait fait monter sa voix de deux tons dans les aigus pour représenter celle de son supérieur hiérarchique à Albuquerque.

– Et moi je lui réponds : “ C'est parce qu'il n'y a pas le téléphone dans ma voiture de patrouille. ” Et il me dit : “ Vous n'avez pas pensé à l'emmener dans l'école avec vous ? ” Et je réponds : “ Si j'avais su qu'il allait ficher le camp, on ne serait pas en train d'avoir cette conversation à la con. ”

Chee éclata de rire.

— Tu lui as vraiment dit ça ?

Ils s'étaient retrouvés au poste de police de Gallup et avaient décidé d'y laisser la voiture de Blizzard et de prendre le pick-up truck de Chee pour se lancer dans une nouvelle phase de ce que Blizzard appelait La Grande Chasse au Delmar. Maintenant ils cahotaient sur la Route Navajo 7028 à environ vingt-cinq kilomètres à l'ouest du comptoir d'échanges de Torreon, cherchant une route de terre qui pourrait, si seulement ils parvenaient à la trouver, leur faire traverser l'embranchement sud de Chico Arroyo * puis, de là, atteindre l'endroit où habitait Femme Grise Benally, qui faisait de près ou de loin partie de la famille de Delmar du côté du clan de son père. Blizzard conduisait, ce qui permettait à Chee de se reposer. C'était le début de l'après-midi et tous deux étaient fatigués de conduire sur des routes de terre défoncées, fatigués de chercher des gens qui n'étaient pas chez eux, de poser des questions à des gens qui ne connaissaient pas les réponses… et qui ne les auraient peut-être pas données s'ils les avaient connues. Qui plus est, Chee avait mal au dos. Au bas du dos, à peu près à l'endroit où s'emboîtent les hanches.

— Eh bien, fit Blizzard qui avait gardé le silence si longtemps que Chee avait oublié de quoi ils parlaient. Peut-être pas exactement ces mots-là, mais l'idée c'était ça.

Il eut un geste pour montrer le paysage au-delà du pare-brise :

— Regarde ça. Ces couleurs. Celles des nuages, et du ciel, et de l'herbe. Je crois que je pourrais m'y habituer. Y a pas grand-chose à faire par ici dans ce trou perdu, mais plein de trucs à regarder.

Les pensées de Chee abandonnèrent son mal de

dos pour se reporter sur le décor. Pour être beau, c'était beau. Le soleil était dans son cycle automnal, bas vers le sud-ouest, et des ombres partaient à l'oblique de chaque genévrier. Elles dessinaient des zébrures là où les pentes étaient orientées vers le nord, et des arrangements de pois là où elles s'inclinaient vers le sud. L'herbe n'était jamais vraiment verte dans ce pays où la pluie est rare. Pour l'heure, ses tons fauves se paraient des ors de l'automne avec des traînées blanches et argent aux endroits où ondulaient les pousses de bouteloue en forme de faucilles, se teintant de bleu ici et là, en fonction de l'ombre et de la distance. A des kilomètres de là, plus loin que les collines, les pentes verticales de Chivato Mesa formaient un mur. Au-dessus de la mesa se dressait la silhouette bleue et sereine de Tsodzil, la Montagne Turquoise que Premier * Homme a fabriquée pour marquer l'un des quatre * repères sacrés délimitant le pays Navajo. Et au-dessus de tout cela, le mince et translucide éventail composé de cristaux de glace qui miroitait encore dans le soleil plein. Éparpillés plusieurs centaines de mètres plus bas, des cumulus boursouflés, d'un blanc gris (les signes avant-coureurs de l'orage que le météorologue avait prédit), s'avançaient vers l'est en devançant le vent.

– C'est beau, dit Blizzard. Je ne dirai pas le contraire. Mais il faut trouver un moyen de réduire les distances de manière beaucoup plus efficace. Bordel, tout est toujours beaucoup trop loin du reste.

– Ça aussi, c'est une question d'habitude. Quelqu'un un jour a écrit un livre là-dessus. Il a appelé la région *le Pays du Temps et de l'Espace Illimités*.

– Ça, pour perdre du temps, on en perd aujourd'hui. Tu surveilles le kilométrage ?

– Il nous a dit que c'était à vingt-six kilomètres

deux cents de la pompe à essence du comptoir d'échanges. Ça doit être ça, là, devant nous.

Devant eux, la piste quittait la route empierrée pour plonger dans le fossé d'écoulement du bas-côté, en ressortir, franchir, entre deux poteaux, une grille insérée dans le sol destinée à empêcher le bétail de passer, puis s'éloigner vers l'horizon à travers les herbes en suivant des orientations déconcertantes, disparaissant sur les pentes descendantes et réapparaissant sur les plis de terrain.

– Ce n'est pas franchement le dernier cri en matière d'autoroute, remarqua Blizzard. Et quand on va arriver au bout, Femme Grise machin-chose ne sera pas chez elle.

– Elle est chez elle, objecta Chee. Mais on va s'apercevoir que c'est la mauvaise madame Benally.

– Elle n'y sera pas. Combien tu paries ?

Blizzard tendit la main vers son portefeuille.

– Tu as perdu, fit Chee en tendant le doigt. Tu vois la vieille botte enfoncée sur le poteau de clôture. Le bout du pied pointe vers la maison. S'il était pointé dans la direction opposée ça voudrait dire qu'ils sont allés en ville, et ça t'éviterait de faire la route pour rien.

Blizzard le dévisagea, impressionné.

– Bon Dieu, fit-il, c'est vachement intelligent comme système. Je me demande si nous autres, les Cheyennes, on a mis au point un truc comme ça.

– C'est vrai que tu n'as jamais mis les pieds sur ta réserve ? Tu n'as jamais vécu là-bas avec les gens de ton peuple ?

– Une seule fois. Quand la mère de mon père est morte, nous sommes allés à l'enterrement. Je crois que nous sommes juste restés deux jours. Je me souviens de la nuit. J'étais petit et la seule chose à peu près qui m'ait marqué c'est le froid qu'il faisait dans la cabane de mon oncle. Et je me souviens que les autres enfants n'avaient pas l'air sympa.

– Tu étais un gosse de la ville. Eux ils étaient de la campagne. Intimidés. Ils se sont dit que tu allais être prétentieux.

Chee sourit en essayant de se représenter ce policier casse-pied sous les traits d'un petit garçon.

– Et en plus, je parie que tu l'étais, conclut-il.

La piste de terre qui menait à la maison Benally s'avéra plus régulière que la surface style tôle ondulée de la Route 7028. Au bout de deux kilomètres cinq elle conduisait à une surface de terre tassée sur laquelle se dressait un hogan à toit de terre et l'une de ces petites maisons en bois qui, avant l'ère des maisons mobiles en aluminium, étaient transportées sur la plate-forme des semi-remorques des compagnies pétrolières pour abriter les équipes des puits de forage. Elle avait, autrefois, été peinte en blanc, mais il n'y avait pas beaucoup de peinture qui avait survécu aux hivers. Deux barils de pétrole standards d'une contenance de deux cents litres étaient posés sur une plate-forme à côté de la porte. Derrière, il y avait un corral vide auquel il manquait trop de perches pour qu'il pût être utilisable, et derrière le corral un abri de broussailles ployait vers le sol.

Une femme qui portait un châle sur la tête était appuyée au montant de la porte et regardait Chee se garer. Elle donna au policier navajo l'impression d'avoir quatre-vingts ans environ, ou un peu plus, avec un visage arrondi jadis et aujourd'hui ratatiné par les années.

– J'espère que vous allez bien, grand-mère, dit-il.

Il énonça le clan de sa mère, puis celui de son père, et lui dit qu'il était membre de la Police Tribale.

— Et cet homme qui m'accompagne est un Indien Cheyenne. Son peuple faisait partie de ceux qui ont battu le général Custer. Et nous sommes venus voir si vous pouvez nous aider à résoudre un problème.

Vieille Femme Grise récita ses clans, y compris le fait qu'elle était née au Peuple de l'Eau Amère du père de Delmar Kanitewa. Elle les invita à entrer, leur fit signe de s'asseoir sur un banc à côté de la table et leur proposa du café. Pendant que le pot chauffait sur le poêle à bois contre le mur, Chee plaça son boniment. C'était la cinquième fois depuis le matin et il le fit sans s'attarder, s'assurant que la vieille femme avait compris qu'ils ne voulaient pas arrêter le garçon, simplement lui parler.

Elle versa le café dans deux tasses en fer-blanc. La contenance du pot était seulement suffisante pour que Chee et Blizzard aient une demi-tasse. Rien pour elle. Elle rangea le récipient sur son étagère.

— Je connais ce garçon, dit-elle. Le fils de mon petit-fils. Nous l'appelions Pourchasseur de Moutons. Mais je ne l'ai pas vu cette année. Pas depuis longtemps.

Chee but son café. Il était fort et éventé. Par le passage qui donnait dans l'autre pièce, il aperçut une forme immobile allongée sous une couverture.

— Est-ce que Pourchasseur de Moutons a de bons amis par ici ? Quelqu'un qu'il aurait pu aller voir ?

— Je ne crois pas, répondit-elle. Il part vivre avec le peuple de sa mère. Le Peuple de Tano. Je ne sais plus rien de lui.

Ce qui était exactement ce que Chee s'était attendu à entendre. Il traduisit l'essentiel de la conversation à Blizzard qui hocha la tête et grogna :

— Dis-lui que je la remercie beaucoup de toute son aide.

— Nous vous remercions, dit Chee.

Il désigna l'autre pièce de la tête.

— Quelqu'un de votre famille est malade ?

Elle tourna la tête et regarda dans la chambre.

— C'est mon mari, dit-elle. Il est si vieux qu'il ne sait plus qui il est. Il a même oublié comment on marche et comment on dit des mots.

— Y a-t-il quelqu'un qui vous aide ? demanda Chee. Qui s'occupe des choses ?

— Il y a le *biligaana* de la mission qui est à Thoreau. Il vient dans son camion, il veille à ce que notre baril d'eau soit plein, et deux fois par semaine il nous apporte à manger. Mais cette semaine, il n'est pas venu.

Chee se sentit mal.

— Est-ce que son nom est Eric Dorsey ?

Vieille Femme Grise émit un ricanement qui semblait remonter loin dans le temps.

— Nous l'appelons notre *begadoche*. Notre arroseur d'eau. Parce qu'il nous apporte notre eau. Et parce qu'il nous fait rire.

Le souvenir de ces rires fit naître un petit sourire édenté.

— Il a ce truc, là, qui ressemble à un canard, et il fait semblant de le faire parler.

Mais le sourire s'évanouit et elle ramena ses mains sur sa poitrine, l'air inquiet.

— Sauf que cette semaine, il n'est pas venu.

— Combien d'eau avez-vous ? demanda Chee.

— Un des barils est vide. Dans l'autre, peut-être à peu près ça.

Avec ses mains, elle indiqua une quinzaine de centimètres d'eau :

— Quand il vient il regarde toujours dans les barils, et la semaine dernière il a dit qu'il les remplirait quand il reviendrait cette fois-ci. Mais il n'est pas venu.

Blizzard avait dit quelques mots polis en anglais à la vieille femme et il repartait vers la voiture. Elle gardait les yeux fixés sur Chee, l'air inquiet.

– Est-ce que vous pensez qu'il viendra la semaine prochaine ? demanda-t-elle. S'il ne vient pas la semaine prochaine, il va falloir que j'use moins d'eau.

– Je vais faire venir quelqu'un pour vous remplir vos barils d'eau, grand-mère, dit Chee. Je vais faire venir quelqu'un de la mission de Thoreau ou quelqu'un du bureau tribal de Crownpoint. Et quand ils viendront, il faut que vous leur disiez que vous avez besoin d'aide.

– Mais le *biligaana* nous a aidés, objecta-t-elle avec une expression d'incompréhension. De bien des façons.

Elle montra le fauteuil à bascule dans la pièce. Il était très bien fait, avec des lignes simples, et paraissait neuf.

– Il nous a fabriqué ça, à l'école je crois. Il m'a dit que ce fauteuil serait mieux pour mon dos quand je m'assieds à côté du lit. Et avec le canard il faisait rire mon mari.

– Grand-mère, je crois que le *biligaana* qui vous aidait est mort.

Elle sembla ne pas l'avoir entendu.

– Il nous amène à manger, il nous remplit nos barils d'eau et il a emmené mon homme voir les docteurs *biligaana*. Et il nous a aidés quand ma fille avait des tapis à vendre. Il nous a dit que l'homme du comptoir d'échanges ne payait pas assez cher. Il les a vendus pour nous et il a obtenu plus d'argent.

– Grand-mère. Écoutez-moi.

Mais elle ne voulait pas l'écouter.

– Le commerçant nous donnait cinquante dollars mais une fois Begadoche a obtenu trois cents dollars, et une fois, c'était plus de six cents. Et quand j'ai dû vendre mon collier et mes bracelets parce que nous n'avions pas d'argent, il m'a dit que le prêteur sur gages de Gallup ne nous en donnait pas assez et qu'il connaissait quelqu'un qui les payerait beaucoup plus cher parce qu'ils étaient anciens, et il les a sortis du clou et l'homme qu'il connaissait nous a donné beaucoup plus d'argent.

Chee leva la main.

– Grand-mère. Écoutez. Le *biligaana* ne viendra plus parce qu'il est mort. Il faudra que je vous envoie quelqu'un d'autre. Vous comprenez ?

Femme Grise Benally comprenait. Elle avait dû comprendre depuis le début parce que pendant qu'elle parlait, ses joues étaient mouillées de larmes.

11

En considérant les choses avec du recul, en essayant d'analyser comment elles avaient pu tourner de la sorte, Chee finit par décider que c'était en partie par malchance et surtout de sa faute à lui. Ils avaient laissé la voiture de Blizzard à Gallup. Pas de chance. Cela voulait dire qu'il leur fallait prendre la direction de chez Chee pour la récupérer. Pas de chance encore. Cela s'était trouvé ainsi parce que les toutes dernières personnes qu'ils avaient perdu leur temps à aller voir vivaient du côté du bâtiment administratif de Standing Rock. Ils étaient donc doucement revenus vers chez lui par la Route Navajo 9 en dépassant Coyote Canyon. Cela les avait conduits juste à l'intersection de Ya-Ta-Hey qui les mettait plus près de la caravane de Chee à Window Rock que de la voiture de Blizzard à Gallup. Et quelque part avant d'arriver à cet endroit, Blizzard avait dit qu'il était sacrément trop fatigué de conduire pour rentrer chez lui en voiture. Ce qui les avait amenés à la partie de l'ensemble dont la responsabilité incombait uniquement à Chee.

— Pourquoi tu ne descends pas dans un motel de Gallup ? lui avait-il dit. Comme ça tu n'auras qu'à appeler ton bureau demain. Voir s'ils sont prêts à nous laisser abandonner ce qu'on fait là.

— Je vais dormir dans ma voiture, tout simplement, avait répondu Blizzard.

C'était parvenu à ce point qu'une nouvelle fois, Chee avait tout foutu en l'air à cause de sa propre connerie. Peut-être était-ce parce qu'il était lui-même fatigué, parce qu'il n'avait aucune envie de faire la route jusqu'à Gallup puis de revenir à Window Rock, ou peut-être cela venait-il d'un sentiment de culpabilité parce qu'il avait pensé que Blizzard était un emmerdeur alors qu'en fait il était seulement nouveau dans la région et inexpérimenté. Peut-être encore était-ce par commisération pour Blizzard, l'étranger solitaire dans une région inconnue, à moins que ce ne fût parce qu'il se sentait un peu seul lui-même. Toujours est-il qu'il avait dit :

— Pourquoi tu ne passerais pas tout bêtement la nuit chez moi ? C'est mieux que le siège arrière d'une voiture ?

Et Blizzard, bien sûr, avait dit :

— Bonne idée.

Et ils y étaient donc, Blizzard ayant décrété qu'il allait dormir sur le canapé et déclaré qu'il était volontaire pour préparer le dîner à moins que Chee ne veuille retourner à Window Rock pour aller manger quelque part en ville. C'est à ce moment-là que le téléphone avait sonné.

— C'est Janet, avait dit la voix au bout du fil. L'autre jour, à l'Auberge Navajo, j'ai eu l'impression que tu voulais me parler de quelque chose. J'ai raison ?

— Absolument.

— Alors j'ai une idée. Tu te souviens que tu m'as parlé de ce vieux film dans lequel des Navajos ont fait de la figuration, où ils étaient censés être des Cheyennes mais où ils parlaient navajo et disaient tout autre chose ? Celui qu'ils repassent toujours à ce cinéma en plein air de Gallup ? Un truc un peu vieillot, comme le *Rocky Horror Picture Show* ?

— Ouais, fit Chee. *Les Cheyennes*. Dans ma famille ils sont deux ou trois à y avoir fait de la figuration.

— Eh bien, ça repasse à nouveau et je me suis dit...

Mais Blizzard avait l'oreille indiscrète. Il avait surpris la conversation. S'en était mêlé.

— *Les Cheyennes*. Yeah !

— Qui c'était ? avait demandé Janet. Tu as quelqu'un chez toi ?

— Un policier du B.I.A. Harold Blizzard.

— Tu m'as parlé de lui. Il est lui-même Cheyenne, non ? Je parie qu'il aimerait voir ce film. Pourquoi tu ne lui demandes pas de venir aussi ?

— Je suis sûr qu'il l'a déjà vu.

— Non, je ne l'ai pas vu, l'avait contredit Blizzard d'une voix que Chee avait trouvée inopportunément forte. J'en ai entendu parler mais je ne l'ai jamais vu.

— Il ne l'a pas vu. Je l'ai entendu. Pourquoi tu ne l'amènes pas ? Tu ne crois pas que ça serait amusant d'avoir les réactions d'un Cheyenne ?

Chee n'était pas de cet avis. Janet ne connaissait pas ce Cheyenne particulier. Il avait jeté un regard vers Blizzard, assis au bord de son canapé, l'air plein d'espoir.

— Tu as envie d'y aller ?

— Tu parles. J'adorerais ça. Si ma présence ne dérange pas.

— Nous pourrons discuter après le film, avait-elle conclu.

Bien sûr. Mais ils auraient aussi bien pu discuter pendant le film. Et c'était pour parler du film pendant le film (pour commémorer la petite victoire du Peuple sur l'homme blanc que décrivait ce classique de John Ford), que les Navajos continuaient à venir le voir, et que le propriétaire du drive-in de Gallup continuait à le programmer. Et hormis discuter pendant le film, si les choses prenaient la tournure que Chee espérait, il y avait d'autres choses à faire que simplement parler.

Ils se retrouvèrent donc dans la Ford Escort de Janet Pete, garée au cinquième rang par rapport à l'écran avec des pick-up trucks de part et d'autre, Janet assise à côté de lui, Harold Blizzard sur le siège arrière, avec sa masse imposante. Enfin, autant tirer le parti maximum de ce que le destin vous présentait.

– Juste-là, disait Chee. Dans une minute à peine. Ce sera la première fille que vous verrez taper sur un tambour. La voilà. C'est Irma. Ma sœur aînée.

La séquence était solennelle. Trois Navajos tenant le rôle de trois shamans cheyennes s'apprêtaient à implorer Dieu pour que le gouvernement U.S. respecte les promesses faites par traité, un concept empreint de naïveté qui avait déclenché des huées et des coups de klaxons dans les alignements de pick-up trucks et de voitures. Une rangée de jeunes filles cheyennes frappaient méthodiquement sur des tambours qui accompagnaient les prières psalmodiées.

– Et la chanson ? demanda Blizzard. Elle est navajo elle aussi ?

Blizzard était penché en avant, le menton sur le dossier du siège, son vilain gros visage entre Janet et Chee.

– Plus ou moins, répondit celui-ci. C'est un peu une modification d'un chant que l'on chante aux Danses des Filles, mais ils l'ont ralenti pour le rendre plus solennel.

Ce n'est pas ainsi que Chee avait envisagé sa sortie avec Janet Pete.

Richard Widmark, à la tête du détachement de cavalerie chargé de maintenir l'ordre à ce pow-wow entre les bureaucrates du gouvernement et les Cheyennes, déclarait ouvertement ses sympathies pro-Indiennes en dénigrant par ses remarques les réserves où le gouvernement parquait la tribu. Et comme le paysage que désignait Widmark était en réalité la longue ligne de falaises couleur saumon qui se dresse derrière le bâtiment administratif de Iyanbito juste au sud de Gallup, cela entraîna de nouveaux coups de klaxons et un cri moqueur parti nul ne savait d'où.

Et cela continua. Des scènes se succédèrent durant lesquelles des Cheyennes à la mine grave répondaient à des questions sérieuses posées dans un navajo aux intonations graves. Quand le dialogue était retranscrit en anglais par le traducteur, les réponses avaient un sens plus grave encore. Mais elles provoquaient de nouvelles expressions joyeuses de chahut chez les spectateurs, et la question de Janet ou de Blizzard, souvent des deux : « Qu'est-ce qu'il a dit en réalité ? » Ce qu'il avait dit en réalité avait tendance à concerner la taille du pénis du colonel ou toute autre considération matérielle et humoristique sans rapport avec le film. Chee édulcorait un peu ou replaçait les remarques humoristiques dans le contexte des coutumes et des tabous navajo, expliquant encore que les coups de klaxons glorificateurs n'avaient pour objet que de sanctionner l'apparition à l'écran de gens appartenant à la famille d'un spectateur.

C'était un film long, mais pas assez pour que Chee puisse élaborer un plan qui lui permettrait de se débarrasser de Blizzard. La solution la plus évidente consistait à passer par l'Auberge de la Nation Navajo, à l'y déposer et à lui dire qu'il l'y reprendrait le lendemain. Mais cela était impossible du fait que Blizzard avait laissé sa mallette chez Chee et que ladite mallette contenait (ainsi que l'intéressé le lui avait fièrement dit) “ tout ce qu'il faut avoir sur soi si on est coincé quelque part pour la nuit. ” La possibilité de trouver une meilleure solution, comme par exemple d'envoyer Blizzard au snack-bar du bâtiment d'où s'effectuait la projection pour acheter un nouveau grand cornet de pop-corn et de s'en aller sans lui, était éliminée d'office par l'attitude inattendue de Janet. Elle semblait s'être prise d'amitié pour lui, riait de ses plaisanteries, se lançait avec lui dans des discussions sur leur enfance respective d'Indiens des villes, lui posant question sur question sur ce qu'il savait de sa tribu, etc.

Et par conséquent, quand le film se termina enfin, elle les reconduisit. Et là, alors que la voiture roulait encore sur sa lancée avant de s'arrêter, Harold Blizzard eut un geste qui le fit remonter dans l'estime de Chee.

– Janet, dit-il, je me suis bien amusé et j'espère vous revoir, mais maintenant je vais me dépêcher de rentrer et d'aller dormir.

Et avant même d'avoir fini sa phrase, la portière était ouverte et il avait mis pied à terre.

Janet coupa le moteur. Et les lumières. Sans prononcer une parole, ils regardèrent Blizzard disparaître dans la caravane de Chee.

– Je l'aime bien, dit-elle.

Chee cogita sur ce qui venait de se passer.

– Moi aussi, dit-il. Et il a raison. On s'est bien amusés.

– Oui, confirma Janet. Et ça a été très gentil de ta part de l'amener avec toi.

– Je ne te le fais pas dire. Mais pourquoi penses-tu ça ?

— Parce que tu voulais me parler.
— Ouais, fit-il.
— De quoi ?
— De nous.
— De nous ?

Le clair de lune d'automne éclairait son visage. Elle lui souriait.

— Cela fait longtemps que nous sommes amis, dit-il.

— Deux ans, je crois. Plus que ça. Depuis le jour où tu as essayé de coincer ce vieil homme que je représentais, à Farmington. Presque trois ans si tu ajoutes la période où je suis partie à Washington.

— Je n'essayais pas de le coincer, protesta Chee. Je cherchais des renseignements.

— Et tu as essayé de me jouer un tour.

— Je n'ai pas essayé, j'ai réussi. Tu te souviens ? J'ai trouvé ce que je cherchais à savoir.

— Je me souviens. Mais maintenant je crois que je suis prête à te pardonner.

Et sur ces mots, Janet Pete se pencha vers lui, mit sa main derrière la tête du policier, attira son visage et l'embrassa, lâcha un soupir, l'embrassa à nouveau.

Ce fut un bon moment plus tard, même si la lune éclairait toujours son visage, qu'elle dit :

— Non, Jim. Non. On s'arrête là.

— Quoi ? Pourquoi ?

— Parce que. Je crois que nous venons plus ou moins d'arrêter d'être seulement des amis. Alors maintenant, il faut que nous fassions davantage connaissance.

— C'est exactement ce qu'on était en train de faire, protesta-t-il.

— Non, déclara Janet en se redressant sur son siège et en reboutonnant des boutons. J'ai essayé comme ça une fois. Ça ne marche pas. Ça fait trop mal quand on se trompe.

– A Washington ?

– A Washington et pendant mes études de droit.

– Pas cette fois, assura-t-il. Cette fois, tu ne te trompes pas. C'est moi. Et tu as raison.

Janet le regarda puis tourna les yeux vers le pare-brise tout en réfléchissant.

– Quand on a un certain âge, dit-elle, quand on est jeune et qu'on tombe amoureux, ou qu'on pense être tombé amoureux, on se dit que c'est le sexe qui en apporte la preuve. La preuve qu'on est amoureux.

Elle continuait à regarder droit devant elle, à travers le pare-brise.

– Mais cela ne prouve strictement rien.

Chee réfléchit à ce qu'elle venait de dire.

– Ce que tu dis...

– Ce que je dis, c'est que je sais que je t'aime bien. Peut-être que je t'aime beaucoup. Peut-être même encore plus que ça. Mais ça n'a absolument rien à voir avec...

Elle s'interrompit. Le regarda. Elle lui souriait maintenant.

– Pour être tout à fait exact, ça n'a pas *grand-chose* à voir avec la blancheur de tes dents nacrées, ta grande carcasse mince et élancée, ni avec tous ces muscles que tu as. J'ai commencé à t'aimer parce que tu es gentil avec les gens.

– Si j'avais su ça, je me serais montré encore plus gentil.

– Mais je refuse de n'être qu'une petite amie de plus sur ta liste.

– Hé ! s'insurgea-t-il. Qu'est-ce que ça veut dire, ça ?

– Ça veut dire qu'il y a des bruits qui nous reviennent aux oreilles. A nous, les femmes.

— Il n'y a rien de vrai là-dedans. Je suis trop occupé.

Elle rit.

— Exactement ce qui se dit. Très occupé. Une fille dans chaque siège administratif.

— Allez, Janet. Arrête.

— Souviens-toi. Tu m'as parlé de l'institutrice de Crownpoint. Celle dont tu étais amoureux.

— Il y a longtemps de ça.

Janet resta un moment silencieuse.

— Si on parlait d'elle. Vous êtes encore en contact ?

— Elle m'a envoyé une carte de Noël. Elle a écrit “ Bonnes vacances ” dessus.

Janet lui sourit, le visage illuminé par la lune.

— Ça paraît assez inoffensif.

— A toi maintenant. Si on parlait du professeur de droit ?

Il lui fallut un certain temps pour répondre. Et pendant qu'il attendait, Chee sentit son ventre se contracter. Qu'allait-elle dire ? Comment allait-elle le dire ?

D'une petite voix, elle répondit :

— Je n'aime pas penser à lui.

Et Chee qui, en réalité, voulait changer de sujet, sut qu'il ne le pouvait pas.

— Dis-moi pourquoi, insista-t-il.

— Parce que je me fais l'impression d'être complètement stupide. Naïve. Bête.

Elle frappa le tableau de bord de son poing.

— Mais merde, qu'est-ce que j'avais dans la tête ? Ça me rend si furieuse que j'ai envie de pleurer.

— Tu ne l'aimes plus ?

— Je ne crois pas que je l'aie jamais aimé. Je suis sûre que non. Je le trouvais distingué. Et plein de prestige. J'avais l'impression que ça me donnait de l'importance, quelque chose comme ça, qu'un juriste important s'intéresse à moi. Mais en réalité, je ne l'aime même pas du tout.

Chee l'entoura de son bras, l'attira à lui et parla dans ses cheveux.

– Je comprends ça. Je vais te dire pourquoi. Parce qu'il y a bien longtemps quand on a fait connaissance tous les deux, vers le début, je me suis mis à réfléchir un peu comme ça. Je me disais, je suis un gamin qui sort des camps de moutons. Janet est belle. C'est une fille de la ville, elle est distinguée. Une juriste. Tout ça. Pourtant, j'ai le sentiment qu'elle m'aime bien. C'était merveilleux comme impression. J'avais l'impression que je mesurais deux mètres cinquante.

Janet se nicha tout contre lui.

– Hummm, ronronna-t-elle. Tu sais ce qu'il faut dire pour que je me sente bien. Ma mère est écossaise, mais si elle était irlandaise elle dirait que tu es le roi des flagorneurs.

– Le roi des quoi ?

Elle rit :

– Je ne sais pas si les Navajos, si nous, les Navajos, nous avons un mot pour ça. Mais on devrait bien. C'est un peu comme quelqu'un qui baratine. Ou qui raconte des bobards, peut-être.

– Je ne suis pas du tout comme ça. Mais si les vrais juristes t'impressionnent, je ferais bien de te dire qu'il se peut que je sois nommé *vrai sergent*.

– Eh bien, je pense qu'il est grand temps que cela arrive. Mais tu ne l'as pas déjà été dans le passé ?

– Je faisais fonction de sergent par intérim. Mais ça n'a duré que quelques mois.

– Je me souviens. C'était quand tu travaillais à Crownpoint. Avant que tu ne te brûles la main de manière aussi affreuse. En essayant d'ouvrir la portière de cette voiture en feu.

Elle se pelotonna à nouveau contre lui :

— Mais parle-moi de cette promotion.

Chee en était maintenant à regretter d'avoir abordé ce sujet. Ça n'avait pas beaucoup de chances de se réaliser.

— Je ne l'aurai sans doute pas. En réalité, il faut plutôt prendre ça comme une plaisanterie. Mais le lieutenant m'a dit que le Chef lui-même s'intéresse personnellement à l'arrestation du type qui est coupable de ce délit de fuite dont je t'ai parlé. La fois où le conducteur a fait marche arrière pour regarder le piéton qu'il avait heurté, puis a fichu le camp en laissant monsieur Todachene perdre tout son sang.

Chee émit un petit rire sans joie :

— Le lieutenant dit que si je retrouve ce type, j'aurai ma promotion.

— Oh, fit Janet.

— Le piège étant qu'il n'y a aucun indice. Tout ce qui peut être vérifié dans un cas comme celui-là l'a déjà été. Les garages, les ateliers de peinture, les gens qui auraient pu voir quelque chose. Il n'y a rien sur quoi se baser.

— Ce n'est pas juste. De toute façon tu aurais dû être promu il y a longtemps. Mais qu'est-ce que ça peut faire ?

— Mais ce que tu m'as dit sur la fois où je me suis brûlé la main, ça me rappelle quelque chose. Je vais te le dire, ce que tu as fait et qui m'a vraiment fait beaucoup de bien. Je ne l'oublierai jamais.

Il attendit. Elle se serra une nouvelle fois contre lui.

— D'accord. Vas-y, dis-le.

— Ils m'ont laissé sortir de l'hôpital d'Albuquerque avec la main toute enveloppée de pansements si bien que je ne pouvais pas m'en servir, et quand je suis rentré chez moi, j'ai découvert que tu t'étais introduite dans ma caravane, que tu avais fait toute la vaisselle, balayé, frotté toutes les fenêtres jusqu'à ce qu'elles brillent, vidé le réfrigérateur, mis du lait au frais ainsi que des œufs et des trucs comme ça, fait la lessive et…

– Les femmes avocates aiment bien jouer à la maîtresse de maison de temps en temps. Et tu n'avais pas le moral, en plus. Tu te souviens ? Ça n'allait vraiment pas fort. Je ne voulais pas que tu rentres dans une maison sale. Tout seul, dans tout ce désordre. Ça m'est arrivé suffisamment souvent pour savoir que c'est affreusement déprimant.

– En tout cas, je t'ai aimé parce que tu l'avais fait. Et je t'aime toujours.

Et, ayant dit cela, il mit sa main sous son menton, mesura pleinement le contact soyeux de sa peau, leva vers le sien le visage de la jeune femme, l'embrassa. Elle lui rendit son baiser. Cela se prolongea un bon moment.

Et, ayant fait cela, il sut qu'il était temps, en fait qu'il était plus que temps, de formuler la question qu'il redoutait depuis longtemps de lui poser.

– Tu te souviens, quand je t'ai demandé, pour ton père. D'où il venait. De quelle partie de la réserve. Et quels étaient ses clans. Et tu m'as dit qu'il était tout petit quand ses parents avaient été déplacés à Chicago, qu'il n'en parlait jamais et que tu ne savais vraiment pas. Tu te souviens de ça ?

La tête de Janet bougea contre son visage, la douceur incroyable de ses cheveux, leur odeur propre, leur odeur merveilleuse, leur aspect merveilleux au clair de lune. C'était un hochement de tête affirmatif.

– Et tu m'as dit que tu lui demanderais la

prochaine fois que tu le verrais ? Tu ferais en sorte qu'il soit plus précis ?

Nouveau hochement de tête.

Chee prit une profonde inspiration. Il aurait dû s'occuper de ça il y avait bien longtemps. Mais il avait eu peur d'insister parce que cela paraissait présomptueux. Après tout, ils étaient seulement amis. Maintenant il redoutait la réponse qu'elle allait peut-être lui donner. Le clan de sa mère à lui était le Peuple à la Parole Lente, et son père était né au Clan de l'Eau Amère. Si le père de Janet Pete appartenait à l'un ou à l'autre de ces deux clans d'un côté comme de l'autre de sa famille, ce que Janet et lui venaient de faire ici-même était mal. Cela violait l'un des tabous les plus rigoureux des Navajos : les règles rigides et complexes au moyen desquelles le Peuple interdisait l'inceste. Monsieur Pete n'appartenait sans doute à aucun des deux. Il y avait environ soixante-cinq autres clans auxquels il pouvait appartenir. Mais il y avait encore le clan paternel de la grand-mère paternelle de Janet, et les clans liés à sa propre famille. Eux aussi rendraient taboue toute relation sexuelle entre Janet et lui. Il fallait qu'il sache.

Mais Janet ne répondait rien.

— Il te l'a dit ?

— Il n'était pas sûr.

Chee souhaitait réfléchir à cette réponse. Il n'avait jamais connu de Navajo né sur la réserve qui ignorât ses clans. C'était presque comme de ne pas savoir si l'on était homme ou femme. Mais peut-être les parents de cet homme, vivant dans une ville des hommes blancs à plus de mille cinq cents kilomètres des montagnes * sacrées, avaient-ils voulu faire de leur fils un homme blanc ? Cela arrivait parfois. Ou peut-être le père de Janet ne voulait-il tout simplement pas le lui dire. Ou la faisait-il marcher pour une raison ou pour une autre. Chee ne voyait pas quelle raison il pouvait avoir d'agir de la sorte.

— Est-ce qu'il avait une petite idée ? Est-ce qu'il a pu te dire quelque chose de concret ?

— Il était sûr de ne rien savoir sur les clans de mon grand-père parce que grand-père était mort avant qu'ils ne partent là-bas. Quand papa était encore un petit garçon. Mais il m'a dit qu'il pensait que sa mère avait pu appartenir au Peuple de la Faim. Il m'a dit qu'il se souvenait l'avoir entendu plaisanter là-dessus. Dire que ça convenait très bien à sa famille.

Chee interrogea sa mémoire.

— Le Peuple de la Faim, dit-il. C'est le *Dichin Dine'e*.

Janet sentit son changement d'humeur.

— Pourquoi toutes ces questions ? demanda-t-elle.

Il n'était plus question de se pelotonner contre lui :

— Comme si je n'étais pas ici depuis suffisamment longtemps pour connaître la réponse.

Elle s'écarta de lui :

— Alors, comment je m'en tire ? Je fais un parti acceptable ?

Elle rit en prononçant ces paroles.

— Je suis comme ton père. Je ne suis pas sûr. Je suis peut-être du poison pour toi.

Il avait essayé de le lui dire sur le mode de la plaisanterie.

Ils restèrent assis sans bouger dans la froideur du clair de lune. Elle lâcha un soupir.

— Tu sais quoi ? dit-elle. J'ai une longue journée demain. Et toi il faut que tu t'acquittes de vos tâches policières du mardi. Alors, si j'arrive à penser à un moyen de te faire descendre de ma voiture, je vais rentrer chez moi et dormir un peu.

Ce n'était pas ainsi que Chee voulait voir la soirée s'achever. Il n'était pas prêt à sortir dans la nuit froide.

— Il y a quelque chose que je veux te demander, commença-t-il. Est-ce que tu as remarqué, quand on était...

— Plus de questions, Jim. Je n'ai plus envie de répondre à tes questions.

— Celle-là concerne Blizzard. Est-ce que tu as remarqué comme il réagissait différemment à certaines scènes du film ? Nous, les Navajos, on riait et on donnait des coups de klaxon pour nos blagues à nous, et lui il avait l'air triste. Exactement pour la même scène. Lui, il assistait à la destruction de sa culture. Nous, on regardait ceux de notre peuple se moquer des Blancs du film.

— Pour moi aussi, c'était différent. Mon navajo n'est pas assez bon la plupart du temps pour que je comprenne les blagues.

Elle le regarda en fronçant les sourcils.

— Comment tu peux savoir la façon dont il réagissait ? Tu le regardais dans le rétroviseur, hein ?

— Ouais, reconnut-il.

— Et moi aussi, je suppose.

— Surtout toi, admit-il.

— C'est sournois, ça. Pourquoi tu nous regardais ?

Il avait envie de dire *Parce que tu es belle. Parce que je me sens bien lorsque je te regarde. Parce que je me suis stupidement, désespérément laissé tomber amoureux de toi.* Mais il ne le dit pas. Il y avait le problème du *Dichin Dine'e*. Est-ce que sa mémoire était bonne ? Y avait-il un lien quelconque entre ce petit clan et l'un des siens ? Il y avait longtemps, par une soirée d'hiver appropriée à ce genre d'enseignement, Hosteen Frank Sam Nakai, le frère aîné de sa mère et, par conséquent, son « petit père », lui avait retracé l'histoire de son clan, le Peuple à la Parole Lente, remontant jusqu'à l'époque mythique, juste après que Femme-qui-Change * eut laissé le Peuple pour aller rejoindre son amant, le Soleil. Il était très jeune alors et certains des liens entre les clans lui avaient semblé vagues et sans importance. Mais maintenant, le nom du Peuple de la Faim faisait vibrer quelque chose dans sa mémoire. Et maintenant, c'était devenu terriblement important. C'était ça qui déterminait s'il était tolérable que Jim Chee et Janet Pete soient amis, mais tabou qu'ils soient amants.

C'est pourquoi, au lieu de prononcer les paroles qu'il avait envie de dire, il déclara :

— J'étais en train de penser à toi, à Cowboy et à moi quand on était assis sur le toit à Tano... quand on regardait la danse des kachinas. Cowboy est Hopi, et il fait lui-même partie de l'une des fraternités kachina des Hopis ce qui fait qu'il a remarqué beaucoup de choses qui nous ont échappé, à nous. Mais pas autant de choses que le Peuple de Tano. Je veux dire que nous tous, là-haut, sur le toit, nous étions des gens de l'extérieur. Comme un Cheyenne qui regarde des Navajos qui font semblant d'être des Cheyennes. Il y a beaucoup de choses qui lui ont échappé. Nous aussi. Je me demande quoi.

— Moi aussi, fit Janet d'une voix morne. Je veux dire, Blizzard et moi aussi. Il y a beaucoup de choses que je n'ai pas comprises dans le film. Étant donné que je ne comprends pas très bien le navajo. Et si tu veux la vérité, que je ne comprends pas ce que c'est que d'être Navajo.

Chee étudia son profil. Il se rendit compte tout à

coup, et il en fut bouleversé, qu'elle essayait de ne pas pleurer. Il eut une révélation brutale et soudaine. Il contemplait une Janet Pete dont il n'avait même jamais soupçonné l'existence. Il contemplait une jeune femme solitaire. Lui qui, au pensionnat, avait été le gamin des troupeaux de moutons entouré de gosses de la ville, lui qui avait été le péquenaud au milieu de gens raffinés à l'Université du Nouveau-Mexique, aurait dû, plus que quiconque, s'apercevoir de ce à quoi elle avait dû faire face sur cette Grande-Réserve-Pleine-d'Inconnus. Mais non. Il n'avait vu que l'avocate adroite qui était superbe dans ses vêtements chers et qui s'abritait derrière l'armure de l'humour, de l'esprit, de l'éducation et de l'intelligence. Il n'avait pas vu la jeune femme qui essayait de trouver un foyer. Il sentit un désir presque irrésistible de l'attirer à lui, de l'envelopper de ses bras, de la consoler, de la réchauffer contre ce froid clair de lune, de lui dire qu'il comprenait, de lui dire qu'il l'aimait, qu'il veillerait sur elle pour toujours et qu'il mourrait pour la rendre heureuse.

Presque irrésistible. Il aurait pu le faire la semaine précédente alors qu'ils étaient amis. Maintenant, il y avait la question du Peuple de la Faim. Ils avaient fait un pas dans ce territoire qui s'étendait au-delà de l'amitié et il ne connaissait pas le chemin du retour. S'il y en avait un... Peut-être. Il était incapable de le trouver. Il se contenta donc de contempler son profil tandis qu'elle demeurait là, malheureuse, les épaules voûtées, regardant par le pare-brise. Et il dit :

— Tu te souviens, à Tano ? Les koshares étaient descendus de leur toit en faisant la culbute et deux d'entre eux avaient agrippé l'un des kachinas. Ils faisaient ça à grand renfort de discours, de gesticulations, ce genre de choses. Et la foule riait. Sans arrière-pensées. Tout le monde s'amusait. Se laissait entraîner par ce qui se passait. Et puis l'un des clowns est arrivé habillé en cow-boy, à califourchon sur son cheval-bâton. Plus deux ou trois autres, avec la petite charrette pour enfants, qui vendaient leurs marchandises au type habillé comme s'il était censé être un touriste, ou un négociant. Et souviens-toi, c'est là que les rires se sont arrêtés comme d'un seul coup pendant un moment. Tout est devenu silencieux.

– O.K., fit Janet. O.K., je me souviens.

– Je me demande ce qui nous a échappé. Je me demande ce que ça voulait dire.

– Je n'en sais rien ce que ça voulait dire. Je n'en ai aucune idée. Mais je suppose que cette conversation que nous avons en ce moment signifie que nous sommes revenus à notre statut traditionnel.

– Comment ça ?

– Revenus à notre bonne vieille amitié. Bons copains ? Tu te souviens ? Quand on se racontait nos problèmes réciproques. Qu'on se donnait l'un l'autre tout un tas de mauvais conseils. Sur nos affaires de cœur avec d'autres.

– Je ne dirais pas ça, affirma Chee qui ne parvenait pas à penser à quelque chose de plus intelligent à dire. Mais tu n'as vraiment aucune idée sur ce qui pouvait bien se passer là-bas à Tano ? Aucune…

Janet se pencha au-dessus de lui et ouvrit la portière.

– Va te coucher. Demain, tu feras le policier.

Dans sa caravane, il se laissa tomber sur sa banquette, en veste et en bottes, et parvint à ne pas penser à Janet Pete. Il pensa à l'affaire Todachene. L'affaire qui n'avait pas d'indices. Il réfléchit à l'endroit où ça s'était produit : sur une route secondaire peu fréquentée qu'utilisaient essentiellement des gens de ce coin de la réserve. Cela voulait dire que le conducteur était probablement un Navajo. Quel qu'ait pu être alors son degré d'ivresse, il devait être au courant, depuis, de la nature de son crime. Il devait se sentir coupable. Il avait dû perdre *hozho* *, cet état d'harmonie qui est le but de la métaphysique navajo. Si c'était un traditionaliste, il devait faire appel à un shaman pour qu'il lui vienne en aide. Demain, pensa Chee, il commencerait à faire circuler cette information parmi les guérisseurs de la Réserve-aux-Mille-Parcelles et du nord-est de la Grande Réserve. S'il était patient, peut-être un renseignement reviendrait-il jusqu'à lui. Un rite guérisseur pour un homme qui avait été mêlé à un décès. Cet homme était vraisemblablement un ivrogne, quelqu'un qui avait tourné le dos à la Voie * Navajo. Mais ça valait le coup d'essayer.

La seconde chose qu'il ferait dans la matinée serait de fournir au lieutenant un rapport sur l'homicide de Sayesva. Leaphorn avait été très clair : il ne voulait pas que Chee aille empiéter sur cette affaire tout ce qu'il y avait de fédérale, tout ce qu'il y avait d'extérieure à la réserve. Mais aussi strict qu'il soit, Leaphorn n'en était pas moins perspicace. Il avait mérité sa réputation. Ce compte rendu l'informerait qu'il semblait s'être produit quelque chose d'étrange lors de la cérémonie de Tano, quelque chose qui concernait le numéro des clowns. Leaphorn pourrait repartir de là.

Et avec cette pensée, Chee se mit sur son séant, se déshabilla et se glissa sous sa couverture. Il tendit l'oreille aux bruits de la nuit qui, en l'occurrence, comprenaient la respiration bruyante d'un Cheyenne endormi. Et il pensa au choix qu'il lui faudrait peut-être faire entre Janet Pete et la religion qui avait toujours donné un sens à sa vie.

12

Le lendemain était un jour de congé pour le simple policier qu'était Jim Chee. Il conduisit Blizzard à Gallup pour qu'il récupère sa voiture au poste de police. Il se rendit au bureau au cas où il y trouverait Leaphorn mais n'eut pas cette chance. Comme il en avait eu l'intention, il tapa le rapport qu'il mit dans le panier du courrier en attente sur le bureau bien rangé du lieutenant, passa un moment à examiner l'immense carte qui décorait le mur, derrière le fauteuil. Il remarqua que les épingles symboliques avec lesquelles son supérieur marquait les endroits établissaient maintenant un lien entre l'homicide survenu au pueblo de Tano et celui de Thoreau. En sortant, il adressa un signe de tête à Virginia et passa le reste de la matinée aux Fournitures Électroniques Haut de Gamme de Gallup pour faire remettre en état de marche le poste de radio Citizen Band de son pick-up truck. Ceci fait, il prit l'U.S. 666 vers le nord, longea le versant est des Monts Chuska, dépassa Tohatchi, le pensionnat de Naschitti et le bâtiment administratif de Sheep Springs, atteignit l'embranchement de Newcomb, puis il grimpa vers l'ouest, dépassa le petit groupe de maisons que l'on nomme Two Grey Hills, le vieux pensionnat de Toadlena et prit la vieille route sillonnée d'ornières qui conduisait au campement à moutons de Hosteen Frank Sam Nakai, le frère aîné de sa mère.

En quittant Gallup, il avait pensé à tout sauf à Janet Pete. Il aurait amplement le temps plus tard, une fois qu'il aurait parlé avec Frank Sam Nakai. Une fois qu'il saurait que penser. Pour l'instant il méditait sur l'accident de circulation mortel qu'on lui avait confié. Apparemment sans espoir. Rien sur quoi travailler. Rien à espérer sinon un coup de chance. Et le lieutenant Leaphorn ne tenait pas la chance en bien haute opinion. Il se demanda pourquoi, en dépit de preuves assez solides, Leaphorn ne semblait pas croire qu'Eugene Ahkeah avait tué Eric Dorsey ni qui que ce soit d'autre. Il se demanda où, la prochaine fois, il pourrait aller pour essayer de résoudre le problème que représentait ce petit sournois de Delmar. Et pour quelle raison la foule était devenue silencieuse quand la charrette du clown était apparue sur la plaza de Tano. Si le lieutenant s'intéressait à la façon dont ce crime était lié à l'affaire Dorsey, il allait poser la question aux gens de Tano qu'il fallait et il obtiendrait la réponse.

Puis, tandis que son camion cahotait en s'engageant dans les pâturages d'été, plus haut dans les Chuska, que les pins ponderosa remplaçaient genévriers et pins pignons, et que l'air se faisait plus froid dans ses narines, lui faisant retrouver les vieilles odeurs du haut-pays, il pensa à Hosteen Nakai, le Petit Père de son enfance.

Il n'y avait personne à la cabane d'été de Hosteen Nakai. Chee trouva le troupeau de chèvres et de moutons mélangés dans une prairie à quinze cents mètres de là et son oncle assis sur un tronc pourri avec son cheval qui broutait sous les trembles. Une puissante radiocassette était posée sur le tronc à côté de lui, apparemment réglée sur KNDN. La voix exaltée de D.J. Nez sortait de la machine, chantant : « Mes héros ont toujours été les Indiens. »

— Le *Dichin Dine'e*, répéta Hosteen Nakai. Ça doit remonter bien loin, il y a très longtemps, quand nous avons été mélangés avec eux. Laisse-moi réfléchir un petit peu.

Pendant qu'il méditait, il sortit un paquet de papier à cigarettes et un sac de tabac Bull Durham de la poche de sa chemise, les offrit tous deux à Chee puis se roula une cigarette.

— Ça devait être quand l'armée nous a fait prisonniers et nous a emmenés pour nous parquer à Bosque Redondo. A l'époque où nous avons fait la Longue * Marche. On s'est tous retrouvés mélangés à ce moment-là et il y a eu des mariages dans tous les sens. Même des mariages avec les Apaches. Ils avaient un groupe d'Apaches Mescaleros enfermés là-bas avec nous.

Il alluma sa cigarette, rejeta la fumée :

— Pourquoi tu t'intéresses au Peuple de la Faim ? J'ai comme l'impression que tu as fini par te trouver une fille navajo.

Chee acquiesça de la tête.

Nakai dit :

— Je ne sais pas. La mère de son père est née au *Dichin Dine'e*, à ce que tu crois. Mais quel est le clan de son père ? Quels sont les liens de parenté des autres membres de la famille ?

— Elle n'a pas de clan « auquel » elle est née. Sa mère est Blanche. Son père est Navajo. Mais il appartient à l'une de ces familles déplacées. Le gouvernement a relogé sa famille en lui faisant quitter la réserve dans les années 40. Il était encore gamin quand ça s'est passé et je suppose que sa famille l'a élevé comme les Blancs. Il pense que sa mère appartenait au *Dichin Dine'e*. Il dit qu'il ne sait pas pour le clan de son père.

Hosteen Nakai réfléchit, rejeta un nuage de fumée bleue, marmonna pour lui-même une imprécation indistincte.

– Parle-moi de cette femme, dit-il. Et parle-moi de toi. Parle-moi du travail que tu fais en ce moment.

Chee lui parla de Janet Pete, la Navajo des villes. Et il lui parla du conducteur qui avait heurté le vieil homme qui marchait le long de la Route Navajo 1 puis qui avait laissé sa victime mourir sur le bord de la chaussée. Hosteen Nakai pouvait-il répandre l'information concernant cet homme au sein de la petite fraternité des gens qui pratiquaient la guérison ? Nakai lui répondit qu'il le ferait. Chee lui parla de la mort du chrétien à Thoreau et de celle du koshare à Tano, lui exposant que personne ne semblait savoir pourquoi ils étaient morts, l'un comme l'autre. Et il lui parla de sa quête désespérante pour retrouver Delmar Kanitewa.

Nakai posa des questions : sur le chrétien, sur le koshare, sur la grand-mère de Delmar, sur le paquet que le garçon avait apporté.

Cinq chèvres s'étaient séparées du troupeau et s'éloignaient doucement vers le bas de la pente. Nakai siffla ses chiens qui se reposaient dans les herbes hautes à côté des trembles. Il tendit le doigt. Les chiens filèrent sur la pente, tournèrent autour des chèvres récalcitrantes et les ramenèrent dans le troupeau. Le soleil d'automne était maintenant suffisamment bas pour commencer à donner du relief aux ondulations des plaines loin en dessous d'eux. Chee discerna la ligne d'ombres noires projetée par Chaco Mesa à soixante-cinq kilomètres à l'ouest. Au nord, en partant de là, le jaune fauve de la prairie de bouteloue était parsemé de points d'ombre et de couleur : l'érosion de l'ardoise des Mauvaises Terres de Bisti et les étendues sauvages protégées de De-Na-Zin. Magnifique. Paisible. Mais Chee était inquiet. Très bientôt, Hosteen Nakai en aurait terminé de ses réflexions et serait prêt à parler. Pour la première fois, il remarqua que son oncle était devenu un vieil homme. Ça y était, qu'allait-il dire ?

— L'homme qui a heurté le vieil homme et qui l'a laissé mourir, dit Nakai. Je vais demander aux gens concernés. Tu as raison, s'il suit la Voie de la Beauté des Navajos, il voudra se guérir de ça. Mais pourquoi veux-tu le trouver ? Quel bien cela fait-il à l'homme qu'il a tué ? Quel bien cela lui fait-il ? Je pense que tu le mettrais en prison. Ce n'est pas ça qui va l'aider.

Nakai haussa les épaules, repoussant ce sujet. Il laissa le silence s'installer, donnant à Chee le temps de formuler sa réponse. Celui-ci se contenta de hocher la tête.

— Le chrétien et le koshare. Deux hommes bons, me dis-tu. Des hommes de valeur. Mais quelqu'un les a tués. En général, les gens qui se font tuer comme ça ont fait quelque chose pour ça.

Il tira sur sa cigarette, rejeta la fumée :

— Tu sais ce que je veux dire. Ils se sont intéressés de trop près à la femme d'un autre. Ils ont trop bu et ont frappé quelqu'un. Ils ont abattu la vache d'un tiers. En général, ils ont fait quelque chose de mal. Ils ont rompu leur harmonie avec tout ce qui les entoure, ce qui fait que quelqu'un a pu les tuer. Mais pas cette fois, me dis-tu. Deux hommes bons qui aidaient les gens, qui n'avaient fait de mal à personne. Et ils avaient beaucoup en commun à d'autres égards. Les koshares, tu sais ce que c'est. Je connaissais un Hopi qui était koshare à Moenkopi. Il me disait : “ Comparés à ce que notre Créateur voulait que nous soyons, tous les hommes sont des clowns. Et c'est ce que nous faisons, nous autres koshares. Nous nous livrons à des pitreries pour que les gens se souviennent. Pour qu'ils rient d'eux-mêmes. Nous sommes les clowns sacrés, " me disait-il. Il est mort maintenant, il y a longtemps, mais je me souviens de ça. Et là, tu m'as dit que cet enseignant de Thoreau était drôle lui aussi. Que c'était un homme bon et qu'il faisait rire les enfants.

Hosteen Nakai fit tomber la cendre de sa cigarette et regarda Chee d'un air pensif. Comme s'il se demandait si son neveu pouvait extraire une signification de cela. Chee ne fit rien pour indiquer que c'était le cas.

– Deux hommes bons qui faisaient des clowneries et aidaient les gens. Des hommes de valeur. Mais quelqu'un les a tués. Il y a forcément une raison. Tout est lié. Par conséquent il faut que tu cherches quelque chose en dehors d'eux. Quelque chose de mauvais que tous deux ont touché d'une façon ou d'une autre. Si tu trouves le conducteur qui a tué le piéton, tu ne fais rien pour personne. Mais si tu découvres pourquoi ces deux hommes de valeur ont été tués, alors tu fais du bon travail.

Nakai s'aida de ses mains pour se relever du tronc d'arbre, s'étira, baissa les yeux vers Chee :

– Mais c'est pour cette femme que tu veux savoir ce que j'ai à dire. C'est pour ça que tu es venu ici. Le tabou de l'inceste. Tu sais de quoi il s'agit. Comment il te rend malade, comment il te rend fou. Comment il fait du mal à ta famille. Il rompt l'harmonie de toutes choses. Alors fais preuve de prudence avec cette femme pendant un moment.

Il tira une nouvelle fois sur sa cigarette, poursuivit :

– Je connais un vieil homme qui vit près de Crystal. C'est là que le Peuple de la Faim était il y a bien longtemps avant que l'armée ne les déporte à Bosque Redondo. C'est un *hataalii*. Il chante la Voie du Sommet de la Montagne, la Voie de la Fourmi Rouge et plusieurs autres rites guérisseurs. Je lui parlerai de cette femme. Je pense qu'il saura quelque chose sur le Peuple de la Faim et notre Clan à la Parole Lente. Quand je saurai, je te le dirai.

— Combien de temps...

— Les jeunes hommes sont impatients quand ils voient la femme qu'ils veulent. Je sais cela. Je vais m'y mettre ce soir.

— Merci, dit Chee.

— Encore une chose. Ce garçon que tu recherches. Tu crois qu'il s'enfuit parce qu'il a peur. Est-ce que sa grand-mère continue à appeler le lieutenant pour demander des nouvelles ?

— Ah ! fit Chee.

Pourquoi n'y avait-il pas pensé ?

— Non, ajouta-t-il. Pas depuis plusieurs jours.

— Dans ce cas sa grand-mère sait où le trouver...

Nakai rejeta de la fumée et contempla le nuage bleu suspendu dans l'air immobile.

— ... Et elle sait aussi, je crois, que le garçon a de bonnes raisons d'avoir peur.

13

La toute première chose que Chee avait l'intention de faire en arrivant au bureau le lendemain matin était d'appeler l'élue au Conseil Tribal, Bertha Roanhorse. Les notes de service que Virginia avait laissées sur son sous-main lui demandaient de rappeler le lieutenant Toddy à Crownpoint et le capitaine Largo à Tuba City. Ils pouvaient attendre. De même que l'enveloppe marron que Virginia avait mise dans sa corbeille de courrier en attente. Et Jim Chee aussi, comme les événements le démontrèrent. L'annuaire des téléphones de la Compagnie Navajo des Communications indiquait un numéro de téléphone au nom de Roanhorse dans la liste des dix-neuf abonnés desservis par le central de Toadlena, mais une voix féminine austère lui donna pour directive de laisser un message sur le répondeur. Ce qu'il fit. Puis il appela le secrétariat de l'assemblée. Nouvel échec. Aucune des commissions du Conseil Tribal dans lesquelles siégeait madame Roanhorse ne se réunissait ce jour-là. Il laissa un nouveau message. Après, il appela l'Auberge de la Nation Navajo. Oui, madame Roanhorse, membre du Conseil Tribal, était inscrite. Elle ne décrocha pas le téléphone de sa chambre. Chee laissa un troisième message.

Ayant épuisé toutes les possibilités qui lui

venaient à l'esprit, il appela le capitaine Largo. Il était sorti, mais la standardiste de Tuba City avait un message pour lui : “ Dites à Chee que nous avons fait chou blanc ici, sur les réparations à l'avant des véhicules, pour son enquête sur l'accident suivi de délit de fuite. ”

Il appela le lieutenant Toddy à Crownpoint. Le lieutenant était là.

– Je voulais juste que vous sachiez que nous ne vous avons pas oubliés, vous autres, les gars de la capitale de la Nation Navajo. Nous n'avons pas oublié, mais si le suspect de votre accident de la circulation est quelqu'un du coin, personne ne semble être au courant.

Tant pis. La journée démarrait mal. Il allait appeler Blizzard et lui dire qu'il avait déduit que madame Roanhorse cachait Delmar. Cela devrait impressionner le Cheyenne. Mais évidemment, il n'était pas là. Chee sortit l'enveloppe marron de sa corbeille des documents en attente. Il allait voir ce que Virginia lui avait laissé.

L'enveloppe portait en travers l'inscription POUR L'AGENT CHEE en grosses lettres d'imprimerie, mais rien d'autre. Il la déchira et en fit tomber une cassette audio. Il la retourna. Rien, d'un côté comme de l'autre, pour indiquer ce qu'elle contenait. Il composa le numéro de Virginia pour lui demander qui lui avait laissé l'enveloppe. Virginia n'était pas à son bureau. La radio qui se trouvait sur l'étagère derrière le bureau du lieutenant Leaphorn comprenait un lecteur de cassettes. Il allait lui emprunter.

Mais le lieutenant, comme Virginia, comme Blizzard et comme Roanhorse, n'était pas là. Chee laissa la porte ouverte derrière lui, alluma le poste et y glissa la cassette.

Elle émit les ronflements et craquements caractéristiques des enregistrements amateurs, puis des bruits de sonnerie et une voix qui disait :

— Vous êtes bien au bureau de Jimmy Chester, membre du Conseil. Je ne peux pas venir au téléphone dans l'immédiat mais laissez un message après le signal sonore et je vous rappellerai.

Un bref silence, suivi d'un bip puis d'une seconde voix :

— Jimmy, c'est Ed Zeck. Si tu es là, décroche. Il faut que je te parle. Sinon, appelle-moi à l'auberge. Je suis à la chambre 217 et je vais y être jusqu'à...

— Je suis là, Ed. Qu'est-ce qu'il te faut ?

— C'est ton opinion qu'il me faut. J'entends dire des choses qui m'inquiètent.

— Quoi, par exemple ?

— Par exemple que l'AIM[1] va être mêlé à ça. Tu as entendu dire ça ?

— Laisse tomber. L'AIM ne représente rien du tout par ici. Ce sont des Indiens des villes. En plus, pour tout ce qui concerne les Navajos, ils prennent systématiquement les choses du mauvais côté.

Chee arrêta la bande. Qu'est-ce que ça pouvait bien être que ça ? Visiblement, une conversation téléphonique. Il reconnaissait la voix éraillée de Zeck. On pouvait présumer que l'homme qui répondait sur le répondeur de Jimmy Chester était, comme cela avait été annoncé, Jimmy Chester. Mais est-ce qu'il devait écouter une conversation privée ? Et qui la lui avait envoyée ? Le type de Priorité à la Nature ? Quel était son nom ? Applebee.

En se servant du téléphone de Leaphorn, il appela le bureau de Virginia. Elle était de retour.

— Quel paquet ? demanda-t-elle.

1. AIM : American Indian Movement, le Mouvement des Indiens d'Amérique. (N.d.T.)

— En fait, il s'agit d'une enveloppe marron.

— Pas moi, affirma-t-elle. Quelqu'un a dû la déposer comme ça sur votre bureau. Il n'y en a pas un, de vous tous, qui ferme jamais sa porte à clef ni rien. La moitié du temps, vous ne la fermez même pas du tout. Vous vous imaginez que personne ne vous vole rien parce que vous êtes des policiers. Eh bien, je vais vous dire, moi. Les gens rentrent tranquillement et vous volent votre sac sur votre chaise. Ils vous volent votre veste. Je l'ai vu se produire. Ça fait des années que je dis au Chef qu'il devrait promulguer un règlement qui obligerait à fermer les portes à clef. Quand on est pas là. Ou au moins à les fermer.

Elle s'arrêta pour reprendre sa respiration, offrant à Chee l'occasion de parler.

— Tout est plus efficace comme ça, objecta Chee en se demandant pourquoi il discutait de ça. Quand on a besoin de parler à quelqu'un, on peut regarder dans son bureau et voir s'il est là ou s'il est occupé. C'est comme ça qu'on faisait aussi à Crownpoint. Quand j'étais en poste là-bas. Et c'est comme ça que c'était à Tuba City.

— Oui, ben, dans ce cas, moi j'y suis pour rien, déclara Virginia qui, de la sorte, mettait un terme à la conversation et laissait Chee avec les yeux rivés sur la radio de Joe Leaphorn.

Peut-être la bande elle-même lui révèlerait-elle l'identité de celui qui la lui avait apportée. Il appuya sur le bouton MARCHE. Le rapport qu'il avait rédigé la veille pour Leaphorn se trouvait encore dans la corbeille des arrivées du lieutenant. Peut-être était-il parti travailler sur l'affaire Eric Dorsey ou sur un autre crime d'une certaine importance. Ou peut-être s'était-il assigné à lui-même de faire le trajet de Flagstaff. Selon les rumeurs qui couraient dans le service, il était censé avoir quelque chose en train avec une femme professeur de là-bas. La bande cessa de ronronner, fit entendre un déclic et se mit soudain à parler d'une voix masculine sonore avec un accent de l'ouest du Texas.

– ... ce que j'entends dire. Mais je te crois sur parole. Pour le reste. Est-ce que tu as de l'influence sur les gens du *Navajo Times* ?

– Pas beaucoup. Je connais le reporter qui couvre les réunions du Conseil. Il m'a interviewé le mois dernier. C'est à peu près tout.

– Je ne veux pas qu'il y ait une grande campagne de presse pour ou contre la décharge. Parfois, le silence est d'or. Surtout quand on a affaire à des écolos. Mais le journal a commencé à faire passer des lettres qui râlent contre le projet. Il y en avait une qui venait d'un flic de la Police Tribale. Tu crois qu'on devrait réagir ? Tu sais, voir si on peut empêcher la Police Tribale de se mêler de politique. Beaucoup de gens seraient très favorable à une telle attitude, Jimmy.

– Non, répondit Chester.

– On se contente d'espèrer que tout se passe pour le mieux, c'est ça ? On espère que rien ne fera surface ?

– Oui. Parlons de mon argent.

Les haut-parleurs retransmirent le bruit ténu que faisait le rire de Zeck.

– Le chèque est à la poste, dit-il. Exactement comme je n'arrête pas de te le dire.

– Moi je ne ris pas, dit Chester. La banque ne rit pas. Il faut que je rembourse la somme. Souviens-toi que c'est moi qui ai signé ce papier.

Pendant un moment, le seul bruit fut celui de la bande qui défilait.

– Bon, d'accord, fit Zeck. Vingt-deux mille et

des poussières. Il va falloir que je fasse des transferts. Dis-leur que tu les tiendras à leur disposition lundi.

– Et arrête de faire le con en disant que le chèque est à la poste.

– Ce sera sous forme d'un chèque de banque, assura Zeck.

– Et qu'est-ce qui se passe à Tano ?

– Pas grand-chose. Je crois qu'on est tranquille de ce côté-là. Bert Penitewa est pour. C'est quelqu'un de populaire là-bas et Tano fait pratiquement tout ce que le gouverneur veut. Ils ne sont pas divisés comme votre Conseil navajo. Là-bas, le gouverneur est également le numéro un de l'une des kivas religieuses.

– Je sais, dit Chester.

– On a intérêt à laisser simplement les choses en l'état alors, hein ? Il se passe autre chose que je devrais savoir ?

– Rien. Tu vas là-bas et tu fais opérer le transfert de l'argent. Et ce n'est pas vingt-deux mille et des poussières. C'est vingt-deux mille cinq cent trente. Peut-être que ces banques ne vous font pas payer d'intérêts sur l'argent qu'elles vous prêtent à vous, les *biligaana*, mais nous, les Navajos, on doit en payer. Vingt-deux mille cinq cent trente.

– Et quelques cents qui restent et que nous arrondirons. Bon, *yaa' eh t'eeh* pour l'instant.

Il y eut un déclic puis uniquement le bruit de la bande qui défilait.

Chee la laissa courir jusqu'à ce qu'elle s'arrête d'elle-même. Puis il la rembobina, refit passer la conversation et rembobina à nouveau. Il avait décidé d'où elle devait venir. De qui d'autre que de Roger Applebee ? L'environnementaliste avait dit qu'il connaissait un moyen de se procurer la preuve que Jimmy Chester était corrompu. Et il l'avait obtenue.

Probablement en installant une écoute illégale. En fait, pas une écoute téléphonique à l'ancienne. Plus vraisemblablement grâce à l'un de ces gadgets modernes qui interceptent les conversations des téléphones sans fil. Il en avait vu un à Farmington dans un magasin de composants électroniques. Mais cela n'empêcherait pas la bande de ne pas pouvoir être utilisée devant un tribunal, ni même devant un jury préliminaire. Si elle était illégale, et c'était probablement le cas, quel usage pouvait-on en faire ?

Il réfléchissait à cette question quand le téléphone sonna.

— Bureau de Joe Leaphorn.

— Joe ? Est-ce que Jim Chee travaille toujours sur cette affaire d'accident mortel suivi d'un délit de fuite ?

C'était la voix du standardiste de Window Rock.

— ... celui où...

— Chee à l'appareil. Le lieutenant n'est pas dans son bureau.

— Hé, mon vieux. T'as du pot. Ton suspect vient d'avouer. Comme ça, là, à la radio.

— Il a avoué ? Comment ça ?

— Il est arrivé en voiture à KNDN, à Farmington, il est entré là où ils ont le micro qu'ils tiennent à la disposition des gens pour qu'ils y fassent des annonces et il a dit que c'était lui qui l'avait fait, qu'il était désolé et qu'il allait réparer. Il a dit qu'il avait bu. Qu'il ne savait pas qu'il avait heurté sa victime.

— Qui est-ce ?

— On ne le tient pas encore. Il est ressorti et reparti en voiture.

— Fantastique, commenta Chee. Ils n'ont pas appelé la police ? Les gens de la station de radio ?

— Je suppose que si. Tout le monde le recherche. La police de Farmington, celle de l'État du Nouveau-

Mexique, les services du shérif de San Juan. Nos collègues de Shiprock. Tout le monde.

— Eh bien, fit Chee. Je suppose que je vais aller me joindre à eux.

Il fallait trois heures pour franchir la montagne et arriver à Farmington mais ce délit de fuite, c'était son enquête. Jimmy Chester devrait attendre.

14

– Où c'est que vous avez cherché ? demanda Dilly Streib.

Il se tenait à la porte de l'atelier de l'école secondaire Saint Bonaventure et parcourait le fouillis du regard.

– Où ? demanda le lieutenant Toddy en agitant ses bras dans un geste qui incluait le cosmos. Je crois bien qu'on peut dire partout.

– Dans ce cas je pense que c'est là qu'il va falloir qu'on cherche à nouveau. Qu'en penses-tu Joe ? Tu as une idée par quoi on peut commencer ?

Leaphorn haussa les épaules.

– Ça m'aiderait de savoir ce qu'on est censés chercher, bon sang, fit Toddy.

Il commença à faire le tour de la collection de ciseaux à bois, poinçons, pointeau, chasse-goupille, clous assortis, marteaux, limes et rabots accrochés au mur.

Streib garda la même position, appuyé contre le montant de la porte.

– Si vous posez cette question au lieutenant Leaphorn, il vous répondra que ce sont des indices que vous cherchez. Après quoi vous lui demanderez à quoi on reconnaît que ce sont des indices, et il vous gratifiera de son regard de grand sage.

— Moi, je préfère me contenter de chercher, dit Leaphorn. On ne sait jamais ce que l'on va trouver.

— C'est ça la théorie de Joe, annonça Streib. On ne cherche rien en particulier. On cherche, c'est tout, et si on cherche suffisamment longtemps, on atteint l'âge de la retraite.

— Exactement à la même vitesse qu'on y parvient en restant appuyé contre le chambranle des portes, contra Leaphorn.

— Et ça, là ? demanda le lieutenant Toddy en montrant un maillet à Leaphorn. Est-ce que ça pourrait être du sang, là ?

Leaphorn regarda l'objet, le gratta avec l'ongle de son pouce, montra le résultat à Toddy.

— De la peinture sèche, dit Toddy.

— Je vais vous dire ce que nous cherchons, intervint Streib. Nous espérons découvrir une photo Polaroïd représentant Eugene Ahkeah, le gourdin levé, s'apprêtant à frapper monsieur Dorsey à l'arrière du crâne. Regardez s'il l'a laissée dans la poubelle.

Toddy n'appréciait pas l'humour de Streib.

— Nous les avons fouillées, les poubelles. Nous avons fouillé partout.

— C'était pour plaisanter, dit Streib.

Il s'écarta du montant de la porte et entreprit d'ouvrir des tiroirs.

— Je me demande à quoi ces trucs peuvent servir ?

Il leur présenta une petite boîte en bois peu profonde.

— Ce sont des formes pour mouler des métaux avec du sable, expliqua Toddy. On les remplit de sable mouillé auquel on donne la forme qu'on veut puis on y verse l'argent en fusion, ou le matériau avec lequel on travaille. Celle-là semble avoir la taille qui convient pour mouler une boucle de ceinture.

– Et celle-là ? demanda Streib en tendant à Toddy une boîte beaucoup plus profonde, presque un cube. Peut-être pour un genre de bijou ?

– Aucune idée, répondit Toddy en la reposant sur l'atelier.

Leaphorn s'en empara. Elle était plus neuve que les moules plus standards et semblait fabriquée avec soin. Le sable qui se trouvait à l'intérieur était tassé, dur et recouvert d'une croûte due à la chaleur intense du métal auquel il avait donné forme. Il scruta l'empreinte. Une forme bizarre. De quoi avait-il pu s'agir ? Peut-être de l'un de ces briquets de bureau fantaisie, mais il semblait trop rond pour la forme en lampe d'Aladin qu'ils adoptaient de préférence. En fait, la forme imprimée dans le sable avait dû être très proche d'une hémisphère parfaite. Peut-être très légèrement ovoïde. Mais Leaphorn voyait maintenant qu'elle avait porté une inscription. Il pouvait distinguer la trace de ce qui avait pu être le chiffre un, avec un huit très clair juste à côté. Dix-huit. Mais ensuite ? Après le huit il y avait une forme, effacée pour l'essentiel, qui avait pu être un six, mais le sable était trop dérangé pour laisser une empreinte lisible. Il replaça le moule délicatement dans le tiroir de l'atelier. Il perdrait un peu de temps plus tard à essayer de découvrir quel était l'élève qui travaillait à ça et à quel genre d'objet la boîte donnait forme.

Ils passèrent presque une heure dans la pièce avant que Toddy n'allègue les tâches qui l'appelaient à Crownpoint et ne parte. Streib décida qu'il devait à nouveau interroger les volontaires de la mission. Il disparut vers les logements. Leaphorn resta. A l'exception de la boîte à mouler dans le sable, il n'avait rien trouvé qui soulevât son intérêt, sauf quelques copeaux taillés dans un bois beaucoup plus lourd et plus foncé que le chêne, le sapin ou le pin que pratiquement tout le monde semblait utiliser. Il ne correspondait pas non plus aux divers objets à demi achevés, tables, bancs, pieds de lampes de table, rouleaux à pâtisserie ou étagères de cuisine rangés dans la réserve de l'atelier. Il en mit un échantillon dans une enveloppe qu'il glissa dans sa poche. Plus tard, il trouverait quelqu'un qui lui fournirait une explication. Ou bien il oublierait tout simplement. Cela relevait plus de la curiosité personnelle que de l'enquête sur le meurtre.

Il avait toujours semblé à Leaphorn que, dans cette affaire, la question qui était dépourvue de réponse satisfaisante, c'était pourquoi le meurtre avait eu lieu. Quand quelqu'un avait assez bu, il fallait peu de chose pour faire un mobile. Mais Ahkeah devait forcément avoir une raison. Dilly avait avancé qu'il était à court d'argent pour s'acheter du whisky, qu'il était venu ici en emprunter à Dorsey, que celui-ci le lui avait refusé et qu'il avait tué l'enseignant dans l'accès de rage qui s'en était suivi. Et si cette raison, pour un Ahkeah sous l'emprise de l'alcool, avait été l'argent, pourquoi n'avait-il pas vendu les lingots qu'il avait volés ? Ça n'aurait pas été très difficile de les échanger contre de l'argent. Pourquoi les cacher dans une boîte sous sa maison ? N'importe quelle boutique de prêteur sur gages de Gallup ou de Grants, ou n'importe lequel de ces endroits où se fournissent les joailliers les lui aurait achetés. Ou, s'il craignait que la vente puisse permettre de remonter jusqu'à lui, il connaissait sûrement une dizaine de Navajos, de Zunis, d'Acomas * ou de Lagunas * (de Blancs aussi, d'ailleurs) qui fabriquaient des objets en argent et qui ne poseraient pas de questions si le prix leur convenait.

Leaphorn avait toujours le mobile en tête lorsqu'il progressa méthodiquement à travers les carnets de notes de Dorsey. Il lisait les évaluations notées que l'enseignant avait données aux projets exécutés en classe lorsqu'il entendit le Père Haines. Le prêtre se tenait sur le seuil, de manière hésitante.

— La chance vous a souri ?

— Pas du tout, répondit le lieutenant qui n'avait jamais cru à la chance.

Il fit signe à Haines de venir s'installer sur la chaise qui se trouvait à côté de lui et, avec des gestes mesurés, sortit le moule de forme cubique de son tiroir.

— Est-ce que vous avez la moindre idée de ce à quoi ce moule correspond ?

Le Père Haines étudia l'objet, fronça les sourcils, secoua la tête.

— On dirait qu'il y avait peut-être une inscription qui a laissé sa marque à l'intérieur. Peut-être que c'était un genre de médaille. Un trophée quelconque.

— Ça n'a pas l'air d'avoir la bonne forme, argumenta Leaphorn. Je crois que ça devait être quelque chose de rond, comme une petite boule de billard. Une boule d'argent.

— Il essayait toujours de faire fabriquer aux jeunes des choses utiles. Ou des choses qu'ils pouvaient vendre. (Haines rit.) Je crois que l'École Bonaventure envahit le marché de ses boucles de ceintures navajo authentiques en argent moulé, de ses bracelets, etc.

— Et il semble, fit Leaphorn en touchant du doigt les notes attribuées par Dorsey, que ces enfants fabriquaient de très belles choses.

Haines rit.

— En réalité, certains d'entre eux, oui. Parmi ces jeunes, il y en a qui ont beaucoup de talent. Mais

Eric avait cette politique qui consiste à essayer de faire en sorte que ces jeunes se sentent un petit peu plus doués de leurs mains qu'ils ne le sont réellement. Je ne pense pas qu'il ait jamais vu une boucle de ceinture fabriquée par un élève sans trouver un compliment à faire dessus.

— Il n'y avait pas beaucoup de turquoise ici, reprit Leaphorn. On a tout retrouvé ?

— Probablement. Il n'en avait jamais beaucoup. Pas de budget pour ça. En général, si l'un des garçons travaillait sur quelque chose de spécial, il dégottait un peu d'argent et allait acheter des pierres à Gallup.

Haines observa un instant de silence.

— Vous ne croyez pas que ce soit Ahkeah qui ait fait ça, n'est-ce pas ?

— Je ne sais pas. Vous avez vu la boîte qu'on a trouvée sous son logement. Il semble bien que ce soit lui.

Ils réfléchirent à ce problème. Le Père Haines était sur la Grande Réserve depuis suffisamment longtemps pour avoir appris du Dine'e quelque chose que certains Blancs n'apprennent jamais de leur vivant : qu'il n'y a rien de mal à observer un silence réciproque. L'horloge au-dessus de la porte émettait l'un de ces bruits que les vieilles horloges électriques font parfois. Les accents forts d'un cri et l'aboiement d'un chien entrèrent assourdis par les vitres. Toutes les odeurs d'un atelier d'école secondaire étaient présentes dans l'air environnant : celle des machines-outils, des copeaux de bois, de la résine, de la térébenthine, de la cire, de la peinture, de la sciure. Des odeurs saines, pensa Leaphorn, qui recouvraient l'odeur du sang d'un homme bon.

— L'hiver dernier, Eric et quelques-uns d'entre nous sommes allés à ce Grand Relais des Routiers, en bordure de l'Autoroute 40. Pendant que nous dînions à la cafétéria là-bas, Eric a reçu un coup de téléphone. Un des élèves, l'un des neveux d'Eugene, l'appelait d'ici pour lui dire qu'Eugene avait un problème de voiture. Alors voilà Eric qui enveloppe son hamburger et ses frites dans une serviette et qui dit qu'il faut qu'il y aille. Je me souviens lui avoir dit " Eugene peut attendre un moment de plus. Asseyez-vous et finissez de manger. " Et j'ai dit : " De toute façon il est probablement à moitié ivre... il ne souffre pas. " Et Eric m'a répondu : " Ouais, c'est pour ça qu'il faut que je me dépêche. "

— Donc, vous ne pensez pas que c'est Eugene qui l'a tué.

— Je ne sais pas. Quand il y a du whisky dans le coup, on ne peut pas savoir. Des mères tuent leurs enfants quand elles sont ivres. Ou elles boivent quand elles sont enceintes, ce qui est pratiquement aussi grave que de les tuer.

Mais, pensait Leaphorn, même avec le whisky, il faut qu'il y ait une raison. Quelque chose pour mettre le feu aux poudres et déclencher la rage homicide. Il sortit l'enveloppe de sa poche, la secoua pour faire tomber le copeau dans la paume de sa main et le montra au prêtre.

— Vous avez une idée d'où ça vient ?

— On dirait que ça vient d'un pied de table ou de quelque chose comme ça. Ça ressemble à un copeau fait avec un tour.

— Quel genre de bois ?

Haines l'étudia.

— Dur et sombre, dit-il. Je sais ce que ce n'est pas. Ce n'est aucune sorte de pin, de sapin, de cèdre, ou de chêne à moins qu'il y ait une espèce qui ait une couleur plus sombre. Ce n'est pas du séquoia. Je suis pratiquement sûr que ce n'est pas de l'acajou et je sais que ce n'est pas de l'érable.

— Une essence exotique, proposa Leaphorn. Peut-être du teck, de l'ébène ou quelque chose comme ça.

— Je le suppose, fit Haines. J'ai dans l'idée que l'ébène est vraiment noir et que le teck est plus clair. Peut-être de l'ébène. Mais je ne suis pas un expert.

— Tous les combien cette pièce est-elle balayée ? Nettoyée ?

— Tous les soirs. Dorsey s'en chargeait lui-même. C'était quelqu'un de très soigneux...

D'un geste, il engloba toute la pièce :

— En temps normal, quand on entrait ici et qu'il n'y avait pas de cours en train, c'était d'une propreté irréprochable. Pas de sciure nulle part. Les espaces de travail complètement dégagés. Chaque chose à sa place. Rien de comparable avec ça. (Il eut une grimace de désapprobation en désignant la pièce encombrée). Mais après que nous ayons découvert le corps d'Eric, et que la police soit venue, on nous a demandé de fermer la pièce à clef et de ne toucher à rien jusqu'à ce que l'enquête soit terminée.

Leaphorn posa son copeau sur la table.

— Il y en avait pas mal, de ce bois sombre, vers le tour, et il y en avait aussi sur l'atelier à côté de l'étau de menuisier. Par conséquent je suppose que ces copeaux ont dû être faits le matin où il a été tué.

— Oui. Eric balayait toujours après. Et il utilisait l'un de ces aspirateurs d'atelier et un chiffon à poussière. Il disait que c'était l'une des choses qu'il voulait enseigner aux enfants. Si on veut être un artisan, ou un artiste, il faut être organisé. Il faut être ordonné.

— Est-ce qu'il permettait à certains de ses élèves de sortir les projets sur lesquels ils travaillaient ?

Haines parut surpris.

— Je ne pense pas. Peut-être s'ils faisaient un

moulage au sable. Quelque chose qu'ils pouvaient faire chez eux. Mais les travaux d'orfèvrerie, ceux-là nous les gardions sous clef dans la réserve.

Leaphorn toucha le copeau du doigt. Il dit :

– J'ai fouillé dans toute la réserve et dans tous les coins ici qui me viennent à l'esprit. Je n'arrive pas à trouver quelque chose qui ressemble à ce bois.

– Oh, fit le Père Haines.

Il réfléchit.

– Peut-être que l'un des élèves travaillait sur...

Il laissa sa phrase en suspens.

– Peut-être, fit Leaphorn. Nous allons parler aux élèves et voir ce que chacun faisait en menuiserie. Mais Dorsey tenait à jour la liste de ce que les élèves faisaient. Rien ne m'a paru susceptible de faire appel à un bois rare.

– Alors vous pensez que peut-être...

– Je pense que je vais jeter un nouveau coup d'œil du côté de chez Eugene Ahkeah pour voir si je peux trouver ça là-bas.

Et il pensait également qu'il allait s'arranger pour franchir un peu certaines frontières juridictionnelles. Dilly Streib pouvait lui arranger ça... et l'accompagner s'il en avait envie. Ils allaient faire un petit tour à Tano exactement comme Jim Chee le lui avait suggéré dans le rapport qu'il lui avait laissé. Dès qu'il l'avait lu, il avait décidé qu'il lui fallait découvrir ce qu'il y avait dans la charrette qu'avait tirée le clown. Ce qui avait fait taire les rires des gens de Tano et qui les avait soudain rendus sérieux. Et il voulait voir s'il pourrait trouver un objet fabriqué dans un bois lourd et sombre à l'endroit où Francis Sayesva avait dormi quand il était rentré chez lui, à Tano. Quand il était rentré pour éduquer les siens, ou peut-être pour les mettre en garde contre quelque chose. Et pour mourir.

15

Sammie Yazzie semblait avoir la responsabilité de la station de radio KNDN quand Chee quitta la Grand Rue de Farmington pour s'engager sur le parking. Il avait à peu près le même âge que lui, une moustache taillée avec soin, les cheveux coupés court, l'air harcelé. Si, plus tôt dans la journée, il avait ressenti une certaine exaltation à diffuser une confession sur les ondes, il y avait longtemps qu'il n'en restait plus trace.

— Je ne vois pas ce que je peux vous dire de plus. Comme je l'ai dit au shérif-adjoint, à la police de Farmington et au policier navajo qui est venu ici ce matin, ce type est entré, il est allé jusqu'au micro mis à disposition et il a fait son truc.

— J'ai le rapport officiel, dit Chee en montrant l'exemplaire qu'il s'était procuré au poste de police de Farmington. Ça donne les faits : taille moyenne, âge moyen, probablement Navajo, en jean et veste de jean, portant une casquette à visière avec l'inscription CAT sur la calotte, des lunettes à monture sombre, se déplaçant au volant d'un pick-up truck vert sale, peut-être un Ford 150 ou un Dodge Ram. Il s'est garé devant, est entré, est allé au micro laissé à la disposition du public, a dit qu'il voulait diffuser une annonce. On lui a dit d'attendre la fin du disque.

Il a attendu. On lui a donné le signal. Ensuite il a fait sa déclaration, il est sorti. Est reparti dans son véhicule. C'est bien ça ?

— Tout à fait. C'est ce qui s'est passé. Sauf qu'il me semble qu'Ellie a signalé aux policiers qu'elle n'a pas réussi à lire le numéro d'immatriculation quand elle est allée regarder à la fenêtre. Et il y a l'autocollant du pare-chocs.

— Ouais. Ça figure ici.

Il reprit sa lecture :

— Plaque rendue illisible par la poussière. Un témoin a remarqué un autocollant sur la partie arrière du véhicule : " ERNIE EST LE MEILLEUR ". C'est un drôle de truc à mettre sur un autocollant. Vous avez une idée d'où ça vient ?

Yazzie haussa les épaules :

— Un comme ça, j'en avais jamais vu. Peut-être que c'est l'un de ces trucs qu'on se fait faire. Comme par exemple " Mon gamin est dans les meilleurs à l'école de Farmington ". Ou " Mon gamin peut aplatir le tien qui est dans les meilleurs à l'école de Farmington ".

— Peut-être. Et ses chaussures ? Des bottes ?

— Vous feriez aussi bien de voir ça avec Ellie. C'est elle qui l'a vu le mieux.

Ellie donnait l'impression d'être sortie de l'école secondaire depuis environ un an et ça continuait à l'amuser de parler avec des policiers... surtout s'ils étaient jeunes et beaux garçons.

— Des bottes ? répéta-t-elle en fermant les yeux pour montrer qu'elle réfléchissait bien et qu'elle avait de beaux cils très longs. Non. Il avait des grosses chaussures qui montaient haut sur le devant. Je m'en souviens parce que j'ai remarqué qu'il avait marché dans la poussière et j'ai regardé.

— Autre chose ? Qui puisse me servir ?

— En quoi ça peut vous servir, les bottes ?

— Eh bien, commença Chee, par exemple s'il avait porté des chaussures montantes lacées jusqu'en haut. Ça aurait pu nous indiquer qu'il travaille pour la compagnie des téléphones. Ou de l'électricité. Que c'est un lignard ou un monteur électricien. Un de ceux qui grimpent aux poteaux.

— Oh, fit Ellie. Ou alors s'il portait ces grosses chaussures lourdes avec le bout en acier, c'est qu'il travaille peut-être pour la compagnie du pipe-line.

— Exactement, fit-il en lui rendant son sourire. Maintenant, si nous avons de la chance, vous allez vous souvenir qu'il avait une pièce de tissu rajoutée sur sa veste avec l'inscription " GROUPE D'INTERVENTION SPÉCIAL PLACÉ SOUS LES ORDRES DU SHÉRIF DU COMTÉ DE SAN JUAN " ou encore " LION'S CLUB ". Quelque chose de facile comme ça.

Ellie fit à nouveau admirer ses cils, plongée dans ses pensées.

— Non, dit-elle. Je me souviens seulement qu'il avait l'air plutôt nerveux et effrayé, mais ce n'est pas inhabituel. Il y a beaucoup de gens qui sont nerveux quand ils prennent le micro. Vous savez. Quand ils sont sur le point de parler sur les ondes. Et il était assez vieux.

Chee consulta le rapport.

— C'est " âge moyen " qui figure là-dessus. Il avait plus que ça ?

— C'est assez vieux, ça, dit-elle en haussant les épaules. Vous savez. Peut-être plus de trente ans. Et nerveux.

Il y a de quoi l'être, pensa Chee, quand on s'apprête à dire à tout le monde qu'on a tué quelqu'un.

— Nerveux, vous m'avez dit. Mais il n'a demandé à personne comment on se sert d'un micro ? Comment on le branche ? A quelle distance il faut le tenir de son visage ? Rien de tout ça ?

– Je ne crois pas.

– Il l'a juste pris et il a donné l'impression de savoir comment il fallait faire tout ça ?

– Ouais, confirma-t-elle. Je n'avais pas pensé à ça. Parmi les gens qui viennent passer des annonces il y en a qui ont besoin qu'on leur dise. Vous savez, ils viennent d'endroits vraiment isolés. Ils veulent annoncer un enterrement, un chant, une Danse des Filles ou que la commission des droits de pacage se réunit à leur bâtiment administratif. Et ils ne savent absolument pas se servir d'un micro.

– Encore une chose. On m'a dit que ces annonces personnelles passées par le public sont enregistrées pendant leur diffusion.

– C'est une exigence des autorités, reconnut-elle. Nous sommes obligés de le faire. C'est automatique.

– Est-ce que je pourrais en avoir une copie ?

– On en a déjà fait une pour le shérif. Et pour les policiers de Farmington.

– Et pour moi, alors ?

Elle l'observa, puis gloussa.

– Pourquoi pas ? dit-elle. Il va falloir que vous patientiez une minute.

Pendant qu'il attendait, il plongea le regard vers sa voiture et les autres véhicules présents sur le parking. A cette distance, à travers la vitre, il ne pouvait pas déchiffrer les autocollants qui décoraient ses propres pare-chocs : " COURTOISIE AU VOLANT, VIES ÉPARGNÉES " et " BOUCLEZ-LA C'EST LA LOI ". Il ne parvint à reconnaître l'autocollant de membre de l'Association Nationale des Détenteurs d'Armes à Feu qui se trouvait sur le camion garé à côté de lui que parce qu'il lui était familier. Si Ellie avait lu l'autocollant consacré à ERNIE sur le pick-up truck du suspect, c'est qu'il devait être imprimé gros. Il allait lui poser cette question lorsqu'elle serait de retour, c'est-à-dire tout de suite.

— La voilà, dit-elle en lui tendant une cassette. Pour les policiers, c'est gratuit.

— Merci. Vous vous souvenez de l'endroit où son véhicule était garé ?

— Juste là, fit-elle en tendant le doigt. La place la plus proche.

— Vous êtes sûre de ce qu'il y avait sur l'autocollant ? insista-t-il. Le rapport dit que le camion était couvert de boue. Que la plaque minéralogique était sale.

— Pas l'autocollant. Il paraissait tout neuf. Et il était vraiment gros. Les lettres, je veux dire.

— Bon, fit Chee. Merci beaucoup.

Il lui tendit deux cartes, l'une qui l'identifiait en tant que membre de la Police Tribale Navajo et qui donnait son numéro au bureau, l'autre en tant que *hataalii*, chanteur de la Voie de la Bénédiction, et qui donnait le numéro de téléphone de sa caravane.

— Au bureau et chez moi, expliqua-t-il. Vous voulez bien m'appeler s'il y a autre chose qui vous revient ? Tout ce qui pourrait m'aider à retrouver cet individu.

— La seule autre chose qui me vienne à l'esprit et qui était drôle, c'est la casquette qu'il avait sur la tête.

Elle lui fit un clin d'oeil, mettant ses cils en valeur sur sa joue soyeuse.

— Comment ça, drôle ?

— Je ne veux pas dire drôle qui fait rire. Drôle dans le sens d'étrange. C'était l'une de ces casquettes de base-ball comme tout le monde en porte mais on aurait dit que quelqu'un s'était assis sur la visière.

Elle partait normalement de la calotte et ensuite elle était pliée comme ça, là.

Ellie porta sa main droite à son front. Avec ses doigts, elle recréa la visière bizarrement repliée.

– On aurait dit qu'elle était cassée.

Elle eut une grimace de désapprobation.

– C'est bien d'avoir remarqué ça, dit Chee en lui souriant. C'est le genre de choses inhabituelles qui peuvent nous aider à le retrouver. Vous ne voyez rien d'autre ?

L'expression de la jeune fille montrait qu'elle essayait. Elle pensa à quelque chose, pesa le pour et le contre, parue animée par le doute, recommença à réfléchir.

– Vous avez pensé à quelque chose, intervint-il. C'était quoi ?

Elle gloussa.

– Je ne vois pas en quoi ça va vous aider. Mais je me souviens de l'odeur bizarre qu'il avait.

Elle plissa le nez et rit :

– Il sentait l'oignon.

– Je parierais qu'il avait mangé un hamburger, dit le policier. Peut-être un Lottaburger. Ils mettent plein d'oignons dedans.

Ce qui était d'ailleurs la raison pour laquelle ils avaient sa préférence.

– Non, dit-elle. C'était le matin. Et ça venait de ses vêtements je crois. C'était suffisamment fort pour vous faire monter les larmes aux yeux.

Elle regardait les cartes de visite qu'il lui avait données :

– Vous êtes *hataalii* ? demanda-t-elle en levant les yeux vers lui. Vraiment ? Je ne savais pas qu'on pouvait être policier et medicine-man en même temps.

– Je commence à croire qu'on ne peut pas, dit-il.

16

En sortant pour regagner son pick-up truck, Chee décida que sa prochaine étape consisterait à aller vérifier les endroits de Farmington où on imprimait des autocollants. Il n'en trouverait sans doute pas plus d'un ou deux. Il allait demander au poste de police de la ville et consulter l'annuaire. Et quand il aurait découvert celui qui avait imprimé ce truc avec ERNIE EST LE MEILLEUR, il ferait une nouvelle tentative pour trouver le fumier sans pitié qu'il pourchassait. Ensuite, il bouclerait l'enquête. Il procéderait à l'arrestation. Il allait impressionner le lieutenant Leaphorn, coudre sur sa veste ses galons de sergent et ajouter à peu près cinq cents dollars à ses revenus mensuels. Il serait alors en bien meilleure posture pour persuader Janet Pete de l'épouser. En bien meilleure posture à condition que le clan du Peuple de la Faim ne soit pas lié à l'un des siens, ce qui ferait d'elle sa sœur et la rendrait de ce fait sexuellement taboue. Et si Janet voulait bien lui pardonner la maladresse dont il avait fait preuve en l'occurrence. S'il s'en était tiré aussi mal qu'il en gardait le souvenir, cela ne semblait pas très vraisemblable. Enfin, il restait la question de fond : est-ce qu'une fille de la ville, distinguée, diplômée de la Faculté de Droit de Stanford et membre du barreau accepterait d'épouser un garçon des campements à moutons devenu flic, et ce, quelles que soient les circonstances ?

Et si elle était effectivement sœur de clan ? Que ferait-il ? Il ne voulait pas y penser. Il suivit la rue principale en direction du poste de police en faisant exprès de ne pas y penser. A la place, il fit en sorte de mieux s'organiser, mentalement, sur le front du lieutenant Leaphorn qui avait exprimé on ne peut plus clairement que son aide pour le meurtre de Sayesva ne serait bien accueillie ni du B.I.A. ni du FBI d'Albuquerque. “ Ne vous approchez pas de Tano ”, avait été l'instruction finale du lieutenant.

Et il y avait encore l'affaire de corruption du membre du Congrès nommé Chester. Chee était parti à toute vitesse sans laisser à Leaphorn aucune explication concernant la bande qu'il avait laissée dans le magnétophone, sur le bureau de son supérieur. Non que de longues explications fussent nécessaires. Leaphorn comprendrait aisément. Quelqu'un avait mis le téléphone de Jimmy Chester, ou peut-être celui d'Ed Zeck, sur écoute. Ed Zeck était un homme de loi du Pays Indien, un vieil habitué des groupes de pression lors des sessions du Conseil Tribal. Leaphorn reconnaîtrait sa voix rocailleuse. Ce qui donnait une bande dans laquelle Chester relançait Zeck pour toucher son dessous de table. Un arrangement très professionnel, à ce qu'il semblait. Apparemment, Chester ajoutait des intérêts aux vingt mille dollars qu'il devait toucher. Et il semblait les avoir empruntés à la banque avec intention de rembourser lorsque Zeck lui remettrait son dû. C'était un peu comme une avance, ou peut-être un moyen de blanchir l'argent. A ce niveau financier, la façon dont les banques opèrent était loin, très loin des compétences de Chee.

Il s'avéra que la police de Farmington était très en avance sur lui. On le renvoya au sergent Eddie Bell.

— Nous nous sommes occupés de ça tout de suite, lui dit Bell. Il y a treize endroits recensés dans les pages jaunes où l'on pratique l'imprimerie, toutes sauf deux qui acceptent de faire des autocollants pour pare-chocs si on en veut autour de mille, trois qui sont prêts à en faire à un seul exemplaire si le client accepte de régler les frais de préparation, et pas un seul d'entre eux, bordel, qui se rappelle avoir réalisé cet ERNIE EST LE MEILLEUR.

— Merde alors, fit Chee. On s'attendrait à ce qu'ils se souviennent d'un truc aussi bizarre. Moi je dirais que c'est forcément à l'un de ces endroits qui acceptent de faire des exemplaires uniques.

Ce concept était nouveau pour lui. Il avait admiré des milliers d'autocollants pour pare-chocs allant de l'affirmation que " Dieu t'aime " à des recommandations pour sauver la planète, en passant par des obscénités, des mises en garde sévères contre ceux qui roulent trop près, des proclamations du POUVOIR ROUGE et même un qui disait AUTOCOLLANT POUR PARE-CHOCS. Mais il n'avait jamais consacré une seule pensée à l'endroit d'où ils provenaient.

— Ils font ça ? demanda-t-il à Bell. On entre, on leur dit ce qu'on veut et ils vous en impriment un ?

— Bien sûr. Imprim' Vit', un peu plus bas après la première rue, ils vous en font un en cinq minutes. Mais c'est drôlement cher avec ce système-là. C'est pas comme pour mille. Ce qui fait qu'ils n'en font pas beaucoup et tous ceux avec qui nous avons parlé disent qu'ils pensent qu'ils se souviendraient d'un truc comme ERNIE EST LE MEILLEUR. C'est plutôt bizarre.

— Je suppose qu'il a dû le faire imprimer ailleurs, reconnut Chee.

L'expression du sergent Bell indiqua que c'était là une affirmation d'une telle évidence que ce n'était pas la peine d'en parler.

— Nous avons demandé à ce que l'on aille vérifier chez les imprimeurs d'Albuquerque, de Gallup, de Flagstaff et de Phœnix. Ça n'a rien donné nulle part. Mais vous savez comment ça se passe.

— Ouais, fit Chee.

En règle générale, tout le monde avait beaucoup trop de choses à faire pour s'occuper du travail demandé par les autres. Ou pour le faire bien. Il était déçu et Bell le remarqua.

— Écoutez. Si vous avez l'intention de continuer à travailler sur cette histoire d'autocollant, soyez prudent. Il est facile à repérer, celui-là. S'il apprend que nous essayons de le trouver, il va l'arracher. Et s'il ne l'arrache pas, nous le coincerons tôt ou tard.

Maintenant, à son tour, Bell avait dit quelque chose d'une telle évidence que ce n'était pas la peine d'en parler. Ils étaient à égalité.

Et Chee était de retour à la case départ. La seule chose dont il disposait sur laquelle les policiers de l'État, la police de Farmington ou le shérif du comté de San Juan n'avaient pas travaillé, c'était cette odeur d'oignons. L'individu avait dû sentir fort, ce n'était pas simplement son haleine qui sentait l'oignon. Et, comme Ellie l'avait dit, il était trop tôt pour manger des hamburgers. Elle avait dit qu'elle avait eu l'impression que cela venait de ses vêtements, et ça avait dû être une odeur forte.

Il prit sa voiture et se rendit à la Compagnie des Produits de Jardins dans Main Street Ouest, vérifia les véhicules qui y étaient garés sans avoir la chance d'y voir un pick-up truck vert décoré d'un autocollant

ERNIE EST LE MEILLEUR, se gara lui aussi. Il avait parcouru rapidement l'exemplaire dactylographié de la confession de l'inconnu que Bell lui avait communiqué. Il sortit alors la copie de l'enregistrement obtenu à KNDN, la glissa dans son lecteur de cassettes.

La voix était celle d'une jeune femme qui s'exprimait dans un navajo hésitant. Chee fronça les sourcils. Ils lui avaient donné la mauvaise cassette. La femme signalait la mort de sa tante maternelle, lisant visiblement quelque chose qui avait été rédigé pour elle en anglais, et butant sur la traduction. La famille se réunissait à la maison de la défunte à Mexican Water pour parler de ce qu'il fallait faire de ses chevaux, de son bail de pacage et de ce qu'elle possédait d'autre, et il allait y avoir un service funéraire à la Mission de l'Assemblée de Dieu à Kayenta. La voix hésitante apprit à Chee que la femme était née au Peuple des Rivières qui Coulent Ensemble, pour le Clan de la Maison Haute. Mais, pensa Chee, quels que soient ses clans, elle avait emprunté la Route * de Jésus. Avant qu'il puisse méditer là-dessus en se demandant si cela pouvait affecter le tabou de l'inceste, une autre voix se manifesta.

— Je dis à la famille de Hosteen Todachene que je suis désolé. J'ai entendu le bruit que faisait mon camion en heurtant quelque chose mais j'étais ivre. Je suis revenu en arrière mais je n'ai rien vu. Je ne bois pratiquement jamais ce qui fait que quand j'ai bu ce soir-là ça m'a rendu ivre. Je lui aurais porté secours si j'avais su qu'il était là. Maintenant je suis désolé. J'enverrai de l'argent tous les quinze jours pour contribuer à remplacer l'aide qu'il vous apportait. Je veux que vous sachiez que je suis désolé.

Fin de la bande. Chee la rembobina et la repassa. Les mots se succédaient à toute vitesse : ceux d'un homme qui était dominé par l'émotion et qui, de manière très compréhensible, était pressé. Il l'écouta encore. Le message semblait avoir été appris par cœur, comme si l'inconnu l'avait rédigé. Il avait dû y réfléchir beaucoup. Lors de cette troisième audition, Chee fut impressionné par l'émotion : l'inconnu donnait l'impression de retenir ses larmes.

Il arrêta la bande, mit la radio, appuya sur le bouton AM. KNDN était en train de diffuser un chanteur qui demandait “ pourquoi m'as-tu abandonné, Lucille, avec trois jeunes enfants et une récolte dans le champ. ” Il baissa le volume d'un cran et resta assis à essayer de se représenter l'inconnu. Taille moyenne, âge moyen, avait dit Ellie, portant un jean, une veste en jean et une casquette de base-ball à longue visière “ repliée au milieu comme si quelqu'un s'était assis dessus. ” Sur la bande, il donnait l'impression d'avoir parlé le navajo durant toute son enfance… il n'était probablement pas allé au pensionnat. Beaucoup de Navajos d'une quarantaine d'années avaient un vocabulaire limité dans l'emploi de leur langue parce qu'à cette époque le B.I.A. refusait de les laisser la parler à l'école et que ça se passait à l'âge où l'on accroît son vocabulaire d'enfant. Cet homme parlait bien. Il connaissait les verbes qui permettent de transcrire dans un navajo courant une situation exprimée en anglais. Chee coupa la radio et entra dans le magasin de produits cultivés. L'employé lui indiqua un téléphone. Il appela le numéro de la police de Farmington. Oui, le sergent Bell était là.

– Vous savez, dans son message à la radio, notre homme a dit qu'il allait envoyer de l'argent à la famille Todachene. Vous savez s'il l'a fait ?

— Oui, confirma Bell. En tout cas, il y a quelqu'un qui l'a fait. (Il rit). Malheureusement il a oublié de mettre son adresse au dos de l'enveloppe en cas de non distribution.

— Elle a été postée dans le coin ?

— Tampon de la poste de Farmington. Apparemment, il l'a envoyée le matin même où il a diffusé son petit message.

— Combien ?

— Six billets de vingt, deux de dix, un de cinq. Dommage qu'il ait pas envoyé un chèque.

— Ce qui fait cent quarante-cinq dollars, calcula Chee. Est-ce que cela vous dit quelque chose ? Ce total ?

— Absolument rien. Au moins, ses fichus dollars, il ne les a pas dépensés à se soûler à nouveau.

— Bien. Merci. Si j'apprends quelque chose, je vous le ferai savoir. Mais je n'ai pas beaucoup d'espoir.

— Hé, à propos, vous avez entendu que ça s'est produit à nouveau ? Du côté de chez vous, cette fois ?

— Qu'est-ce qui s'est passé ?

— Quelqu'un s'est présenté au micro que KNDN tient à la disposition du public à Kirtland. A la Compagnie des Tracteurs Navajo le long de la grand-route à Kirtland. Y a un type qui s'est pointé et qui a diffusé une bande sur laquelle l'un de vos membres du Conseil Tribal parle d'un pot-de-vin.

Chee retint sa respiration.

— Il a fait quoi ?

— Je ne l'ai pas entendu, moi. Mais nous avons reçu un paquet d'appels là-dessus et quelqu'un est allé voir. On lui a dit que ce type était entré chez le concessionnaire et qu'il avait fait la queue avec les gens qui attendaient pour diffuser leur annonce. Le micro est dans une petite boîte sur le mur de l'entrée et on attend simplement son tour. Il a dit “ Ce que vous allez entendre est une conversation téléphonique entre monsieur Machin-Chose, membre du Conseil Tribal, et monsieur Truc-Muche, le représentant dans notre capitale de telle ou telle compagnie. ” Puis il a fait passer la conversation. Il a approché son petit magnétophone du micro.

— Bordel, fit Chee. Qui c'était ?

— Comment savoir ? Il y a des gens qui rentrent tous les jours à l'heure de midi pour passer leurs annonces et personne n'a fait très attention. Ça ressemble beaucoup à la façon dont ça s'est passé la fois d'avant à la station de radio de Farmington.

— Est-ce qu'on vous a fourni une description ?

— Pas grand-chose. Un Blanc. Mesurant peut-être aux alentours d'un mètre soixante-quinze. Peut-être quarante ou quarante-cinq ans. Il avait une veste et un chapeau. Aucun renseignement sur le véhicule qu'il conduisait ou sur la façon dont il est arrivé sur place. Le directeur a dit qu'en ce moment il y a toujours une file de Navajos qui viennent se servir du micro pour passer des annonces. Les gens qui travaillent sur place vendent des tracteurs, du matériel agricole, ce genre de trucs, et ils ne se préoccupent pas du micro. C'est juste un truc mis à la disposition du public par la station de radio. Ils ont probablement une remise sur la publicité qu'ils passent à la radio ou quelque chose comme ça.

— On ne peut pas dire que cette description soit très précise, commenta Chee.

Lui, il n'avait pas besoin qu'elle le soit. Cet homme était forcément Roger Applebee. Applebee avait trouvé un moyen d'utiliser un enregistrement illégal qui était irrecevable devant un tribunal.

Chee raccrocha et resta avec la main sur le téléphone, s'interrogeant sur ce qu'il allait faire maintenant. Le message diffusé par Applebee allait entraîner beaucoup de remous, il n'avait aucun doute là-dessus. Mais ce n'était pas son problème à lui. Pas à moins que le lieutenant Leaphorn ne change d'avis et ne le laisse enquêter sur ce qui se passait dans l'affaire de la décharge de produits toxiques. Ce qui n'était pas très probable. Son problème à lui, c'était l'accident mortel de Todachene suivi du délit de fuite. Ses pensées se tournèrent vers les six billets de vingt dollars, les deux de dix et celui de cinq, et vers la voix de l'homme qui promettait d'envoyer de l'argent tous les quinze jours.

— Merci pour le téléphone, dit-il à l'employé. Est-ce que je pourrais vous poser une question, disons, à moitié personnelle ?

L'employé semblait indécis.

— Est-ce que les gens qui travaillent ici, vous êtes payés au mois, à la semaine, tous les quinze jours ou quoi ?

— A la semaine.

Ce qui réglait le problème.

Les caisses à côté de lui étaient remplies de fruits. Des oranges, trois variétés de pommes, puis des poires, des bananes, du raisin. Le long du mur, elles contenaient une montagne de pommes de terre, de tubercules d'ignames, de salades, de choux, de carottes, d'oignons, de...

L'employé rendait sa monnaie à un client en la comptant.

— D'où vous tenez vos oignons ? lui demanda Chee.

— Nos oignons ?

Chee les montra du doigt.

— Vos oignons, répéta-t-il.

— Je crois qu'ils viennent d'ici. Ouais, c'est les I.A.N qui nous les procurent.

– Les Industries Agricoles Navajo ? Juste de l'autre côté de la rivière ?

– C'est ça, confirma l'employé.

Mais Chee se dirigeait déjà vers la porte. Pourquoi n'y avait-il pas pensé ?

17

Avant même d'avoir achevé de lire le rapport de Chee, le lieutenant Leaphorn était arrivé à deux conclusions. La première était qu'il ne s'était pas trompé sur son subordonné. Il était jeune, il avait toujours cette idée délirante qu'il était possible pour lui d'être à la fois *hataalii* et membre de la Police Tribale et il avait tendance à faire les choses à sa façon. Mais il était intelligent. Et dans ce travail, l'intelligence était une chose dont on avait énormément besoin. La seconde conclusion était qu'il lui fallait éclaircir une bonne fois pour toutes cette question du lien existant entre Eric Dorsey et Francis Sayesva, et l'endroit par où il fallait commencer était exactement celui, peu vraisemblable, que Chee avait suggéré dans son rapport.

Il reprit la casquette qu'il venait d'enlever et se dirigea vers la porte. La première étape consistait à parler avec Dilly Streib qui en serait sans doute encore au petit déjeuner à l'Auberge Navajo où Leaphorn venait de le laisser. Il allait demander à Dilly de passer les coups de téléphone opportuns pour s'assurer que du point de vue des juridictions nul n'aurait le sentiment de se faire marcher sur les pieds. Puis il prendrait la longue route qui menait à Tano. Peut-être Dilly voudrait-il l'accompagner.

En fait, il ne le souhaitait pas : il appela le bureau du FBI à Albuquerque et les gens concernés dans le service chargé du maintien de l'ordre au sein du B.I.A. afin d'arrondir les angles en matière de domaines d'influence. Mais pour ce qui était de faire le voyage, il répondit à Leaphorn :

– Désolé, j'ai d'autres moutons à tondre. Peut-être que tu as le temps de résoudre les problèmes des gars du bureau d'Albuquerque à leur place. Mais pas moi. En plus, j'ai mal au coccyx à cause de toute la route que nous avons faite.

Donc, un peu avant midi, Leaphorn arriva à Tano, s'arrêta au siège administratif du pueblo, posa les questions appropriées et se fit indiquer la direction de la maison de Teddy Sayesva.

Teddy Sayesva ne fit preuve d'aucun enthousiasme pour répéter à ce policier navajo pour la cinquième fois, comme il le lui dit, “ le peu que je sais, ça commence à bien faire, sur la façon dont mon frère a été tué. ” Mais l'exigence de la culture de Tano pour les lois de l'hospitalité prit rapidement le pas sur son irritation. Il prépara du café dans une cafetière posée sur le fourneau puis se percha avec raideur au bord d'une chaise. C'était un petit homme maigre aux cheveux coupés ras ; il portait des lunettes à monture métallique qui faisaient trop jeune dans ce visage ridé et fatigué. Non, il n'était pas chez lui quand son neveu était venu voir son frère Francis. Il était membre de l'une des sociétés kachina et il avait des tâches à remplir à la kiva de la société. A l'exception de la visite du garçon, dont il n'avait pas été témoin n'étant pas chez lui, il ne voyait rien d'inhabituel qui eût pu se passer ce soir-là.

Il fit le récit des événements comme s'il les connaissait par cœur. Francis était arrivé en voiture de son logement d'Albuquerque en début d'après-midi. Comme toujours pendant les cérémonies, il avait fait de la maison de Teddy son quartier général. Au dîner il avait paru préoccupé, peut-être inquiet, mais Teddy avait supposé que c'était parce qu'il devait aller témoigner la semaine suivante devant un jury d'enquête fédéral. Teddy observa un moment de silence après avoir signalé ce fait et posa un regard sur Leaphorn pour voir si des explications étaient nécessaires. Ce n'était pas le cas. Leaphorn avait lu ce dont il s'agissait dans le rapport du FBI. Cela semblait concerner un détail technique lié à un audit en milieu bancaire et n'avoir aucun rapport avec cet assassinat.

Le lieutenant hocha la tête. Teddy reprit son récit.

Il était parti à sa kiva pour la réunion précédant la cérémonie. Quand il était rentré, Francis était couché et dormait à poings fermés. Il dormait encore quand Teddy était parti le lendemain matin avant l'aube pour participer à des prières dans sa kiva.

– Je n'ai plus eu l'occasion d'échanger une parole avec Francis, lui dit Teddy en regardant ses mains tout en parlant. La dernière fois que je l'ai vu, il dormait. (Il montra du doigt la pièce voisine.) Il dormait dans ce lit, là. Celui où nous dormions tous les deux quand nous étions petits.

– Ça a dû être une perte terrible, dit Leaphorn.

Il lui vint à l'esprit de lui parler de la mort d'Emma, de comparer la perte de l'épouse de toute une vie avec la perte d'un frère. Mais il n'y vit aucune consolation. Ni pour l'un, ni pour l'autre. Alors il dit :

– Le rapport de l'agent du FBI indique que vous n'avez aucune idée de ce que votre neveu a apporté ce soir-là pour le donner à Francis. C'est bien cela ?

— Aucune idée, confirma Teddy Sayesva. Il m'a dit que ça devait être quelque chose de long et d'étroit enveloppé dans du papier journal. Comme je vous l'ai dit, je n'étais pas là quand Delmar est arrivé avec. Et je n'ai rien vu qui ressemble à ça quand je suis revenu de la kiva. En fait, je n'ai rien vu du tout de différent.

Du geste, il engloba la petite pièce encombrée :

— Où est-ce qu'on pourrait mettre quelque chose ici sans que je le remarque ? Dans ma propre maison ? Partout où il aurait pu le mettre, on a regardé. On n'a rien trouvé.

— Nous pensons qu'il pouvait s'agir d'un objet en bois. Un bois foncé et lourd.

— Oh, fit Teddy Sayesva d'un ton qui indiquait que cela l'intéressait.

— Votre neveu nous a dit que cet objet, quel qu'il soit, avait une signification religieuse. Qu'il avait un rapport avec la cérémonie.

— Delmar vous a dit ça ? s'insurgea Sayesva dont le visage exprimait le saisissement. Il n'aurait pas dû...

Il n'acheva pas sa phrase.

Leaphorn se racla la gorge.

— Plus exactement, il a répondu au policier qu'il ne pouvait pas lui parler de ce qu'il y avait à l'intérieur du paquet. Il lui a dit qu'il ne pouvait absolument pas en parler parce qu'il n'a pas le droit de parler de tout ce qui touche sa religion à quelqu'un qui n'a pas été initié dans sa kiva.

— Oh, fit Teddy Sayesva qui parut soulagé. C'est vrai. Il ne pouvait pas en parler si ça concernait ses devoirs religieux.

— Et il ne l'a pas fait, confirma Leaphorn. Lorsque le policier du B.I.A. lui a dit qu'il allait devoir le conduire à Albuquerque pour y être interrogé par le FBI s'il ne leur disait pas de quoi il s'agissait, Delmar a pris la fuite.

Sayesva hocha la tête, approuvant d'un même geste le comportement de Delmar et la compréhension dont ce Navajo faisait preuve. Il se leva, marcha d'un pas vif jusqu'à la porte, l'ouvrit et resta un moment à regarder à l'extérieur dans la lumière froide du soleil d'automne. Un pick-up truck passa dans la ruelle devant le porche. Teddy Sayesva fit un signe de la main, cria quelque chose d'inintelligible pour quiconque ne parle pas la langue de Tano. Alors il regarda dans la rue, d'un côté puis de l'autre, referma la porte et s'assit.

— Vous êtes Navajo, dit-il. Est-ce que vous êtes marié à une femme qui vient de l'un des pueblos ? Est-ce qu'il y a quelqu'un dans votre famille qui s'est marié dans notre peuple ?

Leaphorn lui répondit que non.

— Dans ce cas il va falloir que je vous parle un petit peu de notre religion. Rien de secret.

Il eut un sourire désabusé puis poursuivit :

— Seulement d'anciens secrets… des choses que les anthropologues ont déjà mises dans leurs livres.

Il se leva, versa le café contenu dans la cafetière fumante, tendit une tasse à Leaphorn et se rassit.

— Vous savez que mon frère était le chef de notre société des koshares. Vous savez ce que c'est, les koshares ?

— Un peu. Je les ai regardés pendant les danses des kachinas. Ce sont les clowns, avec les rayures peintes sur le corps, qui font rire les gens. Je sais que leur tâche dépasse le simple fait d'amuser.

— Dans notre pueblo comme dans certains autres, les hommes qui ont du travail en ville et qui vivent loin de nous ne peuvent pas être membres des sociétés les plus sacrées, les sociétés kachina. Ils ne peuvent pas passer assez de temps dans les kivas. Alors ils deviennent koshares, ce qui est sacré aussi, mais d'une façon différente.

Il se tut un instant, cherchant une manière d'expliquer :

– Pour les gens de l'extérieur, ils ressemblent à des clowns et ce qu'ils font ressemble à des clowneries. Des numéros sans queue ni tête. Mais ça va plus loin que ça. Les koshares ont un autre rôle. Je suppose qu'on pourrait dire qu'ils représentent notre police morale. C'est à eux de nous rappeler quand nous nous éloignons de ce qu'on nous a enseigné. Ils nous montrent à quel point nous sommes loin, nous, les humains, de la perfection des esprits.

Il marqua une pause, l'occasion de poser une question. Leaphorn en profita :

– Un vieil ami à moi, un Hopi, m'a dit que leurs koshares sont comme des policiers qui remplacent les pistolets par les rires et les prisons par le mépris.

Sayesva hocha la tête.

– Vous avez assisté à des cérémonies de kachinas, dit-il. Beaucoup de Navajos aiment y venir.

– Certainement. On apprend à respecter votre religion.

– Alors vous avez vu les koshares tout faire comme il ne faut pas, tout faire à l'envers, se montrer cupides, nous rappeler à quel point nous nous conduisons mal. C'est le but recherché. Si vous étiez venu ce jour-là, vous auriez vu les clowns arriver. Ils travaillent avec les koshares pour aider les gens à se réformer. Cette fois, l'un d'eux tirait une petite charrette derrière lui, et l'un de mes cousins y était, il faisait son numéro avec le gros portefeuille et les gros billets, il faisait semblant d'acheter des objets sacrés. C'est contre ça que mon frère avait décidé de mettre les gens en garde ce jour-là. La vente d'objets qu'ils ne doivent pas vendre. Ce que Delmar lui a apporté dans ce paquet, je n'en sais rien. Mais je crois que ça devait être un objet à mettre dans la petite charrette. Un objet symbolique.

Teddy Sayesva regarda Leaphorn par-dessus ses lunettes. Haussa les épaules. But son café.

– Un objet en bois foncé et en argent ? interrogea Leaphorn.

Sayesva leva la tête de sa tasse, secoua la tête, eut un sourire désabusé.

– Avec de l'argent aussi ? En bois noir et en argent ?

– C'est ce que nous pensons. Nous avons trouvé un moule pour couler un objet en métal. Grand comme ça à peu près.

Avec ses mains, il représenta une petite forme ronde.

– Et avec des lettres gravées, précisa-t-il.

– Vous l'avez trouvé où ?

– Dans l'atelier de l'école à Thoreau.

– Là où cet homme a été tué ?

Leaphorn acquiesça de la tête.

– Vous savez ce que c'est ?

Le visage de Sayesva indiquait que oui, et que cette prise de conscience était douloureuse. Mais il ne répondit pas à la question.

– Quoi que ce soit, il semble bien que cet objet ait été fabriqué dans l'atelier ce matin-là. Nous pensons que c'est probablement monsieur Dorsey qui l'a fait. Nous pensons que l'objet a été emporté à peu près au moment où le professeur a été tué. Peut-être avant, peut-être après, mais à peu près au même moment. Un ami de Delmar dit que celui-ci s'est rendu dans l'atelier à peu près au même moment pour aller y chercher quelque chose qu'il avait lui-même fabriqué. Quand il l'a récupéré avec sa voiture, Delmar avait le paquet avec lui.

Sayesva secoua la tête, refusant d'entendre ces informations. Il paraissait très fatigué.

– Vous pensez que c'est Delmar qui a tué ce professeur ?

Leaphorn fit non de la tête.

– Nous avons un suspect dans la prison de Crownpoint. C'est un Navajo qui s'appelle Eugene Ahkeah, quelqu'un qui était chargé de l'entretien et des réparations à l'école. On l'a vu quitter l'atelier approximativement à l'heure du meurtre. Une boîte remplie de choses volées dans l'atelier a été retrouvée sous sa maison.

Sayesva parut soulagé.

– Donc vous voulez juste savoir ce qu'il y avait dans le paquet ?

– Tout ce que vous pourrez nous dire.

– Je suppose que c'était la canne de Lincoln, révéla Sayesva.

La canne de Lincoln. Il ne fallut qu'une seconde à la mémoire de Leaphorn pour traiter cette information. Le président Lincoln avait fait faire des cannes en ébène et en argent qu'il avait envoyées aux chefs des pueblos indiens du Nouveau-Mexique pendant les jours sombres qui avaient marqué le début de la Guerre de Sécession. Elles avaient pour but, selon la mémoire que Leaphorn avait gardé de cet épisode de l'histoire, de montrer que le président reconnaissait l'autorité des tribus, de les récompenser de leur neutralité et de les encourager à rester neutres. L'un des rois d'Espagne, vraisemblablement le roi Charles si la mémoire de Leaphorn était digne de foi, avait agi de même deux cents ans plus tôt.

– Je ne parle pas de la canne elle-même, bien sûr, précisa Sayesva. Mais d'une copie de la canne.

Il hocha la tête, marquant son accord avec la supposition qu'il venait de faire :

— Je pense que mon frère en a fait exécuter une copie. Et qu'il a dû envoyer Delmar pour qu'il la lui ramène.

Leaphorn attendit. Teddy Sayesva réfléchissait, prenant en compte les implications des conclusions qu'il venait d'atteindre. Leaphorn lui donna le temps de réfléchir. Puis il dit :

— Vous pensez que votre frère l'avait fait mettre dans la charrette ? Il paraît que quand elle a été tirée autour de la plaza, devant la foule, les gens ont cessé de rire sur son passage. Il paraît qu'ils sont devenus silencieux. Sérieux.

— Oui, confirma Sayesva.

Leaphorn attendit.

— Je vous remercie pour ce que vous m'avez dit jusque-là, dit-il. Maintenant, nous savons ce que nous recherchons. Parfois, cela permet de découvrir quelque chose, mais il est possible que ce ne soit pas le cas cette fois-ci. Il est possible que la personne qui a tué votre frère s'en soit emparée.

Sayesva marqua son accord par un hochement de tête distrait.

— Votre frère a été tué pour une certaine raison. Se pourrait-il que ce soit parce qu'il a mis la canne dans la charrette ? Est-ce qu'un tel geste suggérait qu'on était en train de la vendre ?

Sayesva se leva.

— Je ne pense pas que je sache autre chose que je puisse vous dire.

Il alla vers la porte mais s'arrêta juste avant de l'ouvrir.

— Non, dit-il. Non, Francis n'aurait pas demandé à quelqu'un de lui faire une copie de cette canne.

Il secoua la tête, la main toujours posée sur le bouton de la porte.

Leaphorn, qui avait commencé à se lever, se rassit.

— Pourquoi cela ? demanda-t-il.

Un instant, il pensa que Teddy Sayesva n'avait pas entendu sa question. Il attendit, conscient des odeurs automnales dans cette petite cuisine renfermée, de l'arôme du chili qui séchait quelque part, ou de celui des spathes de maïs, des sacs d'oignons et de haricots tachetés.

Sayesva s'éloigna de la porte et s'assit de l'autre côté de la table.

— Pourquoi ? Parce que Bert Penitewa et lui, Bert, c'est le gouverneur, ils étaient amis. Ils n'étaient pas d'accord sur quantité de choses mais ils se respectaient. Il n'aurait pas insulté le gouverneur comme ça. Le fait de mettre la canne dans la charrette de cette façon, comme si elle était à vendre, c'était la pire insulte qu'on puisse trouver.

— L'agent Chee m'a dit que la charrette était remplie d'objets à vendre, insistа Leaphorn. Il a pensé que c'était un peu une protestation d'ordre général contre les gens qui vendaient des objets artisanaux dotés d'une valeur religieuse.

— Bien sûr. Les koshares l'ont déjà fait dans le passé. Je veux dire, ils ont déjà mis les gens en garde contre la vente d'objets sacrés. Mais la canne, c'était autre chose. Il n'y a pas de règles précises sur ce que les clowns peuvent faire ou sur ce qu'ils peuvent tourner en ridicule. Mais ils suivent les traditions, ça oui. Et traditionnellement, les clowns ne se mêlent pas de politique et ils n'insultent pas les gens de manière personnelle. Mettre cette canne là-dedans, ça revenait à accuser Bert d'être décidé à la vendre... et Dieu sait ce que certains collectionneurs seraient prêts à payer pour un objet aussi ancien, envoyé par

Abraham Lincoln en personne. C'était forcément une insulte personnelle parce que le gouverneur est le dépositaire de la canne. C'est un peu comme un objet sacré placé sous sa garde.

– Donc c'était en rupture par rapport à la tradition. Je veux dire, le fait de mettre la canne dans la charrette ?

Sayesva fit oui de la tête.

– Tout le monde en parle. Peut-être autant que de ce qui est arrivé à mon frère. Francis était un homme de valeur. Il ne faisait rien d'irréfléchi. Les gens se demandent ce qu'il leur disait là.

– Si ce n'est pas votre frère qui a fait faire cette canne, est-ce que vous avez une idée de qui ça peut être ?

Sayesva réfléchit, secoua la tête.

– Aucune.

Ils restèrent assis là, Teddy Sayesva réfléchissant à ce qu'il savait maintenant en liaison avec ce qu'il savait avant, se demandant comment une canne prise dans l'atelier de quelqu'un qui avait été assassiné en était arrivée à faire partie de la cargaison symbolique d'une charrette d'enfant tirée par un clown. Cela convenait parfaitement à Leaphorn de lui laisser du temps. Il laissa courir son regard.

La cuisine de Sayesva était celle d'un homme qui vit seul. Leaphorn repéra les mêmes indices négligés qu'il voyait dans sa maison à lui depuis la mort d'Emma, le fourneau encrassé, l'évier encombré, les étagères mal rangées. Il vit les tristes signes de la solitude.

– J'ai parlé avec Henry Agoyo, finit par dire Sayesva. Henry est le chef des clowns, celui qui est responsable de l'équipe qui fait le numéro.

Il hésita, regarda Leaphorn, eut une grimace désabusée et poursuivit :

— Je parle trop. De choses dont nous ne parlons pas. Mais il s'est passé quelque chose de très étrange ici. Je crois que nous devrions essayer de le comprendre. J'ai parlé à Henry. Je lui ai demandé ce qu'il savait sur la présence de la canne dans la charrette. Quelle raison ils avaient bien pu avoir de faire ça ? Il m'a dit que ça n'avait pas été prévu comme ça. Il m'a dit que Francis la lui avait amenée ce matin-là, très peu de temps avant que la cérémonie ne commence. Il m'a expliqué que Francis lui avait dit de la mettre dans la charrette, et lui ne voulait pas le faire. Mais Francis paraissait très contrarié. Troublé. Il lui a dit de la mettre dedans et Henry lui a répondu “ Tu sais ce que tu fais ? ” ou quelque chose d'approchant, alors Francis a répondu qu'il n'en était pas sûr et qu'il se trompait peut-être, qu'il espérait se tromper mais qu'il fallait mettre la canne dans la charrette.

Sayesva prit sa tasse de café, vit qu'elle était vide, la reposa.

— Henry connaissait très bien mon frère. Ils étaient dans la même classe à l'école et ils étaient tous les deux chauffeurs de camions à la mine Jacks Wild avant que Francis n'aille à l'université pour devenir comptable.

— Qu'est-ce qu'Agoyo fait, maintenant ?

— Il conduit une niveleuse pour le comté.

— Il a dit que Francis espérait se tromper, répéta Leaphorn.

Sayesva fit oui de la tête.

— Il y a autre chose ? Est-ce qu'il a pu vous dire où se trouve la canne maintenant ? Ce qu'elle est devenue après la cérémonie ?

— Il m'a dit que Francis était venu quand les clowns avaient quitté la plaza, qu'il avait dit qu'il lui fallait la canne et qu'il l'avait reprise dans la charrette.

Leaphorn rapprocha cette nouvelle information du souvenir qu'il avait gardé de la description faite par Chee. Il s'était écoulé très peu de temps entre la fin du numéro des clowns et la mort de Francis Sayesva dans la pièce où il était allé retirer son costume. Juste les quelques minutes que Chee avait passées à courir de droite et de gauche à la recherche de Delmar. Francis devait avoir la canne avec lui quand il avait été assassiné.

Il pensa : si tu trouves la canne, tu trouves le meurtrier.

— Donc l'idée de mettre la canne dans la charrette a été ajoutée à la dernière minute, résuma Leaphorn. Ils n'avaient pas prévu de faire comme ça.

— C'est ce que Henry Agoyo m'a dit.

— Vous pensez que votre frère n'était probablement pas au courant, pour la canne, avant que Delmar ne la lui apporte ?

— C'est ce que je crois, confirma Sayesva.

— Alors quel motif ce professeur d'atelier avait-il de la fabriquer ? demanda Leaphorn autant pour lui-même que pour son interlocuteur. Et pourquoi a-t-il été assassiné ?

Ni l'un ni l'autre ne put trouver de réponse.

18

Pas plus que n'en put trouver Bert Penitewa, le gouverneur du pueblo de Tano.

Leaphorn avait quitté la maison de Sayesva, il avait traversé la plaza à pied, tourné le coin et suivi une rue étroite bordée de maisons d'adobe. Comme Sayesva le lui avait dit, la maison du gouverneur était la troisième sur la gauche.

Une femme d'une quarantaine d'années, portant une veste et un châle sur la tête, vint répondre à la porte. Oui, le gouverneur Penitewa était chez lui. Elle était sa fille et il fallait qu'elle se dépêche d'aller s'occuper de quelque chose qu'un de ses voisins lui avait demandé de faire. Mais elle le fit entrer, l'invita à s'asseoir sur le canapé défoncé, appela son père et partit.

Le gouverneur du pueblo de Tano était un homme de petite taille, au corps lourd, qui devait avoir plus de soixante-quinze ans. Mais comme beaucoup de gens de sa race, il ne les faisait pas. Ses cheveux étaient fournis et noirs, son visage à peine ridé, et si son ventre dépassait par-dessus la ceinture de son jean, ses épaules résistaient encore et ne se voûtaient pas comme cela arrive aux personnes âgées.

– Je suis désolé que Della ait été obligée de

partir aussi vite, dit-il. Elle fait le café beaucoup mieux que moi et je veux vous en offrir une tasse.

— J'ai bien peur d'avoir déjà eu mon quota pour la journée, répondit Leaphorn.

Penitewa lui fit signe de se rasseoir sur le canapé affaissé proche de la fenêtre de façade et s'installa à une table qui semblait également lui servir de bureau de travail. Derrière elle, Leaphorn voyait l'intérieur de la chambre d'où le gouverneur venait de sortir. Sur sa gauche, un passage donnait sur la cuisine. Sur sa droite, le regard donnait sur ce qui semblait être une autre chambre. Cette salle de séjour était petite, encombrée d'objets de mobilier fatigués. Le sol était couvert d'un beau tapis navajo, les murs décorés de photographies et d'une gravure représentant le Christ crucifié. A côté de la porte de la cuisine, trois poupées kachina, un panier pour ramasser les graines, deux belles pièces représentatives de la poterie d'Acoma et une horloge en plastique à laquelle on avait donné la forme d'un coyote hurlant, étaient posés sur une étagère. Contre le mur, derrière la table où Penitewa était assis, deux cannes étaient accrochées côte à côte. L'une était en bois léger avec un lourd pommeau d'argent très décoré et un ruban noir au bout duquel pendait un gland. L'autre était un simple bâton en ébène avec un pommeau rond en argent. La canne de Lincoln.

— Que diriez-vous d'un thé glacé ? proposa Penitewa. Il faut que je vous offre quelque chose. Je présume qu'il s'agit là d'une visite officielle d'un représentant de la Nation Navajo. Cela ne s'est pas produit dans ce pueblo depuis de nombreuses, de très nombreuses années.

Leaphorn n'était pas très sûr de la façon dont cette remarque devait être prise. Telle qu'il se rappelait l'histoire, le pueblo de Tano s'était montré hostile à l'égard des Navajos pendant ce que Frank Sam Nakai appelait “les guerres de Kit Carson * ”. Mais il était vrai que pratiquement tous les pueblos s'étaient rangés du côté des Américains lors de cette campagne. Seul le pueblo de Jemez était toujours demeuré ami.

– Au mieux, je crois qu'on pourrait dire qu'il s'agit d'une visite semi-officielle, répondit-il. Nous avons eu un enseignant qui a été tué sur notre réserve il y a peu de temps.

Il exposa les preuves attestant que la victime avait fabriqué une copie de la canne de Lincoln de Tano, expliqua qu'un Navajo soupçonné du meurtre était en prison et que Delmar Kanitewa avait apparemment apporté cette canne à Tano, l'avait remise à Francis Sayesva, puis qu'elle avait été volée quand Sayesva avait été tué.

Penitewa écouta en silence, immobile, le visage impassible. Mais ses yeux trahissaient la surprise et l'intérêt.

– Alors, c'est ça, dit-il. Je me demandais d'où elle venait.

– Apparemment, c'est ça. Ce ne sont que des présomptions de preuve. Mais elles sont concordantes. Nous avons trouvé des copeaux de bois d'ébène dans l'atelier du professeur, et ce qui ressemble à un moule pour couler le pommeau en argent. Le jeune Kanitewa était présent à un moment qui correspond. Il a apporté un paquet de la bonne taille qu'il a remis à Francis Sayesva. Mais, bien sûr, nous ne l'avons pas véritablement eu en main.

– Je l'ai vue dans la charrette, confirma Penitewa. Ça a été un drôle de choc. Au début, j'ai cru que c'était la vraie. J'ai pensé que quelqu'un était entré ici et l'avait décrochée du mur.

– Est-ce que ça aurait pu se passer comme ça ?

Le gouverneur Penitewa lui sourit.

– Ça aurait pu, mais ce n'est pas ce qui s'est passé. Je suis revenu directement chez moi pour regarder et elle était toujours sur le mur.

Il se retourna et la montra du doigt :

– Voilà l'original. Vous voulez la voir ?

– J'aimerais bien, répondit Leaphorn qui jeta un regard à sa montre.

Penitewa se hissa hors de son fauteuil, prit la canne noire contre le mur et la tendit au policier.

Son poids le surprit. L'ébène était effectivement un bois lourd. Il fit courir sa main sur la surface lisse de l'objet, en regarda l'extrémité inférieure (qui semblait en acier), puis le pommeau en argent, avec l'inscription A. LINCOLN, PRES. U.S.A., puis 1863.

Au-dessus figurait le nom du pueblo. Il fit passer l'ongle de son pouce sous le L puis le regarda attentivement. Ce qu'il avait enlevé en grattant ressemblait un petit peu à de la cire mais c'était probablement quelque chose de plus professionnel que ça. Probablement une sorte de pâte à mouler que l'on vend pour cet usage précis dans les magasins de fournitures artistiques.

Penitewa l'observait.

– Vous vérifiez si mon foyer est bien tenu ?

– Non, monsieur le gouverneur.

Il se leva et lui montra d'abord le pommeau puis le résidu sur l'ongle de son pouce.

– Je pense que quelqu'un a enfoncé le pommeau dans une sorte d'argile à mouler. Je pense qu'on en a pris une empreinte pour réaliser la copie. Est-ce que cela serait possible ?

Penitewa paraissait surpris.

– Qui aurait pu faire ça ?

Il se rassit, posa la canne devant lui sur la table.

– Beaucoup de gens, je suppose.

— Vous la laissez toujours sur le mur comme ça ? interrogea Leaphorn. Ou est-ce que vous la mettez sous clef quelque part ?

— C'est le symbole du gouverneur. Celui qui est gouverneur l'accroche toujours au mur de son bureau. C'est la tradition. Quand j'étais petit, mon arrière-grand-père était gouverneur. Elle était accrochée au mur de sa maison.

Leaphorn voulait lui demander si personne ne l'avait jamais volée, ce qui aurait été une question stupide puisqu'elle était là, dans la main du gouverneur. Mais Penitewa sembla deviner sa pensée.

— Je crois que le président Lincoln en a envoyé dix-neuf de Washington, une pour chacun des pueblos. C'est les Espagnols qui l'avaient fait les premiers en 1620. (Du doigt, il désigna la canne plus chargée). Certains pueblos en ont eu une autre, trois cannes en tout, une canne du gouvernement mexicain lorsque le Mexique a gagné son indépendance. Et il y aurait deux pueblos, à ce qu'on me dit, qui n'en auraient plus aucune.

— Volées ?

Penitewa haussa les épaules.

— Disparues. Qui sait ce qui leur est arrivé ? Mais personne n'a jamais essayé de nous voler les nôtres.

— Si quelqu'un a effectué une empreinte du pommeau de celle-ci, ça s'est probablement passé assez récemment. Avez-vous eu des visiteurs inhabituels ce mois-ci ? Quelqu'un que vous avez laissé seul ici suffisamment longtemps pour que ce soit faisable ? Quelqu'un qui pourrait être suspect ?

Penitewa réfléchit, secoua la tête.

— Et Delmar Kanitewa ? Nous pensons qu'il l'a ramenée de Thoreau à son oncle.

— Delmar...

Penitewa réfléchit.

— Non. Il n'était pas là. Il habite avec son père.

— Francis Sayesva ?

Si le gouverneur avait envisagé cette possibilité, c'en était fini depuis longtemps. Sa réponse fut immédiate.

— Francis était mon ami.

— C'est ce qu'on m'a dit. Mais il paraît que vous n'étiez pas d'accord sur beaucoup de points. L'emplacement de l'école primaire quand elle a été construite. La question de savoir si le pueblo devait louer la mine Jacks Wild pour en faire une décharge souterraine. A quel endroit implanter les nouvelles unités d'habitation quand le Bureau des Affaires Indiennes a voulu les faire construire. Des choses comme ça.

Penitewa rit.

— Francis adorait la discussion. Quand quelqu'un voulait faire quelque chose, Francis était toujours celui qui expliquait au conseil pourquoi il ne fallait pas le faire. Si quelqu'un voulait arrêter quelque chose, Francis était là pour expliquer pourquoi il fallait continuer. Mais c'était quelqu'un de bien. Il était l'un de nos gens de valeur.

— Vous ne pensez pas que c'est lui qui a fait faire cette copie ?

— Non. Pas Francis.

— Teddy Sayesva m'a dit que c'était Francis qui avait dit à Henry Agoyo de mettre la canne de Lincoln dans la charrette. Teddy m'a dit que c'était terriblement insultant à votre égard et qu'Agoyo ne voulait pas le faire mais que Francis le lui a ordonné. Vous étiez au courant de ça ?

— Bien sûr que oui. L'un de mes neveux était l'autre clown qui aidait à tirer la charrette.

Le gouverneur eut un sourire :

— Tano est tout petit, lieutenant. Il ne s'y passe

pas grand-chose d'intéressant. Tout le monde parlait de cette canne.

— Était-ce une insulte ? Vous m'avez dit que Francis était votre ami. Pourquoi a-t-il fait ça ?

Le gouverneur sourit à nouveau.

— Si vous aviez connu Francis, vous connaîtriez la réponse. Il a dû penser que j'allais vendre la canne. Ce serait un acte épouvantable. Par conséquent il était prêt à faire tout ce qu'il pouvait pour l'empêcher. Même si ça allait à l'encontre d'un vieil ami. Il était ce que vous appelez " un homme d'honneur ".

Leaphorn réfléchit à la réponse. Elle entraînait une autre question qu'il n'était pas facile de poser. Il s'éclaircit la gorge.

— La culture de Tano m'est étrangère, commença-t-il. Mais je penserais, moi, que si Francis était votre vieil ami, et un homme d'honneur, il ne vous aurait pas insulté comme ça en public s'il ne pensait pas que c'était vrai. A votre avis, est-ce qu'il croyait que vous alliez vendre la canne de Lincoln ?

Si le gouverneur se sentit insulté par cette question, il n'en montra aucun signe.

— Il a dû le penser. Ça m'a tracassé, moi aussi. Ça continue, d'ailleurs. Je ne pense pas qu'il l'aurait fait s'il n'avait pas cru que j'étais sur le point de trahir le peuple.

Encore une question difficile à poser.

— Qu'est-ce qui aurait pu l'amener à penser ça ?

— Je ne sais pas, dit Penitewa. J'essaie de le découvrir.

Il regarda Leaphorn.

— Ça fait mal lorsqu'on pense qu'un vieil ami comme Francis est mort en pensant qu'on est un traître.

19

Le projet des Industries Agricoles Navajo avait tendance à entraîner des réactions diverses chez Jim Chee en fonction de son humeur. S'il les longeait en étant “d'humeur patriotique navajo”, elles le remplissaient d'un mélange de fierté et de regrets. Il était fier de ce que la tribu avait réalisé en se servant de ses droits d'exploitation de l'eau de la San Juan et de cette zone de collines sans valeur recouverte de buissons de sauge. Ses regrets se concentraient sur ce qui aurait pu être réalisé si les Blancs n'avaient pas confisqué à sa tribu toutes les terres riches des vallées.

Au nord de la route 44, l'océan des buissons de sauge s'étalait jusqu'aux Mauvaises Terres d'Angel Peak. Au sud de la chaussée où les I.A.N. géraient leur domaine, l'argent-gris-noir de la sauge avait été remplacé sur des kilomètres et des kilomètres par le vert dont la nuance dépendait de la plantation et de la saison. Des tiges de maïs en rangs serrés alternaient avec des milliers d'hectares de champs de pommes de terre, suivis par de vastes cercles de luzerne d'un vert tirant sur le jaune, d'incroyables étendues d'oignons, de pastèques, de cantaloups, de concombres, de betteraves à sucre, en fonction de la récolte que le marché demandait. Et tout cela avait été rendu possible par une des rares victoires, apparemment sans envergure, remportée par les Navajos sur les spoliateurs de terres blancs. Chee en avait trouvé un récit dans les profondeurs de la bibliothèque Zimmerman quand il était étudiant à l'Université du Nouveau-Mexique, et il l'avait lu avec joie. A l'époque de la guerre de Sécession, et peut-être même avant, les Navajos avaient procédé à une dérivation des eaux de la San Juan afin d'irriguer leurs champs de maïs. Les Blancs avaient déjà chassé les Navajos de leurs riches terres cultivées des plaines alluviales qu'ils s'étaient appropriées. Ils s'étaient aussi installés sur ces terres irriguées, quand bien même elles faisaient partie de ce qui, à ce moment-là, était officiellement reconnu comme appartenant à la Réserve Navajo. Mais quand les Navajos s'étaient préparés à combattre pour leur sol, l'armée américaine était arrivée et, pour la seule et unique fois, avait pris le parti de la tribu et obligé ceux qui l'occupaient au mépris de la loi à déguerpir. L'ancien Fossé d'Irrigation des Champs de Maïs s'était développé pour devenir le Canal Fruitland dans les années trente, irriguant près de trente mille hectares. Plus important, il avait assuré la pérennité des droits légaux des Navajos à disposer des eaux de la San Juan. Alors que les Blancs avaient fait main basse sur pratiquement toutes les plaines alluviales fertiles, les Navajos restaient propriétaires de l'eau et d'une infinité de collines désertiques sans valeur situées en altitude. Aujourd'hui, de la saison des plantations à celle des récoltes, cette eau retombait en pluie sur le désert au moyen de systèmes d'arrosage mobiles complexes. Elle rendait les collines vertes et fertiles et fournissait des emplois à des centaines de Navajos.

Quand Jim Chee sentait vibrer sa fibre patriotique, il en était fier, fier que son peuple utilise son eau plutôt que de la laisser se déverser dans le Colorado pour donner naissance à des parcours de golf à Las Vegas et remplir d'eau chaude les baignoires de Beverly Hills.

Mais en l'occurrence, il se sentait d'humeur religieuse. Quand tel était le cas, les I.A.N. le chagrinaient. Il s'était arrêté au siège administratif des I.A.N. et avait demandé son chemin à un employé perplexe qui s'interrogeait visiblement sur l'intérêt que ce policier témoignait à l'égard du traitement des oignons. Chee avait quitté la 44 vers le sud pour s'engager sur la route qui conduit au complexe des entrepôts où l'on s'occupe de la commercialisation et de l'expédition. Il avait contemplé les chaumes de l'automne, les tuyaux d'irrigation mobiles qui valent plusieurs millions de dollars, parqués pour l'hiver et déjà partiellement enterrés sous les herbes-qui-roulent poussées par le vent du désert, les lignes d'alimentation qui permettent à l'ensemble de fonctionner et, plus loin, les collines dont les pentes sont orientées vers le sud, les Mauvaises Terres de Bisti et les étendues sauvages protégées de De-Na-Zin. Ces collines avaient gardé les couleurs noir et argenté de la sauge : elles étaient telles que la nature les avaient faites avant que les bulldozers des I.A.N. n'arrachent la flore et n'éliminent les insectes et les mammifères qui s'en nourrissaient, puis les oiseaux qui se nourrissaient de ceux-ci. Il voyait les collines comme le grand esprit, Femme-qui-Change, avait dû les voir, elle qui avait enseigné que la terre est notre mère nourricière et que la terre, et tout ce qu'elle produit, doit être traitée avec respect. Cette attitude qui consistait à réduire la nature à de grands cercles irrigués était-elle en passe de devenir la Voie de la Beauté des Navajos ? Cela ajouté à l'immense cicatrice de la

Mine Navajo, aux travaux de scierie des Monts Chuska et...

Qu'est-ce qui lui prenait ? Pourquoi cette humeur exécrable ? Il savait pourquoi. Elle s'appelait Janet. Mais quel était son clan ? Et qu'est-ce qu'il allait bien pouvoir faire, bon sang ? Il l'ignorait. Il ne pouvait décider de ce qu'il allait faire tant qu'il n'aurait pas acquis la certitude qu'il devait faire un choix. D'abord il allait arrêter ce fumier avec son délit de fuite puis il allait retourner chez Frank Sam Nakai afin de découvrir ce que son oncle avait appris. Et si son oncle n'avait encore rien appris, s'il n'était pas encore allé trouver le vieil homme qui était censé savoir, il emmènerait Hosteen Nakai voir le vieil homme en question. Ou si son oncle refusait d'y aller, il irait lui-même. Il ne voulait pas attendre.

Mais attendre est le destin du policier. La journée de travail n'était pas encore terminée dans les entrepôts de production. Il parcourut lentement dans sa voiture le parking gravillonné à la recherche d'un pick-up truck orné d'un autocollant ERNIE EST LE MEILLEUR. Dans les rangées de petits camions et de voitures il y en avait sept de couleur verte, dont trois d'une année qui correspondait à peu près à la description donnée. Si l'un de ces véhicules avait jamais arboré l'autocollant, ce n'était plus le cas.

Chee rangea son propre pick-up truck à un endroit où il était à demi dissimulé par un vieux camion Chevrolet aménagé en camping-car et consulta sa montre. Encore sept minutes avant cinq heures, moment où l'entrepôt fermait. Il resta assis sans penser à Janet Pete. Il alluma la radio, toujours branchée sur KNDN. Des musiciens qu'il se souvenait avoir entendu à une Danse des Filles de Tuba City chantaient une complainte sur une femme qui les aimait mais qui, qu'elle les aimât ou non, leur avait volé leur Chevy Blazer. Tout était en navajo à l'exception du nom du camion. La personne chargée de lire la publicité qui venait ensuite fut confrontée au même problème : il n'existe pas de mot en navajo pour le mélange Purina destiné à engraisser les porcs.

Sur le côté de l'entrepôt, une porte s'ouvrit en coulissant. Un homme en combinaison de travail apparut, suivi d'une procession d'autres travailleurs. D'autres hommes surgirent encore tout autour du bâtiment, avec quelques femmes par-ci par-là. Chee promena son regard sur toute cette foule sans savoir ce qu'il cherchait. Un Navajo de taille moyenne, d'âge moyen. Cela permettait de réduire un peu les possibilités. Ça éliminait les femmes, les hommes jeunes, très grands ou très enveloppés qu'Ellie aurait assurément été capable de décrire de façon plus détaillée. Ils étaient huit ou dix à répondre à cette catégorie moyenne, plus peut-être. L'un d'eux se tenait à côté de la porte de l'entrepôt, une planchette à pince à la main, discutant avec deux ouvriers plus jeunes. Un autre se dirigeait presque tout droit vers Chee. Il posa un regard sur lui puis monta dans le camion aménagé et démarra. Chee reporta son regard sur l'homme à la planchette à pince. Probablement un contremaître. Il portait un jean, une veste en jean et une casquette à longue visière. La visière semblait plier brutalement vers le haut comme si le carton qui la rigidifiait avait été cassé.

– Ah ! fit Chee.

Il se pencha en avant. Fixa l'inconnu. Trop loin. Il lança son moteur et s'engagea doucement dans le flot de véhicules qui quittaient le parking, puis sortit de la file pour passer en roue libre devant la porte. L'inconnu parlait toujours à ses deux compagnons et lui tournait le dos. Chee dépassa l'entrée, fit demi-tour et revint se garer à un endroit d'où il pouvait surveiller Planchette-à-Pince. Celui-ci parlait toujours et sa casquette correspondait toujours à la description donnée. Mais une casquette à la visière pliée est une preuve insuffisante. Le pick-up truck serait crucial s'il voulait avoir une chance d'obtenir une condamnation. Où l'avait-il garé ?

A la porte de l'entrepôt, la conversation prit fin. Planchette-à-Pince disparut à l'intérieur. Les deux jeunes hommes se séparèrent. L'un passa derrière l'entrepôt, l'autre longea le mur en venant vers Chee. Il souriait. Chee mit pied à terre, tout heureux de ne pas être en uniforme.

— Le gars avec qui vous étiez en train de parler, dit-il, celui qui avait la planchette à pince. Est-ce que c'est Billy Tsossie ?

— Vous voulez dire le contremaître ?

L'homme se retourna vers la porte de l'entrepôt qui était en train de se refermer.

— Non. Il s'appelle Hoski. Clement Hoski.

— Clement Hoski, répéta Chee. Ouais. Il me semblait bien que je le connaissais. Il faut que je lui parle. Vous savez où il gare sa voiture ?

— Je crois qu'il vient avec d'autres qui vivent dans les logements des I.A.N. Ils font la route à plusieurs.

Clement Hoski sortit de l'entrepôt, referma la porte derrière lui et se dirigea en trottinant vers un petit camion Dodge Caravan. Il monta à l'arrière et le véhicule démarra en soulevant une gerbe de graviers.

— Merci, dit Chee. Je vais essayer de le rattraper.

Le Dodge déposa ses deux premiers passagers à un lotissement de maisons en bois et en plâtre érigées pour le compte des I.A.N., à flanc de colline au nord du centre commercial. Il regagna la route goudronnée. Chee lui laissa prendre presque quatre cents mètres d'avance. Il était difficile de suivre un véhicule sans se faire repérer sur cette route déserte, mais cela avait également pour conséquence qu'il était aussi presque impossible de perdre quelqu'un. Au bout de trois minutes, le camion se rangea sur le bas-côté. Chee ralentit. Hoski apparut, fit un au revoir de la main vers le véhicule qui redémarrait et grimpa la colline où, pensa Chee, devait se situer sa maison.

Exact. Lorsque Chee passa, Hoski grimpait une route en terre menant à une maison de planches dont le toit de fer était pentu. Une cinquantaine de mètres plus bas, des toilettes extérieures proclamaient que, contrairement aux maisons des I.A.N., celle-ci ne disposait pas de l'eau courante. Derrière la maison, un poteau auquel était accrochée une ligne électrique témoignait qu'elle avait bien l'électricité. Un tas de bois de chauffage, contre le mur, suggérait qu'elle n'était pas desservie par des tuyauteries de gaz. Mais où était le pick-up truck vert ?

Hoski n'était plus visible maintenant. Il était à l'intérieur de la maison, pensa Chee qui dépassa la route menant chez le contremaître, escalada la colline suivante. Il s'arrêta là, tourna son pick-up truck dans l'autre sens et sortit ses jumelles de la boîte à gants.

D'ici, il avait une meilleure vue sur le repli de terrain que faisait la colline. Un filet et un panneau de basket-ball avaient été installés contre le poteau électrique, ce qui laissait supposer que Hoski avait des enfants en âge d'aller à l'école. Il paraissait vieux pour ça. Peut-être quelqu'un vivait-il avec lui. Derrière la maison, un mobile-home simple largeur reposait sur des blocs de béton. Il n'avait pas de fenêtre et était vide pour autant que Chee pouvait en juger avec ses jumelles. Le pick-up truck vert pouvait être garé entre lui et la maison. Si c'était le cas, il n'y avait aucun moyen de le voir à moins d'aller là-bas et de jeter un coup d'œil. Pourquoi attendre ?

Il démarra et descendit la colline. Mais à l'entrée de la route d'accès il se gara à nouveau. Où était ce pick-up truck ? C'était lui la clef de tout. Quand l'aile d'un véhicule heurte un être humain avec suffisamment de violence pour le tuer, il y a toujours des preuves. S'il arrêtait Hoski sans son pick-up truck, ils seraient obligés de le relâcher. Et si Hoski avait un peu de bon sens, il prendrait ses dispositions pour que le véhicule ne soit jamais découvert. Chee réfléchit à cet aspect des choses.

Un petit camion jaune s'arrêta du côté opposé de la route. Il était petit pour un bus de ramassage scolaire mais l'inscription qui figurait sur le côté disait : DISTRICT SCOLAIRE DE BLOOMFIELD. Un garçon en descendit. Il avait environ quatorze ans, évalua Chee. C'était un grand garçon très maigre qui portait une veste noire, un pantalon bleu, et qui avait un sac à dos bleu. Le sourire aux lèvres, il traversa la chaussée goudronnée, s'approchant du pick-up truck de Chee.

— Bonjour, dit-il. Bonjour, monsieur.

— Bonjour, répondit Chee.

Qu'allait-il dire à ce garçon pour lui expliquer pourquoi il était garé là ? Il allait lui dire qu'il cherchait quelqu'un.

— Il est à vous, le camion ? demanda le garçon sans cesser de sourire. Il est beau.

Ses yeux étaient un tout petit peu trop écartés, la structure osseuse de son visage juste un peu anormale. Son sourire un petit peu trop innocent pour ses quatorze ans. Le bus était réservé aux enfants qui suivaient une scolarité adaptée. Ceux qui avaient un handicap cérébral, corporel, émotionnel, et parfois les trois à la fois. Et Chee reconnut le problème dont souffrait ce garçon. Il en avait déjà vu les manifestations physiques. Il les avait vues trop souvent. On appelait cela le syndrome d'alcoolisation du fœtus, le triste sort que la mère inflige à son enfant quand elle boit durant sa grossesse. C'était une autre raison pour laquelle Chee haïssait l'alcool, haïssait les gens qui le fabriquent, qui en font la publicité, qui le vendent et qui empoisonnent son peuple avec.

— Il est à moi, confirma-t-il, mais il est plus beau quand je le lave et quand j'enlève toute la boue.

— Moi je le trouve joli comme ça.

— Je me dis que je vais peut-être le faire peindre. Est-ce que vert, ça serait une belle couleur ?

— Oh, oui, fit le garçon dont le sourire ne se démentait pas. Vert c'est bien.

Chee était tout à fait conscient de ne pas aimer ce qu'il faisait. Mais il poursuivit :

— Tu connais quelqu'un qui a un pick-up truck qui est vert ?

— Oh, oui. Mon Grand-père. Le sien, il est vert.

— Où est-ce qu'il habite, ton Grand-père ?

Le garçon tendit le doigt au-dessus du capot pour montrer la maison de Clement Hoski.

— Tu es venu voir ton Grand-père ?

— C'est là que j'habite. Moi et Grand-père Hoski, on habite ici.

Le garçon rit, une expression de joie sans mélange :

— Des fois, il me laisse faire la cuisine. Je fais cuire des œufs le matin. Et je fais des flocons d'avoine. Et des tortillas. Et Grand-père Hoski il va me montrer comment on fait les tartes au potiron et le ragoût de mouton. Et comment on fait griller les pignes.

— Ton père et ta mère ? Ils habitent ici aussi ?

Il parut décontenancé.

— Ils sont partis, dit-il. Il n'y a que moi et Grand-père. C'est mon ami. Il va au travail et moi je vais à l'école, mais après, quand on rentre à la maison, il m'apprend à lire, et les chiffres, et après on joue à des jeux, avec des cartes, et à la fin de la semaine on fait des trucs ensemble. On chasse les lapins et des fois on va voir des choses.

— Dans son pick-up truck vert ?

Le garçon rit, au comble de la joie.

— Il est vert. Il me laisse le conduire. Quand on est bien loin sur les routes de terre. Il me dit qu'un jour je serai un grand conducteur.

— Je suis sûr que oui, affirma Chee.

Il prit une profonde inspiration :

— Où est-ce qu'il le range ?

Le garçon le regarda avec l'air de ne pas comprendre.

— Le pick-up truck. Où est-ce qu'il le range ?

— Là-bas, derrière la maison. C'est là qu'il est entre notre maison et le vieux truc vide dans lequel on met les choses. Vous voulez venir le voir ? Je vais vous montrer. Il est joli.

— Tu t'appelles Ernie, non ?

— Ernie, confirma-t-il avec un hochement de tête. Grand-père a fait imprimer mon nom et il l'a mis à l'arrière de notre camion. Vous voulez le voir ?

— Pas tout de suite, répondit Chee. Il faut que je réfléchisse.

20

Joe Leaphorn n'avait pas beaucoup dormi. Il s'était couché tard après être resté dans ce qu'ils appelaient leur chambre d'amis quand Emma était vivante et qu'ils recevaient des amis. Elle était devenue, lentement et sans qu'il y ait volonté délibérée de sa part, son bureau lorsqu'il n'était pas à son bureau. Le lit des invités était devenu la surface plane sur laquelle il pouvait étaler les choses qui avaient besoin de l'être. Il y avait disposé les horaires des avions choisis, les horaires des trains, des cartes de Chine, de Mongolie, un assortiment de ces choses diverses dont on a besoin pour préparer un voyage quand on craint à moitié de l'entreprendre. Contrairement à sa nature profonde, tout cela s'était fait de façon hâtive et précipitée : des préparatifs de dernière minute. Dans trois jours à peine, il retrouverait Louisa à l'aéroport de Flagstaff. Ils prendraient l'avion pour Phœnix, de là rejoindraient Los Angeles, puis ce serait l'envol pour un autre monde, pour Pékin. (*Beijing*, pensa-t-il. Il faut que je m'en souvienne.) Louisa avait fait des réservations à leurs noms au Dynastie Tianlun pour les trois jours où ils resteraient là-bas. *(" C'est tellement cher ", avait-elle dit. " Je me suis dit que nous pourrions partager la même chambre. " Et au milieu du silence elle avait ajouté : " Il y a deux lits. ")* Ces trois jours avaient pour but de lui permettre de surmonter tous les écueils bureaucratiques que pouvait occasionner son désir de remonter au nord, en Mongolie, et de lui donner, à elle, le temps qui lui était nécessaire dans les bibliothèques de Beijing, ainsi que pour rencontrer les spécialistes des coutumes traditionnelles avec lesquels elle travaillait. (" *Et de nous laisser un peu de temps pour jouer simplement aux touristes... " Avec un air de bonheur intense, elle avait tendu le bras vers lui et lui avait pris la main en prononçant ces paroles. Un bonheur d'enfant. Il en avait été touché et l'était encore en y repensant. " Il faut que tu voies la tombe de Mao, le vieux Palais d'Été et le Magasin de l'Amitié. Le plus incroyable grand magasin du monde. "*) Il regarda à nouveau la carte. Après Beijing, il partirait vers le nord-ouest, direction Ürümqi et Turpan où Louisa avait écrit à un linguiste et à d'autres érudits et où elle avait fait des réservations pour lui, tandis qu'elle partirait vers le sud en direction de Xian et de Nanjing pour y avoir d'autres rencontres avec ses collègues qui peuplaient le petit monde des folkloristes. Ensuite, ils se retrouveraient à Shangaï pour rentrer ensemble aux États-Unis.

Il avait lu pendant presque deux heures les guides de voyage qu'elle lui avait prêtés, trouvant les meilleurs horaires de voyage possible, mais cédant à la mauvaise humeur parce qu'il était la plupart du temps obligé de se baser sur des conjectures. Puis il avait commencé à faire ses bagages. (" *Plusieurs épaisseurs ", lui avait-elle conseillé. " C'est ça le secret en Chine. On a l'impression qu'il fait toujours froid dehors et trop chaud à l'intérieur. Alors prends des pulls, des caleçons longs et des trucs que tu peux enlever un par un. Et n'en prends pas trop parce qu'il est facile de faire laver ses habits. Et tu as la bonne taille. Tu peux t'acheter des habits chinois. " Elle l'avait étudié en souriant. " En fait, je crois que tu pourrais passer pour un Chinois. Surtout dans le Nord où tu vas aller. "*)

Il avait écarté les cartes pour faire de la place pour sa valise, y déposant des vêtements pliés, shorts, maillots de corps, chaussettes et, ce faisant, il avait découvert son pyjama. C'était Emma qui le lui avait acheté. Elle lui avait acheté le premier pour son anniversaire, deux semaines après leur mariage. Elle l'avait regardé timidement pendant qu'il ouvrait le paquet, se demandant comment il allait prendre cette allusion. Des années durant il avait porté un pyjama par déférence pour la pudeur d'Emma, et petit à petit il s'y était habitué, et s'était habitué à en recevoir un nouveau dans un paquet cadeau quand l'occasion s'y prêtait et que le précédent était trop usé. Mais Emma était morte. Il n'y avait plus eu de pyjamas neufs. Il n'avait plus porté les vieux. Les mettre suscitait bien trop de souvenirs.

Il l'avait sorti du tiroir, l'avait inspecté et trouvé en bon état. Un peu serré autour de l'estomac, dans son souvenir, mais il avait perdu un peu de poids en se nourrissant de sa propre cuisine. Une chambre avec deux lits. Il avait rangé le pyjama plié dans la valise. Il avait alors été terrassé par la désolation qui émanait de cette maison déserte et silencieuse, et par la conscience de sa solitude et de son malheur. Il était sorti dans l'obscurité et avait remonté la rue gravillonnée. Quand il avait senti que ses pieds lui faisaient mal, il s'était assis sur un rocher d'où il pouvait voir la seconde moitié de la lune s'élever au-dessus de la crête à l'est de Window Rock, et les voitures qui, de loin en loin, passaient sur la route menant à Fort Defiance. Enfin, quand la route elle-même était devenue silencieuse, que la lune était arrivée haut dans le ciel et que le froid s'était insinué dans ses jambes de pantalon et glissé dans le dos sous le col de sa veste, il s'était levé et était rentré chez lui d'une démarche raide.

Et maintenant qu'il était dans son vrai bureau, il ressentait le manque de sommeil. Il posa un regard sur la corbeille réservée aux affaires en attente. Un monceau de messages et de courrier s'y était entassé pendant les journées qu'il avait passées à travailler à Thoreau et à Tano. Mais cela pouvait attendre. De même que tout le reste à l'exception du meurtre d'Eric Dorsey. Il lui restait juste deux jours pour y travailler avant de partir.

Il décrocha le téléphone et appela le numéro de Chee. Il allait le mettre au courant de ce qu'il avait appris à Tano. Si ça ne servait à rien d'autre, ça lui permettrait de juger de l'intelligence de son subordonné. Le rapport qu'il lui avait laissé témoignait qu'il avait de l'instinct. Il avait senti que les gens de Tano avaient vu quelque chose qui lui avait échappé. Peut-être allait-il tirer quelque chose de cette histoire de canne de Lincoln.

Mais Chee ne répondit pas au téléphone. Leaphorn appela Virginia.

— Une petite minute, dit-elle. Je crois qu'il y a un message depuis hier soir. Je regarde dans la chemise.

La minute s'écoula.

— Il a appelé. Il a dit qu'il travaille à cette affaire Todachene, l'accident de la circulation ayant entraîné mort d'homme. Il a dit qu'il faut qu'il prenne le reste de la semaine. Il va le prendre sur ses congés annuels.

Le ton de la jeune femme était devenu désapprobateur :

— Je n'ai pas vu de demande écrite pour ça. Est-ce que vous l'avez transmise ?

— A-t-il laissé un numéro où je peux le joindre ?

— Il n'y a rien de semblable ici. Vous voulez que j'appelle le bureau de Shiprock ?

— S'il vous plaît. Et faites-moi connaître la réponse.

Ça ne lui servirait à rien mais lui permettrait de se débarrasser de Virginia.

Il raccrocha. Il avait sommeil et était de mauvaise humeur. Cette histoire d'absence sans autorisation cadrait tout à fait avec la réputation de Chee. Quand il travaillait à Tuba City, le capitaine Largo se plaignait des difficultés qu'il rencontrait à lui faire appliquer le règlement. A Crownpoint, ça avait été la même histoire. Là-bas, son intelligence lui avait permis de décrocher ses galons de sergent par intérim alors qu'il était encore tout jeune, et l'habitude qu'il avait de faire les choses à sa façon les lui avait coûtés vite fait bien fait.

Ah, bah, pensa Leaphorn, le pari valait le coup d'être tenté. Dans ce bureau-ci, cela n'avait pas la même importance. On mettait moins l'accent sur la routine et davantage sur les capacités de réflexion. Peut-être parviendrait-il à l'habituer un peu à la selle, à le dresser juste assez pour pouvoir le garder ? Mais où pouvait-il bien être, bon sang ? Est-ce qu'il essayait toujours de travailler comme *hataalii* ? C'était peut-être ça. Peut-être avait-il trouvé un client et était-il parti quelque part exécuter un rite guérisseur ? S'il continuait à chanter la Voie de la Bénédiction, les huit jours complets que durait la cérémonie, ça pouvait devenir un réel problème.

Son téléphone retentit.

— Leaphorn à l'appareil, dit-il.

C'était Virginia :

— Le Chef veut vous parler. Ligne deux.

Il enfonça le numéro deux.

— Oui, Chef, dit-il.

Puis il écouta, serein au début, sourcils froncés ensuite.

— Ouais, fit-il. Oui, Chef. Je ne l'ai pas véritablement entendu mais j'ai lu quelque chose dessus dans le journal. J'étais à Flagstaff. Il y a eu un article dessus dans l'*Arizona Republic*. Une drôle de...

Il s'arrêta, interrompu dans sa phrase. Le froncement de sourcils céda la place à la consternation.

— Dans le lecteur de cassettes de ma radio ?

Il regarda sa radio. Le lecteur de cassettes était vide.

— Entendons-nous bien. Le sergent Yazzie passait devant mon bureau et il a entendu cet enregistrement à l'intérieur de la pièce ? Et c'était avant que ce soit diffusé sur KNDN ? C'est bien ce que vous êtes en train de me dire ?

Leaphorn écouta.

— J'en sais fichtrement rien, dit-il. Il n'y a aucune cassette dedans, là. Est-ce que quelqu'un est venu la prendre ?

Il écouta à nouveau, le froncement de sourcils se dissipant pour laisser la place à une colère rentrée.

— D'accord, dit-il. J'arrive tout de suite.

Il descendit les escaliers au pas de course. La porte du Chef était ouverte. Bennie Redhair[1], qui faisait office de secrétaire du Chef et d'homme à tout faire, était assis derrière son bureau et paraissait très, très nerveux. Le sourire qu'il adressa à Leaphorn tenait plus de la grimace. Derrière lui, dans le bureau suivant, se tenait Jimmy Chester, le membre du Conseil Tribal, portant un chapeau noir avec un bandeau argenté, assis en face du Chef. L'homme politique fusilla Leaphorn du regard. L'expression du

1. Bennie Redhair : Bennie Cheveux-roux. (N.d.T.)

Chef, lorsqu'il fit signe au lieutenant d'entrer, était un mélange d'inquiétude et d'incompréhension.

– Refermez la porte derrière vous, dit le Chef.

Leaphorn ferma la porte.

Quand il ressortit, c'était presque une demi-heure plus tard. Il monta lentement les escaliers et se posa doucement dans son fauteuil pivotant… les yeux fixés sur sa radio. Comment cela avait-il pu se produire ? Les détails en étaient clairs pour lui s'ils ne l'étaient pas pour l'élu au Conseil Tribal ni pour le Chef. Quelqu'un était entré, avait inséré une cassette de l'enregistrement pirate de cette conversation téléphonique dans le magnétophone de sa radio puis l'avait mis en marche. Et l'avait laissé tourner un moment, apparemment, parce que le rapport de Yazzie signalait qu'il en avait entendu certains extraits au moins deux fois. Une fois en passant dans le couloir dans un sens et l'autre fois en revenant. Puis, quand la célèbre diffusion de Farmington, sur KNDN, avait déclenché un beau tumulte, Yazzie s'était souvenu de ce qu'il avait entendu. Il l'avait signalé. Une vérification avait été effectuée et la cassette avait été découverte dans la radio de Leaphorn où elle était restée.

La question, bien sûr, était de savoir qui, et pourquoi. Leaphorn n'avait pas la moindre idée de la réponse à donner à l'une ou l'autre de ces deux questions. Jimmy Chester n'avait pas ce genre de problème. Il connaissait les réponses. Le qui, c'était Leaphorn, et le pourquoi, c'était pour détruire sa réputation. Et quelle raison Leaphorn pouvait-il avoir d'agir ainsi ? Parce que le membre du Conseil, en sa qualité de président de la commission judiciaire, s'était élevé contre l'idée qui consistait à mettre sur pied le Bureau d'Investigations Spéciales du lieutenant. Et parce qu'il soupçonnait Leaphorn d'être l'un des amoureux des arbres qui luttaient contre le projet de décharge. Et parce que dans le passé, il y avait très longtemps de ça, l'un des oncles maternels de Leaphorn avait perdu contre Jimmy Chester un litige portant sur des droits de pacage sur la Réserve-aux-Mille-Parcelles. Et quelle mesure devait être prise contre cette conduite répréhensible ? Le membre du Conseil Tribal voulait que Leaphorn soit inculpé d'avoir illégalement procédé à des enregistrements sur sa ligne de téléphone, une infraction majeure. Il voulait que Leaphorn soit renvoyé de la Police Tribale Navajo pour ingérence dans la vie politique de la Nation Navajo en ayant fait usage de son bureau de policier.

Ça s'était terminé, comme cela semblait toujours être le cas dans ce genre d'affaire, par un compromis qui ne satisfaisait personne. Le Chef allait charger le capitaine Dodge de mener l'enquête afin de déterminer de manière précise ce qui s'était passé et de recueillir les preuves nécessaires pour poursuivre les coupables en justice.

– Une enquête, avait repris Chester avec un grognement de mépris. Cela peut traîner indéfiniment.

Ils y avaient réfléchi un moment tandis que Leaphorn se disait que Chester, qui en avait présidé une quantité au cours des trente années qu'il avait déjà passées comme membre du Conseil, était bien placé pour le savoir.

Et il avait donc été décidé que le capitaine Dodge aurait dix jours pour boucler son travail et remettre son rapport.

– Et lui alors ? avait demandé Chester en désignant Leaphorn d'un signe de tête.

Le lieutenant, avait dit le Chef, allait recevoir

l'ordre de coopérer sans réserve avec les enquêteurs, de se tenir, à tout moment, à leur disposition, de fournir toutes les informations dont il disposait.

– Allez, avait fait Jimmy Chester, soyons sérieux. C'est l'un des plus gradés du lot. De quel genre de coopération voulez-vous que Dodge bénéficie dans ce service avec lui qui va coller son nez par-dessus l'épaule de tout le monde ?

– Le lieutenant Leaphorn va être mis en congé jusqu'à ce que les conclusions de l'enquête soient connues, avait assuré le Chef.

Et là-dessus, le membre du Conseil Tribal était parti en claquant la porte derrière lui.

– Cela veut dire que je suis relevé de mes fonctions ? avait demandé Leaphorn.

Et, bien sûr, c'était bien ce que cela signifiait.

Assis dans son bureau, il réfléchissait à ce que cette suspension impliquait. Pour commencer, tout cela impliquait qu'il ne pouvait pas suivre son instinct et interroger à son tour tous ceux qui travaillaient dans le bâtiment. L'un d'eux avait sûrement vu quelqu'un monter et entrer dans son bureau. Et s'ils n'avaient vu personne, cela aussi lui apprendrait quelque chose. Mais il ne pouvait plus le faire. C'était le capitaine Dodge qui allait s'en charger. Leaphorn regretta que quelqu'un d'un peu plus intelligent n'ait pas été choisi. Pourquoi Dodge ? Parce qu'on pouvait toujours compter sur lui. Et, en y réfléchissant bien, parce qu'il faisait aussi partie du Clan de la Maison Haute. Comme Jimmy Chester, membre du Conseil Tribal. Ce qui expliquait pourquoi Chester avait paru relativement satisfait de ce compromis et pourquoi le Chef avait choisi Dodge.

Mais bon sang, où pouvait bien être Chee quand il avait besoin de lui ? Leaphorn se leva et contempla le parking d'un œil distrait. Aucune trace du pick-up truck toujours boueux de Chee. Et si c'était lui qui avait fait ça ? Il considéra cette hypothèse. Chester avait rangé Leaphorn dans la catégorie des écologistes, mais c'était Chee qui voulait que des mesures soient prises pour interdire la décharge de produits toxiques, et c'était lui aussi qui voulait que le service parte en chasse contre la corruption. Chee n'arrêtait pas de venir dans son bureau et d'en ressortir, mais c'était valable aussi pour Dodge, Virginia, Yazzie et pratiquement tout le monde. Chee avait eu la possibilité de le faire. Avait-il eu une raison pour ça ? Leaphorn considéra cet aspect du problème.

Son jeune collègue ne l'appréciait pas, cela était visible, mais il le respectait néanmoins. Et il était bien trop intelligent pour opérer un branchement téléphonique illégal puis pour faire preuve d'une telle imprudence. Ça ne pouvait pas être lui. Yazzie, alors ? Non. Yazzie était un ami, un peu son protégé, et il appartenait au clan d'Emma. Dodge ? Peut-être. Mais seulement si Chester l'avait, d'une façon ou d'une autre, entraîné dans une conspiration incroyable pour le discréditer. Il ne parvenait pas à imaginer un scénario envisageable allant dans ce sens.

Il abandonna donc et fit ce qu'il redoutait d'avoir à faire : il décrocha le téléphone, demanda une ligne extérieure, donna au préposé le numéro de sa carte de crédit spéciale et composa le numéro de Louisa Bourebonnette.

Elle comprendrait pourquoi il ne pouvait pas partir, mais elle serait déçue.

— J'aime voyager, lui avait-elle dit. Mais ça peut vraiment te rappeler que tu es seul. Quand on est fatigué, qu'on a des problèmes avec la langue du pays et que de toute la journée on n'a pas rencontré une personne à qui parler, c'est à ce moment-là que ça te tombe dessus.

Le téléphone sonnait dans le bureau de Louisa à la faculté, il n'arrêtait pas de sonner. Pas de cours ce matin, se souvint-il. Elle devait être chez elle. Il composa ce nouveau numéro en se demandant comment il allait tourner sa phrase. Ce qu'il voulait, c'était qu'elle sache qu'il n'avait pas d'autre solution que d'annuler jusqu'à ce que toute cette histoire soit terminée. Avec ne serait-ce qu'un soupçon d'enquête criminelle dirigée contre lui, il ne pouvait pas partir, et il était hors de question qu'il quitte le pays. Mais il ne voulait pas qu'elle s'inquiète. Il en avait déjà trop fait pour lui ôter le plaisir du voyage.

A la quatrième sonnerie, le répondeur-enregistreur s'enclencha et la voix agréable de Louisa lui demanda de laisser un message après le signal sonore. Après tout, c'était peut-être mieux comme ça.

– Louisa, dit-il. C'est Joe. J'ai de mauvaises nouvelles. Je suis plus ou moins soupçonné d'avoir joué un rôle dans cette histoire d'enregistrement d'une conversation téléphonique de Jimmy Chester, le gars du Conseil Tribal. Celle dont il était question dans le journal et où il donnait l'impression de réclamer un pot-de-vin. J'ai reçu l'ordre de rester ici jusqu'à ce que l'affaire soit éclaircie. Si elle pouvait l'être aujourd'hui ou demain matin je pourrais encore partir, mais il y a environ une chance sur un million. Par conséquent, si ça ne traîne pas trop en longueur, j'essaierai de prendre un autre avion et de te rejoindre à Beijing.

Mais c'était plus qu'improbable et elle ne manquerait pas de le savoir.

Il s'arrêta, cherchant ce qu'il pourrait lui dire, sachant qu'il ne prendrait pas un autre avion. Il n'était pas comme ça.

– Louisa. Je suis terriblement désolé. Tu vas vraiment me manquer.

Il s'interrompit à nouveau. A son grand étonnement, il se surprit à penser qu'il pourrait lui dire bien davantage. Il pourrait lui dire, *je crois que je t'aime,* ou peut-être même, *je t'aime.* Mais le répondeur émit son déclic de fin d'enregistrement.

21

Leaphorn raccrocha et regarda sa montre, prêtant attention à l'heure d'une manière chez lui inhabituelle. C'en était peut-être fini pour lui de la Police Tribale Navajo. Si la personne qui l'avait compromis avait bien étudié son coup, il était possible qu'il ne puisse jamais vraiment se laver de tout soupçon. Dans ce cas il démissionnerait, et s'il le faisait, il ne voulait pas laisser de choses en suspens derrière lui. Il disposait maintenant d'un éventuel angle d'attaque pour le meurtre d'Eric Dorsey. Tout au moins il en avait le sentiment. Il voulait savoir.

A l'attention du capitaine Dodge, il tapa à la machine l'un de ces rapports détaillés pour lesquels il était célèbre. En trois pages précises à interligne simple il lui fit un exposé chronologique couvrant ses moindres faits et gestes, répondant à toutes les questions dont il pensa qu'elles pourraient lui être posées, suggérant à Dodge le nom de gens avec lesquels il pourrait souhaiter entrer en contact. Lorsqu'il eut terminé, il relut le tout attentivement d'un bout à l'autre et réinséra la dernière page dans sa machine à écrire.

Bien évidemment, je n'entrerai pas dans ce bureau tant que cette affaire ne sera pas résolue, mais je prendrai régulièrement contact avec vous au cas où ma présence serait nécessaire.

Il signa, glissa les feuillets dans une enveloppe, y laissa tomber la clef de son bureau, scella le tout et l'adressa au capitaine Dodge. En sortant, il remit l'enveloppe à Virginia.

La jeune femme arborait une attitude solennelle qui ne lui était pas naturelle. Elle posa les yeux sur l'enveloppe puis sur Leaphorn et leva les sourcils en une question silencieuse.

— J'ai quelque chose à vous dire, annonça le lieutenant. Et j'ai un service à vous demander.

— Il s'est passé quelque chose de grave, n'est-ce pas ?

— D'assez grave. Aujourd'hui, je ne sais pas à quel moment, ou peut-être que ce ne sera pas avant demain, le bruit va commencer à courir que j'ai été suspendu de mes fonctions. Ce que je souhaite...

L'expression du visage de Virginia l'interrompit. Elle passa de la stupéfaction à la tristesse puis à la colère et l'intensité de celle-ci le surprit. *Virginia est mon amie,* pensa-t-il. *Une véritable amie.* Pourquoi ne s'en était-il pas rendu compte avant ? Pourquoi était-il si aveugle pour des choses aussi importantes ?

— Suspendu, répéta-t-elle.

— C'est lié à cette conversation téléphonique de Chester, le membre du Conseil. Celle qui a été diffusée à la radio.

— Le salaud, s'exclama-t-elle. Je me disais bien que c'était lui.

— On va tirer ça au clair. Mais en attendant que ce soit fait, votre aide me serait précieuse.

— Tout ce que vous voudrez.

— Demain environ, à mon avis, vous allez entendre des rumeurs là-dessus. Le capitaine Dodge va devoir faire le tour en posant des questions aux gens, si bien qu'il ne sera pas difficile de deviner qu'il y a une enquête d'ouverte et que c'est moi qui en suis la cible. Ces bruits vont gagner l'extérieur. Ce qui m'aiderait beaucoup ce serait que vous puissiez ralentir un peu les choses. Quand les gens vous appelleront pour se renseigner, peut-être que vous pourriez prendre ça sur le ton de la plaisanterie ? Peut-être que vous pourriez leur faire croire que ce n'est qu'une rumeur comme les autres.

— Je leur dirai que c'est un sale mensonge. Je leur dirai que personne ne pourrait être fou à ce point-là. Même dans la maison.

Elle lui tendit la main. Il lui fallut une seconde pour comprendre son geste, puis il tendit la sienne et sentit qu'elle la lui serrait.

— Et votre voyage ? demanda-t-elle. En Chine ? Vous deviez partir demain.

Il haussa les épaules.

— Les salauds, dit-elle. Ils font vraiment n'importe quoi.

Il lui posa la main sur l'épaule.

— Ah, allons, Virginia. Le Chef fait son boulot, c'est tout.

Il appela de chez lui le bureau de Crownpoint. Le lieutenant Toddy était reparti à son domicile mais le standardiste l'assura qu'il allait lui faire passer le message.

— C'est « Retrouvez le lieutenant Leaphorn à la Mission Saint Bonaventure dans une heure » ? C'est ça ? Et « Apportez la clef du bureau de Dorsey et le dossier de l'affaire Dorsey ».

— C'est ça, confirma Leaphorn.

Il essaya à nouveau le numéro de Louisa à Flagstaff, tira le répondeur de son sommeil et ne trouva rien à ajouter à ce qu'il lui avait déjà dit. Il resta assis dans l'obscurité croissante sans motivation pour allumer la lumière, brancher la télévision ou commencer à défaire ses bagages. Il réfléchit à la bande enregistrée et à ce qui avait pu en justifier l'existence. Roger Applebee, le représentant de Priorité à la Nature auprès des hommes politiques, était le seul qui lui venait à l'esprit dont la cause pût en bénéficier.

Il appela l'Auberge de la Nation Navajo. Oui, Roger Applebee était descendu chez eux. Il avait la chambre 127. Non, Roger Applebee ne répondait pas au téléphone. Leaphorn prit ses clefs de voiture et sortit dans l'allée. Il allait se rendre à l'Auberge Navajo pour y manger un hamburger ou autre chose. Peut-être qu'Applebee serait en train d'y dîner.

La plupart des places de stationnement situées le long de l'aile du bâtiment à un étage où se trouvait la chambre 127 étaient vides, mais à la porte d'Applebee stationnait une Range Rover bleu foncé. A l'arrière, un décalcomanie représentait une image de la terre semblable à une grosse bille bleue, telle qu'elle apparaissait sur un cliché de la NASA. La légende disait : ELLE SEULE PEUT NOUS ABRITER. Probablement la voiture d'Applebee.

Leaphorn s'approcha avec l'intention de se garer et de frapper à la porte. Puis il vit un homme, un gaillard imposant qui lui sembla vaguement familier, tourner le coin et venir dans sa direction d'une démarche précipitée. Leaphorn poursuivit sa route, se gara une demi-douzaine de places plus loin.

L'homme fit halte au numéro 127 et tourna le bouton de la porte. Puis il frappa, frappa à nouveau, secoua le bouton bruyamment, se retourna pour inspecter brièvement la Range Rover puis martela la porte de son poing.

Leaphorn s'approcha de lui :

– Je cherche monsieur Applebee, lui dit-il. On dirait qu'il n'est pas chez lui.

Le gaillard imposant regarda Leaphorn, posa à nouveau son regard sur la Range Rover.

– C'est sa voiture, dit-il. Il ne peut pas être loin.

– Peut-être dans la salle de restaurant, avança le policier.

Il reconnaissait l'homme maintenant, mais il ne parvenait pas à retrouver son nom. C'était un négociant. L'un de ces gens qui achètent et vendent des objets anciens, étranges ou beaux. Qui sont présents aux fêtes tribales, aux ventes de tapis aux enchères, aux cérémonies et même aux réunions familiales qui suivent les enterrements, en quête de ces marchandises que les collectionneurs sont prêts à payer au prix fort et pour lesquelles ils proposent des prix très bas. Avec cette pensée lui revint la mémoire.

C'était Asher Davis, l'une des exceptions. Monsieur Proposition Raisonnable.

La première fois qu'il avait entendu son nom c'était dans une cafétéria de Tuba City, il y avait au moins vingt ans. Le capitaine Largo, jeune et mince à l'époque, qui n'était que sergent alors, conseillait à une vieille femme de ne pas vendre la ceinture concha de son grand-père avant d'avoir pu demander à Asher Davis quelle en était la valeur.

– Je suis allé voir dans la salle de restaurant, déclara Davis.

Il frappa à nouveau contre la porte, mais le cœur n'y était plus qu'à moitié. C'était davantage l'expression d'une vaine colère qu'une sommation : un geste dépourvu d'espoir.

– Il est dans le coin pour faire pression sur les membres du Conseil Tribal pour un truc, expliqua Davis.

— Peut-être qu'il est parti quelque part avec l'un d'entre eux. Vous êtes un ami à lui ?

Davis reporta vraiment son attention sur Leaphorn pour la première fois, regardant ses chaussures cirées, son jean repassé, sa boucle de ceinture, sa chemise bleue, sa veste de jean, son feutre gris.

— Un ami ? reprit-il en secouant la tête. Malheureusement, oui. De vieux amis.

Le ton employé était sarcastique. Il fit une grimace.

— Ça remonte à l'école primaire.

Tout à coup, son visage s'éclaira lorsqu'il reconnut son interlocuteur :

— Hé. Est-ce que vous n'avez pas fait partie de la Police Navajo ? Il y a des années de ça ? Vous ne vous appelez pas Leaphorn ?

— Joe Leaphorn. Et vous êtes Asher Davis.

— Exactement. Vous vous souvenez de la première fois que nos chemins se sont croisés ?

Leaphorn ne s'en souvenait pas. C'était probablement à la Fête de la Nation Navajo à Window Rock, ou à la vente aux enchères de tapis à Crownpoint. En fait, il se rappelait maintenant qu'il avait discuté avec Davis à cette vente aux enchères, des années auparavant. Il dit :

— A la vente aux enchères de tapis à Crownpoint.

— Bien avant ça, le corrigea Davis dont le visage à ce souvenir s'éclairait d'un large sourire. Vous faisiez partie de la Police Navajo. A Chinle. Et je m'étais fourré dans un pétrin vraiment délirant...

Il eut un geste du bras vers la porte 127 :

— Encore Applebee. Lui et moi on était à Farmington pour je ne sais plus quelle affaire et il avait laissé sa carte de crédit dépasser la date d'expiration si bien que je l'avais laissé se servir de la mienne pour louer une voiture là-bas. Il était arrivé en avion par

Mesa Airlines et il fallait qu'il aille à Canyon de Chelly voir des gens. Bref, sans prévenir je me suis retrouvé avec les clefs qu'il m'avait envoyées de San Francisco avec un petit croquis pour me montrer où était garée la voiture, là-bas, au canyon.

La mémoire de Leaphorn redonna vie à cet incident, difficile à oublier.

— Ouais, fit-il. Vous nous avez appelés pour voir s'il y avait quelqu'un qui pouvait la ramener chez Avis à Farmington.

— Avant que je me retrouve fauché à force de payer les frais de location en souffrance. Je vous dois un fier service pour ce coup-là.

Il se trouvait que la femme du gardien de la prison avait l'intention de prendre le car pour Farmington, ce qui faisait que ça n'avait pas posé de problème. Leaphorn avait rencontré Davis en chair et en os l'année suivante à la vente aux enchères de la coopérative des tisserands de tapis navajo, à Crownpoint, et les remerciements sans fin de Davis avaient été gênants. Mais aujourd'hui, Leaphorn avait effectivement un service à lui demander.

— J'ai vraiment besoin de parler au dénommé Applebee, dit-il. Est-ce que vous avez une idée de l'endroit où je peux le trouver ?

Davis fronça les sourcils :

— Je sais qu'il est là pour faire campagne contre cette histoire de décharge, mais je ne sais pas qui il devait travailler au corps ce soir. Aucune idée.

— Je me suis toujours demandé comment vous aviez fait pour vous retrouver coincé comme ça avec la voiture de location. Qu'est-ce qui s'était passé ?

— Eh bien, commença Davis.

Il parcourut des yeux le parking derrière Leaphorn, secoua la tête.

— C'était il y a longtemps. Roger était en train de

lancer son truc de Priorité à la Nature et il avait découvert que des écologistes importants venaient de Frisco pour voir de près un peu du Pays Indien. Les choses se passaient bien et il n'avait pas voulu interrompre leurs discussions alors il était reparti à Flagstaff avec eux et il les avait raccompagnés en Californie pour qu'ils puissent le présenter à d'autres gens qui avaient beaucoup d'argent.

— Je veux dire, qu'est-ce qui s'est passé après ? Vous lui avez cassé un bras, ou quoi ?

A ce moment-là, Leaphorn se dit que la réputation d'honnête négociant en objets d'artisanat indien était peut-être due à son visage. C'était un visage honnête qui n'était pas rompu à la dissimulation ou aux manœuvres furtives. Un éclair de colère s'y peignit, qui céda la place à l'amertume puis à quelque chose qui ressemblait à de la tristesse.

— De vieux amis, répéta-t-il.

Il réfléchit un instant, agita la tête puis émit un ricannement sardonique.

— Il m'a fait pire.

Leaphorn sortit de son portefeuille une carte de visite qu'il tendit à Davis.

— Si vous le trouvez avant moi, vous pouvez lui demander de me contacter ? A mon numéro personnel.

Davis regarda la carte, puis Leaphorn, à nouveau la carte. Quand il releva les yeux, son visage honnête ne révélait plus rien du tout. Il acquiesça de la tête, cogna à nouveau du poing contre la porte de la chambre 127 et s'éloigna.

Leaphorn arriva à l'école Saint Bonaventure avec un peu d'avance et trouva le lieutenant Toddy qui l'attendait. Il était assis sur les étroites marches escamotables de la petite caravane délabrée qui avait servi de maison et de bureau à Dorsey : il buvait un Pepsi et avait l'air de s'ennuyer. Il brisa le sceau qui protégeait la porte, la déverrouilla et la tint ouverte devant Leaphorn.

– Vous savez que Streib a déjà fouillé l'intérieur, dit-il. Je ne crois pas qu'il ait trouvé quoi que ce soit d'intéressant.

– Il ne savait pas ce qu'il fallait chercher, répondit Leaphorn.

Toddy réprima un large sourire et redonna à ses traits une expression presque neutre.

– Il paraît que c'est préférable, non ? Est-ce que je n'ai pas entendu quelqu'un dire ça il n'y a pas si longtemps que ça ? " Quand on sait ce qu'on cherche, on cherche quelque chose de précis et on ne voit pas autre chose qui pourrait être plus important. " J'ai entendu quelqu'un dire ça.

– Bon, fit Leaphorn qui lui-même souriait. Comme vous voudrez. Mais cette fois nous sommes un peu plus informés. Nous savons que Dorsey a fabriqué une canne en ébène avec pommeau d'argent, une copie de la très vieille canne dont le gouverneur est le dépositaire au pueblo de Tano. Oublions ces trucs que quelqu'un vous a dit et cherchons tout ce qui pourrait nous apprendre pour qui il a fait cette canne.

– Ou la canne elle-même ?

– Ça serait bien. Mais apparemment le jeune Kanitewa a mis la main dessus et l'a emportée à Tano où il l'a donnée à son oncle.

Leaphorn faisait du regard le tour de la pièce minuscule qui était à peine assez haute pour y tenir debout et pas beaucoup plus longue que la couchette qui était dépliée contre le mur opposé. Tout était rangé, tout était impeccable, rien de décontracté, rien de confortable. Une minuscule table, une seule chaise, une étroite banquette repliable avec un meuble de classement à son pied, un petit bureau. Au mur, une photographie de famille encadrée : la mère, le père, trois garçons et une fille. A côté, une autre photo encadrée représentant un jeune homme barbu aux longs cheveux noirs retenus par un bandeau. Un peu plus bas sur le mur, une image de Saint François d'Assise. Leaphorn arrêta son inspection pour lire le poème qui figurait dessous.

Il parlait avec les corneilles
Lui qui était un frère pour la lune
Il ne demandait au Seigneur
Que d'être le bouffon de Dieu.

– Ça ne devrait pas prendre longtemps pour fouiller cet endroit, commenta Toddy.

Effectivement. Leaphorn commença par le bureau, supposant que c'était Dorsey qui l'avait fabriqué lui-même. Il se nichait exactement dans l'espace situé entre l'entrée et la porte coulissante qui ouvrait sur un périmètre comprenant une douche, un siège de w.-c. et un lavabo. Quatre boîtes de rangement en bois dessinaient un alignement parfait sur le dessus du bureau. Elles portaient les étiquettes TRAVAIL EN COURS, NOTÉ, PAS NOTÉ et A ARCHIVER. Les boîtes " noté " et " pas noté " étaient vides mais les deux autres contenaient des tas de papiers bien rangés.

S'il y avait là quoi que ce soit de relatif à la canne (et tout à coup cela semblait bien peu probable) ce devait être dans la boîte consacrée au travail en cours. Mais s'il n'y avait rien, il fouillerait dans les trois tiroirs métalliques gris du meuble de rangement qui occupait l'espace au pied du lit étroit. Il allait chercher partout. C'était la seule piste dont il disposait, sa seule chance.

Il découvrit ce qu'il cherchait sur le dessus du tas dans la boîte TRAVAIL EN COURS, comme si Dorsey l'y avait déposé juste avant de se rendre à son atelier. Streib avait dû voir la feuille mais, placée là, elle n'avait dû avoir absolument aucune signification.

C'était une feuille de papier machine de mauvaise qualité. D'un côté était imprimée une affiche invitant à participer à une réunion. De l'autre, quelqu'un avait tracé au crayon des croquis soignés représentant la canne de Lincoln et avait gribouillé ici et là des notes explicatives concernant les dimensions de l'objet et son aspect fuselé, plus une ligne d'indications en marge.

– Je crois que c'est ce que nous cherchons, annonça-t-il à Toddy en montrant la feuille.

Il s'assit sur le lit impeccablement fait de Dorsey pour l'examiner.

Les dessins étaient semblables à ceux que Leaphorn avait autrefois exécutés à l'atelier de menuiserie quand il était élève dans un pensionnat du Bureau des Affaires Indiennes. Des petites lignes indiquaient les marges, et des nombres, entre deux flèches, spécifiaient les dimensions en pouces. L'un des croquis représentait la canne elle-même. L'autre le pommeau, avec les détails de l'inscription soigneusement reportés : A. LINCOLN, PRES. U.S.A. 1863, et TANO. En travers de la page figurait l'inscription Classeur Obj. Divers. Des notes, inscrites de ce que Leaphorn supposa être l'écriture soignée de Dorsey, se succédaient dans la marge de droite de la feuille :

ébène — le plus foncé possible
bout — fonte. Ajuster exactement. Essayer maréchal-ferrant à Farmington. Meuler.

pommeau — polir. éviter poussière.
$ 450, $ 250 d'avance.
livraison le/avant 14 nov.

Le quatorze novembre. Le jour où Eric Dorsey était mort.

Leaphorn tendit la feuille à Toddy.

– On dirait bien que Dorsey s'est fait escroquer des deux cents dollars qui restaient, dit-il.

Il n'y avait rien d'autre concernant les cannes dans l'une ou l'autre des boîtes. Le contenu du meuble de rangement était surtout lié au travail d'enseignement : papiers de garantie d'outils électriques, manuels d'utilisation et commandes de fournitures. Leaphorn les vérifia, sortit des factures des Bois en Tous Genres d'Albuquerque. Sur l'une d'elle, correspondant à un envoi en date du 13 septembre, on lisait : “ Ébène, 2 × 2 × 36. ”

Il la montra à Toddy.

– Ça, c'est le jour où il a acheté le bois, dit-il.

Toddy émit un grognement.

Il y avait d'autres factures des Bois en Tous Genres dans la chemise. Leaphorn les vérifia toutes en remontant dans le temps, appliquant la méthode qu'il préconisait et qui consistait à se contenter de regarder sans savoir ce que l'on cherche.

– Ça alors, s'exclama-t-il. Regardez ça.

– Eh bien dites donc, fit Toddy. On dirait que monsieur Dorsey était spécialisé dans la fabrication des cannes.

Le formulaire répondait surtout à une commande de noyer, d'acajou et de pin blanc clair. Mais le dernier article était : “ N° 1 Ébène brut 2 × 2 × 36. ”

Leaphorn regarda la date. La livraison avait été effectuée plus de deux ans auparavant.

Aucune autre commande d'ébène n'apparut dans les autres factures. Il trouva le classeur OBJ. DIVERS au fond du tiroir du bas. A l'intérieur se trouvait un épais paquet de lettres maintenues ensemble par un élastique, des photocopies d'une correspondance relative à un paiement par carte Visa en souffrance, des notes qui semblaient concerner des cadeaux de Noël et des feuilles de papier de différents formats qui avaient servi à prendre des notes. Sur l'une d'elles figurait un dessin précis au crayon représentant une canne de Lincoln.

Leaphorn s'en empara. Sur cette feuille-là, les instructions avaient été tapées à la machine. Elles précisaient les dimensions, les détails pour la finition du pommeau d'argent, la façon dont le bout en fonte devait être meulé. Les mesures des lettres qui devaient composer l'inscription étaient données en millimètres. Et cette fois l'inscription était : A. LINCOLN PRES. U.S.A. 1863 POJOAQUE.

Pojoaque. Leaphorn y était allé il y avait très longtemps. Un minuscule village le long de l'autoroute au nord de Santa Fe. A l'exception de quelques murs d'adobe en état de désagrégation avancée, il ne restait pas grand-chose de ce qui avait été un pueblo prospère. Leaphorn feuilleta le paquet d'enveloppes. Trente-sept lettres, les premières avec la même adresse de retour à l'envoyeur, à Fort Worth, au Texas, les autres provenant de l'hôpital de l'Administration des Anciens Combattants, à Amarillo, toutes portant le nom « George » au-dessus de l'adresse. Au début elles étaient arrivées à une semaine d'intervalle, puis moins fréquemment. Leaphorn les remit dans leur cachette du tiroir du bas.

Il tendit à Toddy la feuille de papier avec la canne de Lincoln de Pojoaque.

– M'est avis qu'il en a fait deux, commenta

Toddy. Et la seconde, il l'a achevée à la dernière minute.

– Ouais, fit Leaphorn. C'était bien la même date, hein ?

– Oui. Nous savons donc maintenant que Dorsey ne s'est pas seulement fait tuer. Il s'est aussi fait entuber.

– Du dernier paiement. C'est vrai. Il n'avait qu'un peu plus de vingt dollars dans son portefeuille. Mais peut-être qu'il avait été payé d'avance.

Toddy haussa les épaules.

– Ça ne fait plus aucune différence. Vous avez fini, ici ?

– Je crois que oui. Est-ce que Streib a levé l'interdiction placée sur toutes ces choses pour que ses proches puissent les réclamer ? Est-ce qu'il y a quelqu'un qui vient les chercher ?

Toddy regardait la photographie de famille.

– Je suppose que c'est lui, là, dit-il. Le plus vieux des garçons.

Il abandonna la photo pour la maxime encadrée.

– Vous avez lu ça ?

– Non.

– Je crois que ça sort de la Bible. Peut-être de l'un des psaumes.

Toddy lut de cette voix que l'on réserve pour réciter une poésie :

Il est une chose qu'au Seigneur je demande,
telle sera ma quête ;
puissé-je demeurer dans la Maison du Seigneur
tous les jours de ma vie.

– Je crois que c'est dans l'un des Psaumes de Salomon, ou peut-être dans David.

– Ça ressemble beaucoup à certains passages de

notre Voie de la Bénédiction, dit Leaphorn. Vous aviez remarqué ?

Le visage de Toddy indiquait que non. Mais maintenant, c'était oui.

– Je vois ce que vous voulez dire. " La Maison faite de la Brume du Matin, la Maison faite d'Aube. "

Il se tourna et regarda la maxime :

– " Puissé-je toujours marcher avec la beauté devant moi. "

– Mais est-ce que la famille de Dorsey va venir chercher ses affaires ? répéta Leaphorn.

– Non. Personne ne semble en vouloir. Fichons le camp d'ici.

22

Le Père Haines avait son manteau sur le dos et son chapeau à la main quand Leaphorn frappa à la porte de son bureau.

– Je voulais juste savoir si je pourrais vous emprunter un téléphone, dit le lieutenant en exhibant sa carte de paiement spéciale. Il faut que je passe plusieurs appels assez lointains.

– Prenez le mien, si vous voulez, répondit Haines en montrant sa table de travail et en consultant sa montre. J'ai une réunion à Gallup, alors installez-vous confortablement.

Pour être confortable, ça l'était. Le fauteuil de Haines avait été fabriqué une cinquantaine d'années auparavant et beaucoup utilisé. Le siège était en cuir rembourré. C'était un fauteuil pivotant, à bascule, qui donnait une impression générale d'aisance. Et le téléphone du Père Haines était l'un de ces lourds appareils noirs à cadran circulaire que l'on fabriquait autrefois à l'époque du règne de la compagnie Bell.

Il s'en servit pour appeler les renseignements et obtenir le numéro de la galerie Clark à Santa Fe. Desmond Clark était là et voulut savoir comment Leaphorn allait, quand ils retourneraient ensemble chasser le cerf, pourquoi il ne prenait pas sa retraite et comment sa santé résistait. Une fois tout cet échange entre vieux amis terminé, ils en arrivèrent aux affaires sérieuses.

— Je suppose que tu es au courant de tout ce qui a trait aux cannes de Lincoln, commença Leaphorn. Qu'est-ce que l'une d'elles vaudrait aux yeux d'un collectionneur, et qui serait prêt à en acheter une ? J'ai besoin de tes lumières sur tout ça.

— C'est facile, répondit Clark. Personne ne serait prêt à en acheter une. Tout le monde saurait qu'il s'agit d'un objet volé. Il serait impossible de la montrer. Ou de se vanter de la posséder.

— Oui, mais, tu te rappelles les Dieux de la Guerre Zuni. Quelqu'un les a achetés en sachant qu'ils avaient forcément été volés. Les Hopis aussi ont eu des tas de choses qui ont disparu et qui sont réapparues dans des collections privées. Et...

— D'accord. Je vois où tu veux en venir. Le marché parallèle. Laisse-moi réfléchir une minute.

— Vas-y, réfléchis.

Et Leaphorn attendit.

— Je crois que ce bon vieil Abe en a fait parvenir dix-neuf, identiques, pendant la Guerre de Sécession. Dix-huit ou dix-neuf. Elles sont donc extrêmement rares, tout à fait inhabituelles et elles ont une sacrée allure. En ébène et en argent, tu sais. Et le héros national favori de tout un chacun les avait fait fabriquer avec son nom dessus. Par conséquent, si tu étais un inconditionnel de Lincoln, voire un passionné de la Guerre de Sécession, l'une d'elles vaudrait un sacré paquet à tes yeux. A mon avis, les enchères débuteraient à cent mille dollars. Peut-être plus. Mais une canne volée... Je ne sais pas. Je suppose que les professionnels qui connaissent le marché des objets souvenirs de Lincoln pourraient trouver un acheteur. Mon domaine à moi, ce sont les objets de collection des premiers occupants du territoire américain. J'en serais incapable.

— Mais tu penses que ça pourrait monter jusqu'à cent mille dollars ?

— S'il s'agissait d'une vente opérée dans la légalité. Accompagnée d'un certificat d'authenticité. Tout ça. Si, par exemple, le pueblo de Taos décidait de vendre sa canne. Dans les règles et tout. Je dirais que ce serait bas comme prix. Il y aurait les passionnés des Indiens, ceux de Lincoln et les dingues de la Guerre de Sécession qui se bagarreraient pour l'avoir. Mais maintenant, il faut que tu me dises pourquoi tu me demandes ça.

— Dans une minute. Et si ce n'était pas une vente publique. Si, disons, un vendeur contactait un collectionneur et lui disait qu'il s'en est procuré une et qu'il attend son offre.

— Le collectionneur appelle les flics.

— Disons qu'il s'agit d'un collectionneur sans scrupules.

— Il appelle quand même les flics. Encore plus vite, même. Il conclut que c'est un piège. Qu'on veut le faire tomber.

— Vu, fit Leaphorn. Considérons une autre possibilité. Certaines de ces cannes ont bien disparu ? Au fil des générations. Elles ont été égarées ou autre ? Et si…

— Ah, fit Clark. Alors là, c'est une autre paire de manches. Oui. Je ne suis pas une autorité sur ces cannes de Lincoln. Tu pourrais trouver ça à la bibliothèque. Mais je pense que certains des pueblos ne les ont plus. Il y en a qui ont traversé des périodes drôlement agitées, tu sais. Comme le petit pueblo de Pojoaque et Tesuque à une époque, et Picuris.

— Alors disons que quelqu'un qui est vraiment au courant de ces choses-là met la main sur l'une de ces cannes perdues. Est-ce qu'il pourrait la vendre ?

Silence pendant que Clark réfléchissait. Puis il dit :

– J'en doute. Probablement pas.

– Pourquoi ça ?

– Il n'aurait aucun document. Il y a quelques vendeurs, je pense, qui pourraient y arriver. Des gens qui possèdent une telle réputation d'intégrité sans tache que leur parole serait acceptée.

Il médita un instant sur ce qu'il venait de dire.

– Enfin, ajouta-t-il alors, je dirais leur parole plus une lettre plutôt détaillée expliquant chronologiquement le parcours de la canne, les mains dans lesquelles elle serait passée et la façon dont elle serait parvenue en leur possession.

– Qui sont ces vendeurs honorables ? s'enquit Leaphorn. A part toi, bien entendu.

Un nouveau silence. Leaphorn se demanda si sa remarque avait été perçue comme un sarcasme.

– Ce n'est pas du tout ce que je voulais dire, rassura-t-il. Ce n'est pas un sujet sur lequel on peut plaisanter.

– D'accord, répondit Clark. Peut-être les galeries Clark, bien que nous ne fassions pas beaucoup de ces affaires rares qui rapportent gros. Laisse-moi réfléchir à qui d'autre.

Le silence, une nouvelle fois, puis il donna le nom d'une vieille mais petite galerie de Taos, d'un autre marchand de Santa Fe, d'un à Albuquerque et un à Gallup.

– Et quelques indépendants, je pense. Je dirais Elliot Pew là-bas à Tucson, J.D. Regis à Albuquerque, Asher Davis à Santa Fe et peut-être le vieux Fishbien s'il est toujours dans les affaires. (Silence encore.) La liste est courte. Et il y en a bien plus que ça d'honnêtes. Mais ce qui se passe, c'est qu'il faut des années pour jouir de ce genre de réputation où la parole de quelqu'un prend valeur de garantie. Et les collectionneurs sont de vrais paranoïaques. Si l'un d'entre eux se fait avoir, ou se l'imagine, il répand l'information dans ce monde très restreint et du jour au lendemain tu ne pourras plus vendre une pièce d'or de cinq dollars pour trois dollars. Tu es liquidé. Personne ne voudra un seul truc de ce que tu vends.

– Comment je peux savoir si quelqu'un possède l'une de ces cannes de Lincoln qui ont disparu ?

– Tu ne le peux probablement pas. Mais si tu veux essayer, je vais te donner le nom d'un type à Chicago. Un gars qui s'appelle Bundy. Il m'achète des bricoles mais son truc c'est surtout Lincoln. Et ça depuis une quarantaine d'années. Si quelqu'un est au courant, c'est lui.

Ce fut un homme qui décrocha le téléphone à Chicago et transmit l'appel de Leaphorn à une femme. Elle se présenta comme l'assistante de monsieur Bundy, écouta Leaphorn décliner son identité, nota le nom de Desmond Clark et mit l'appel du policier en attente.

– Bundy à l'appareil, déclara la voix suivante.

C'était une voix âgée que la fumée de cigarette avait abîmée, ainsi que l'abus de whisky.

– Je suis le lieutenant Joe Leaphorn de la Police Tribale Navajo. Monsieur Clark m'a dit que vous pourriez peut-être m'aider à trouver des renseignements.

– Si c'est dans mes possibilités.

– Vous êtes au courant des cannes de Lincoln données aux…

– Bien sûr, l'interrompit Bundy. Quelle est votre question ?

– Elle concerne celle que monsieur Lincoln a fait

parvenir au pueblo de Pojoaque. Avez-vous jamais entendu dire qu'elle était réapparue chez un collectionneur privé, dans un musée ?

Silence. Puis un rire rauque, tonitruant.

– Excusez-moi, dit Bundy. Ça alors.

– Vous avez entendu parler de quelque chose ? insista Leaphorn.

– J'ai cru que c'était des conneries. Juste une rumeur que j'ai entendue l'été dernier.

Il rit à nouveau.

– Nous avons notre petite réunion à nous, les fanatiques de Lincoln. Notre rassemblement annuel. On fait venir un conférencier de l'une des facultés d'histoire, on compare nos notes. L'un de mes amis, cette année, m'a dit qu'il avait entendu dire qu'un type, un type de Floride je crois que c'était, à Miami, avait acheté la canne de Pojoaque. Elle aurait refait surface quelque part dans l'Ouest. Je n'y ai pas cru.

– Est-ce que vous savez le nom de cet homme ?

– Non. Je suppose que je pourrais essayer de le trouver mais ça va probablement prendre un jour ou deux. De quoi s'agit-il ? C'est important ?

– Il s'agit d'un meurtre, dit Leaphorn qui communiqua son numéro de téléphone personnel à son interlocuteur.

Puis il resta assis à se balancer sur le fauteuil pivotant du Père Haines tout en réfléchissant. Il y avait bien Asher Davis, se dit-il. Peut-être était-ce lui qui avait tué Dorsey. Il organisa un scénario pour expliquer comment il aurait pu avoir un mobile de le faire.

Mais il restait deux grosses questions. Était-il envisageable qu'il y ait eu deux assassins, agissant pour des raisons distinctes, ce qui ferait de la canne de Lincoln un lien sans aucune signification entre les deux affaires ? Si oui, qui avait tué le koshare ? Et pourquoi ? Mais cela faisait plus de deux questions. Et il y en avait une autre. Comment trouver le moindre soupçon de preuve qui puisse rattacher Davis au meurtre de Dorsey ?

23

Leur maison ne lui avait jamais paru plus vide. Il était entré dans la cuisine avec l'intention de trouver quelque chose pour son dîner. Peut-être allait-il faire bouillir de l'eau dans la cafetière et ouvrir l'un de ces petits sachets de soupe déshydratée. Mais en marchant sur les carreaux du linoléum, il prit conscience du bruit de ses pas. Cela ne lui était pas arrivé depuis les jours qui avaient suivi son retour après les funérailles d'Emma. Il était parti de l'endroit où habitait la mère d'Emma au-delà de Rincon Largo et était rentré avec un sentiment d'échec, ce qui était rare pour lui et d'autant plus déstabilisant. Il avait pris la fuite pendant le second jour de ce que le clan d'Emma appelait “ le temps où l'on se noircit ” : le moment où tout le monde porte au moins une tache de suie symbolique de façon à se rendre invisible pour le *chindi*.

Il n'avait tout simplement pas pu se représenter la femme de sa vie sous la forme d'un fantôme malveillant. Emma existait dans son esprit (et y existerait toujours) comme quelqu'un qui riait, quelqu'un de beau, de doux, qui débordait de joie, quelqu'un qui l'aimait même quand il le méritait le moins. Aussi s'était-il enfui, abrégeant de deux jours l'expression du chagrin familial passif et silencieux que la tradition exigeait dans le clan d'Emma. La raison en était noble : il s'agissait de consacrer les pensées de ceux qui l'aimaient à l'accompagner durant les quatre jours de son voyage vers ce que quelqu'un avait nommé " la dernière grande aventure ". Mais assoiffé de solitude il avait appris à reconnaître sa propre détresse. Pour s'en repaître, il avait été prêt à encourir la désapprobation du peuple très traditionaliste d'Emma. C'était une faiblesse qu'il avait toujours regrettée et dont il se souvenait souvent. Et il s'en souvenait maintenant tandis qu'il se tenait à côté de l'évier, le bruit de ses propres pas dans cette cuisine vide l'ayant rappelé à sa mémoire.

Il ouvrit le robinet, regarda tandis qu'il remplissait son verre et avala une petite gorgée. Le bruit que faisaient les corneilles dans le ciel entra par la fenêtre. Chaque soir, au crépuscule, elles se réunissaient dans les trembles de Fremont autour des bureaux administratifs de la Nation Navajo afin de s'y nicher pour la nuit, un rappel ponctuel pour signifier que la terre se détournait du soleil, que les ténèbres étaient inévitables. Où Jim Chee pouvait-il bien être ? Il avala une nouvelle gorgée d'eau fraîche. Le dîner pouvait attendre. Il consulta sa montre. L'avion qu'il aurait dû prendre si cette affaire Chester n'avait pas surgi serait à peu près en train d'atterrir à Los Angeles. Si tout se déroulait selon l'horaire prévu, Louisa disposerait d'un peu plus d'une heure et demie pour se rendre au terminal des lignes internationales, présenter son passeport aux gens qu'il fallait et se plier aux autres formalités qui pouvaient être nécessaires. Elle l'appellerait. Elle l'appellerait peut-être. Elle serait peut-être furieuse de sa défection. Peut-être se sentirait-elle froissée, offensée. Il en doutait. Elle donnait l'impression d'être quelqu'un de très raisonnable. D'avoir l'esprit de logique. L'esprit pratique. Elle avait forcément compris que les circonstances rendaient son départ impossible. Debout à côté de l'évier, le verre à demi vide à la main, il regrettait de ne pas pouvoir se souvenir exactement de ce qu'il avait dit dans son message. S'était-il montré assez précis ? Ce qui le conduisit à la question qu'il avait gardée enfouie quelque part. Pourquoi ne l'avait-elle pas appelé ? Elle l'avait peut-être fait. Il avait quitté son bureau après avoir enregistré son message sur son répondeur et il n'y était pas retourné. Si elle l'avait appelé chez lui, il n'y avait pas de machine pour en garder trace.

Il posa le verre et entra dans le salon. Il allait allumer la télévision et regarder les informations. Il ne voulait pas penser à Louisa Bourebonnette. Mais au lieu de cela, il se retrouva à regarder une publicité pour une agence de vente de voitures et à penser à Chee. Si Emma et lui avaient eu un fils, il aurait pu être comme lui, un mélange complexe d'intelligence, de romantisme, d'idéalisme et de logique. Si c'était l'influence d'Emma qui avait primé il aurait, comme Chee, essayé au moins de préserver son traditionalisme. S'il avait tenu de son père, il aurait été (comme Chee semblait l'être) incompétent pour comprendre les femmes. Il était clair qu'il avait des problèmes à ce niveau. Il était clair qu'il était épris de cette jeune avocate. Mademoiselle Pete. A en juger d'après les signes de tristesse qu'il avait montré, cela ne devait pas se passer bien. Tout à coup, l'idée lui vint que cela pouvait expliquer la disparition du jeune homme. Peut-être le désaccord était-il guéri. Peut-être le policier et l'avocate étaient-ils partis quelque part pour profiter chacun de la présence de l'autre.

La sonnette retentit.

Un bruit inhabituel depuis longtemps dans cette maison. Qui cela pouvait-il être ? Peut-être Dilly Streib avait-il découvert quelque chose dont il voulait lui faire part. Peut-être Virginia lui avait-elle suggéré de passer chez lui. Ou peut-être, dans des circonstances identiques, s'agissait-il de Jim Chee. Où était-il allé ? Il avait intérêt à faire en sorte que ces histoires d'absence sans explication ne se reproduisent plus.

Janet Pete se tenait sur le seuil. Sa petite Ford Escort était garée dans la rue. Mademoiselle Pete semblait fatiguée, les cheveux légèrement en désordre, sombre et nerveuse.

— Ah, fit Leaphorn. Bonsoir. Entrez donc.

Elle le suivit dans le salon.

— Je m'excuse de venir comme ça, dit-elle. D'empiéter sur votre vie privée, je veux dire. Mais je n'ai pas pu vous joindre à votre bureau et Virginia m'a dit que vous seriez peut-être ici et que ça ne vous embêterait pas.

— Il n'y a aucun problème.

Encore une coïncidence, se dit-il, *qui m'arrive à moi alors que je ne crois pas aux coïncidences. Je m'inquiète pour Jim Chee et cette jeune femme, et la voilà qui apparaît pour me parler de lui. Ça va être quelque chose de personnel. Qu'est-ce que je peux bien lui répondre ?*

Il lui sourit.

— Est-ce que je peux vous offrir quelque chose à boire ? Quelque chose d'autorisé par la loi, bien sûr. Dont la possession n'est pas interdite par la Nation Navajo. Je pense que je dois avoir du soda dans mon réfrigérateur. Ou je peux préparer du café si cela vous dit. Prenez un siège en attendant.

— Oh, non, dit-elle. Rien pour moi.

Mais elle s'assit dans le fauteuil qu'il lui montrait.

— Je ne peux rester qu'un instant. Juste le temps de représenter un client.

— Ah ! fit Leaphorn qui s'assit en face d'elle en pensant que du point de vue intuition ce n'était vraiment pas sa semaine. Quel client ?

— Je représente Eugene Ahkeah.

— C'est ce qu'on m'a dit.

— Nous avons longuement discuté aujourd'hui. A Crownpoint.

Elle hésita.

Elle va me dire quelque chose, ou me demander un service, pensa Leaphorn. *Ou les deux à la fois. Mais elle me rend cette visite sous le coup d'une impulsion subite. Il n'y a pas plus mauvais moment, en plein à l'heure du dîner. Elle n'y a pas réfléchi sérieusement. Il est possible qu'elle change d'avis.*

— Est-ce que monsieur Ahkeah a quelque chose à me dire ? demanda-t-il.

— Non, répondit-elle. Pas exactement. Je crois que c'est moi qui ai quelque chose à vous dire.

Elle rit, secoua la tête :

— Votre assistant, l'agent Chee, m'a suggéré de vous dire que mon client est innocent. Depuis aujourd'hui, j'en suis sûre. Il n'a pas tué Eric Dorsey. Il n'a pas volé tous ces objets que vous avez trouvés dans la boîte sous sa maison.

— Chee vous a dit que vous devriez me dire qu'Ahkeah est innocent ? Quand ça ? Vous l'avez vu aujourd'hui ?

— Il plaisantait, rien de plus. (Elle était surprise de l'intensité de la voix du lieutenant.) C'était la semaine dernière.

— Ce n'est donc pas à cause de quelque chose qu'il a appris, conclut Leaphorn avec un geste pour clore le sujet. Nous travaillons sur des choses distinctes et je ne l'ai pas vu depuis quelques jours. Je me disais que vous m'apportiez peut-être une dépêche de l'endroit où il peut bien se trouver par les temps qui courent.

Mademoiselle Pete parut légèrement effrayée.

– Je crois qu'il a des jours de congé, avança-t-elle.

– Absolument, confirma Leaphorn. Et il les prend.

Mademoiselle Pete avait retrouvé son calme.

– Cela ne vous paraît peut-être pas très professionnel, de venir vous trouver au lieu de suivre la route ordinaire prévue par la loi. Mais je sais que ça ne me servirait à rien d'aller trouver le procureur, et je ne suis pas sûre de ce que vous allez dire, alors le pire que je puisse faire c'est de nous faire perdre un peu de notre temps.

Elle s'interrompit, prit le sac à main qu'elle avait posé sur le fauteuil à côté d'elle et le posa sur ses genoux.

Leaphorn attendit.

– Je me rends bien compte que vous avez quantité d'éléments de preuves. Les objets volés qui étaient sous sa maison, essentiellement, même si aucun mandat de perquisition n'a été émis pour autant que j'aie pu le découvrir jusqu'à présent, et ce fait ne sera pas retenu par le tribunal. Je suppose que vous pouvez sans doute prouver qu'il était sur les lieux du crime à peu près au bon moment, et vous avez peut-être d'autres indices. Mais si l'on m'en laisse le temps, je pense que je peux démontrer qu'il est victime d'un coup monté, que le crime a en réalité été commis par l'individu qui a passé le coup de téléphone anonyme annonçant que la boîte se trouvait sous la maison d'Ahkeah.

Elle se tut, attendit la réaction de Leaphorn à tout ce qu'elle venait de dire, reçut un sourire et un hochement de tête en lieu et place des arguments auxquels elle s'attendait, et se hâta de poursuivre.

— Ahkeah n'avait absolument aucun mobile pour faire ça. Le ministère public soutiendra que son mobile était le vol. Qu'il avait besoin d'argent pour s'acheter du whisky. Mais il n'a pas vendu ces trucs. Il n'a pas acheté de whisky.

Elle s'arrêta, attendant à nouveau une objection.

Leaphorn acquiesça de la tête.

Mademoiselle Pete rougit légèrement. Elle prit son sac, le posa sur le fauteuil à côté d'elle et s'éclaircit la gorge.

— En laissant totalement de côté le problème de son innocence, monsieur Ahkeah ne risque certainement pas de disparaître dans la nature. Il n'a pas de contacts à l'extérieur de la réserve. Il n'a pas d'argent, aucun moyen de prendre la fuite ni aucun endroit où se cacher. Il ne parle même pas très bien anglais. Il n'y a vraiment aucune raison de le garder dans une cellule avec une caution qu'il n'a pas la possibilité de réunir.

Elle se tut, le regarda dans l'attente d'une réponse.

— Qu'est-ce que vous voudriez que je fasse ?

— Je suis venue vous demander si vous vouliez bien demander à monsieur Streib de recommander à la commission d'enquête de faire libérer monsieur Ahkeah sur engagement de sa part.

Leaphorn réfléchit un moment.

— D'accord, dit-il.

Mademoiselle Pete parut décontenancée. Elle prit son sac, le reposa.

— D'accord ? Vous voulez dire que vous allez le faire ?

— Je vais l'appeler ce soir.

Il regarda sa montre :

— Je vais lui laisser le temps de finir de dîner. Je pense qu'il acceptera. Monsieur Streib est en général quelqu'un de très raisonnable.

Il observait la jeune femme qui luttait pour remplacer la stupéfaction peinte sur son visage par quelque chose de moins révélateur. Elle gagna cette bataille puis lâcha un petit rire nerveux.

— Vous savez, Jim m'avait dit : “ Dis au lieutenant qu'Ahkeah est innocent et il le libérera. ” Je croyais que c'était pour plaisanter.

— C'était bien le cas, répondit-il en lui souriant. Il se trouve simplement que je suis d'accord avec vous. Même si c'était Ahkeah le coupable, il ne va pas aller s'enfuir là où on ne pourra pas le retrouver. Et il est possible que vous ayez raison quand vous dites qu'il n'est pas coupable.

Mademoiselle Pete avait repris sa contenance.

— J'aimerais bien que la police concentre ses efforts pour découvrir qui a essayé de faire accuser monsieur Ahkeah. Je crois que c'est ça qui s'est passé. La personne qui a tué monsieur Dorsey a vu Ahkeah à la Mission Bonaventure. Elle a remarqué qu'il était ivre et a décidé qu'il serait parfait dans le rôle du bouc émissaire.

— C'est possible, reconnut Leaphorn.

Il était en train de se dire, *J'aime bien cette jeune femme. J'aime bien la façon dont elle s'occupe de son client et peut-être que je vais avoir besoin d'un avocat moi aussi s'ils décident de m'accuser de faire de la rétention d'informations concernant une écoute téléphonique illégale.* Et il se disait que, maintenant, il voyait pourquoi elle plaisait à son subordonné.

— Est-ce que vous savez où je peux trouver Jim Chee ?

Elle parut surprise.

— Non.

— Ou comment lui faire parvenir un message ?
— Non.

Il s'autorisa à laisser paraître sa déception, ce qui était facile, puisque déçu, il l'était.

— Je pensais que vous le pouviez. J'ai le sentiment que Jim considère qu'il perd son temps quand vous n'êtes pas dans le coin.

Leaphorn eut l'impression qu'elle devenait triste en l'entendant dire ça.

— Nous sommes des amis de longue date. Il me confie ses ennuis. Je lui confie les miens.

Elle repoussa tout cela d'un haussement d'épaules, mais ses traits démentaient ce geste.

— C'est bon d'avoir quelqu'un avec qui on peut parler comme ça, dit Leaphorn. Je m'excuse. Je dois vous faire l'effet d'un Cupidon sur le retour. Je suppose que je me suis complètement trompé en interprétant l'attitude de Jim. Nous avons une vieille affaire de délit de fuite, aucun espoir de la résoudre, mais le Chef veut y parvenir et il y a probablement une promotion en jeu pour celui qui parviendra à coincer l'individu en question. Je crois que Chee y travaille d'arrache-pied parce qu'il pense qu'avec des galons de sergent il vous apparaîtrait comme un meilleur parti.

Le visage de mademoiselle Pete, si Leaphorn l'analysa correctement, passa de l'irritation à la surprise puis à la tristesse.

Elle laissa échapper un long soupir, ramassa à nouveau son sac, le reposa.

— Je ne me comporte pas comme ça d'habitude, poursuivit Leaphorn. D'habitude je suis assez fort pour m'occuper de mes affaires. “ Occupe-toi de mener tes moutons ”, comme nous disait ma mère. Je suis le supérieur de Chee, je l'aime bien, et des fois je me fais du souci pour lui.

— Moi aussi je me fais du souci, avoua-t-elle. Mais je pense que vous avez dû vous tromper dans votre interprétation.

Elle parvint à faire un petit sourire :

— Moi aussi. Je voyais les choses façon Roméo et Juliette. Les mauvaises familles et tout ça.

Il fallut un moment à Leaphorn pour comprendre.

— Les clans, dit-il en faisant la grimace.

— Enfin, à dire le vrai, je pense que cette histoire de clan est quand même très ambiguë. Seul mon père est Navajo. Et c'est assez flou de son côté aussi. Mais Jim, vous savez, je crois qu'il n'est peut-être pas du genre à se marier. Alors un tabou lié au clan, même s'il est flou et ambigu, ça peut avoir son utilité.

— Hum, fit Leaphorn.

Qu'est-ce qui pouvait bien lui prendre, s'interrogea-t-il, à se comporter exactement comme Emma l'aurait fait en essayant de jouer les marieurs. Cela ne le regardait absolument pas. Mais il s'était aperçu qu'il aimait bien Janet Pete. Il ne s'y était pas attendu du tout. Et quand on ne s'arrêtait pas à ses divers défauts, on ne pouvait pas s'empêcher non plus de bien aimer Jim Chee. Alors, rien à fiche, il continuerait à s'en mêler. Emma aurait refusé de croire qu'il le faisait, mais il n'y avait aucun doute qu'elle l'aurait approuvé.

— Il y a chez Jim Chee quelque chose de difficile à comprendre pour des gens normaux, dit-il. C'est un idéaliste d'un genre bizarre. Il veut devenir un *hataalii* en exercice, il veut être un authentique traditionaliste. Un chanteur des rites guérisseurs. Pas seulement pour être un shaman, mais pour être un shaman vraiment efficace.

Il marqua un temps d'arrêt, cherchant une formule générale pour résumer tout cela ainsi que sa propre attitude à cet égard.

— Cela rend tout type de tabou plus puissant qu'il ne le serait pour moi… et probablement pour vous.

Il fit une grimace.

— L'agent Chee veut protéger son peuple contre le futur.

Janet Pete avait écouté tout cela avec une grande attention, sans tripoter son sac à main. Elle le prit alors, se leva et dit :

— Il faut que je parte.

Il l'escorta jusqu'à la porte.

— Bon, dit-il, je suppose que l'agent Chee réapparaîtra un jour ou l'autre.

— Sans doute, dit-elle en se retournant pour le regarder. Vous étiez sérieux quand vous m'avez dit que vous alliez appeler monsieur Streib ?

Leaphorn regarda sa montre.

— Tout de suite, dit-il.

24

Jim Chee, né pour le Dinee à la Parole Lente, né au Clan de l'Eau Amère, dont le véritable nom cérémoniel secret était en réalité Celui-qui-Réfléchit-Longuement, s'était réveillé sur le sol du hogan de Gracie Cayodito juste au moment où l'aube envahissait les confins orientaux extrêmes de la nuit. Il avait été réveillé par la voix de son oncle qui se tenait dehors, devant la porte du hogan faisant face à l'est, et adressait son chant de la bénédiction au nouveau jour.

Pendant qu'il était resté là, allongé, courbatu d'avoir passé la nuit sur ce lit sans confort, et encore seulement à demi réveillé, une seconde voix s'était jointe aux accents de baryton voilés de Frank Sam Nakai. Celle-ci était plus âgée, cassée et rauque : les échos soulevés par Hosteen Barbone en proférant son accueil au grand *yei* * appelé Fils de l'Aube. En temps normal, Chee chantait sa prière de l'aube un peu plus tard, après avoir mis son café à passer, quand le matin, à l'est, teintait le ciel de rouge. Il avait grogné, s'était redressé, avait rentré sa chemise, plongé sa main dessous pour en extraire la bourse * à medicine en peau de cerf qui contenait son pollen de maïs. Quand on est à Rome, s'était-il dit, on fait comme les Romains. Il ne voulait pas rendre pire encore la mauvaise impression qu'il avait faite à ces vieux messieurs.

Mais plus tard, une fois le soleil levé et la ville de Window Rock en vue à travers son pare-brise, il fut tout à fait certain que la connaissance parfaite de la bénédiction matinale dont il avait fait preuve n'avait fait aucune différence. Le problème était celui de la différence d'âge. C'était un problème théologique. Celui de la façon dont chacun définit le concept de *hozho*, cette idée de l'harmonie qui constitue la fondation et les racines de la religion navajo. Ce genre de problème n'était pas ce qu'il cherchait quand il avait repris le chemin de la montagne pour retourner voir son oncle. A ce moment-là il était d'une humeur un peu folle. La façon dont l'affaire de délit de fuite avait tourné avait été la dernière goutte. Trop d'ambiguïté, d'incertitude, d'indécision. Il ne voulait plus en entendre parler. Il voulait partir dans les montagnes et obtenir une réponse décisive : pouvait-il épouser Janet Pete tout en restant un Navajo au sens traditionnel ? Cela l'avait entraîné de l'autre côté de Farmington, l'avait fait passer devant la boutique Imprim' Vit'. Il avait écrasé le frein, reculé pour se ranger sur une place de parking. Il s'était fait imprimer trois autocollants différents pour pare-chocs, chronométrant l'opération. Cela avait pris presque treize minutes, et, oui, ça coûtait cher. Puis il avait roulé plus vite que la loi ne le permettait afin de rattraper le temps perdu.

Ce qu'il avait voulu c'était une réponse favorable. Il avait imaginé la scène : un vieil homme, un très vieil homme, qui relatait l'histoire du Peuple de la Faim depuis le premier jour du clan, prouvant que ces gens ne s'étaient jamais mêlés à ses ancêtres à lui, qu'ils n'avaient jamais fait cause commune, n'avaient jamais fait l'une de ces choses qui pouvaient faire qu'ils fussent liés par le sang. Après, il irait en faire part à Janet. Et que dirait-elle ? *Et alors ? Tu crois que tu as le droit de me dire que je suis taboue ? Comme si j'avais le SIDA ? Que je ne réponds pas à vos critères navajo élitistes. Et qu'ensuite tu peux revenir et me dire que j'ai réussi votre examen ? Eh bien, tu peux aller te faire foutre, mon vieux.* Mais peut-être la décision serait-elle négative. Même une réponse négative serait préférable à cette ambiguïté. Dans ce cas, il pourrait au moins prendre une décision claire et nette.

Mais la grande conférence qui s'était tenue au hogan Cayodito avait abandonné tout domaine spécifique pour dériver vers le monde mystique de Femme-qui-Change, Premier Homme et Première Femme, Dieu-qui-Parle * et la vaste galaxie des autres *yei*.

Frank Sam Nakai avait entendu le petit camion de Chee grimper la route boueuse et l'attendait sur le seuil de son hogan.

– Je me suis renseigné et j'ai trouvé l'homme qui saura pour le Peuple de la Faim et pour tes clans, lui avait-il dit. Il vit du côté de Crystal. Nous allons aller écouter ce qu'il nous dira.

L'homme qui devait savoir s'appelait Barbone. Comme Nakai, c'était un *hataalii* et, comme Nakai, on l'appelait Hosteen par respect pour son âge et sa sagesse. Mais, bien sûr, quand ils avaient quitté la chaussée de la Route Navajo 32 pour être secoués de cahots sur celle qui passait devant le vieux comptoir d'échanges de Crystal puis en prenant les pistes tortueuses qui menaient au cœur du bouquet de trembles où Barbone avait construit son hogan, ils avaient découvert que Hosteen Barbone n'était pas chez lui. Sa fille, qui avait donné l'impression à Chee d'avoir soixante-quinze ans, leur avait dit qu'il était parti chez Gracie Cayodito pour décider du genre de cérémonie qu'il fallait pour guérir de sa maladie un des petits-enfants de Cayodito.

Ils avaient repris la route, vers l'est pour quitter les monts Chuskas et rejoindre la Route 666, vers le nord jusqu'à l'embranchement de Two Grey Hills, puis étaient revenus dans les Chuskas par la route qui mène, quand et si le temps le permet, à la tour de surveillance de Toh-Ni-Tsa contre les feux de forêt. Une Chevy Blazer en état d'usure avancé et un pick-up truck étaient garés devant chez Cayodito. Gracie était là. Hosteen Barbone aussi, qui avait l'air assez âgé pour avoir une fille de plus de soixante-dix ans. En plus de Barbone, contre le mur sud du hogan, était assise une femme qui paraissait encore plus vieille que lui. Vieille Femme Moustache. Chee avait entendu parler d'elle quelque part, il avait entendu dire qu'elle représentait la sagesse du Clan des Rivières qui Coulent Ensemble.

Après environ une heure de la discussion qui avait suivi, Chee avait conclu que soit Vieille Femme Moustache était muette, soit elle dormait. Hosteen Barbone avait couvert la genèse du peuple de la Faim, la façon dont il s'était formé et avait gagné son nom durant *Naahondzibd*, le “ Temps de la Crainte ” où l'armée américaine avait fait alliance avec les Mexicains et les Utes * pour mener la guerre au Dinee et où les hommes avaient peur de partir à la chasse parce qu'ils risquaient au retour de trouver leurs hogans brûlés, leurs femmes tuées et leurs enfants enlevés par les soldats pour être vendus sur le marché aux esclaves * de Santa Fe.

– On raconte que c'est à ce moment-là que le Peuple de la Faim a commencé. On raconte que Kit Carson est passé là-bas, qu'il est passé à peu près à l'endroit où Many Farms se trouve maintenant avec la cavalerie de l'armée et quelques Utes. Ils ont tué les gens qu'ils ont attrapés là-bas, ont volé les chevaux, brûlé tout le maïs, les pignes de pin, les couvertures, et rassemblé les enfants pour les vendre à Santa Fe. Ma grand-mère m'a dit qu'ils l'avaient vendue cent cinquante dollars. C'est un propriétaire de ranch sur le Rio Grande qui l'a achetée et qui l'a fait baptiser, mais elle s'est enfuie, elle est revenue au pueblo de Jemez, et là ils l'ont renvoyée à l'endroit où était sa famille, mais sa famille avait entièrement disparu. On raconte que dans ce camp, un seul homme était armé d'un pistolet, et que quand il a essayé de s'en servir pour combattre les soldats, il n'a pas voulu marcher. Les soldats l'ont tué et ils n'ont été que quelques-uns à s'enfuir dans les montagnes. Et ils ont trouvé d'autres gens qui s'y cachaient, surtout des femmes et des enfants. On dit qu'ils venaient de partout. D'autres camps où les soldats étaient passés, où ils avaient abattu les arbres des vergers, brûlé la nourriture et volé les chevaux. Beaucoup sont morts de faim ou de froid durant cet hiver, mais Carson ne les a jamais capturés, en fait, ce qui fait qu'ils ne sont jamais partis pour la Longue Marche vers Bosque Redondo. On raconte que quand les Américains ont relâché le Dinee de cette prison et qu'ils sont revenus à Dine Bike'yah *, ces gens avaient leur propre clan. On dit que puisqu'ils venaient de partout, on ne pouvait pas leur donner le nom de l'endroit d'où ils venaient, alors tout le monde les a appelés le Peuple de la Faim.

Hosteen Barbone leur avait exposé les débuts du Peuple de la Faim, comme il les avait entendus relater. Ensuite, il allait leur exposer le reste de l'histoire de ce clan. Et quand ce serait fini, ce serait au tour de Gracie Cayodito de parler, puis peut-être à celui de Vieille Femme Moustache si elle n'était pas endormie.

Chee avait été élevé au sein des traditions, au milieu des camps de moutons et des habitants des hogans. Il savait adopter une position assise confortable et faire preuve de patience. S'il avait de la chance, le récit de Barbone n'établirait jamais un quelconque lien entre le Peuple de la Faim et les clans de sa mère ou de son père. Et donc il avait écouté, essayant de suivre les contacts et les relations établis entre clans maternels, clans paternels, ramifications dérivées de clans. Les seules mauvaises nouvelles qu'il avait entendues lui avaient paru vagues et ambiguës.

Barbone s'était tu. Le silence avait duré suffisamment longtemps pour signaler que son récit était terminé. Il avait parlé environ une heure, estima Chee, mais il résista à l'envie qu'il ressentait d'en avoir confirmation en jetant un coup d'œil à sa montre. Rompant le silence, Vieille Femme Moustache avait pris la parole.

— Trop d'importance accordée aux clans des pères, avait-elle dit d'une voix très vieille mais qui était d'une clarté surprenante. Souvenez-vous, dans le Quatrième Monde, quand les femmes en ont eu assez des hommes, qu'elles ont traversé la rivière et ont pris leur plaisir ensemble. Souvenez-vous de ce que le Peuple Sacré nous a enseigné alors. Que les hommes ont leurs choses à faire, et que les femmes ont leurs choses à faire, et que l'une des choses de la femme, c'est la famille. Souvenez-vous de ce qu'ils nous ont enseigné alors. Le clan de la mère, le clan auquel on est né, c'est celui-là qui est important.

Ayant dit cela, avec de longs silences pour prendre sa respiration entre chaque phrase, Vieille

Femme Moustache avait fermé les yeux et s'était reposée. Gracie Cayodito avait été la suivante à parler.

Elle avait commencé par le modeste " on raconte " dont se servent les Navajos traditionalistes pour transmettre une information sans chercher à se l'approprier. Dans le cas de Gracie Cayodito, la formule ne dénotait pas la présence d'un doute. Elle leur avait fait un exposé complet de l'histoire des deux clans de Chee. Et comme ses sources de renseignements plaçaient le Dinee de l'Eau Amère au nombre des quatre clans des origines créés par Femme-qui-Change en personne, elle leur avait fait revivre les temps mythiques où les esprits appelés Peuple Sacré cheminaient encore sur le Monde de la Surface de la Terre avec les humains qu'ils avaient créés. Elle avait couvert cette histoire avec une relative rapidité, mais était souvent partie dans des digressions sur les hérésies commises par les shamans contemporains qui violaient les vieilles règles du ritualisme et, avec des regards mauvais destinés à Chee, entraînaient les horreurs qui découlaient des violations du tabou de l'inceste.

– Les gens qui ont des relations sexuelles avec leur sœur, avait-elle dit en le regardant. Le résultat, c'est la folie. Le résultat c'est que les gens se jettent dans les flammes.

Mais, hélas, quand elle en avait eu enfin terminé, le fait de savoir si Janet Pete était effectivement sa sœur était demeuré incertain dans l'esprit du policier. Ce qui était clair comme de l'eau de roche, en revanche, c'était que Cayodito était encore plus opposée que Hosteen Barbone à l'adaptation de cérémonies vieilles comme l'aube des temps aux toutes dernières années du vingtième siècle.

Ensuite, Hosteen Nakai s'était exprimé : pas

longtemps, mais suffisamment pour souligner les points essentiels.

Premièrement, personne ne pouvait affirmer avec certitude que cette fille de l'homme du Peuple de la Faim était une sœur de clan de ce fils du Peuple à la Parole Lente et du Dinee de l'Eau Amère, et deuxièmement, la Voie de la Beauté du Peuple Navajo était minée par de jeunes shamans qui étaient trop paresseux pour apprendre les règles que le Peuple Sacré avait enseignées, ou trop disposés à mal exécuter les rites cérémoniels et, par conséquent, à les adapter au monde des *biligaana*.

Il rangea son pick-up truck boueux sur l'emplacement marqué RÉSERVÉ AUX VOITURES DE POLICE, et attendit que le poste de police ouvre officiellement à huit heures. Il allait faire le point avec Leaphorn puis... Mais non. Il avait oublié. Leaphorn allait être parti. En route pour son grand voyage en Chine. Absent pour un mois. Il sentit un bref élan de culpabilité. C'était hier qu'il aurait dû faire le point avec le lieutenant. Il aurait dû lui dire au revoir et prendre ses dernières instructions. Il voulait vraisemblablement qu'il fasse quelque chose pour la conversation téléphonique Jimmy Chester-Ed Zeck. Il désirait vraisemblablement parler de la façon dont ils pouvaient dénicher contre Chester des preuves recevables par le tribunal. Vraisemblablement faire intervenir Dilly Streib. Peut-être participer à l'élaboration d'un piège.

Il regarda sa montre. Encore deux minutes avant l'arrivée de Virginia. S'il avait bien saisi la personnalité du lieutenant, il y aurait une enveloppe pour lui, pleine d'instructions sur ce qu'il devait faire et la manière dont il devait s'y prendre. Il s'accorda un dernier examen de ce que la séance de la veille au soir signifiait pour lui. Le fait que Janet soit sa sœur de clan, même de manière vague, restait douteux. Mais, mais, mais. Là où il n'y avait aucun doute, c'était que pour Hosteen Barbone, Gracie Cayodito et, pire encore, Frank Sam Nakai, son " petit père ", la seule absence de preuve ne suffisait pas.

Et Vieille Femme Moustache ? Quand Frank Sam Nakai avait achevé son résumé, ils étaient tous restés assis en silence pendant un moment, à regarder le feu se consumer sous le trou à fumée. Puis Vieille Femme avait pris la parole :

– Vous avez parlé pour ne rien dire. Trop de discours sur les hommes et le clan de l'homme. La seule chose qui soit importante c'est le clan de la mère.

Mais qu'est-ce que ça pouvait bien donner dans son cas ? La mère de Janet était une Blanche. Il n'y avait pas de clan de la mère. Il mit pied à terre et claqua la portière derrière lui.

Virginia n'avait pas l'air plus heureuse que lui.

– Où vous étiez ? demanda-t-elle. Le lieutenant Leaphorn vous a cherché partout.

– J'ai pris mes jours de congé. Est-ce qu'il a laissé quelque chose pour moi ?

– Pas à moi, dit-elle avant de le fusiller du regard.

Et à la grande surprise de Chee, il n'y avait pas non plus d'enveloppe bien pleine dans sa corbeille de courrier en souffrance. Il n'y avait absolument rien dedans. La porte du bureau de Leaphorn était fermée, ce qui n'était pas habituel. Fermée à clef. Inhabituel mais compréhensible étant donné les circonstances. Il n'avait pas voulu la laisser ouverte pendant un mois.

Il descendit les escaliers en sautillant, passa devant le bureau maintenant déserté par Virginia et sortit pour regagner son véhicule. Ça faisait une impression bizarre. Maintenant que Leaphorn était en Chine pour un mois, il se retrouvait totalement indépendant. Enfin, pas tout à fait. Il lui faudrait probablement rendre compte au Chef, comme le faisait le lieutenant. Mais cela pouvait attendre qu'il ait eu un peu de temps pour réfléchir. Pour ça, il fallait qu'il rentre chez lui. Il allait peut-être même dormir un peu.

Il se dirigea vers la sortie du parking, s'arrêtant pour laisser passer les voitures qui roulaient vers le nord. La troisième ressemblait à celle de Leaphorn. Et le lieutenant Joe Leaphorn était au volant.

25

Quand Joe Leaphorn s'aperçut que le pick-up truck couvert de boue qui le suivait à la trace appartenait à Jim Chee et qu'il vit, à travers le pare-brise maculé de boue, que c'était Chee qui le conduisait, sa réaction instinctive fut de se garer sur le bas-côté et de commencer aussitôt à lui poser des questions. Mais il résista à cette tentation. Il souhaitait davantage de discrétion. Il tourna dans sa propre rue, se rangea sur son allée et coupa le moteur. Le temps que Chee se gare dans la rue, Leaphorn se tenait à côté du pick-up truck.

— Où étiez-vous passé ? demanda le lieutenant qui était assez satisfait d'avoir empêché ses sentiments de transparaître dans sa voix.

— Je croyais que vous étiez parti en Chine.

C'était ce qu'il ne fallait pas dire. Chee s'en rendit compte immédiatement en voyant l'expression du visage de Leaphorn.

— J'ai pris quelques jours de congé, ajouta-t-il.

— Cela fait deux jours que vous êtes injoignable, accusa Leaphorn. Vous connaissez le règlement à ce sujet.

— Oui, lieutenant.

Leaphorn le dévisagea :

— Est-ce que vous êtes en train de me dire que

puisque j'étais censé être en Chine, vous pouviez vous en aller sans appliquer la procédure normale ?

– Non, lieutenant. J'ai oublié. J'avais d'autres choses en tête.

– C'est-à-dire ?

C'est-à-dire Janet Pete, pensa Chee. *C'est-à-dire l'impossibilité d'être avec elle. C'est-à-dire le mal qu'il lui faisait en lui disant qu'elle était taboue. Mais il n'a qu'à aller se faire voir. Ça ne le regarde pas.*

– C'est-à-dire que j'ai peut-être résolu cette affaire Todachene, celle de l'accident mortel avec délit de fuite, dit-il.

Et dès qu'il eut prononcé ces paroles, il le regretta.

– Et je sais aussi ce qu'il faut faire pour Ed Zeck et Chester, le membre du Conseil Tribal, ajouta-t-il en espérant détourner la conversation.

– Ed Zeck et Chester, répéta Leaphorn sur un ton interrogatif.

– Ouais, confirma Chee. Qu'est-ce que vous avez pensé de la bande ? Celle que j'ai laissée dans votre lecteur de cassettes ?

Au fil de nombreuses années passées à faire son travail de policier, à questionner des gens à qui il ne voulait pas montrer quelles réactions leurs réponses produisaient sur lui, Joe Leaphorn avait appris à contrôler l'expression de ses traits. Il pouvait entendre les meilleures nouvelles possibles, ou les pires, en affichant le même visage neutre et inexpressif. Mais pas là. Ses joues s'empourprèrent, le sang monta à son front, les rides qui entouraient sa bouche se crispèrent.

Jim Chee contemplait un Joe Leaphorn pris de rage.

Mais cela ne dura qu'un instant. Le soulagement succéda à la fureur. Le mystère était dévoilé. Il n'était pas la victime de la méchanceté d'un inconnu, la cible d'un ennemi secret et malin. Il était la victime de l'expression de la bêtise à l'état pur. Finie la mise à pied temporaire, le risque de radiation, ou la nécessité d'engager un avocat pour se défendre contre l'accusation de dissimulation de preuves. Tout cela pouvait être réglé dans la matinée du lendemain. Le soulagement lui coupait les jambes. Il s'appuya de la main contre le camion de Chee. Puis il se souvint de ce que la bêtise de ce comportement lui avait coûté.

— Pourquoi avez-vous laissé cette bande dans mon appareil ?

Ses traits étaient redevenus neutres, mais sa voix était glaciale.

Chee expliqua hâtivement comment cela s'était produit et pourquoi le coup de téléphone qui lui avait appris que le suspect de l'affaire Todachene avait avoué sur KNDN à Farmington avait entraîné son départ sans explications.

— Je voulais m'y mettre tout de suite avant que toutes les pistes se soient refroidies, conclut-il.

Et il regarda Leaphorn pour voir si son explication avait eu l'effet calmant souhaité. Si c'était le cas, ça n'apparaissait pas sur le visage du lieutenant.

Leaphorn demeurait là à observer son subordonné sans rien dire.

— Pour en revenir à l'enregistrement de Chester, reprit Chee. Vous me demandiez si j'avais connaissance de preuves de corruption. Je sais qu'elle ne peut pas être utilisée… la bande, je veux dire. Elle a dû être obtenue à partir d'un téléphone placé illégalement sur écoute. Mais peut-être qu'elle convaincra les agents fédéraux de passer à l'action.

— Que savez-vous de la façon dont elle en est venue à être diffusée ?

— Seulement ce qui figure dans le rapport de la police. Il y a cet homme “ de taille moyenne, d’âge moyen ” qui est entré dans le bureau de vente des Tracteurs Navajo. La station de radio y a mis un micro ouvert au public pour les annonces personnelles. Il a fait la queue avec les autres, puis quand son tour est arrivé, il a approché son magnétophone du micro, il a diffusé la bande et il est ressorti tout tranquillement.

— Vous n’avez rien eu à voir avec ça ?

— Non, lieutenant, dit Chee d’une voix forte. Rien. Absolument rien.

— Vous savez autre chose là-dessus ?

— Non, lieutenant.

Il marqua une pause.

— Sauf que je suppose que c’est Roger Applebee qui l’a fait. L’avocat qui fait campagne contre la décharge de produits toxiques.

Il raconta à Leaphorn comment il avait fait la connaissance d’Applebee pendant qu’il déjeunait avec Janet Pete et lui relata ce qu’Applebee avait dit sur sa volonté de se procurer des preuves matérielles.

— On ne peut pas utiliser ça devant le tribunal, bien sûr. Mais il s’est peut-être dit que ça allait pousser le FBI à s’y intéresser. Peut-être pour tendre un piège. Quelque chose comme ça.

— J’en doute, fit Leaphorn.

Chee était surpris.

— Mais enfin, dit-il. Ils font ce genre d’opérations, maintenant. Les fédéraux. Ils tendent des pièges. Ça fait un moment qu’ils coincent des hommes politiques à droite et à gauche pour avoir accepté de l’argent. Et vingt mille dollars et quelques, ça fait beaucoup d’argent.

Leaphorn étudia Chee un moment, lâcha un

soupir et prit une décision. Dans les mêmes circonstances, quand il avait l'âge de son subordonné, il aurait pu faire la même chose que lui.

— Chester, l'élu au Conseil Tribal, et Ed Zeck sont dans l'élevage des bovins depuis vingt ans, commença-t-il. Ils élèvent des génisses de race sur les droits de pâturage de Chester et un contrat d'affermage concédé à Zeck par le Bureau de l'Exploitation des Terres. Les vingt mille dollars et quelques correspondent exactement à la somme nécessaire pour rembourser le prêt que Chester a contracté auprès d'une banque du Nouveau-Mexique, à Farmington, pour acheter les génisses. Zeck les a revendues aux gens qui les engraissent, mais il n'avait pas déposé le chèque.

— Oh ! fit Chee.

— Le seul problème dans cette transaction c'est que le prix de la viande bovine a baissé et qu'ils ont perdu un peu d'argent dans l'opération. Mais Dilly Streib va avoir très envie de s'entretenir avec vous de cette écoute illégale et peut-être de cette diffusion à la radio.

— Entendu, fit Chee.

Il avait envie de demander à Leaphorn pourquoi il portait des vêtements civils un jour ouvrable. Peut-être s'était-il trompé. Peut-être était-ce aujourd'hui que le lieutenant partait en Chine.

— Appelez Streib et dites-lui. Et appelez le capitaine Dodge pour lui expliquer l'histoire de la cassette. Et revenons-en aux choses en cours.

— Oui, lieutenant.

— L'affaire Todachene. Vous l'avez trouvé ?

— Ben, fit Chee. Je crois que j'ai repéré le conducteur. Mais il faut que je trouve le camion pour qu'on ait une preuve. Je ne sais pas encore où il est.

Il s'arrêta, espérant que Leaphorn n'insisterait pas pour avoir des détails. Il n'insista pas.

– Laissez ça en attente pour l'instant. Nous voulons récupérer le jeune Kanitewa et savoir s'il a vu quelque chose le jour où il était à l'atelier d'Eric Dorsey.

Il fit part à Chee de ce qu'il avait appris sur la canne de Lincoln donnée à Tano, sur celle donnée à Pojoaque, de ce qu'il avait appris sur les collectionneurs d'objets historiques rares, et de ses conclusions sur Asher Davis.

– C'est comme pour votre suspect concernant le meurtre de monsieur Todachene, pourtant. Nous n'avons pas de preuves matérielles. Seulement des présomptions. A moins que le petit Kanitewa ait vu quelque chose qui puisse nous aider.

Chee se racla la gorge.

– Vous voulez dire que c'est Asher Davis qui a tué Eric Dorsey ?

– Sauf que nous n'en avons aucune preuve.

– Lieutenant, dit Chee. Asher Davis était sur la Réserve Hopi quand Eric Dorsey a été tué. Il était là-bas avec Cowboy Dashee pour acheter des objets à des gens de la famille de Dashee. A peu près à l'heure où Dorsey a été tué, ils déjeunaient en compagnie de l'oncle de Dashee au Centre Culturel Hopi.

Une nouvelle fois, Leaphorn perdit son expression neutre. Mais seulement l'espace d'un instant.

– Tiens, tiens, fit-il. Voilà qui est intéressant.

Chee s'éclaircit à nouveau la gorge.

– Lieutenant, est-ce que j'ai mal compris pour votre congé et votre voyage en Chine ? Est-ce que je me suis trompé dans les dates ?

– Non. J'ai été obligé d'annuler. J'ai été relevé

de mes fonctions et il a fallu que je reste pour les auditions.

– C'est pas vrai ! s'exclama Chee. Relevé de vos fonctions ! Pour quelle raison on vous aurait relevé de vos fonctions ?

Leaphorn le lui dit.

26

– La vieille toupie a effectivement beaucoup parlé, raconta Harold Blizzard. Elle était prête à parler de tout ce que tu voudras sauf de l'endroit où elle cache le gamin.

– Je vois qu'il va falloir que j'y aille moi-même, répondit Chee. Tu n'as pas l'air de faire des progrès dans ta manière d'interroger les gens.

– Je sais très bien comment interroger les gens. Les gens normaux. Je n'ai pas de problèmes avec eux. C'est votre faute à vous, les Navajos. Tu connais le cliché qui dit que nous autres, les Indiens, nous sommes gens taciturnes ?

Il leva une paume énorme face à Chee et grogna un « Ugh » destiné à illustrer ses paroles :

– Eh bien, c'est basé sur nous, sur les autres Indiens. Les Cheyennes, Cherokees, Choctaws, Comanches, Chippewas, Modocs, Kiowas, Seminoles, Potts, Hopis. Les Indiens normaux. Mais celui qui a décrété que les Indiens étaient des gens silencieux, il ne vous avait pas rencontrés, vous, les Navajos bavards.

– Tu es en train de me dire qu'elle n'a pas nié de but en blanc, qu'elle sait où on pourrait trouver Delmar ? C'est ça ? Elle n'a pas voulu te dire où, c'est tout ?

Blizzard se servit de sa grosse main droite pour symboliser le mouvement de lèvres qui s'agitent.

— Tout ce dont elle a voulu parler c'est du travail pourri que nous faisons dans la police quand il s'agit de protéger les gens, de faire respecter les lois et tout. Et comment elle saurait si Delmar serait en sécurité, si on le mettait en détention ? Comment elle saurait qu'on ne mettrait pas un garde pour le protéger, ce genre de truc. Et que je te remets ça.

— Est-ce que tu lui as demandé pourquoi elle pense qu'il a besoin d'un garde ?

— Bien sûr que oui. Alors là, j'ai encore eu droit à cinq minutes supplémentaires sur le degré de paresse des policiers. Chaque fois, moi, je lui répondais qu'elle nous jugeait seulement d'après l'exemple que vous donnez, vous.

Blizzard arrêta son propre éclat de rire et la réaction de Chee à cette déclaration en adressant un signe à la serveuse et en lui montrant leurs tasses à café.

— Hé, fit-il. Voilà ta petite amie avocate. Il va nous falloir une tasse de plus.

Effectivement, Janet Pete était apparue à l'entrée de la cafétéria de l'Auberge de la Nation Navajo, l'air hésitant. Elle vit que Chee l'avait remarquée et se détourna, faisant semblant, lui sembla-t-il, de chercher quelqu'un.

— Hé, Janet, cria Blizzard.

Il se leva en agitant les bras. Harold Blizzard était beaucoup trop imposant, beaucoup trop bruyant pour qu'on puisse faire semblant de ne pas le voir.

Janet s'approcha. Elle posa son regard sur Chee et le détourna.

— Bonjour Harold, dit-elle. Bonjour, Jim.

Chee se leva et tira une chaise en arrière pour qu'elle s'assoie.

— J'ai rencontré un ami à vous l'autre jour, dit Blizzard. Un ami de Jim, aussi, je suppose. Un gars qui s'appelle Asher Davis. Il m'a dit que s'il n'avait pas pesé trente kilos de trop, vous auriez pu lui fournir l'alibi parfait pour le meurtre qui a eu lieu au pueblo de Tano.

— Oh, fit Janet dont le regard se tourna vers Chee avant de se porter ailleurs.

— Il figure sur la liste des gens à interroger que les fédéraux m'ont donnée. Il y en a un petit millier.

— Il a sans doute raison, dit Janet. Il est allé là-bas avec monsieur Chee, Cowboy Dashee et moi. Et quand nous avons décidé de regarder la cérémonie du toit, il a déclaré qu'il était trop lourd pour que le toit résiste.

— C'était avant que les clowns sortent avec leur charrette remplie de trucs ? demanda Blizzard. Ou c'était après ?

— Je crois que c'était avant, répondit Janet. Oui, ça s'est passé au tout début.

— C'est aussi le souvenir que j'en garde, confirma Chee.

Il était en train de se dire, Leaphorn a parlé à Streib des cannes de Lincoln, Streib a transmis l'information au FBI d'Albuquerque, et Blizzard connaît mieux son métier que je n'étais prêt à le croire.

— Est-ce que vous considérez que Davis puisse être suspect ? reprit-il.

Blizzard lui décocha un regard sombre.

— Juste une question de curiosité indigène.

— Si je comprends bien, il risquait fort d'y avoir droit après que cette histoire de cannes de Lincoln ait fait surface, dit Chee. Mais il s'avère qu'il était sur la Réserve Hopi en compagnie d'un shérif-adjoint du comté d'Apache quand Eric Dorsey a été tué.

Blizzard eut l'air surpris, puis pris de colère.

– Merde à la fin, explosa-t-il. Pourquoi personne ne dit jamais rien aux autres ?

– Je n'avais pas la moindre idée que les soupçons se portaient sur Davis, intervint Janet. Et attendez une minute. Je croyais que vous en étiez à l'affaire Sayesva. Qu'est-ce que le meurtre de Dorsey a à voir là-dedans ? Duquel des deux est-ce que vous parlez ?

– Personne ne me dit rien non plus, déclara Chee. J'ai décroché un moment. C'est seulement ce matin que j'ai été mis au courant des fausses cannes de Lincoln.

– Les fausses quoi de Lincoln ? s'étonna Janet. Moi, je n'en ai pas encore entendu parler.

Et du coup Chee expliqua, remontant, selon la coutume navajo, au tout début avec l'envoi effectué par Charles, roi d'Espagne, de cannes aux pueblos indiens au dix-septième siècle, passant de là en 1863, puis à la découverte par Leaphorn du croquis sur le bureau de Dorsey. Pour finir, il conclut en exprimant la supposition que le paquet que Delmar Kanitewa avait emporté à son oncle contenait une reproduction de la canne de Tano et que le koshare l'avait mise dans la charrette pour dénoncer la vente des objets d'artisanat du pueblo.

– Je n'avais même jamais entendu parler de cannes de Lincoln, assura Janet d'un air pensif. Est-ce maintenant la “ théorie officielle ” de dire que ces cannes établissent un lien entre ces deux homicides ? Un seul et même tueur pour celui qui l'a fabriquée et pour celui qui s'en est servi ?

– C'est ce que je dirais. A peu de choses près.

– Comment ça fonctionne ? insista-t-elle.

– A peu près comme ça, débuta Chee.

Il était heureux qu'elle recommence à lui parler et même qu'elle le regarde. Peut-être que nous en sommes presque revenus au stade de la vieille amitié, pensa-t-il. Et peut-être qu'il ne pourrait jamais espérer plus.

– Quelqu'un paie Dorsey pour fabriquer la canne de Pojoaque, sachant qu'il peut la vendre à un collectionneur d'objets rares ayant appartenu à Lincoln parce que la canne de ce pueblo bien précis a disparu depuis de nombreuses générations. Il fait donc fabriquer une canne de ce genre par Dorsey, sans lui dire de quoi il s'agit ni lui parler de cette fraude. Puis il décide d'essayer à nouveau avec celle de Tano et il la fait faire par Dorsey. Delmar Kanitewa arrive à l'atelier au moment où il la termine. Dorsey la montre au garçon puisqu'il s'agit d'un jeune de Tano. Delmar révèle à Dorsey de quoi il s'agit.

Chee se tut un instant, regarda Janet.

– Il faut comprendre que ce Dorsey est vraiment quelqu'un d'une honnêteté scrupuleuse. Quelqu'un qui fait le bien. A ce moment-là, il se dit qu'il doit se passer quelque chose de pas très normal et qu'on se sert de lui. Il se dit probablement que la véritable canne va être volée et que celle-ci va être utilisée pour la remplacer afin que le vol ne soit pas décelé. Alors il la remet à Delmar afin qu'il la porte à son oncle en le mettant en garde contre le vol imminent. Et après, le type qui la lui a commandée vient la récupérer, Dorsey l'accuse et le type tue Dorsey pour protéger son secret.

Blizzard fit la grimace.

– Bordel, ça me paraît beaucoup trop compliqué. Moi, j'aime les trucs plus simples. Par exemple, il y a cet homme à tout faire qui arrive complètement soûl ; il essaye d'emprunter de l'argent, se fait jeter, ça le fiche en rogne, il trucide Dorsey et vole divers trucs.

— Je n'aime pas du tout la théorie de Blizzard, déclara Janet. Mais je ne suis pas très sûre d'aimer l'autre non plus.

Elle réfléchit :

— Comment ce type pourrait-il vendre la deuxième canne ? Il n'y aurait personne pour la lui acheter. Les collectionneurs sont au courant de ces trucs-là autrement ils ne les collectionneraient pas. Ils savent forcément que le pueblo de Tano a encore sa canne de Lincoln. Par conséquent ils sauraient que celle qu'ils auraient achetée était une copie, ou, pire encore, que celle qu'ils auraient achetée avait été volée.

— Ce qui fait qu'ils ne pourraient pas se vanter de la posséder, compléta Blizzard. Ou en faire étalage. Alors pourquoi l'acheter ?

— Et pourquoi se servir de Dorsey ?

— Il était en relation avec des négociants, expliqua Chee. Nous le savons parce qu'il venait en aide à des Navajos de la Réserve-aux-Mille-Parcelles pour qu'ils obtiennent de meilleurs prix de leurs objets.

Il se tut un instant en se souvenant de ce que la vieille dame dont le mari était malade lui avait dit.

— Y compris des vieux trucs sur lesquels les vrais collectionneurs se précipitent.

— D'accord, mais ça laisse encore des trous dans cette théorie, insista Janet.

— Moi aussi, elle me pose des problèmes, avoua-t-il.

La serveuse arriva, apportant une tasse à Janet et de quoi resservir Chee et Blizzard.

— Vous savez, dit Blizzard, je pense que nous sommes peut-être tous les trois dans la même galère que moi, l'autre soir, à ce film, *Les Cheyennes*. Je ne comprenais pas pourquoi tous les Navajos sifflaient et appuyaient sur leurs klaxons. Une culture différente. Des perceptions différentes. Il y a probablement là-dedans un rapport avec le pueblo de Tano qui nous échappe totalement.

De ses mains, il fit un grand geste bien à lui.

— Des systèmes de valeurs différents, vous savez. Difficile à saisir pour nous, gens de l'extérieur.

— Oui, acquiesça Janet d'une voix qui était presque trop basse pour que Chee l'entende. Difficile à saisir.

— Janet, dit Chee.

Il tendit la main vers elle.

— Il y a quelque chose que je voudrais t'expliquer.

Elle reposa sa tasse et s'appuya à son dossier sans le regarder.

— Bon, ben, fit Blizzard hâtivement. J'ai du travail à faire, moi.

Il prit la note.

— Toi, tu as le pourboire, dit-il à Chee. A plus tard, Janet.

L'instant d'après il n'était plus là.

— Moi aussi, il faut que j'y aille, déclara-t-elle.

— Où ?

— D'abord à Crownpoint. Les fédéraux relâchent Ahkeah et j'ai les papiers à remplir.

— Je vais dans cette direction. Est-ce que je peux t'emmener ?

— De là il faut que je continue jusqu'à Aztec. J'ai quelque chose à régler au tribunal du comté de San Juan.

— C'est juste sur mon chemin.

— Je ferais mieux de prendre ma voiture. Ça t'obligerait à m'attendre.

Elle se leva, laissa tomber un dollar sur la table.

— Ma part du pourboire, annonça-t-elle.

— Janet. Il faut que je te parle.

— Je ne suis pas sûre d'en avoir envie.

Il resta assis à la regarder. Il ne trouvait rien à dire. Mais l'expression de son visage avait dû transmettre un message à la jeune femme.

— De quoi on pourrait parler ? demanda-t-elle. Tu crois qu'on peut redevenir amis ?

Il secoua la tête.

— J'en doute. Je ne crois pas que je le pourrais.

Il tendit la main. Elle la regarda. Puis elle la prit. Le bout de ses doigts était doux et chaud sur sa peau.

— Quelques heures seulement, plaida-t-il.

— De quoi on parle ?

— Du temps. Du paysage. Du passé, peut-être, si nous faisons attention à la façon dont nous l'abordons. Et je pense que je veux peut-être que tu m'aides à prendre une décision sur quelque chose.

Elle retira sa main.

— Pas sur les clans navajo, dit-il. Sur quelque chose que j'ai étudié en droit. La justice. Le châtiment. La vengeance de la société. La morale. Tout ça.

Elle parvint à sourire :

— Je suis douée pour ce genre de conversation, dit-elle.

En fait, ils parlèrent très peu pendant le trajet jusqu'à Crownpoint.

Au sud de Gallup, il montra les endroits, le long des falaises de grès rouge de Mesa de los Lobos, où divers films avaient été tournés. Il expliqua que Thoreau se prononce « threw » parce que le village a reçu le nom d'un ingénieur des chemins de fer et non celui du poète et essayiste. Il montra, au sud, La Montagne de la Petite Meule de Foin et raconta à Janet comment un prospecteur navajo qui s'appelait Paddy Martinez avait trouvé une veine de pechblende radioactive à proximité et ouvert le grand district d'extraction de l'uranium d'Ambrosia Lake. Il lui raconta, enfin, la séquence d'événements qui avaient entraîné la mise à pied de Leaphorn et lui avaient fait rater son voyage en Chine.

— C'était stupide de ma part, dit-il. De laisser cette bande dedans, je veux dire. Leaphorn n'en a pas fait tout un plat, mais je m'en veux terriblement.

— Au début, je pensais pas que j'allais l'apprécier, dit Janet. Mais si, vraiment. Je pense que c'est quelqu'un de gentil. Avant je croyais qu'il était seulement intelligent.

— Ça, pour être intelligent, il l'est.

— C'est aussi ce qu'il pense de toi.

— Pourquoi tu dis ça ?

— A cause de la façon dont il m'a parlé de toi.

— Comment ça ? Quand est-ce que tu lui as parlé ?

— Je suis allée le voir pour Ahkeah. Exactement comme tu m'avais dit de le faire.

Chee quitta la route des yeux pour la dévisager. Elle avait une expression amusée.

— Je t'ai dit d'aller trouver Leaphorn ? Quand est-ce que ça s'est passé, ça ?

— Tu ne t'en rappelles pas ? Je t'avais dit qu'Eugene Ahkeah n'était pas coupable. Tu m'as répondu d'aller le dire au lieutenant Leaphorn et qu'il le relâcherait. Alors je l'ai fait. Et il l'a fait aussi.

— Sans blague ? Ben, dis donc.

— Je pense que c'est parce que c'est tombé au bon moment. Il était arrivé à la conclusion que c'était quelqu'un d'autre le coupable.

— Mais qu'est-ce qui te fait croire qu'il a une si haute opinion de moi ? Moi, je n'ai pas souvent cette impression.

— L'affaire de l'accident suivi du délit de fuite. Il pense que tu es capable de la résoudre.

— Non. En tout cas, il ne le pensait pas. Il ne pense pas que quiconque puisse la résoudre.

— Ça aussi, il me l'a dit. Pas d'indices. Mais je t'assure, il pense que tu en es capable.

Il quitta à nouveau la route des yeux. Elle regardait droit devant elle, si bien que tout ce qu'il pouvait voir c'était son profil. Difficile à interpréter, mais un beau profil.

Elle ne passa que quelques minutes au poste de police de Crownpoint et ressortit suivie d'Eugene Ahkeah. Il paraissait fatigué et avait les cheveux en bataille.

— J'ai dit à monsieur Ahkeah que nous allions le ramener chez lui.

Ce qu'ils firent, le déposant à son mobile-home.

— Et Blizzard qui me mettait en boîte en disant que nous, les Navajos, on est bavards, dit Chee. Il devrait rencontrer ton client.

— C'est la rancœur. Il croit qu'il a été arrêté juste parce qu'il était à portée de la main.

— Ça alors, fit Chee qui ressentait lui aussi un brin de rancœur, il y avait le problème de tous ces trucs volés sous sa maison.

— Oui, mais... commença-t-elle avant de s'interrompre. On ne va pas se disputer.

Ils roulèrent en silence à travers les étendues herbeuses de l'automne qui ondoyaient. Cent trente kilomètres séparent Crownpoint de Farmington et il y avait des jours où Chee avait fait le trajet sans voir un autre véhicule. Ce jour-là, ils avaient déjà rencontré une voiture et deux pick-up trucks avant d'être à quinze kilomètres au nord de Crownpoint.

— Circulation intense aujourd'hui, remarqua-t-il en espérant relancer la conversation.

— Tu voulais me demander quelque chose. Tu te souviens ?

— Oui.

Il sortit la bande de la boîte à gants, la mit dans le lecteur de cassettes et appuya sur le bouton de lecture.

— Mais d'abord, je veux que tu écoutes ça.

Elle écouta.

— Ça n'arrive pas très souvent, dit-elle. J'avais entendu parler de ça, mais ça ne me paraissait pas très réaliste. Est-ce qu'il a envoyé de l'argent ?

— Six billets de vingt, deux de dix et un de cinq. Par la poste.

Elle réfléchit. Haussa les épaules.

— Et personne ne l'a reconnu, bien sûr, sans quoi il serait en prison à l'heure qu'il est. Et sa description ?

— Ordinaire. Age moyen, taille moyenne, Navajo moyen de sexe masculin vêtu de vêtements navajo moyens. Il avait l'une de ces casquettes de base-ball à longue visière, avec la visière pliée en deux, il sentait l'oignon et il conduisait un pick-up truck d'âge moyen, de taille moyenne et d'un vert moyen avec un autocollant qui disait “ Ernie est le meilleur ”.

— Il sentait l'oignon ?

Elle le regarda, les sourcils levés pour accompagner sa question.

— Au milieu de la matinée, confirma Chee. Trop tôt pour s'envoyer sa dose de Lottaburger aux oignons.

— Tu vois maintenant pourquoi je pense que le lieutenant Leaphorn croit que tu vas coincer ce type ?

Elle lui souriait.

Ce qui fit grand plaisir à Chee. Mais ce n'était pas

le moment de se laisser baigner dans le réconfort. Il dit :

– C'est une affaire qui a cessé d'être dure du moment où il a mis le pied dans cette station de radio. Maintenant elle ne l'est plus. Maintenant on peut l'attraper à cause de l'autocollant.

– Il a sûrement dû s'en débarrasser. Il a dû le décoller avec de l'eau dès qu'il est rentré chez lui.

– Ce n'est pas mon avis. Et ce n'est pas non plus celui de la police de Farmington ou des policiers de l'État du Nouveau-Mexique. Il va continuer à prendre la route dans son pick-up et, tôt ou tard, il y aura un flic qui arrivera derrière lui et qui le verra.

Janet ne paraissait pas persuadée. Elle haussa les épaules.

– Je m'en remets à ton expérience pour ce genre de choses. En ce qui me concerne, je l'aurais recouvert d'une couche de peinture ou quelque chose comme ça.

Chee réfléchit à ce qu'elle venait de dire.

– Non, conclut-il en la regardant. J'ai le sentiment que tu te serais présentée à la police.

Ils roulaient presque plein nord à travers un paysage exempt d'êtres humains et des traces qu'ils laissent derrière eux : Jim Chee l'aimait pour son côté désertique. Sa beauté l'avait toujours exalté et, aujourd'hui, cette exaltation l'arracha à son pessimisme. Les choses s'arrangeront, se dit-il. D'une manière ou d'une autre, elles s'arrangeront. Ils dépassèrent l'intersection qui proposait cinquante kilomètres de route de terre et le bâtiment administratif de White Rock sur leur gauche, et la route de terre beaucoup plus courte menant au siège administratif de Lake Valley sur la droite. Derrière les collines couvertes d'herbe, à main droite, Kenbeto Wash, Bettonie Tsossie Wash, Escalvada Wash et

Fajada Wash s'unissaient après avoir drainé des milliers de kilomètres carrés de versants de montagnes et de mesas et charrié suffisamment d'eau pour mériter le nom de rivière Chaco. En cet après-midi d'automne sec, le pont de Chaco franchissait une vaste étendue de sable au-dessus de laquelle la brise d'automne (ou, comme sa mère le lui aurait affirmé, ces *yeis* joueurs, les garçons Silex Bleu), soulevait des tourbillons de poussière.

Janet rompit le long silence.

— Pourquoi tu penses que je me serais rendue à la police ?

— Je vais répondre à cette question à la manière navajo, dit-il avant de rire. Ce qui veut dire qu'il faut que tu sois patiente parce que c'est un cheminement très détourné. C'est tout une question de culture.

— Je ne veux pas parler de culture.

— Par commodité, appelons-le Gorman, notre conducteur coupable de délit de fuite. Disons qu'il est veuf. Que d'habitude il ne boit pas beaucoup. On va se conformer au scénario contenu sur la cassette de la radio mais en étoffant la personnalité de notre homme. C'est quelqu'un qui travaille dur. Quelqu'un de tout ce qu'il y a de bien. Survient une circonstance à fêter. Son anniversaire, peut-être. Ses amis l'emmènent dans un bar en dehors de la réserve. En rentrant chez lui, il heurte un piéton. Comme sur la bande, il entend quelque chose et recule. Mais il est ivre. Il ne voit personne. Alors il repart. Bon, moi je suis membre de la Police Tribale Navajo, j'agis également pour le compte de deux ou trois des comtés d'Arizona et du Nouveau-Mexique, et j'ai prêté serment de faire respecter la loi. Mon supérieur veut que je trouve cet individu. Alors un jour, je le trouve. Qu'est-ce que je fais ?

— C'est ça, ta question ? demanda Janet qui

semblait surprise. C'est ça ce que tu veux me demander ?

— C'est le début.

— Eh ben, ce n'est pas très agréable, mais ce n'est pas trop dur non plus. Il suffit de se demander pourquoi il y a des lois. La société punit la conduite en état d'ivresse parce que cela cause la mort de gens. Elle punit celui qui fuit le lieu d'un accident où il y a des blessés pour pratiquement la même raison. Par conséquent, ce que tu dois faire, c'est procéder à l'arrestation de l'individu qui a transgressé ces lois, venir exposer tes preuves devant la commission d'enquête qui conclut à sa culpabilité. Après cela, le juge apprécie les circonstances. Premier délit, bon citoyen, circonstances particulières. Il semble qu'il y ait peu de probabilité que ce crime se répète. Et cetera. Ce qui fait que le juge le condamne peut-être à un an, peut-être à deux, puis il le met à l'épreuve pendant, disons, huit années supplémentaires.

Elle le scruta.

— Tu es d'accord ?

— Ça, c'était la phase numéro un. Maintenant, je vais te rendre les choses plus compliquées. Nous allons donner à l'individu en question une certaine valeur sociale. Disons qu'il s'occupe d'un enfant handicapé. Peut-être un petit-fils à lui que les parents ont largué entre les mains de notre Gorman pendant qu'ils sont occupés à vivre leur vie. Peut-être une famille séparée. Le père a fichu le camp, la mère boit. Tu inventes tes propres données. Alors, maintenant qu'est-ce que tu fais ?

— Arrête, Jim. Pourquoi tu n'en fais pas un biologiste ? Il est sur le point de découvrir le secret du virus du SIDA. Mais il ne peut pas quitter son laboratoire, ne serait-ce qu'une minute, pour se faire arrêter sinon ses tubes à essai vont tous sécher et ses cultures vont mourir. Ça ne change rien au principe de base. La société fait voter des lois qui garantissent la justice. Ton individu a transgressé les lois de la société. Justice doit être rendue.

— D'accord, dit Chee. Maintenant, passons à la phase suivante. Plus compliquée. Nous allons dire que ce gars est Navajo et que celui qu'il a tué était Navajo.

— Où est la différence ? demanda-t-elle. Il a aussi violé les lois de la Nation Navajo. S'il y a une justice, elle met en garde clairement à l'avance contre les peines encourues. Elle te dit que si tu fais subir tel préjudice à la société, celle-ci en retour te fera subir tel préjudice. On t'enfermera, par exemple. Ou on te fera payer une amende. L'idée est d'assurer la prévention.

— Tout à fait. Maintenant nous abordons la deuxième phase du problème.

— On vient de la finir, la deuxième phase, contesta Janet. Mais c'est mieux que de parler culture.

— D'accord, alors on passe à la phase trois. Il s'agit de justice. De châtiment équitable. En réalité, c'est un concept religieux. On va dire que le policier navajo est quelqu'un de plutôt religieux. Il respecte les voies traditionnelles de son peuple. On lui a inculqué une notion autre de la justice. C'était déjà un grand garçon quand il a entendu dire que “ la punition doit être adaptée au crime ” ou entendu parler d' “ œil pour œil, dent pour dent ”. A la place on lui parlait d'une conception différente du châtiment. Si on fait subir un préjudice à quelqu'un, on s'assied avec sa famille, on détermine l'étendue de ce préjudice et on le compense. De cette façon, on restaure *hozho*. On obtient à nouveau l'harmonie entre deux familles. Il n'y a pas une telle différence avec la justice américaine ordinaire. Mais c'est là que ça devient différent. Si quelqu'un te cause un préjudice par méchanceté, par exemple, tu te retrouves mêlé à une bagarre dans un bar et il te blesse avec son couteau, ou il n'arrête pas de cisailler tes barrières ou de voler tes moutons, alors c'est lui qui a perdu *hozho*. On ne t'apprend pas qu'il faut le punir. Il faut le guérir. Lui redonner son équilibre vis-à-vis de ce qui l'entoure. Lui rendre la beauté...

Il jeta un coup d'œil dans sa direction. Elle regardait droit devant elle, apparemment attentive.

— ... la beauté intérieure, bien sûr. Lui rendre l'harmonie. Alors ce policier hypothétique, c'est comme ça qu'on l'a élevé. Il ne faut pas attacher de valeur au châtiment, il faut attacher de la valeur à la guérison. Alors, voilà, que vas-tu faire si tu es dans la peau de ce policier-là ?

Il attendit sa réponse.

Elle le regarda, leva la main.

— Cette question-là, j'ai besoin d'y réfléchir, dit-elle. Je réclame un temps mort.

Ils roulaient maintenant le long des Mauvaises Terres de Bisti et leur regard plongeait dans des étendues sauvages que des millions d'années avaient révélées, faisant se succéder couches de schiste gris, de grès rose, de caliche jaune et traînées de charbon noir. Le vent et l'eau avaient joué avec ces niveaux variés de dureté et sculpté un étrange arrangement de formes gigantesques, champignons et tonneaux, têtes de gargouilles, alignements de bébés grassouillets, en avaient fait la matière première de l'imagination la plus folle.

— Wow, s'exclama Janet. Ce pays est toujours prêt à vous surprendre.

— Bon. Temps mort écoulé. Quelle est ta réponse ?

— Si tout cela est hypothétique, ça l'est seulement partiellement, dit-elle. Tu es d'accord avec Leaphorn. Tu penses que tu peux le trouver et tu te prépares pour ça.

— Que ce soit vrai ou pas, quelle est ta réponse ?

— Il est difficile d'appliquer des solutions de cours de droit qui sont valables en milieu citadin normal à un endroit où on peut contempler ça, répondit Janet.

— Peut-être que le paysage fait partie de la réponse. Peut-être qu'il rend la réponse un peu différente.

— Oui, dit-elle. Je vois ce que tu veux dire.

Elle le regarda un moment, le visage triste :

— Peut-être que cet hypothétique policier serait contraint de quitter la police.

Chee tourna à gauche sur une route de terre qui passait, si on la suivait suffisamment longtemps, à travers les limites méridionales des Industries Agricoles Navajo, et si on la suivait pendant quinze kilomètres de plus, en tournant aux endroits où il fallait, à la maison où habitait Clement Hoski.

— J'y ai réfléchi. C'est une solution.

— Il y en a une autre ?

Il ne répondit pas avant un certain temps.

— Je vais te montrer, dit-il.

Il s'arrêta à l'endroit même où il s'était garé précédemment et consulta sa montre. Il était un petit peu trop tôt pour le car de ramassage scolaire. Comme la fois d'avant, le pick-up truck vert de Clement Hoski n'était pas visible : soit parti quelque part, soit garé derrière la maison.

— Qu'est-ce que nous faisons ici ? interrogea-t-elle. Et je te parie que je connais la réponse. Ton coupable de délit de fuite habite ici et pas ailleurs. Et tu veux que je voie que c'est un véritable être humain comme nous, bien vivant, avec des tas de bons côtés.

Le ton employé par Janet indiquait qu'elle n'était pas contente de l'attitude de Chee :

— Tu oublies mon travail. A l'heure qu'il est j'ai sept ou huit clients qui sont d'authentiques êtres humains, et que j'aime bien, même s'ils ont volé quelqu'un ou donné un coup de couteau à quelqu'un. Tu es obligé de croire à la justice ou alors tu quittes le métier.

— Je ne dis pas que tu as tort. Le problème est de savoir s'il s'agit de la justice *biligaana* ou de la justice navajo. A moins que ce ne soit : est-ce la punition ou est-ce *hozho* qu'on recherche ?

Elle le regarda puis se tourna vers le pare-brise, l'air renfrogné.

— On va parler de culture, dit-elle. Évitons ça. Parlons de l'endroit où tu étais ces deux derniers jours. J'ai l'impression que le lieutenant Leaphorn a fait tout son possible pour te joindre. Tu n'es pas censé le signaler, quand tu pars, laisser un numéro et tout ?

— J'étais malheureux, confia-t-il. Je m'étais comporté comme un imbécile, j'avais le sentiment que j'avais réussi à ce que tu me méprises, et tout d'un coup il fallait que j'aille quelque part voir si je pouvais bénéficier d'un avis sage alors je suis allé voir Hosteen Frank Sam Nakai.

— Ton oncle. Ton professeur. Le *hataalii*.

— Probablement mon ancien professeur, je crois. Je crois que je suis un peu considéré comme à moitié hérétique.

Janet n'avait plus le regard fixé par le pare-brise. Elle le regardait. Inquiète.

— Ah, Jim. Écoute. Je sais que tu étais proche de ton oncle. Qu'est-ce qui s'est passé ?

— Ben, ça s'est compliqué. Il y avait deux autres

shamans concernés, un homme et une femme, plus une vieille, vieille, vieille femme qui représente un peu la sagesse et la mémoire accumulées du clan. Nous avons parlé pendant trois ou quatre heures et le résultat final de tout ça c'est que je ne crois pas que je sois assez traditionaliste pour répondre à leurs exigences.

Elle paraissait affligée.

– C'est à cause de moi, hein ?

– C'est à cause de la façon dont on conçoit la Voie de la Beauté. Cette histoire de *hozho*. De la façon dont je la conçois, moi...

Il se tut. La façon dont il percevait *hozho* n'était pas facile à exprimer en paroles.

– Je vais prendre un exemple. Une terrible sécheresse. Les plantations mortes, les moutons qui se meurent. Les sources à sec. Pas d'eau. Les Hopis, ou les chrétiens, ou peut-être les musulmans, prient pour avoir la pluie. Le Navajo fait exécuter la cérémonie qui convient pour retrouver son harmonie avec la sécheresse. Tu vois ce que je veux dire. Le système est conçu pour reconnaître les changements qui dépassent les capacités humaines et, dans ce cas, pour changer l'attitude des humains afin qu'ils s'accommodent de l'inévitable.

– C'est très proche des traitements psychiatriques.

– Enfin, plus ou moins. Un autre exemple. Aujourd'hui nous sommes engloutis par, enterrés sous le matérialisme américain moderne. La journée de huit heures, la semaine de cinq jours. Mais ces rites guérisseurs, la plupart d'entre eux en tout cas, ne peuvent être exécutés que durant “ la saison où dort le tonnerre ”. Les mois froids. Pas les périodes de vacances normales. Et la plupart de ceux qui sont les plus importants sont censés prendre sept ou huit jours. Donc je pense que le concept de *hozho* signifie que tu adaptes le système cérémoniel de la même façon qu'on adapte tout le reste. On demeure en harmonie avec l'inévitable.

La passion dont Chee témoignait pour ce sujet se sentait dans sa voix et le visage de Janet lui en fit prendre conscience.

Il fit la grimace et secoua la tête.

— Bon, c'est pour ça que nous, les Navajos, nous avons perduré. Survécu avec notre culture vivante. C'est cette philosophie de *hozho* qui nous a maintenus en vie. Et certains des shamans que je connais, essentiellement les jeunes, ils répartissent les cérémonies quand elles sont longues sur deux week-ends afin que les gens qui travaillent puissent y participer. C'est ce que je ferais. Et Hosteen Nakai le sait. Pour lui le poison est là, pour les deux autres aussi. Ils disent qu'exécutées de cette manière, les cérémonies font plus de mal que de bien.

— Ils ne me laisseront pas donner mon avis, dit Janet. Mais je pencherais de ton côté. A t'entendre, on dirait des catholiques intégristes. Incapables de voir la métaphore dans l'Évangile.

Chee ne fit aucun commentaire. Le car de ramassage scolaire était en train de franchir la colline.

— Tu es allé là-bas pour savoir, pour moi, hein ? Pour découvrir si je suis taboue ?

Il acquiesça de la tête.

— Tu as trouvé quoi ?

— Une seconde. Je veux que tu fasses la connaissance de quelqu'un.

Ernie était descendu du car. Immobile, il regardait le pick-up truck de Chee, puis il s'avança vers eux, un large sourire aux lèvres.

— Qui ça ? demanda Janet.

— Ernie. Ernie qui est le meilleur.

Ernie se tenait à la vitre de Janet ; il la regardait, puis il regarda Chee.

— Salut, dit-il. J'ai déjà vu le monsieur. Vous êtes revenu, hein ? Maintenant vous voulez voir le pick-up truck de papy ?

— Pas aujourd'hui, Ernie. Mais nous voulons parler un peu avec toi.

— Il est vert, poursuivit le garçon. Vraiment joli.

— Est-ce que ton sac à dos est rempli de devoirs à faire à la maison ? demanda Janet.

— Il faut que je fasse des dessins, ce soir, dit-il. Quand papy rentre de son travail, il m'aide.

— Après avoir préparé le dîner ?

— Après, oui. Maintenant il me laisse éplucher les pommes de terre. Et hier il m'a laissé faire cuire les flocons d'avoine. Et il me fait conduire le camion.

Il se détourna de la fenêtre et tendit le doigt en direction de la piste de terre qui s'en allait vers l'infini derrière l'habitation de Clement Hoski.

— Là-bas, précisa-t-il. Il garde le pied sur l'accélérateur mais il me laisse tourner le volant.

— Ça doit être amusant, dit Janet.

Ernie rit, son visage déformé par un plaisir intense.

— Super amusant, confirma-t-il.

— J'ai apporté quelque chose pour ton papy, dit Chee.

Il ouvrit la boîte à gants, en sortit un sac de chez Imprim' Vit' d'où il préleva un autocollant pour pare-chocs. Il le déplia et le montra à Ernie.

— Qu'est-ce qu'y a d'écrit ?

— Ce qu'il y a d'écrit, c'est « J'ai le champion du monde des petits-fils ». C'est toi. Tu es le petit-fils et ton papy sait que tu es un champion.

Ernie tendit la main devant Janet, prit l'autocollant et l'examina.

— Papy m'apprend à lire, dit-il. Mais je n'y arrive pas encore.

— C'est dur, dit Janet. Il faut vraiment travailler pour y arriver.

— Bon, voilà ce qu'il faut que tu dises à ton papy. Dis-lui qu'il faut qu'il enlève l'autocollant qui se trouve pour l'instant sur son camion ou qu'il mette celui-ci par-dessus. Il vaudrait quand même mieux qu'il arrache celui qui dit “ Ernie est le meilleur ”.

Le gamin parut triste.

— Je l'aime bien, dit-il.

— N'empêche qu'il ne faut pas le laisser, et celui-là est mieux. Il dit que tu es le champion.

Il tendit le bras devant Janet et prit la main d'Ernie :

— Écoute, Ernie, c'est important. Souviens-toi de ça. Dis à ton papy qu'il pourrait se faire arrêter s'il a ce vieil autocollant sur son pare-chocs. Dis-lui qu'il y a beaucoup de gens qui l'ont vu à la station de radio. Tu as compris ?

— Se faire arrêter parce que beaucoup de gens l'ont vu à la station de radio, répéta Ernie.

— C'est ça. Tu le lui diras ?

— D'accord. Vous voulez voir le camion maintenant ?

— Peut-être plus tard, Ernie. Là, il faut qu'on aille à Aztec.

Ils reprirent la route de la colline qu'ils franchirent en silence. Puis Janet dit :

— Fœtus atteint du syndrome d'alcoolisation, hein ?

— C'est l'impression que j'ai.

— Quand est-ce que tu as fait faire l'autocollant ?

— Hier.

Silence à nouveau.

— Je t'ai demandé ce que tu avais appris sur moi

auprès des trois shamans ? Tu m'as répondu, “ une seconde ”.

— Ils ne savaient pas.

— Alors je suis peut-être taboue ?

— Je t'ai raconté comment ils étaient. J'ai obtenu l'histoire de mes clans et l'histoire du clan de ton père, sans que personne n'ait connaissance du moindre lien. Mais comme ils ne sont pas sûrs qu'il n'y en a pas, c'est qu'il y en a peut-être un. C'est ce genre de façon de voir les choses. Et Janet, tu sais, je m'en fiche de ce qu'ils pensent. (Il regardait droit devant lui, les mains crispées sur le volant.) Si tu t'en fiches, je m'en fiche aussi. Je veux dire que si tu es taboue pour moi, je suis tabou pour toi. Je sais que tu n'es pas ma sœur parce que si tu l'étais, je ne serais pas tombé amoureux de toi, je ne penserais pas tout le temps à toi, je n'aurais pas envie de toi, je...

— Tu m'as dit qu'il y avait une vieille, vieille, vieille femme présente. Qui représente toute la sagesse du clan. Qu'est-ce qu'elle a dit ?

— Eh ben, fit Chee qui se mit à rire. Nous parlions tout le temps du clan de ton père, bien sûr, puisque ta mère n'est pas Navajo. Et elle a dit que nous perdions le temps de tout le monde parce que le seul clan qui a vraiment de l'importance c'est le clan maternel.

— Arrête la voiture, ordonna-t-elle.

Il se rangea sur l'accotement.

— Qu'est-ce qu'il y a ? demanda-t-il.

— Je veux revenir à ta question de tout à l'heure, “ Qu'est-ce que tu fais ? ” Sur la justice à laquelle tu te conformes dans l'affaire de l'accident et du délit de fuite. Je veux parler de ça.

— D'accord. Alors ?

— D'abord, je veux te dire que j'ai décidé d'être une Navajo. Et je t'aime pour la façon dont tu t'y es pris. Et ensuite, je veux te dire que j'ai appelé ma mère. Et elle m'a dit que son clan, et mon clan, c'est le clan McDougal, qu'on a ce drôle de tartan rouge vert et noir, et que les McDougal ne sont en aucune manière liés à qui que ce soit qui réponde au nom de Chee.

– Pas encore, dit-il en l'attirant à lui.

27

D'ordinaire, Joe Leaphorn savait attendre. Il avait acquis ce trait culturel navajo dans son enfance comme de nombreux Navajos de sa génération. Il avait surveillé les troupeaux de sa mère sur les pentes qui dominent Two Grey Hills, attendu que les routes sèchent pour pouvoir se rendre au comptoir d'échanges, attendu que la source remplisse le bassin artificiel d'approvisionnement en eau qu'il ramènerait à leur hogan, et attendu que mûrissent les pignes du pin où ses parents avaient enterré son cordon ombilical, l'attachant de ce fait à tout jamais à la maison familiale de Beautiful Mountain. Mais ce matin, il était las de faire preuve de patience, tout particulièrement vis-à-vis de l'agent Jim Chee.

Totalement réintégré dans ses fonctions et à nouveau revêtu de l'uniforme de la Police Tribale Navajo, il faisait les cent pas sur le domaine appartenant à l'école de la Mission Saint Bonaventure. Au moins Chee se conformait-il enfin aux ordres qui lui enjoignaient de toujours faire connaître ses coordonnées. Il avait téléphoné pour signaler au standardiste de l'équipe de nuit qu'on pourrait le joindre au Motel San Juan à Aztec. Effectivement, il avait répondu là-bas quand Leaphorn l'y avait appelé à six heures du matin. Ça avait été une agréable surprise.

– Chee, avait dit Leaphorn, je vais à Thoreau. A la Mission Bonaventure. Venez m'y retrouver et nous verrons si nous pouvons dénicher quelque chose pour boucler cette affaire Dorsey.

Chee avait répondu, « Oui, lieutenant », mais où pouvait-il bien être en ce moment ? Thoreau était peut-être à deux cent dix kilomètres au sud d'Aztec : deux heures et demie de route s'il respectait la limite de vitesse, ce dont Leaphorn doutait. En lui laissant quinze minutes pour s'habiller et régler sa chambre, il aurait dû se trouver là depuis une heure. Leaphorn avait assisté à l'arrivée des professeurs de l'école ; pour l'essentiel, il s'agissait de Blancs qui paraissaient en bonne santé et donnaient l'impression d'être sortis de l'université depuis à peu près un an. Il avait regardé la petite flotte de cars de ramassage scolaire de la mission, véhicules réformés qui avaient repris du service, déverser leur chargement de gamins navajo bruyants. Il avait entendu un silence relatif s'installer lorsque les classes avaient commencé. Il avait intégralement lu l'édition de la veille au soir du *Navajo Times*. La manchette annonçait :

UN MEMBRE DU CONSEIL S'ÉLÈVE
CONTRE LES MÉTHODES D'UN OPPOSANT
Chester accuse un avocat de Priorité à la Nature d'avoir diffusé un enregistrement illicite à la radio

L'article qui suivait disait que des gens qui travaillaient à KNDN avaient provisoirement identifié Roger Applebee, homme de loi de Santa Fe et membre d'un groupe de pression œuvrant pour le compte du mouvement écologiste, comme étant l'individu qui s'était présenté et avait diffusé la conversation téléphonique embarrassante. Il rapportait les propos du capitaine Dodge selon lesquels l'enquête se poursuivait. Une photographie de l'environnementaliste avait été montrée aux employés du service des ventes des Tracteurs Navajo, l'endroit d'où le message avait été propagé sur les ondes. L'article disait que l'homme qui avait émis cet enregistrement " présentait une ressemblance générale avec la photographie d'Applebee, " cheveux exceptés. " Il est possible que le suspect ait porté une perruque, " avait déclaré le capitaine Dodge. Applebee, bien évidemment, n'avait " pu être joint pour s'exprimer à ce sujet. "

Leaphorn étudia le cliché représentant Applebee qui accompagnait l'article : cet homme lui avait causé de sérieux problèmes, mais il avait l'air de quelqu'un de très convenable. La seule chose qui était sûre, c'était que Dodge faisait son travail qui consistait à calmer l'élu au Conseil Tribal et à désamorcer sa fureur. Leaphorn était tout à fait favorable à cette attitude. Il approuvait aussi le silence du capitaine sur l'histoire de la bande magnétique qui était restée dans son magnétophone, sur sa brève mise à pied et sur la bêtise de Jim Chee. Il appartenait au service de panser ses blessures loin des regards du public.

Ayant lu jusqu'aux petites annonces, il avait déverrouillé la porte du bureau de Dorsey et passé trente minutes à planifier la fouille méthodique à laquelle Chee et lui allaient se livrer sur toutes les possessions de l'enseignant. Mais où était Chee ?

Il arrivait justement, engageant son pick-up truck sur les gravillons du parking des visiteurs, l'air penaud.

– Je suppose que vous avez fait un arrêt petit déjeuner, dit Leaphorn. Ou que vous avez eu des ennuis de voiture ?

– Non, lieutenant.

Leaphorn regarda sa montre.

– Il a fallu que je fasse le détour par Window Rock, avoua-t-il.

– Pourquoi ?

Chee hésita :

– Il fallait que j'y dépose quelqu'un.

– Vous prenez des auto-stoppeurs ?

– C'était quelqu'un du barreau... Qui avait un problème à régler au tribunal d'Aztec.

– De quel... ?

Il avait commencé à poser sa question puis avait décidé qu'il n'était pas nécessaire qu'il demande de quel membre du barreau il s'agissait. Il garda un visage complètement neutre.

– Mettons-nous au travail, déclara-t-il en faisant signe à son subordonné de pénétrer dans les locaux exigus de Dorsey. Ça a d'abord été fouillé par Dilly Streib et le lieutenant Toddy. Ils ne cherchaient rien de particulier, seulement tout ce qui pouvait un peu éclairer l'affaire. Ensuite, Toddy et moi y avons jeté un second coup d'œil. Nous cherchions spécifiquement quelque chose qui soit susceptible d'expliquer pourquoi Dorsey a fabriqué la canne de Lincoln. Voilà ce que nous avons découvert.

Sur le dessus du casier consacré à la correspondance du professeur, il prit le croquis qui représentait la canne et le tendit à Chee.

Celui-ci l'examina, leva les yeux vers Leaphorn.

– Intéressant, fit-il.

Le lieutenant acquiesça :

– J'ai eu le temps de procéder à des vérifications. La véritable canne du pueblo de Pojoaque semble avoir disparu au dix-neuvième siècle. Il semble donc qu'elle puisse être vendue à un collectionneur à condition d'en trouver un dont la conscience ne soit pas trop développée.

— Ça semble raisonnable. C'est pour ça que vous pensiez à Asher Davis ?

— Mais, comme vous l'avez fait remarquer, il a un alibi inattaquable pour le meurtre. Et il paraît qu'il jouit d'une réputation d'intégrité sans tache. Sa parole a valeur de garantie. Il a derrière lui une vie entière de commerçant digne de confiance.

— Ce qui est beaucoup trop rare. Aussi rare que la canne.

— Et ce qui lui donne toute sa valeur. La seconde canne rend tout cela d'autant plus curieux. Il semble qu'il s'agisse d'une copie de celle de Tano. Je suppose qu'on peut arriver à tout vendre, mais l'acquéreur ne pourrait manquer de savoir qu'il s'agit d'un objet volé ou, pire encore, d'un faux.

— Ce que nous cherchons ici, s'enquit Chee, c'est tout ce qui peut nous fournir un indice sur la personne qui a payé Dorsey pour fabriquer ces cannes ? Il n'y a aucun doute, il s'agit du même homme ?

— Aucun dans mon esprit, confirma Leaphorn. Il faudrait pouvoir accorder aux coïncidences beaucoup plus de crédit que je n'en puis réunir.

Chee étudia à nouveau le croquis. Il n'y vit rien que Leaphorn eût omis de lui expliquer. Il retourna la feuille. Dorsey avait exécuté ses esquisses au dos d'une affichette de format vingt et un × vingt-huit qui instaurait le mouvement SAUVEZ LES JEMEZ. Elle demandait à tout un chacun de s'associer au boycott des blue-jeans délavés. Le texte imprimé expliquait qu'on faisait perdre leur couleur à ces pantalons en utilisant de la perlite provenant de mines d'extraction à ciel ouvert, lesquelles détruisaient les forêts du Mont Jemez et de la rivière Jemez. Il n'y avait rien d'écrit dans les marges à moins que l'on ait eu recours à de l'encre sympathique.

— Vous, vous inspectez tout ce qui se trouve sur

le bureau, dit Leaphorn. Vous voyez si j'ai laissé passer quelque chose. Moi, je vais commencer par le tiroir du bas du meuble de rangement et remonter progressivement.

Ils se mirent au travail. Vingt-cinq minutes s'écoulèrent. Une cloche retentit, suivie de bruits d'enfants qui couraient, criaient, riaient. Une autre cloche. Le silence s'installa. Chee en avait terminé avec le dessus du bureau, le porte-documents de Dorsey, une fouille attentive de la maigre garde-robe de l'enseignant qui se composait de chemises, de jeans, de sous-vêtements et de pulls. Leaphorn était assis à côté du meuble de rangement, tiroir du milieu ouvert.

– Rien jusque-là, annonça Chee. Et vous ?

– Vous avez trouvé le gars qui a pris la fuite après l'accident ?

– Quoi ?

– L'affaire Todachene. Vous m'avez dit que vous pensiez avoir une bonne idée là-dessus.

– Ah, ouais, fit Chee.

Il rit, et son rire parut presque naturel.

– L'un des témoins de la station de radio a bien vu son pick-up truck et il a dit qu'il sentait l'oignon. Je suis allé à l'entrepôt des Industries Agricoles Navajo. Mais pas de camion comme celui-là.

Leaphorn s'adossa à sa chaise, émit un grognement, étira son dos, regarda Chee.

– Il sentait l'oignon. Avez-vous essayé cet endroit où ils en produisent, à Farmington ? Ou les magasins d'épicerie ?

– Le premier, oui.

– Continuez. Ce drôle d'autocollant devrait rendre les choses faciles.

– Absolument. S'il ne fait pas repeindre son camion. Ça ou quelque chose d'autre.

Leaphorn se leva et s'étira.

— Faisons une pause. Avez-vous amené du café ?

Chee fit non de la tête : elle lui faisait mal à cause du manque de sommeil et de la privation de caféine. Il n'avait pas bu une tasse de café depuis le dîner de la veille au soir. Le dîner avec Janet. Le dîner avec...

— Vous avez l'air heureux, remarqua Leaphorn.

— Hum, fit Chee. S'il existe à Thoreau un endroit où on peut se procurer du café, je ne l'ai jamais remarqué.

— J'aurais dû apporter ma Thermos.

— Ils ont probablement une salle des professeurs, un endroit de ce genre, où ils ont une cafetière et...

Sa voix s'effaça dans le silence. Il retourna vers le bureau, récupéra la feuille sur laquelle figuraient les croquis de la canne de Lincoln, la regarda à nouveau et la tendit à Leaphorn.

— Est-ce que Dorsey était écologiste ?

Leaphorn regarda l'affichette, puis Chee.

— Bon sang, s'écria-t-il. Est-ce que vous savez quand il a eu lieu, ce mouvement pour la sauvegarde des Jemez ?

— Il y a environ deux ans. A peu près au bon moment.

Leaphorn s'empara du téléphone, composa le numéro du standard intérieur.

— Madame Montoya, dit-il. Est-ce que vous savez si Eric Dorsey faisait partie d'un groupe de défense de l'environnement ? Priorité à la Nature, Sierra Club, Conservation de la Nature, un de ceux-là ?

Il écouta.

— Est-ce que vous savez s'il s'intéressait à ce genre de choses ?

A nouveau il écouta.

— D'accord, merci. Oui, j'aimerais lui parler.

Il attendit.

— Père Haines ? Ici Joe Leaphorn. J'aimerais vous parler si vous en avez le temps.

La cafetière en verre qui se trouvait sur la semelle chauffante du Père Haines était aux deux tiers pleine. Il les fit asseoir dans des fauteuils et leur demanda :

— Qu'est-ce qui se passe ?

— Nous avons encore quelques questions concernant Eric Dorsey, dit Leaphorn. Vous pouvez peut-être nous aider.

— Bien sûr.

Haines remarqua que Chee ne quittait pas la cafetière des yeux et que son visage trahissait l'envie.

— Mais que diriez-vous d'abord d'une tasse de café ?

— Ce n'est pas une mauvaise idée, convint Leaphorn.

Il fallut un moment à Haines pour rincer deux tasses et effectuer le transfert du liquide.

— Je suppose que vous avez remarqué que les parents d'Eric n'ont pas encore réclamé ses objets personnels, commença-t-il.

Il soupira, puis :

— Les pauvres gens. Le monde est assurément rempli de péché et de chagrin.

— Je m'apprêtais à vous demander si monsieur Dorsey s'intéressait de près ou de loin aux problèmes de l'environnement. La pollution de l'air, la protection des baleines, l'extraction à ciel ouvert, la pollution de l'eau, les problèmes nucléaires, quelque chose comme ça.

— Je ne crois pas. Tout ce qui l'intéressait vraiment, c'était les gens. Soigner les malades, donner à manger à ceux qui ont faim, fournir des vêtements à ceux qui sont nus. Telle était la mission d'Eric.

— J'en conclus que vous êtes tout à fait sûr de vous.

Haines rit.

— Je crois qu'on pourrait dire que c'est pour moi une certitude. Beaucoup des volontaires que nous avons ici font œuvre sociale de bien des façons. Je suppose qu'il faut avoir ce penchant pour travailler moyennant trois cents dollars par mois et vivre dans le genre de logement que nous proposons. Et par conséquent, on entend beaucoup parler de ce genre de choses. La pollution due à la centrale des Four * Corners, les dégâts causés aux Monts Taos par Molycorp, le fait qu'on ne puisse plus voir d'une rive à l'autre du Grand Canyon à cause de la pollution de l'air, et les dangers liés au rejet des barres d'uranium irradiées. Tout ça. Mais Eric n'a jamais paru particulièrement intéressé. Il voulait parler de la façon dont on pouvait acheminer des réserves d'eau vers les hogans isolés, ou faire vacciner les enfants. Des problèmes liés aux gens.

— Est-ce que vous vous souvenez s'il a témoigné un certain intérêt pour le mouvement " Sauvez les Jemez " ? C'était quand les gens faisaient pression pour arrêter l'extraction de perlite à ciel ouvert audessus du pueblo de Jemez. On se sert de ça pour donner aux blue-jeans cet aspect usé. Délavé, c'est comme ça qu'on dit, donc le but était d'inciter les gens à boycotter les jeans délavés.

— Ah bon ? fit Haines avec un large sourire. Non.

Son sourire se transforma en petit rire :

— Je vois d'ici la réaction d'Éric face à quelque chose comme ça. Après avoir dit que c'est complètement idiot, il aurait commencé à s'inquiéter de qui allait donner à manger aux enfants des mineurs si le boycott marchait et si les mines fermaient.

— Avez-vous déjà vu l'une de ces affiches ?

demanda Leaphorn en tendant à Haines celle qu'il avait trouvée.

Celui-ci la lut :

— Ça alors, dit-il. Mais c'est qu'ils les usent vraiment, ces blue-jeans, avant de les vendre. Je croyais que c'était une plaisanterie.

— Peut-être que d'autres de vos volontaires participaient à ce mouvement ? insista Leaphorn. Est-ce que des affichettes comme celle-là ont été placardées par ici ?

— Non, fit-il en secouant la tête et en riant. Celle-là, je m'en souviendrais.

— Est-ce que vous avez la moindre idée de la façon dont elle est arrivée dans la pièce de Dorsey ? Ou de la raison pour laquelle il la gardait ?

Le Père Haines n'en avait pas. Ils finirent leur café, repartirent dans la fraîcheur du soleil automnal et restèrent à discuter à côté du pick-up truck de Chee. Leaphorn se tenait à côté de la cabine, le dos aussi droit que le pli de son pantalon d'uniforme. Chee fit descendre l'abattant arrière du camion et s'assit dessus. Il était fatigué. Et heureux. Il n'avait pratiquement pas dormi la nuit précédente. Ah, Janet, pensa-t-il. Pourquoi avons-nous perdu tout ce temps précieux ? Mais Leaphorn reprenait les éléments dont ils disposaient : il ferait mieux d'écouter.

— Si vous mettez tout ça bout à bout, qu'en pensez-vous ?

— Je pense que je prendrais le téléphone et que j'essaierais de découvrir si Priorité à la Nature a pris part à la campagne pour sauver les Jemez. Et si tel est le cas, je commencerais à me demander quelle raison Roger Applebee pouvait bien avoir de s'investir dans le trafic des fausses cannes.

— Oui. Exactement. Quelle raison ?

Ils réfléchirent à la question. Chee éprouvait des

difficultés à ne pas décrocher. De manière répétée, des images de Janet venaient rompre sa concentration. Tout ce qui la concernait, de la tête aux pieds. Des images de Janet dans son pick-up truck tandis qu'ils roulaient au nord de chez Hoski, de son visage pendant qu'elle évaluait la solution qu'il avait choisie au problème de Hoski par rapport à celle qu'aurait préconisé un cours de droit *biligaana.* Sa voix lorsqu'elle disait : « Je suis une Navajo. » Sa mémoire remonta dans le temps jusqu'au cinéma en plein air de Gallup, à Janet alors qu'elle partageait l'étonnement de Blizzard devant l'hilarité que *Les Cheyennes* déclenchait chez les Navajos assemblés là. Janet prise de court par une culture qui était la sienne par le sang mais non par la mémoire. Il revint au toit de Tano, à la cuisse de Janet pressée contre la sienne sous le jean tandis qu'elle demandait : « Qu'est-ce qui se passe ? » au moment où la charrette du clown faisait tomber le silence sur la foule et naître chez lui un sentiment de surprise partagée.

Leaphorn disait quelque chose sur les liens familiaux.

— Hé, fit Chee à voix haute.

Il descendit de l'abattant de son véhicule et se tint face au lieutenant :

— Je crois que je sais pourquoi Applebee voulait faire fabriquer la canne de Lincoln.

Leaphorn le regarda, attendant la suite.

— Une petite seconde, demanda Chee qui reprenait tout dans sa tête. Je commence à comprendre pourquoi vous tenez à ce que tous les détails figurent dans les rapports.

— Je suis heureux de vous l'entendre dire.

— Et pourquoi vous vous servez de ces épingles sur votre carte pour lier les choses entre elles. Si on trouve le lien, tout prend une signification.

— Allez, fit Leaphorn. Je vous écoute.

— Quelle raison Applebee a-t-il eu de faire fabriquer la canne ? demanda Chee. Exactement la même que pour mettre le téléphone de Chester sur écoute.

Leaphorn réfléchit.

— Peut-être. Chester était candidat à la réélection. Le gouverneur aussi. Je vois bien dans quelle direction vous vous dirigez mais cela vous pose des problèmes.

— C'est vrai. Mais maintenant je comprends pourquoi le silence s'est abattu sur la foule quand la canne est passée dans la charrette du clown. Ces gens de Tano ne voyaient pas un objet d'artisanat mis en vente. Ils voyaient la canne comme le symbole de l'autorité du gouverneur. Ils voyaient le koshare accuser le gouverneur de corruption, l'accuser de les trahir dans l'affaire de la décharge toxique, à mon avis.

Leaphorn arborait maintenant un léger sourire :

— Bien sûr, dit-il. Cela se tient. Mais nous avons quand même des problèmes.

— Je sais. Par exemple, qui a tué le koshare ? Nous savons que ce n'est pas Applebee. C'est probablement Janet et moi qui lui fournissons son alibi. Je sais que nous l'avons tous les deux vu là-bas, dans la foule de la plaza, à peu près au moment où on était en train d'assassiner Sayesva. Elle me l'a montré. Elle allait nous présenter l'un à l'autre parce que je venais d'écrire ma lettre sur le projet de décharge au *Navajo Times*. Je n'ai pas mentionné Applebee dans mon rapport.

— Ben, il n'y avait pas de raison de le faire. On ne peut pas faire l'inventaire des gens présents dans la foule. Maintenant, nous voyons que ça a de l'importance. Est-ce que vous voyez quoi que ce soit d'autre qui puisse avoir de l'importance, sachant ce que nous savons maintenant ?

– Rien, dit Chee.

– Applebee et Davis étaient tous les deux à la cérémonie de Tano. En même temps que quelques milliers d'autres personnes. Mais avez-vous vu quelque chose qui pourrait établir un lien entre eux ?

– Attendez. Bien sûr. Davis nous a dit qu'ils étaient de vieux amis.

Il se tut, faisant appel à ses souvenirs. Et Leaphorn resta immobile, tout disposé à attendre. Patient, à nouveau.

Alors Chee fit surgir de sa mémoire, façonnée par une culture qui avait su garder son passé vivant sans le soutien d'un langage écrit, un compte rendu presque exact de ce qu'Asher Davis leur avait dit sur l'amitié qui existait entre lui et Applebee.

Leaphorn réfléchit, secoua la tête.

– Un nouveau lien, déclara-t-il. Est-ce que vous voyez en quoi ça peut nous aider ?

– Non, confessa Chee. Pas encore.

– De toute façon, je crois que nous en avons terminé ici. Je vais m'occuper de transmettre ça à Dilly Streib. Il aura peut-être des idées. Vous pouvez vous remettre à travailler sur votre affaire de délit de fuite et les autres trucs qui figurent sur votre liste.

Chee sortait du parking en marche arrière quand il s'arrêta.

– Il y a une chose que je pourrais ajouter à mon rapport sur Tano, dit-il. Nous ne pouvons pas fournir d'alibi à Asher Davis là-bas. Il était parti acheter des trucs. Mais pour autant qu'on le sache, il a pu aller dans la ruelle et faire le coup.

– Nous avons tous les alibis dont nous ne voulons pas pour les gens qu'il ne faut pas aux endroits où il ne faudrait pas, commenta Leaphorn.

– Et encore une chose, ajouta Chee. Je me souviens que quand j'ai fait la connaissance d'Applebee à la cafétéria, il a mentionné qu'il lui arrive à l'occasion de collectionner des vieux trucs navajo.

– Mais je suppose qu'il n'a pas mentionné qu'il collectionnait les cannes de Lincoln, dit Leaphorn.

Et Chee reprit la route, souriant et heureux. Mais cela, comprit Leaphorn, n'avait absolument rien à voir avec les cannes ou les alibis inopportuns.

28

Une fois revenu dans le local exigu de Dorsey, Leaphorn appela Dilly Streib. Il lui expliqua qu'il travaillait à nouveau officiellement dans les forces de l'ordre, qu'officiellement il n'était pas suspendu de ses fonctions. Il lui parla de l'affiche et lui relata ce qu'ils avaient appris chez Dorsey.

— Bon, bon, fit Dilly. Je ne me vois pas bien tirer quelque chose de tout ça. Ça aurait pu venir de n'importe où. Je n'ai pas l'impression que ça va m'aider beaucoup.

— Peut-être, acquiesça Leaphorn.

Mais ils n'avaient rien d'autre qui pût les aider. Et quand Dilly eut raccroché, le lieutenant appela le siège local de Priorité à la Nature, à Santa Fe. Une femme dont la voix semblait jeune et originaire de l'Est du pays lui répondit. Oui, c'était une bien belle affiche et oui, c'était Priorité à la Nature qui l'avait éditée et distribuée. Ce boycott était l'une de leurs campagnes les plus réussies. Les jeans délavés avaient perdu en popularité et les marchés ouverts à la perlite des Monts Jemez s'étaient restreints de manière significative.

Le lien possible était donc bien là, aussi nébuleux et insignifiant fût-il, entre deux cannes de Lincoln, deux assassinats et Roger Applebee.

Mais Applebee ne pouvait être le meurtrier. Chee avait le regard fixé sur lui, sur la plaza de Tano, au moment où Sayesva était assassiné.

Davis avait eu la possibilité de tuer le koshare. Mais quand Eric Dorsey était mort, il se trouvait loin de là, sur la Réserve Hopi avec Cowboy Dashee.

Il fallait réfléchir. Applebee et Davis étaient amis depuis toujours, si l'on pouvait dire d'une telle relation que c'était de l'amitié. Pourquoi pas une forme de complicité ?

Joe Leaphorn s'assit sur la chaise dont Eric Dorsey n'avait plus besoin, et médita. Une cloche retentit quelque part. Une porte s'ouvrit puis claqua. L'air sentait la poussière et les longues journées sombres de l'hiver. Méthodiquement, il chemina à travers diverses possibilités et se heurta à diverses impasses. Il se leva, s'étira, consulta sa montre.

C'était à peu près l'heure de débrayer. Il avait dépassé l'heure du déjeuner mais il n'avait pas faim. Il écarta le rideau de la toute petite fenêtre de Dorsey pour observer le temps. Des nuages s'amoncelaient. Ce soir, il neigerait peut-être. A cet instant précis, Louisa devait être à Honolulu. Il laissa le rideau retomber et se rassit. Il fallait se concentrer. Prendre les éléments les uns après les autres. Et commencer par Dorsey car là c'était légalement de sa compétence. Oublier le koshare un instant. Une fois mis de côté, la solution du meurtre du professeur paraissait assez claire. Mais au moment même où cette pensée traversait son esprit, le réflexe navajo qui, toute sa vie, avait consisté à chercher l'harmonie en toutes choses, porta ses fruits. Tout à coup lui apparurent les liens qui existaient entre les choses, la façon dont ça s'était passé, la raison derrière tout ça. L'ironie qui en résulta fit naître un bref et pâle sourire.

Il prit le téléphone dont Eric Dorsey ne se

servirait plus, appela Virginia et obtint le numéro de madame Roanhorse, l'élue au Conseil Tribal. Elle était chez elle.

– Non, lui dit-il. Je ne vais pas vous demander où se trouve votre petit-fils. Je veux vous demander si vous avez le numéro d'aujourd'hui du *Navajo Times*.

Elle l'avait.

– Bon, poursuivit-il. Tout ce que je veux que vous fassiez c'est lui demander de jeter un coup d'œil sur la photo de Roger Applebee qui se trouve en première page. Demandez-lui s'il a vu cet homme entrer dans l'atelier de menuiserie de Saint Bonaventure quand il était à la mission. Je vais vous donner mon numéro de téléphone ici et je vous demande seulement de me rappeler et de me tenir au courant. C'est tout ce que je vous demande.

Il écouta.

– Si Delmar reconnaît Applebee, nous inculpons ce dernier. Delmar l'identifie officiellement en bonne et due forme avant qu'il ne puisse être libéré sous caution. Et vous n'aurez plus à vous inquiéter pour sa sécurité.

Il écouta.

– Il sera en sécurité parce que nous disposerons déjà d'une identification formelle de sa part. Il n'y aura plus de raison d'en finir avec lui. Rien à gagner, beaucoup à perdre.

Il écouta.

– S'il ne reconnaît pas Applebee, vous continuez à le cacher si vous en avez envie.

Elle dit :

– Une petite seconde.

– D'accord, je reste en ligne.

Il resta en ligne. Consulta sa montre. Une minute passa. Puis deux de plus. La voix qu'il entendit alors était celle d'un garçon.

– C'est lui, dit Delmar Kanitewa. C'est l'homme que j'ai vu. Je sortais. Lui il entrait. Je lui ai tenu la porte et il m'a dit merci.

– Tu avais la canne ? Est-ce qu'il l'a vue ?

– Elle était enveloppée dans des journaux.

– Pourquoi est-ce que le professeur te l'a donnée ?

– Ben, j'étais rentré pour chercher un bracelet qu'un de mes amis, Felix Bluehorse, avait fabriqué pour sa petite amie, et j'ai vu la canne de Lincoln. Le professeur l'enveloppait mais il l'a posée sur le banc quand il est allé chercher le bracelet, je l'ai regardée et j'ai vu que c'était la nôtre. Ou peut-être une copie. Alors quand il est revenu avec le bracelet je lui ai posé la question et il m'a dit qu'il la fabriquait pour un type. Alors je lui ai demandé ce que ce type allait en faire et il m'a répondu qu'il n'en savait rien. Et après, quand je lui ai expliqué ce que c'était, il est devenu fou.

– Fou ?

– Fou furieux. Il tapait sur le banc avec son poing. Il le traitait de salopard et de menteur. Des trucs comme ça. Il y avait de quoi avoir la trouille. Après il a fini d'envelopper la canne et il me l'a donnée, et il m'a dit de la prendre et de la porter aux gens de mon pueblo. Alors je l'ai emmenée à Tano et je l'ai donnée à Oncle Francis.

– Je vais envoyer une voiture de patrouille pour qu'elle passe te prendre chez ta grand-mère. Nous voulons que tu nous identifies cet individu.

– Pas de problème, assura Delmar. Comme quand on les fait mettre en ligne devant un mur ?

– Exactement, dit Leaphorn.

Ensuite, il appela Dilly. Même s'il ne s'attendait pas franchement à ce que Dilly accueille avec enthousiasme une théorie basée sur de pures spéculations concernant les cannes de Lincoln, il s'attendait en revanche à ce qu'il soit ravi de disposer d'un témoin qui pouvait attester de la présence d'un suspect sur les lieux du crime, et ce de près et en personne. Il ne se trompait pas.

— Je vais appeler Albuquerque, lui répondit Dilly. Ils vont se faire délivrer le mandat et ramasser Applebee. Et nous allons aussi te débarrasser du gamin.

— Il est possible qu'Applebee soit toujours à Window Rock.

— Si c'est le cas, je vais m'en occuper moi-même. S'il est retourné à Santa Fe, les gars de là-bas vont s'en charger.

— Tu pourrais leur dire de se dépêcher. Applebee sent peut-être que les murs se resserrent autour de lui. Il pourrait s'enfuir.

— S'enfuir où ? Tu regardes trop de films à la télé.

C'est vrai, pensa Leaphorn. Les criminels endurcis, les professionnels, peuvent prendre la fuite et s'échapper. Pour un avocat ayant toutes sortes d'attaches et de possessions, une fuite réussie demanderait des semaines de préparation.

— Si j'étais toi, je m'arrangerais pour qu'Eugene Ahkeah puisse aussi jeter un coup d'oeil sur lui, ajouta Leaphorn. Je suppose qu'Ahkeah était ivre, mais Applebee a dû le voir puisqu'il a décidé de le faire accuser à sa place. Par conséquent Ahkeah...

— ... devait être dans le coin lui aussi. Et avant que tu me le suggères, oui, nous allons effectivement ressortir les empreintes digitales que nous avons récupérées dans l'atelier et sur les objets cachés sous la maison d'Ahkeah, nous allons les comparer à celles d'Applebee, etc. etc.

— Et n'oublie pas de lui rappeler ses droits constitutionnels.

— Qu'est-ce qu'on ferait sans toi? Tu devrais entrer dans la police.

— Maintenant c'est à ton tour de montrer ton esprit de déduction. A toi de me dire qui a tué le koshare.

— Applebee, répondit Streib. Comment ça? La canne n'établit pas le lien parfait entre eux?

— Applebee a un alibi inattaquable pour le meurtre de Sayesva. Il était parfaitement visible au milieu de la foule qui assistait à la cérémonie quand ça s'est produit.

— Oh, fit Dilly.

S'ensuivit une longue pause.

— Dans ce cas, qui est-ce qui a fait ça à ton avis?

— Je crois que je suis heureux que l'un des deux crimes se soit produit en dehors de mon périmètre de compétence. Toi et moi, on peut laisser ton bureau d'Albuquerque et les policiers du B.I.A. s'occuper de celui-là.

Pourquoi gâcher son temps à en dire davantage? Il ne disposait d'aucune preuve et ne voyait aucun moyen d'en obtenir. Peut-être la vérité apparaîtrait-elle au grand jour, peut-être pas. Mais il voulait comprendre. Alors il resta assis sur la chaise de Dorsey, environné par le silence de Dorsey, par la solitude de Dorsey, et il reconstitua la façon dont les choses s'étaient probablement passées.

Asher Davis, le négociant à la réputation sans tache, avait besoin d'argent. Ou on lui avait proposé un marché. Ou encore il avait vu l'occasion de se faire vraiment beaucoup d'argent. Cowboy Dashee avait dit à Chee que Davis avait obtenu de meilleurs prix pour les objets d'artisanat que Dorsey voulait vendre au nom des vieilles gens qu'il aidait. Davis avait dû gagner la confiance de Dorsey. Bon, alors le professeur accepterait-il de lui fabriquer une canne en ébène avec bout en fonte, pommeau en argent et l'inscription A. Lincoln, la date et Pueblo de Pojoaque gravé dessus ?

Une pensée soudaine le frappa. La date à laquelle cette première canne avait été commandée avait dû survenir une semaine ou deux après que le gouverneur Penitewa de Tano eut annoncé qu'il était favorable à la proposition sur le site de stockage des déchets de Continental Collectors. Applebee encore. Applebee qui voyait la nécessité, au moment où l'échéance de l'élection du gouverneur approchait, d'anéantir son adversaire. Applebee qui suggérait à son vieil ami Davis, sa dupe depuis leur adolescence, l'idée de faire fabriquer une canne de Lincoln. Voyons si ce professeur d'atelier est effectivement capable de reproduire une canne de Lincoln qui soit crédible. On va le convaincre de nous fabriquer une canne de Pojoaque. Si elle est bien, tu la vends. On partage. Et comme ça, quand viendrait le moment de faire exécuter une canne de Tano, le terrain serait préparé.

Qu'est-ce que Davis avait raconté à Chee sur ses relations avec l'homme de loi ? C'était Roger qui avait toutes les idées géniales, mais c'était lui, Davis, qui se faisait fiche à la porte. Et d'après le reste de ce que Davis avait raconté à Chee, cela semblait avoir été la règle. Cela concordait assurément avec l'emprunt de la carte de crédit et la façon dont le pauvre s'était retrouvé avec une voiture de location sur les bras.

La canne de Pojoaque est donc fabriquée, livrée et vendue. Asher Davis a risqué sa réputation en or massif. Aucun ennui. Pas encore. Les ennuis arrivent plus tard.

Ils arrivent avec la deuxième canne. Applebee se charge personnellement des choses. Pourquoi ? Pourquoi prendre ces risques en personne ? Parce que la phase numéro deux va détruire cette réputation si précieuse aux yeux de Davis. Pour que le complot soit efficace, il faut que tout soit de notoriété publique. Même Davis, aussi stupide qu'il puisse paraître, en aurait été conscient. Il allait y avoir une fausse canne de Lincoln présente au vu de tous, liée à un scandale politique. Et même si le complot échouait, même si ledit scandale n'était pas assez puissant pour ruiner la réputation du gouverneur, il ruinerait celle de Davis. Que la presse saute dessus ou non, la nouvelle se répandrait à la vitesse d'un feu de prairie dans le petit monde des collectionneurs.

Mais existait-il un moyen de ne pas anéantir Davis ? Leaphorn chercha une réponse à cette question et la trouva. Cette réponse était non. Bien sûr que non. Davis, comme d'habitude, ne comptait pas.

De toute évidence, tout cela avait pour but de discréditer le gouverneur Penitewa. D'après ce que le frère de Sayesva avait dit, il s'était déjà passé quelque chose qui avait fait naître chez Sayesva des soupçons à l'égard de son vieil ami. Quelque chose qui correspondait à la façon d'agir d'Applebee. Comme le faux appel téléphonique au principal à propos de la fuite de gaz. Comme le renseignement anonyme qui avait conduit le lieutenant Toddy à effectuer une fouille sous la maison d'Ahkeah. Peut-être une fausse lettre. Un coup de téléphone anonyme, comment savoir ? Une fois ces soupçons ancrés, Applebee avait l'intention de passer chercher la canne et de la remettre à Sayesva comme preuve de ce qu'il l'avait déjà incité à croire. C'est-à-dire que le gouverneur avait l'intention de vendre la canne authentique pour la remplacer par la fausse ? Cela, et peut-être davantage.

Si seulement Applebee l'avait su, Dorsey lui avait

rendu service en confiant la canne à Delmar pour qu'il la remporte chez lui. Ça avait dû rendre les apparences plus accablantes encore aux yeux de Sayesva. Il voyait arriver une copie de la canne symbolique qui lui était remise par son neveu, en même temps que le récit d'un artisan furieux qu'un mensonge avait persuadé de fabriquer ce faux et qui ne voulait pas être associé à pareil vol. Il était très facile de voir pourquoi Sayesva était persuadé que le gouverneur était un traître.

Mais Applebee, lui ? Pourquoi ce meurtre ? Parce que s'il laissait en vie un Dorsey rendu furieux, celui-ci allait dévoiler au grand jour le complot fomenté par Applebee, discréditer la campagne menée par Priorité à la Nature, discréditer Roger Applebee lui-même. Par conséquent, Dorsey devait mourir. Et Applebee s'en tirait peinard comme toujours.

Leaphorn eut un bâillement gigantesque et changea de position sur la chaise. La nuit précédente il n'avait pas réussi à s'endormir et maintenant il le sentait. Il avait sommeil. Il regarda sa montre... question d'habitude puisqu'il n'avait nulle part où aller, nulle part où il dût être, personne qui l'attende. Il tendit les jambes, bâilla à nouveau et réfléchit à ce que l'amitié a d'étrange. Il avait déjà eu connaissance de cas comme celui d'Applebee et de Davis. Des associations composées d'un individu qui donnait tandis que l'autre prenait, mais dont les deux membres avaient apparemment besoin de tenir ce rôle. Il se demanda jusqu'à quand Davis serait disposé à donner, et jusqu'à quel point il laisserait Applebee prendre. Cette fois, ça avait dû lui faire un drôle de choc.

Lentement, somnolant à demi, il se représenta comment les choses avaient dû se passer. Davis qui apprenait que quelqu'un avait tué Dorsey puis qui voyait la fausse canne dans la charrette du clown. Peut-être au début n'avait-il pas compris le rôle qu'Applebee avait joué dans ces événements. Mais il avait dû se rendre compte que la réputation à laquelle il avait attribué une si grande importance était aussi morte que Dorsey si la fausse canne venait jusque sous les projecteurs. Il fallait qu'il mette la main dessus, qu'il l'enterre si profondément qu'on ne la découvrirait jamais. Il était donc allé la récupérer, mais Sayesva avait résisté et Sayesva était mort. Ah, peut-être pouvait-il s'en tirer en dépit du meurtre ? A moins qu'Applebee ne l'entraîne dans sa chute. Et Applebee était bel et bien cuit. Le FBI était parfois lent, et retardé par la pesanteur de sa bureaucratie, mais une fois qu'il trouvait la bonne direction, il allait au bout des choses. Ils compareraient les empreintes, trouveraient des preuves grâce aux experts en analyse médico-légale, peut-être d'autres témoins, et Applebee alignerait suffisamment d'années de prison pour rester derrière les barreaux à perpétuité. Davis ? Peut-être. Applebee le dénoncerait, cela ne faisait aucun doute. Il essaierait de lui faire porter le chapeau. Et même s'il était sujet à une crise d'honorabilité peu caractéristique de sa personne, les agents fédéraux savaient déjà dans quelle direction chercher. Ils pouvaient facilement établir un lien entre Davis et la première canne par l'intermédiaire de l'acheteur et démarrer en s'appuyant sur des présomptions de preuve. Peut-être, compte tenu des talents des experts du laboratoire du Bureau, et de sa persévérance, parviendraient-ils à trouver un moyen de prouver la présence de Davis sous le porche étroit où Sayesva avait été tué. Davis serait probablement inculpé. Serait-il reconnu coupable ? Leaphorn essaya de soupeser les chances qu'il en aille ainsi, s'appuyant sur des “ si ” impondérables, et s'aperçut que cela ne l'intéressait pas vraiment. Sa mère lui aurait dit de ne pas s'en faire, elle lui aurait dit que le vent de la vie qui souffle à travers l'esprit des humains était devenu sombre à l'intérieur de Davis. Le mal avait pris le contrôle. Selon les lois de la métaphysique navajo, il en souffrirait inévitablement. Qu'importait la soif de vengeance de l'homme blanc ? Quoi qu'il en soit, tout le monde saurait que l'Honnête Négociant en Objets de Fabrication Indienne avait vendu une fausse canne de Lincoln. Sa réputation serait détruite à jamais.

Quelque part au milieu de cette pensée, il s'assoupit.

Après tant d'heures passées dans une telle tension nerveuse et avec si peu de repos, il aurait dû dormir profondément. Et ce fut le cas un moment, tandis que la lumière du soleil d'automne déclinant se réfléchissait à travers le rideau poussiéreux de Dorsey puis se fondait dans le crépuscule. Mais au fur et à mesure que la pièce s'assombrissait, son subconscient retourna à Davis, à sa réputation détruite, et au solide gaillard, devant la chambre 127, qui martelait la porte. Finalement, alors qu'il n'était plus tout à fait endormi, il se rappela Davis au moment où il avait accepté sa carte, et l'expression qui s'était peinte sur ce visage honnête lorsqu'il avait compris que Leaphorn, en dépit de ses vêtements civils, était toujours policier.

– Merde, fit-il.

Il tendit la main vers le téléphone, composa le numéro du bureau de Streib. Il n'y eut pas de réponse. Il regarda sa montre. Il était presque sept heures. Il fit le numéro personnel de Streib.

A la seconde sonnerie, une voix annonça :

– Streib.

– Leaphorn à l'appareil. Si tes gars n'ont pas

encore chopé Applebee, moi je leur conseillerais de mettre le paquet. Asher Davis le cherchait à l'Auberge de la Nation Navajo et j'ai l'impression qu'il lui en voulait suffisamment, à ce salopard, pour le tuer.

Un long silence.

— Il se pourrait bien que tu aies raison, dit Streib. Tu sais pourquoi ?

Le ton de la question surprit Leaphorn.

— Eh bien, je pense qu'il a fini par comprendre à quel point Applebee a pu le trahir à tous les niveaux.

Il hésita, poursuivit :

— Quand je l'ai vu à la porte d'Applebee, là-bas à l'auberge, il était furieux comme c'est pas possible, mais j'ai eu comme le sentiment qu'il y avait autre chose. Que ça pouvait être autant parce qu'il souffrait que parce qu'il était en colère. Tu sais, c'est ton plus vieil ami et tu finis par te rendre compte que...

— Tu es vraiment doué pour la psychologie, Joe. Mais point de vue rapidité, tu as des progrès à faire.

— C'est-à-dire ?

Alors même qu'il prononçait ces mots, cependant, il sentit ce que Streib sous-entendait. Davis avait trouvé son ami.

— C'est-à-dire que j'ai appelé l'auberge et Applebee y était revenu, mais il n'était pas dans sa chambre. Alors je suis allé à Window Rock et je me suis garé là-bas pour l'attendre. Il est arrivé dans la luxueuse Land Rover anglaise qu'il conduit, il en est sorti et Asher Davis, qui était garé un peu plus loin, s'est approché et il a tiré sur Applebee.

— Il s'est juste approché comme ça et il lui a tiré dessus ? Il l'a tué ?

— Trois balles de quarante-cinq dans la poitrine. Ça suffit amplement.

— Il lui a juste tiré dessus ? Il n'a rien dit ?

Streib rit.

— Eh bien, si. Moi, je m'approchais du côté opposé et Applebee a vu Davis arriver, et il a dû voir le pistolet alors il a dit quelque chose et Davis s'est mis à lui crier dessus. Il disait : " Nom de Dieu, Roger, ne dis rien. " Puis *pan, pan, pan*.

Leaphorn n'avait rien à ajouter.

— Je lui ai ordonné de lâcher son arme et il l'a retournée dans sa main pour me la tendre la crosse en avant, et après il a mis les mains derrière son dos pour se laisser passer les menottes. Et puis je me suis souvenu que tu m'avais dit de lui rappeler ses droits constitutionnels alors je me suis débarrassé de ça et...

— Applebee était mort ?

— Davis m'a posé cette question, lui aussi. Je lui ai répondu, ouais, il est mort, et il m'a dit, " Bien sûr. Roger, il m'a toujours laissé me débrouiller seul avec les problèmes. " Tu sais ce qu'il voulait dire par là ?

— Je crois que oui.

Mais il n'avait pas envie de lui expliquer tout de suite. Il avait envie de sortir de cette pièce hantée par Dorsey, de sortir au grand air. Il était temps de rentrer chez lui.

Il se leva et écarta le rideau pour jeter un nouveau coup d'œil au temps qu'il faisait. La nuit était presque entièrement tombée. Temps nuageux. Il évalua qu'il y aurait de la neige avant la matinée. Qu'est-ce qu'il y avait à manger chez lui ? Plus de lait, se rappela-t-il. Des œufs mais pas de bacon. Peut-être restait-il une boîte de chili, et une demi-miche de pain environ, plus ou moins rassie. Il s'étira, grimaça lorsque son dos bloqué lui fit mal. En réalité, il n'avait pas envie de rentrer chez lui. La maison allait être froide. Son lit allait être froid. Le bruit de ses pas allait résonner. Où était Louisa, en ce moment ?

Il éteignit la lumière et derrière lui ferma à clef la

porte qui n'était plus celle de Dorsey et commença à s'éloigner. Elle devait avoir quitté Honolulu, pensa-t-il. Dans les airs. Il imagina qu'il était assis dans le siège voisin du sien. Il imagina qu'il lui tenait la main. Il l'écoutait lui parler de ce qui l'attendait en Chine. Il…

Dans les ténèbres, une femme se dirigeait vers lui sur le parking gravillonné. Louisa.

— Joe Leaphorn, dit-elle. Pour ne pas être facile à trouver, tu n'es pas facile à trouver.

Le lieutenant Joe Leaphorn resta complètement sans voix.

— Tu me laisses un message sur mon répondeur. Mais après tu n'es pas à ton bureau et tu n'es pas chez toi. Tu as l'air de n'être absolument nulle part. Mais Virginia, Dieu la bénisse, a finalement…

— Qu'est-ce que tu fabriques ici ? Pourquoi tu n'es pas dans l'avion ?

— Je peux toujours y aller, en Chine. Tu m'as dit que tu étais suspendu de tes fonctions. Je me suis dit que tu avais sûrement besoin de quelqu'un.

— Oui, dit-il.

Il s'aperçut que sa voix tremblait. Mais cela n'avait pas d'importance.

— J'ai besoin de toi.

GLOSSAIRE

Acoma : véritable nom de « la Cité du Ciel », pueblo perché au sommet d'une mesa à une quinzaine de kilomètres au sud de l'Interstate 40 reliant Albuquerque à Grants.

Adobe : brique de boue et de paille séchée au soleil.

Arroyo : terme espagnol désignant le lit sec, en général au fond d'une gorge ou d'un canyon, d'une rivière dont l'eau se tarit en été.

Athabascan : cette famille de tribus vivant de la pêche et de la chasse occupait des territoires situés entre les Rocheuses et le Labrador. L'émigration vers le sud-ouest au XIVe ou XVe siècle entraîna l'apparition de nouveaux groupes (Navajos, Apaches...).

Bâtiment administratif : la réserve navajo est divisée en 78 *chapters*, ou divisions administratives ; on trouve donc 78 sièges administratifs locaux, ou *chapter houses*, placés sous l'autorité du Conseil Tribal (v. ce mot).

Bijoux : les Indiens du Sud-Ouest fabriquent des bijoux de renommée mondiale, travaillant essentiellement l'argent et la turquoise.

Biligaana (belacani) : homme blanc (en navajo).

Bourse à medicine ou **bourse des Quatres Montagnes** (jish en navajo) : indispensable pour assurer les rites guérisseurs, elle symbolise l'harmonie, la substance de la vie et la force de vie (v. dualisme), et est constituée d'un ensemble d'objets sacrés parmi lesquels des échantillons provenant du sol des Quatre Montagnes sacrées.

Carson (Kit) : tout au long de l'année 1863 et au début de 1864 il mena une campagne sauvage contre les Navajos, tuant sans merci et pratiquant la politique de la terre brûlée. Les rescapés furent ensuite déportés au cours de la Longue Marche (v. ce mot).

Chant : v. chanteur, rite guérisseur et Voie.

Chanteur (hataalii ou hatathali en navajo) : chez les Navajos il est celui que l'on appelle pour tenir les rites guérisseurs car il est le dépositaire de ces procédures extrêmement complexes destinées à libérer le malade de l'emprise d'un sorcier (par exemple), au moyen de prières et de chants associés à des peintures de sables. Un chanteur ne peut donc connaître que quelques « chants » et certains rites disparaissent actuellement car ils appartiennent exclusivement à la tradition orale. Mais le chanteur n'est ni un medicine-man ni un shaman : la guérison est collective, profite d'abord au patient puis, par voie de fait, à l'univers tout entier qui retrouve l'harmonie (hozho). Encore convient-il de comprendre qu'il s'agit souvent davantage d'un retour à la sérénité morale du patient au sein de son environnement que d'une véritable guérison au sens médical du terme.

Clan : concept familial très élargi. Chez les Navajos, on en dénombre 65 (v. famille). Termes synonymes : Peuple, Dineh. Chez les Hopis, chaque clan a un nom (Clan de l'Ours, Clan du Plant-de-Maïs, Clan de l'Aigle...) et un esprit tutélaire qui lui est propre et qui est symbolisé par un fétiche de bois ou de pierre, le *tiponi*. Chacun des clans est constitué de sous-clans.

Concha : les ceintures concha se composent d'une forme unique répétée ou de deux formes alternées en argent rappelant des coquillages.

Conseil Tribal : créé vers 1930, il siège à Window Rock et administre la Grande Réserve et ses richesses naturelles. Ses membres, élus au suffrage universel à bulletin secret, représentent les 78 divisions administratives constituant la réserve.

Dieu-qui-Parle : l'un des membres du Peuple Sacré. Associé à Dieu-qui-Appelle, il est celui qui, dans la mythologie navajo, offre le don de création à Femme-qui-Change (v. ce nom).

Dinee ou **Dineh** : le Peuple (également le Clan) ; tel est le nom que se donnent les Navajos. Ils habitent la région qu'ils appellent Dinetah, la plus grande réserve des USA d'une superficie de 64 750 km^2.

Dinetah ou **Dineh Bike'yah** (mot à mot : parmi le Peuple) : les limites des Terres du Peuple, marquées par les Quatre Montagnes sacrées qui correspondent grossièrement aux quatre points cardinaux (v. ce mot) et sont associées aux quatre couleurs, coquillages et moments de la vie ; Sis no jin ou Tsisnadzhini à l'Est (Blanca Peak, Nouveau-Mexique, couleur blanche, coquille blanche, l'enfance) ; Tso'dzil ou Tsotsil au Sud (Mont Taylor, Nouveau-Mexique, couleur bleue, turquoise, l'âge adulte) ; Dook o'ooshid ou Dokoslid à l'Ouest (Monts San Francisco, Arizona, couleur jaune, abalone, la mort), Debe'ntsa ou Depentsa au Nord (La Plata Mountains, Colorado, couleur noire, obsidienne, le recommencement).

Dualisme : Dieu-qui-Parle et Dieu-qui-Appelle, Premier Homme et Première Femme, Garçon Abalone et Fille Abalone, la source de vie qui contient à la fois la « matière » nécessaire à la vie et le moyen lui permettant de passer l'épreuve du temps, la forme non-physique dissimulée à l'intérieur de la forme physique des choses, tous ces éléments de la mythologie navajo relèvent d'un dualisme presque systématique pouvant être associé à un pôle positif et un pôle négatif, un caractère masculin et un caractère féminin ; ces contraires complémentaires sont ensuite regroupés pour donner des séquences de quatre dont le premier couple est à son tour considéré comme « positif », le second comme « négatif », l'association des « contraires » pouvant culminer dans la fusion finale et le recommencement, symbolisés par le chiffre neuf.

Esclavage : à l'époque où les autorités récompensaient les chasseurs de prime pour chacun des scalps d'Indiens qu'ils rapportaient, on encourageait également des aventuriers blancs peu scrupuleux à voler des enfants dans les tribus, notamment chez les Navajos et à les revendre ensuite comme esclaves aux éleveurs ou propriétaires fonciers. Le nouvel acquéreur procédait en hâte au baptême de l'enfant qui changeait ainsi de nom et échappait pour toujours aux éventuelles recherches.

Famille : système matrilinéaire chez les Navajos ; les jeunes époux se mettent en quête d'un endroit où construire leur hogan (v. ce mot), tant pour s'isoler que pour avoir suffisamment d'espace afin de pratiquer l'élevage des moutons. Il faut ici distinguer la notion de clan de ce que Hillerman appelle « outfit » en américain et que nous avons traduit par famille élargie : une sorte de clan géographique élargi permettant aux Navajos isolés de se regrouper à trois ou quatre « familles » afin de coopérer pour certains travaux ou certains rites. Cet « outfit » peut regrouper de 50 à 200 personnes. Ce terme peut également s'appliquer aux habitations et installations attenantes.
Chez les Hopis, les clans sont matrilinéaires exogames (seule l'ascendance maternelle entre en ligne de compte pour l'appartenance au groupe tribal et les époux ne

peuvent être issus du même clan). Le véritable père ne sera donc pas chargé de l'instruction et de la discipline de l'enfant. Ce rôle échoit aux oncles de celui-ci, c'est-à-dire aux hommes de la famille de sa mère (frères, oncles, etc.). Tous les biens appartiennent à l'épouse et, si elle se lasse de son mari, il ne lui reste plus qu'à reprendre le chemin de son propre clan.

Femme-qui-Change : dans la mythologie navajo, elle est fille de Premier Homme et de Première Femme. Elle s'accouple avec Shivanni, le Soleil-Père, pour donner naissance aux Jumeaux Héroïques, Tueur-de-Monstres et Né-des-Eaux. Par la suite, Dieu-qui-Parle et Dieu-qui-Appelle lui donnent le pouvoir de création. Elle est la seule représentante du Peuple Sacré à être entièrement bonne.

Four Corners : région des États-Unis où, fait unique dans le pays, les frontières séparant quatre États (Nouveau-Mexique, Arizona, Utah, Colorado), se coupent à angle droit.

Harmonie : v. hozho.

Hataalii : mot navajo désignant le chanteur.

Heure : selon Tony Hillerman, le concept navajo le plus déroutant car « ... pour eux, ce n'est pas un continuum, un flot régulier. Ils se le représentent sous la forme de blocs. De rencontres. Et par voie de conséquence des mots comme " en avance " ou " en retard " n'ont pour eux aucun sens. (...) Les Navajos ne sont jamais où ils sont censés être. Les autres Indiens appellent cela " l'heure navajo ", ce qui signifie " Dieu sait quand ! ". (Interview accordée au traducteur, octobre 1987, publiée dans Polar n° 1, Rivages, 1990).

Hogan : la maison du Navajo, sorte de structure au toit arrondi faite de rondins et de boue séchée. Un abri et un corral au minimum viennent la compléter. Le hogan d'été utilisé pendant le pacage des moutons est de facture plus grossière. Des règles précises commandent l'orientation de l'habitation traditionnelle : la porte fait face à l'Est qui symbolise la vie ; l'ouverture pratiquée dans un mur après un décès doit être dirigée vers le Nord qui représente le mal ; l'Ouest figure la mort.

Hopi : dans la langue de ces Indiens pueblos, hopitu signifie « le peuple paisible ». Leur réserve se trouve enclavée dans la réserve navajo du nord de l'Arizona : 3 000 d'entre eux environ vivent dans les villages ancestraux des trois mesas (v. ce mot) ou au pied de celles-ci. Leur mythologie est proche de celle d'autres Pueblos (les Zunis) et ils sont célèbres pour leur Danse du Serpent (septembre-octobre), leurs cérémonies religieuses et leurs statuettes kachinas. Ce sont avant tout des cultivateurs et des chasseurs.

Hosteen : mot navajo qui exprime le respect dû à la personne (en général l'homme adulte) à laquelle on s'adresse.

Hozho ou **hozro** : mot navajo qui signifie la beauté, l'harmonie de l'individu avec le monde qui l'entoure.

Initiation : les Pueblos marquent par cette cérémonie le passage à l'âge adulte. Chez les Hopis elle se déroule en novembre-décembre et a pour nom Wuwuchim.

Jicarilla : l'un des groupes apache.

Kachina : essentiellement les esprits tutélaires ancestraux chez les Pueblos, mais également les masques portés pour les personnifier et les statuettes qui les représentent. Ils protègent, nourrissent et guident les vivants auxquels ils apparaissent sous la forme de nuages de pluie.

Keres : indiens du Nouveau-Mexique dont la culture se situe à mi-chemin entre celle des Pueblos du Rio Grande d'une part, et celle des Hopis et Zunis d'autre part.

Kiva : chez les Pueblos, une chambre cérémonielle souterraine (on y accède par une échelle) où se tiennent de nombreux rites et danses ; il en existe plusieurs par village. Le terme désigne également une fraternité religieuse regroupant des membres appartenant à des clans différents, renforçant ainsi la cohésion de la tribu.

Laguna : pueblo situé en bordure de l'Interstate 40, à une vingtaine de kilomètres au nord d'Acoma.

Longue Marche : en 1864, vaincus par Kit Carson, les 8000 Navajos rescapés furent acheminés en plusieurs convois au cours d'une « Longue Marche » de près de 500 kilomètres, puis parqués à Bosque Redondo, à côté de Fort Sumner (Nouveau-Mexique) jusqu'en 1868, date à laquelle les 7000 survivants purent regagner leur territoire.

Maïs : l'une des quatre plantes sacrées des Navajos (les autres étant la courge, le haricot et le tabac). Quantité de rites font appel à la farine de maïs qui peut être offrande faite au Peuple Sacré mais également symbole de purification et de fécondité.

Medicine-man : v. shaman.

Mesa (mot espagnol) : montagne aplatie caractéristique des États du Sud-Ouest. Lorsqu'elles ressemblent plus à des collines qu'à des plateaux elles deviennent des buttes. Et les buttes au sommet arrondi sont des collines. Parmi les mesas les plus connues, citons Mesa Verde, dans le Colorado, haut-lieu archéologique, et les Première, Deuxième et Troisième Mesa sur lesquelles se perchent les villages hopi ancestraux.

Montagnes sacrées : v. Dinetah.

Mort : les Navajos ont une crainte maladive de la mort au point de s'entourer de toutes sortes de précautions et d'éprouver une intense répugnance à toucher un cadavre qu'ils enterrent le plus rapidement possible dans un lieu secret. Pour eux, il n'y a pas de « paradis », au mieux le repos. Dans la mythologie navajo, les Jumeaux Héroïques, après avoir dérobé les armes au Soleil et massacré les monstres qui apportaient la mort au Peuple, épargnent une sorte de mort appelée Sa qui regroupe la Vieillesse, la Saleté, la Misère, la Faim et quelques autres.

Navajo : les prêtres espagnols les appelaient « Apaches del nabaxu » ; le terme actuel est la corruption espagnole du mot pueblo signifiant « grands champs cultivés ». Arrivés tardivement en Arizona ils se rendirent odieux par leur violence et leurs rapines avant d'acquérir, au contact des autres civilisations, nombre de techniques et de connaissances. Leur faculté d'adaptation s'est une nouvelle fois vérifiée lors de la Deuxième Guerre mondiale. Ils habitent la plus grande réserve des USA, la terre de leurs ancêtres, et exploitent eux-mêmes les ressources naturelles d'un sous-sol riche par l'intermédiaire du Conseil Tribal qui est une création récente (1930). Par le passé en effet, ce peuple ne constituait pas une tribu à proprement parler, ce qui explique le non-respect de certains traités au XIXe siècle : la parole d'un chef de clan n'engageait pas les autres Navajos. Ils constituent la nation indienne la plus importante du pays (non loin de 200 000 membres).

Oncle : v. famille.

Origines : avant d'atteindre la surface de la terre, les hommes durent émerger des mondes inférieurs (de quatre à douze suivant les mythologies) en empruntant le tronc d'un arbre perçant les différentes couches successives. Les Navajos émergent du dernier monde souterrain, alors envahi par les eaux, en empruntant un roseau (sipapu). Le monde actuel est la fusion des quatre mondes précédents (v. Femme-qui-Change, quatre et surtout dualisme). Chez les Hopis, on appelle *sipapuni* le lieu de l'émergence dans le Quatrième Monde.

Peuple : le nom que se donnent les Navajos. Également synonyme de Clan.

Peuple Sacré (yei en navajo) : concept navajo. Ils sont capables du bien comme du mal et l'on peut arriver à les manipuler à l'aide de chants et de prières appropriés ; ce sont des animaux (Grand Serpent, Grande Mouche, Coyote...), le Peuple du Vent, le Peuple du Tonnerre, etc.

Plaza : terme espagnol désignant les places des villages pueblos.

Points cardinaux : ils jouent un très grand rôle dans les rites religieux et dans toute l'organisation de la Voie Navajo (v. Dinetah, hogan).

Pollen : il intervient dans quantité de rites navajo au même titre que la farine de maïs.

Premier Homme : v. Femme-qui-Change et dualisme.

Pueblo : village en espagnol. Au contraire des bergers navajo, semi-nomades, les Indiens Pueblo (Hopis, Zunis, etc.) sont des agriculteurs sédentaires. On les trouve exclusivement dans le Sud-Ouest des USA. Taos, au Nouveau-Mexique, est le plus visité des pueblos.

Quatre : ce chiffre joue un grand rôle chez les Navajos qui dénombrent quatre plantes sacrées, quatre bijoux sacrés, etc. (v. également dualisme).

Religion : pour l'essentiel, les Indiens du Sud-Ouest croient à l'interdépendance des choses de la Nature ou à l'Harmonie ou Beauté, Hozho en navajo, qui doit régner dans leur réserve et par suite dans l'univers tout entier.
Mais les rites navajo sont, à l'exception de la Voie de la Bénédiction, destinés à guérir alors que chez les Pueblos, les cérémonies religieuses ont pour but d'appeler les bienfaits que les kachinas, ou esprits ancestraux, pourront leur apporter sous la forme de nuages de pluie.

Des Navajos convertis au christianisme, on dit qu'ils suivent la route de Jésus. Certains se convertissent à la foi mormone. D'autres adhèrent par exemple aux croyances de la Native American Church, organisation religieuse regroupant plusieurs tribus ; elle adapte le christianisme à des croyances et à des rites locaux, autorisant en particulier l'utilisation sacramentelle du peyotl : cette plante contient de la mescaline, laquelle provoque des hallucinations ou des visions.

Réserve-aux-Mille-Parcelles ou **Réserve en Damier** : selon les propres termes de Tony Hillerman : « Au XIXe siècle, lorsque la politique nationale fut de construire des voies de chemin de fer d'un bout à l'autre du continent, le Congrès attribua aux compagnies ferroviaires des portions de terre qui s'étendaient sur presque 50 kilomètres (30 miles) de part et d'autre de la voie. Une parcelle sur deux, chacune de 2,5 km^2, était donnée à la compagnie alors que l'autre restait la propriété du gouvernement, c'est ce que nous appelons les terres appartenant au domaine public. Par la suite, une part de ce domaine public a été attribuée aux Navajos comme faisant partie intégrante de leur réserve. D'où le damier que constituent terres navajo et terres privées. Aujourd'hui, une grande partie de ces terres privées ont été acquises par la tribu. »

Richesse : le désir de posséder est, chez les Navajos, le pire des maux, pouvant même s'apparenter à la sorcellerie. Citons Alex Etcitty, un Navajo ami de l'auteur : « On m'a appris que c'était une chose juste de posséder ce que l'on a. Mais si on commence à avoir trop, cela montre que l'on ne se préoccupe pas des siens comme on le devrait. Si l'on devient riche, c'est que l'on a pris des choses qui appartiennent à d'autres. Prononcer les mots " Navajo riche " revient à dire " eau sèche ". » (*Arizona Highways,* août 1979).

Rites guérisseurs : à chaque maladie correspond un rite guérisseur qui peut durer jusqu'à neuf jours. Parfois, pour un seul chant, plusieurs centaines de prières et d'incantations doivent être exécutées au mot près. Si le chanteur est à la hauteur, le patient retrouvera l'harmonie. Par exemple, la Voie de l'Ennemi permet de guérir celui qui est sous l'emprise d'un sorcier, la Voie du Sommet de la Montagne celui qui s'est trop approché d'un ours...

Route de Jésus : v. religion.

Shaman : terme quelque peu impropre (de même que medicine-man) pour désigner le chanteur navajo.

Tewa : groupe de pueblos du Nouveau-Mexique.

Ute : tribu du Colorado, autrefois ennemie des Navajos.

Végétation : genévrier (*juniperus*), pin pignon (*pinus pinea*), pin ponderosa, saule, tremble de Fremont (*populus tremuloïde*) pour les arbres.
Pour herbes et buissons : ambrosia, aster, bouteloue (*bouteloua* ou *gramma grass* en américain), chardon russe (*Russian thistle* en américain, *salsola kali tenuifolia*), géranium, herbes-qui-roulent (*tumbleweeds* en américain, terme collectif qui désigne ces plantes que le vent arrache et fait rouler sur le sol), sauge (*salvia*), yucca (v. ce mot).

Voie (de la Bénédiction, etc.) : rite guérisseur navajo. La Voie de la Bénédiction est seule à posséder un but préventif en enseignant comment le Peuple Sacré a créé le Peuple de la Surface de la Terre et comment il lui a communiqué les techniques nécessaires pour y vivre.

Voie Navajo : ce terme désigne l'ensemble de la culture et des coutumes traditionnelles des Navajos.

Wash : le lit, souvent asséché, d'un cours d'eau d'importance variable que des pluies torrentielles, parfois tombées très loin en amont, peuvent soudain transformer en un fleuve ou un torrent en furie.

Yei : mot navajo désignant le Peuple Sacré.

Yucca (mot haïtien) : plante arborescente à tige ligneuse dont les Indiens du Sud-Ouest ont toujours tiré un maximum de ressources tant au niveau alimentaire que vestimentaire et pratique (cordes, paniers, etc...).

Zuni : peu nombreux, vivant en accord avec leurs coutumes ancestrales, ils ont su préserver leur identité au fil des siècles. Ce sont avant tout des agriculteurs travaillant une terre aride. Ils sont 5 500 à vivre sur la réserve du pueblo le plus important du Nouveau-Mexique.

Rivages / noir

Joan Aiken
Mort un dimanche de pluie (n° 11)

Robert Edmond Alter
Attractions : Meurtres (n° 72)

Jean-Baptiste Baronian
Le Tueur fou (n° 202)

Marc Behm
La Reine de la nuit (n° 135)
Trouille (n° 163)
À côté de la plaque (n° 188)
Et ne cherche pas à savoir (n° 235)
Crabe (n° 275)

Tonino Benacquista
Les Morsures de l'aube (n° 143)
La Machine à broyer les petites filles (n° 169)

Pieke Biermann
Potsdamer Platz (n° 131)
Violetta (n° 160)
Battements de cœur (n° 248)

Michael Blodgett
Captain Blood (n° 185)

Paul Buck
Les Tueurs de la lune de miel (n° 175)

Edward Bunker
Aucune bête aussi féroce (n° 127)
La Bête contre les murs (n° 174)
La Bête au ventre (n° 225)

James Lee Burke
Prisonniers du ciel (n° 132)
Black Cherry Blues (n° 159)
Une saison pour la peur (n° 238)
Le Bagnard (n° 272)

W.R. Burnett
Romelle (n° 36)
King Cole (n° 56)
Fin de parcours (n° 60)

Jean-Jacques Busino
Un café, une cigarette (n° 172)
Dieu a tort (n° 236)
Le Bal des capons (n° 278)

Daniel Chavarría
Adiós muchachos (n° 269)

George Chesbro
Une affaire de sorciers (n° 95)
L'ombre d'un homme brisé (n° 147)
Bone (n° 164)
La Cité où les pierres murmurent (n° 184)
Les Cantiques de l'Archange (n° 251)
Les Bêtes du Walhalla (n° 252)

Andrew Coburn
Toutes peines confondues (n° 129)

Michael Collins
L'Égorgeur (n° 148)
Rosa la Rouge (n° 267)

Robin Cook
Cauchemar dans la rue (n° 64)
J'étais Dora Suarez (n° 116)
Vices privés, vertus publiques (n° 166)
La Rue obscène (n° 200)
Quand se lève le brouillard rouge (n° 231)
Le Mort à vif (n° 241)
Bombe surprise (n° 260)

Peter Corris
La Plage vide (n° 46)
Des morts dans l'âme (n° 57)
Chair blanche (n° 65)
Le Garçon merveilleux (n° 80)
Héroïne Annie (n° 102)
Escorte pour une mort douce (n° 111)
Le Fils perdu (n° 128)
Le Camp des vainqueurs (n° 176)

Hélène Couturier
Fils de femme (n° 233)

James Crumley
Putes (n° 92)

Mildred Davis
Dark Place (n° 10)

Jean-Paul Demure
Milac (n° 240)

Pascal Dessaint
La vie n'est pas une punition (n° 224)
Bouche d'ombre (n° 255)

Thomas Disch/John Sladek
Black Alice (n° 154)

Wessel Ebersohn
La Nuit divisée (n° 153)
Coin perdu pour mourir (n° 193)
Le Cercle fermé (n° 249)

Stanley Ellin
La Corrida des pendus (n° 14)

James Ellroy
Lune sanglante (n° 27)
À cause de la nuit (n° 31)
La Colline aux suicidés (n° 40)
Brown's Requiem (n° 54)
Clandestin (n° 97)
Le Dahlia noir (n° 100)
Un tueur sur la route (n° 109)
Le Grand Nulle Part (n° 112)
L.A. Confidential (n° 120)
White Jazz (n° 141)
Dick Contino's Blues (n° 212)

Howard Fast
Sylvia (n° 85)
L'Ange déchu (n° 106)

Kinky Friedman
Meurtre à Greenwich Village (n° 62)
Quand le chat n'est pas là (n° 108)
Meurtres au Lone Star Café (n° 151)

Scalpel (n° 228)
Off Minor (n° 261)

George V. Higgins
Les Copains d'Eddie Coyle (n° 114)
Le Contrat Mandeville (n° 191)
Le Rat en flammes (n° 243)

Tony Hillerman
Là où dansent les morts (n° 6)
Le Vent sombre (n° 16)
La Voie du fantôme (n° 35)
Femme-qui-écoute (n° 61)
Porteurs-de-peau (n° 96)
La Voie de l'Ennemi (n° 98)
Le Voleur de temps (n° 110)
La Mouche sur le mur (n° 113)
Dieu-qui-parle (n° 122)
Coyote attend (n° 134)
Le Grand Vol de la banque de Taos (n° 145)
Les Clowns sacrés (n° 244)

Chester Himes
Qu'on lui jette la première pierre (n° 88)

Dolores Hitchens
La Victime expiatoire (n° 89)

Geoffrey Homes
Pendez-moi haut et court (n° 93)
La Rue de la femme qui pleure (n° 94)

Dorothy B. Hughes
Et tournent les chevaux de bois (n° 189)
Chute libre (n° 211)

William Irish
Manhattan Love Song (n° 15)
Valse dans les ténèbres (n° 50)

William Kotzwinkle
Midnight Examiner (n° 118)

Jonathan Latimer
Gardénia rouge (n° 3)
Noir comme un souvenir (n° 20)

Michel Lebrun
Auroroute (n° 165)
Le Géant (n° 245)

Elmore Leonard
Zig Zag Movie (n° 220)
Maximum Bob (n° 234)

Bob Leuci
Captain Butterfly (n° 149)

Ted Lewis
Le Retour de Jack (n° 119)
Sévices (n° 152)
Jack Carter et la loi (n° 232)
Plender (n° 258)

Richard Lortz
Les Enfants de Dracula (n° 146)
Deuil après deuil (n° 182)
L'Amour mort ou vif (n° 206)

John D. Mac Donald
Réponse mortelle (n° 21)
Un temps pour mourir (n° 29)
Un cadavre dans ses rêves (n° 45)
Le Combat pour l'île (n° 51)
L'Héritage de la haine (n° 74)

John P. Marquand
Merci Mr Moto (n° 7)
Bien joué, Mr Moto (n° 8)
Mr Moto est désolé (n° 18)
Rira bien, Mr Moto (n° 87)

Richard Matheson
Échos (n° 217)

Helen McCloy
La Somnambule (n° 105)

William McIlvanney
Les Papiers de Tony Veitch (n° 23)
Laidlaw (n° 24)
Big Man (n° 90)
Étranges Loyautés (n° 139)

Marc Menonville
Jeux de paumes (n° 222)
Walkyrie vendredi (n° 250)
Dies Irae en rouge (n° 279)

Ronald Munson
Courrier de fan (n° 226)

Tobie Nathan
Saraka bô (n° 186)
Dieu-Dope (n° 271)

Jim Nisbet
Les damnés ne meurent jamais (n° 84)
Injection mortelle (n° 103)
Le Démon dans ma tête (n° 137)
Le Chien d'Ulysse (n° 161)
Sous le signe du rasoir (n° 273)

Kyotaro Nishimura
Petits crimes japonais (n° 218)

Jack O'Connell
B.P. 9 (n° 209)

Liam O'Flaherty
L'Assassin (n° 247)

Jean-Hugues Oppel
Brocéliande-sur-Marne (n° 183)
Ambernave (n° 204)
Six-Pack (n° 246)

Abigail Padgett
L'Enfant du silence (n° 207)
Le Visage de paille (n° 265)

Hugues Pagan
Les Eaux mortes (n° 17)
La Mort dans une voiture solitaire (n° 133)
L'Étage des morts (n° 179)
Boulevard des allongés (n° 216)
Last Affair (n° 270)

Bill Pronzini
Hidden Valley (n° 48)

Bill Pronzini/Barry N. Malzberg
La nuit hurle (n° 78)

Michel Quint
Billard à l'étage (n° 162)
La Belle Ombre (n° 215)
Le Bélier noir (n° 263)

Diana Ramsay
Approche des ténèbres (n° 25)
Est-ce un meurtre ? (n° 38)

Philippe Setbon
Fou-de-coudre (n° 187)
Desolata (n° 219)

Roger Simon
Le Clown blanc (n° 71)
Génération Armageddon (n° 199)

Pierre Siniac
Les mal lunés (n° 208)
Sous l'aile noire des rapaces (n° 223)
Démago Story (n° 242)
Le Tourbillon (n° 256)
Femmes blafardes (n° 274)

Les Standiford
Pandémonium (n° 136)
Johnny Deal (n° 259)

Richard Stark
La Demoiselle (n° 41)
La Dame (n° 170)

Richard Stratton
L'Idole des camés (n° 257)

Vidar Svensson
Retour à L.A. (n° 181)

Paco Ignacio Taibo II
Ombre de l'ombre (n° 124)
La Vie même (n° 142)
Cosa fácil (n° 173)
Quelques nuages (n° 198)
À quatre mains (n° 227)
Pas de fin heureuse (n° 268)

Ross Thomas

Les Faisans des îles (n° 125)
La Quatrième Durango (n° 171)
Crépuscule chez Mac (n° 276)

Jim Thompson

Liberté sous condition (n° 1)
Un nid de crotales (n° 12)
Sang mêlé (n° 22)
Nuit de fureur (n° 32)
À deux pas du ciel (n° 39)
Rage noire (n° 47)
La mort viendra, petite (n° 52)
Les Alcooliques (n° 55)
Les Arnaqueurs (n° 58)
Vaurien (n° 63)
Une combine en or (n° 77)
Le Texas par la queue (n° 83)
Écrits perdus (1929-1967) (n° 158)
Le Criminel (n° 167)
Écrits perdus (1968-1977) (n° 177)
Hallali (n° 195)
L'Homme de fer (n° 196)
Ici et maintenant (n° 229)

Masako Togawa

Le Baiser de feu (n° 91)

Armitage Trail

Scarface (n° 126)

Marc Villard

Démons ordinaires (n° 130)
La Vie d'artiste (n° 150)
Dans les rayons de la mort (n° 178)
Rouge est ma couleur (n° 239)

Donald Westlake

Drôles de frères (n° 19)
Levine (n° 26)
Un jumeau singulier (n° 168)
Ordo (n° 221)
Aztèques dansants (n° 266)
Kahawa (n° 277)

Janwillem Van De Wetering
Comme un rat mort (n° 5)
Sale Temps (n° 30)
L'Autre Fils de Dieu (n° 33)
Le Babouin blond (n° 34)
Inspecteur Saito (n° 42)
Le Massacre du Maine (n° 43)
Un vautour dans la ville (n° 53)
Mort d'un colporteur (n° 59)
Le Chat du sergent (n° 69)
Cash-cash millions (n° 81)
Le Chasseur de papillons (n° 101)

Harry Whittington
Des feux qui détruisent (n° 13)
Le diable a des ailes (n° 28)

Charles Willeford
Une fille facile (n° 86)
Hérésie (n° 99)
Miami Blues (n° 115)
Une seconde chance pour les morts (n° 123)
Dérapages (n° 192)
Ainsi va la mort (n° 213)

Charles Williams
La Fille des collines (n° 2)
Go Home, Stranger (n° 73)
Et la mer profonde et bleue (n° 82)

Timothy Williams
Le Montreur d'ombres (n° 157)
Persona non grata (n° 203)

Daniel Woodrell
Sous la lumière cruelle (n° 117)
Battement d'aile (n° 121)
Les Ombres du passé (n° 194)

Achevé d'imprimer en septembre 1997
sur les presses de l'imprimerie Darantiere

2e édition

Dépôt légal : avril 1996
N° d'imprimeur : 97-0867